FRANCE LORRAIN

La promesse des Gélinas

TOME 3

Florie

Guy Saint-Jean ÉDITEUR

Guy Saint-Jean Éditeur
4490, rue Garand
Laval (Québec) Canada H7L 5Z6
450 663-1777
info@saint-jeanediteur.com
saint-jeanediteur.com

. . . .

Données de catalogage avant publication disponibles à Bibliothèque et Archives nationales du Québec et à Bibliothèque et Archives Canada

. . . .

Nous reconnaissons l'aide financière du gouvernement du Canada ainsi que celle de la SODEC pour nos activités d'édition. Nous remercions le Conseil des arts du Canada de l'aide accordée à notre programme de publication.

Gouvernement du Québec — Programme de crédit d'impôt pour l'édition de livres — Gestion SODEC

© Guy Saint-Jean Éditeur inc., 2016
Édition : Isabelle Longpré
Révision : Lydia Dufresne
Correction d'épreuves : Johanne Hamel
Conception graphique de la page couverture et mise en pages : Christiane Séguin
Illustration de la page couverture : Talisman illustration design - Alain Fréchette

Dépôt légal — Bibliothèque et Archives nationales du Québec, Bibliothèque et Archives Canada, 2016

ISBN : 978-2-89758-064-3
ISBN ePub : 978-2-89758-065-0
ISBN PDF : 978-2-89758-066-7

Imprimé et relié au Canada
3ᵉ impression, mars 2020

Guy Saint-Jean Éditeur est membre de
l'Association nationale des éditeurs de livres (ANEL).

La promesse des Gélinas

TOME 3

Florie

Pour Alain, Émile et Camille

RÉSUMÉ DU TOME 2

En 1922, à la demande de leur mère Rose, mourante, les quatre enfants Gélinas ont promis de ne jamais se marier ni d'avoir d'enfants.

Édouard, malgré la colère de sa sœur Florie, épouse sa belle Clémentine. Il démarre sa beurrerie en trouvant du soutien auprès d'un homme qu'il connaissait peu, mais qu'il découvre avec plaisir : Henry Stromph, le ferblantier du village. Le maître-beurrier installe son commerce à l'arrière de la forge de l'Anglais. Le ferblantier prend alors une grande place dans la vie d'Édouard ainsi que James Jackson, qui devient son employé. À la mort de son épouse, Édouard se retrouve seul avec Marie-Camille, sa fille.

De retour à Sainte-Cécile depuis quelques mois, Adèle tente de se convaincre qu'elle y est à sa place et que le travail à la ferme lui convient, tout en entretenant le rêve d'être publiée. Elle poursuit l'écriture d'un roman en cachette, inquiète de la réaction que pourrait avoir sa famille face aux propos qu'elle y tient. Elle souhaite de tout cœur que son frère ne découvre jamais le secret qu'elle porte à la suite de la mort de Clémentine.

Léo Villemarie revient s'installer à la ferme en remplacement d'Édouard. Le jeune engagé devient de plus en plus important dans la vie de Laurent, qui apprécie sa compagnie tranquille. Le plus jeune des Gélinas passe près de la mort lorsqu'un accident bête lui arrive. Sa distraction aura presque causé sa perte ! Il en veut terriblement à son frère Édouard qui l'a abandonné, tout comme son père avant lui.

Florie, quant à elle, continue de gérer sa famille d'une main de maître. Malgré sa rancœur à l'égard d'Édouard, elle s'attache rapidement à Marie-Camille, qui devient l'enfant qu'elle n'a jamais eu. La mort du père Claveau crée tout un drame au village lorsque les habitants découvrent son passé. Il laisse sa maison en héritage à James Jackson, qui devient ainsi le nouveau voisin des Gélinas, au grand malheur de Florie.

Ils ne sont plus que trois à se bercer sur la galerie de leur maison. Trois vieux qui se balancent à l'unisson en haut de la côte Boisée, dans le village de Sainte-Cécile. La vie est simple dans le village. Les événements du passé semblent effacés des mémoires. Pourtant, ils ne sont plus que trois...

CHAPITRE 1

Tristesse au village

Toc! Toc! Toc!

Les coups frappés avec force ne cessaient de se répéter à l'extérieur de la grosse maison grise. Florie, qui dormait profondément depuis à peine une heure, se leva en maugréant.

— Oui, oui, les nerfs, j'arrive… Veux-tu bien me dire…

Alors qu'elle agrippait sa robe de chambre au crochet de sa porte, elle entendit la course dans l'escalier. Des sauts qu'elle attribua à sa sœur Adèle, qui se déplaçait toujours en vitesse. La grosse femme frissonna dans la nuit froide. Le mois de février ne laissait pas sa place en cet hiver 1938. Le plus glacial depuis des lustres, de l'avis de tous les villageois. Même si à Sainte-Cécile, il était monnaie courante de trouver un habitant qui avait toujours connu pire.

— Reste à l'écart, Florie, tu vas prendre froid.

Adèle se dépêcha de tourner la poignée de la porte de la cuisine d'été. Elle n'eut pas le temps de se rendre à la porte extérieure que celle-ci s'ouvrit en vitesse pour laisser entrer James Jackson, leur voisin d'origine jamaïcaine. L'heure devait être grave s'il se permettait de pénétrer ainsi dans la maison sans y être invité. Depuis son arrivée au village, l'homme avait tout mis en œuvre pour réussir à communiquer en français avec les paroissiens. Mais dans les moments d'émotion, son fort accent anglais rendait ses paroles plus difficiles à comprendre. Ce que ne manquait jamais de noter Florie !

— Il y a le *veu* au village, cria le grand Noir à bout de souffle. C'est le magasin général... un des garçons Marquis est *still inside*[1].

— Le quoi, James ? demanda Adèle hésitante.

L'homme chercha la bonne prononciation avant de souffler :

— Le *v...* feu ! Oui, le feu au magasin !

— Oh mon Dieu. Pauvre Louisette ! Mais on n'a même pas entendu le tocsin !

Le tocsin servait à aviser les villageois d'un incendie. Cette façon de faire sonner les cloches de l'église suffisait générale-ment à faire sortir tous les habitants de leur maison. Parfois en plein hiver, les fenêtres closes étouffaient le son des clo-ches. Florie s'écrasa dans la berçante près du gros poêle de fonte, assommée par la nouvelle. Hébétée, elle regardait son frère Laurent et Léo, leur homme engagé depuis plus de cinq ans, mettre leurs grosses bottes et leurs lourds parkas. Fronçant les sourcils, Florie retint sa jeune sœur par la main lorsque celle-ci fit mine de les imiter :

— Veux-tu bien me dire qu'est-ce que tu fais ?

— Qu'est-ce que tu penses, Florie ? Je vais donner un coup de main au village. Voir si je vais rester ici à attendre. Il me semble que c'est pas mal évident !

Sous le reproche à peine voilé, l'aînée des Gélinas grimaça en soulevant son corps. Elle regarda longuement leur voisin qui se tenait toujours dans le fournil avant de se détourner.

---

1 Encore à l'intérieur.

Après plusieurs années, elle ne s'habituait pas encore à l'homme de couleur dans sa maison, même si ses craintes du début ne semblaient pas avoir été fondées. Mais elle gardait l'œil!

— Vous saurez bien me le dire! Une bonne fois, il va se mettre dans le trouble puis vous pourrez pas m'obstiner! avait-elle coutume de répéter.

Mais en attendant, James donnait un fameux coup de main aux Gélinas dès qu'ils en faisaient la demande. Aide pour la boucherie de novembre; aide pour les foins de septembre; aide pour la corvée de bois de l'automne. Non, cet homme-là s'avérait tout un atout pour la famille depuis qu'Édouard avait ouvert sa beurrerie.

Laurent, Léo et Adèle se dépêchèrent de sortir à sa suite pour grimper dans la carriole. Ils n'entendirent pas le cri de Florie sur la galerie alors que le cheval s'engageait sur la route devant la ferme. Les dix minutes jusqu'au centre du village semblèrent durer une éternité. Au loin, les lueurs du feu montaient dans le ciel dégagé. Une lourde fumée blanche qui annonçait le pire. Aux coins de la côte Boisée et du chemin Des Fondateurs, le quatuor eut un aperçu du drame.

— Oh mon Dieu!

— Vite, James, arrête la carriole ici, on va aller plus vite à pied, explosa Laurent pour une rare fois convaincant.

Pendant que leur voisin attachait les rênes de son cheval, les trois autres se mirent à courir en direction du magasin général. La situation semblait hors de contrôle dans la nuit glaciale. Les flammes sortaient par les fenêtres de l'édifice de deux étages et en s'approchant, ils entendirent les hurlements à fendre l'âme de l'épicière, Louisette Marquis. Le spectacle désolant de la femme de quarante-huit ans brisait le cœur. Son mari, Gérald, courait partout à bout de souffle. Tous les villageois réveillés regardaient avec stupeur le noyau de leur village disparaître sous leurs yeux.

— Ludovic, oh Seigneur, Ludovic !

Devant le magasin en flammes, la chaleur ardente donnait envie d'enlever les lourds manteaux. Plusieurs hommes se tenaient d'ailleurs dans la rue et sur le terrain du commerce, en manches de chemise, à transporter de lourdes chaudières d'eau. Malheureusement, les dommages dépassaient la rapidité et la faisabilité de l'opération. Le magasin, situé au centre du village, était dévasté par le feu et les trottoirs de bois ne furent bientôt que des cendres fumantes. Les trois hommes, Laurent, Léo et James, se mirent aussi dans la ligne de transport alors qu'Adèle joignait le groupe de femmes entourant l'épicière en crise. Elle jeta un regard interrogateur à Béatrice Dupuis, l'enseignante du village.

— Son fils est encore à l'intérieur. Il dormait à l'étage et personne n'a réussi à le sortir encore...

La détresse qui se lisait sur le visage de la commerçante faisait peine à voir. Adèle plaça sa main sur l'épaule de la femme en laissant son regard scruter les fenêtres de l'étage. Son cœur voulut sortir de sa poitrine en voyant un visage torturé derrière la vitre.

— Là! Là, il est là! hurla la jeune femme en courant au-devant de son frère.

— Quoi ?

— JE TE DIS QUE LUDOVIC EST VIVANT !

De nouveau, Louisette Marquis se mit à hurler en pointant son fils debout derrière la fenêtre. Elle trottina rapidement vers son mari en gesticulant de manière hystérique. Avant qu'aucun des villageois ne puisse intervenir, le jeune homme de vingt ans empoigna une chaise et la balança à travers la vitre. Laurent et James réagirent à toute vitesse en appuyant une lourde échelle de bois contre la devanture. Le curé Latraverse, pour une rare fois, faisait montre d'une grande bonté en tentant de calmer la famille du jeune homme resté à l'intérieur.

— Je vous promets que le bon Dieu fait tout en son pouvoir pour lui épargner les pires souffrances. Tenez bien cette médaille bénite, ma chère madame Marquis, elle saura vous soutenir dans cette épreuve.

Alors que la mère, éplorée, s'accrochait aux paroles du saint homme, Léo Villemarie réussit à extirper Ludovic Marquis de l'enfer. Comment le jeune homme fluet parvint à agripper le rouquin beaucoup plus corpulent pour l'amener à descendre à sa suite le long de l'échelle resterait dans les discussions du village pour de longues années à venir. Au moment où le jeune homme s'écroulait dans les bras de sa mère, Florie mettait la main sur le coude de sa sœur. La grosse femme était à bout de souffle, les joues rougies par le froid glacial, un foulard gris enroulé autour du front.

— Florie, qu'est-ce que tu fais ?… Comment tu es arrivée ici ? demanda Adèle en regardant derrière son aînée.

Épuisée par la longue marche de plus de trente minutes, Florie n'arrivait pas à lui répondre et laissa ses yeux parler pour elle. Enragée d'avoir été laissée pour compte, de n'avoir pu aviser les autres pour leur dire qu'elle voulait les accompagner avant qu'ils ne partent, la femme de trente-quatre ans s'était résignée à partir à pied. Elle n'avait pas fait un tel exercice depuis plus de cinq ans. Elle ne sortait que très rarement de la maison et les seules fois où elle allait au village, c'était pour arrêter chez Louisette Marquis. Étonnamment, malgré leurs débuts tumultueux, les deux femmes s'étaient mises à s'entendre de mieux en mieux depuis quelques années. Depuis, en fait, que la commerçante avait entrepris de vanter les courtepointes médiocres de Florie. L'aînée des Gélinas n'en finissait plus de répéter les commentaires élogieux de Louisette Marquis à chacune de ses visites au village. Délaissant sa sœur, elle s'approcha de son amie et se pencha au-devant d'elle.

— Louisette, Louisette, je suis là !

— Oh Florie, Florie… Mon pauvre Ludo. Que va-t-il lui arriver ?

— Le docteur Trudel va en prendre soin.

— Mais… Mais… il n'a plus de face. Il n'a plus de face ! lança la femme d'un ton déchirant.

Lorsque le jeune homme s'était effondré contre sa mère, celle-ci avait tout juste eu le temps de voir son visage défiguré par le feu. Le côté gauche de son corps avait été mangé par les flammes alors que le pauvre cherchait une issue hors de la maison. Le docteur Trudel l'avait aussitôt enveloppé dans une couverture humide et en vitesse, il avait mis le cap sur l'hôpital de Saint-Jovite, dans sa nouvelle voiture. À ses côtés, le père du jeune homme l'accompagnait, alors que la mère était restée assise sur le parvis de l'église, à se lamenter de douleur. Le curé était accouru pour prier et obtenir l'intervention divine sous le regard hésitant d'Adèle.

— Tu vois, souffla Florie, soulagée que le jeune homme eût été extirpé des flammes, c'est grâce au bon Dieu s'il s'en est sorti. Heureusement que notre curé a un lien direct avec lui !

Adèle, peu convaincue, eut envie de répliquer que sans Léo, le bon Dieu n'aurait pas fait grand-chose, mais elle se retint de justesse. Ce n'était guère le moment d'avoir une discussion sur la présence du bon Dieu dans leur vie. Ce n'est que vers deux heures du matin que les habitants se résignèrent à retourner chacun dans leur maison, alors que le dernier pan de mur encore debout s'écroulait dans un fracas intense. Tétanisée, Louisette Marquis lançait un cri du cœur à chaque débris qui tombait. Ses deux plus jeunes fils accrochés contre elle, la femme la plus influente de Sainte-Cécile se releva péniblement. Elle semblait avoir vieilli de vingt ans, ses cheveux roux et gris raidis par le froid de chaque côté de son visage rond. Ses yeux boursouflés lançaient des regards hagards autour d'elle, alors qu'elle replaçait la grosse couverture brune sur son dos et celui de ses deux garçons de dix-neuf et dix-sept ans. Consternés, les villageois s'éloignèrent, une fois qu'il fut entendu que Florie, son frère et sa sœur ramèneraient le trio Marquis à leur maison. Dans toutes les chaumières, les discussions tournèrent autour de la perte du magasin pour le village, des tragiques brûlures qu'avait subies le fils des commerçants. Plusieurs se demandaient ce qui était le pire entre les deux drames...

Comme la coutume le voulait, dès le lendemain de l'incendie, Alcide Constantin entreprit une collecte de feu en parcourant les rues du village. Étant le dernier sinistré, sa cuisine ayant passé au feu à l'été 1935, il se devait de récolter des fonds afin de permettre à la famille dans le malheur de pouvoir subsister jusqu'à la reconstruction de leur maison.

— Soyons généreux, les Marquis ont tout perdu ! disait-il à chaque porte. Ses deux fils adultes, Anasthase et Conrad, le suivaient sans entrain, peu habitués de donner plutôt que de recevoir. Le trio ne dégageait guère d'enthousiasme face à cette tâche inhabituelle.

En ce samedi matin, au village, la désolation régnait. En face de l'église, le brasier fumait encore malgré les heures écoulées. Les villageois s'arrêtaient sur le parvis de l'église dans le froid pour spéculer sur les causes de l'incendie. Les potins allaient bon train, comme en témoignait la fumée blanche sortant entre les lèvres qui bougeaient presque imperceptiblement.

— Je pense que ça doit être le poêle qui a fait des siennes !

— Moi, je sais que...

— ...que ?

— Bien, le jeune Georges-Arthur a commencé à fumer en cachette. Je l'ai vu la semaine passée caché derrière la *shed*. Vous saurez bien me le dire...

Peu importe de quel côté on se plaçait, les gens espéraient que Ludovic Marquis puisse retrouver la santé le plus rapidement possible. Personne n'avait jamais vu de telles blessures au village, même pas lorsque l'école avait flambé vingt ans plus tôt. La maîtresse d'école de l'époque avait réussi à sauver sa peau pour ne plus jamais remettre les pieds dans le village de Sainte-Cécile.

Chez les Gélinas, la commerçante dormit d'un sommeil agité jusqu'à huit heures du matin. En ouvrant les yeux, Louisette Marquis se souvint du drame et se dépêcha de mettre les vêtements prêtés par Florie. Son mari n'était pas encore revenu de l'hôpital et elle craignait le pire. Elle retint un geste piteux en constatant que son amie avait la même taille qu'elle, alors que depuis toujours elle mentionnait si souvent que « la pauvre Florie avait bien engraissé depuis quelques années ! » Mais la triste réalité la rattrapa et elle se dépêcha de sortir de la chambre d'Adèle sans plus songer à la taille de ses vêtements. Cette dernière avait dormi dans le salon sur le divan inconfortable, restant longtemps éveillée dans la nuit à écouter les bruits de la maison. Lors des épreuves des dernières années, l'insomnie l'avait souvent accompagnée. Après le viol de Marc-Joseph, sa séparation d'avec son amour Jérôme Sénéchal, aujourd'hui rédacteur en chef d'un grand quotidien dans la ville de Montréal, elle avait cru que le pire était arrivé. Et puis, son frère Édouard s'était marié, Florie avait craché son venin envers cette union qui brisait la promesse qu'il avait faite, enfant, à leur mère mourante. Ils avaient promis tous les quatre de ne jamais se marier ni d'avoir d'enfants. Et pourtant, Édouard avait fait les deux en épousant sa belle Clémentine et en ayant la petite Marie-Camille. Comme Florie lui en avait voulu à cet ingrat qui détruisait l'harmonie familiale ! La mort de Clémentine, qui souffrait de diabète, avait réunifié la fratrie, mais Adèle s'en était longtemps voulu de ne pas avoir réussi à sauver son amie, la femme de son grand frère. La brune se souleva légèrement en entendant du bruit dans la cuisine. Des murmures parvinrent jusqu'à elle.

— Oh Louisette, viens t'asseoir ma chère.

— Merci, Florie. Merci bien.

Les fils Marquis levèrent leur visage aux yeux rougis vers leur mère éprouvée. Elle s'approcha d'eux et posa ses lèvres sur les deux têtes aux cheveux blond roux. Le plus jeune, Georges-Arthur, avait toujours cet air boudeur qu'il traînait toute la journée. Il travaillait à temps partiel à la boucherie que son père avait inaugurée deux années auparavant à l'arrière du magasin. Dans toute cette tragédie, il retenait un soupir de soulagement à la pensée qu'il n'aurait plus à plonger ses mains dans les carcasses d'animaux pour en sortir les tripes, en couper les pattes… Il détestait ce travail et aurait souhaité prendre la place de Maximilien, son aîné de deux ans. Ce dernier avait la chance de s'occuper des commandes, partant sur les routes de Sainte-Cécile à Labelle, et une fois par mois, il se rendait même jusqu'à Montréal. Oui, au moins pour quelque temps, il pourrait profiter de la vie.

— J'aimerais mieux… si c'était possible… J'aimerais aller rejoindre mon Ludo. Tu penses que…

La voix de Louisette Marquis se brisa dans un sanglot. Florie s'avança pour lui serrer l'épaule. Elle se tourna vers Adèle, les yeux humides. Celle-ci se tenait sur le seuil de la cuisine, encore en jaquette.

— Penses-tu que Laurent pourrait ?…

— Je vais y aller, moi ! affirma aussitôt Adèle.

— Euh… Je suis pas sûre que ce soit une bonne idée, Adèle. Les routes…

— Laisse faire les routes, Florie, il n'y a pas eu de neige depuis trois semaines. Elles sont bien dégagées. Puis ça fait longtemps que je conduis l'hiver, tu n'as pas de souci à te faire voyons ! Laissez-moi m'habiller et on part.

Au moment où elle finissait sa phrase, Édouard ouvrit la porte portant sa fille Marie-Camille dans les bras. Aussitôt que la petite vit sa tante Florie, un sourire épanoui apparu sur le visage rond de la fillette de quatre ans.

— Matante Florie ! C'est moi !

— Bien oui, ma belle cocotte, viens ici que je te dégraye !

Pendant quelques instants, l'attention de tous les adultes se tourna sur la petite blonde, copie conforme de sa mère Clémentine. Avec ses belles boucles que le chapeau de laine laissait apparaître, son petit nez rond et ses yeux bleus étincelants, l'enfant faisait la joie de son père veuf depuis plus de trois ans. En fait, chez les Gélinas, la petite avait ramené le bonheur dans une famille fort éprouvée par la douleur. L'envie était vite passée à Florie de suggérer l'orphelinat pour la gamine après la mort de sa mère. Alors que l'idée avait germé dans son esprit à la suite du décès de Clémentine, en posant les yeux sur sa nièce, elle s'en était voulu d'avoir même eu l'envie de le proposer à son frère. En quelques semaines, Marie-Camille avait réussi à gagner le cœur de sa tante, qui ne pouvait plus imaginer sa vie sans elle. Elle serait mère par procuration. Cette enfant serait comme la sienne. En lui enlevant son long manteau marine, Florie reporta son regard sur Édouard, tout en jetant un coup d'œil soucieux vers Louisette.

— Tu es au courant…

Elle pointa du menton son amie éplorée et Édouard hocha tristement la tête. Il s'approcha de Louisette Marquis et s'agenouilla devant la femme tremblante. Le petit matin rappelait à cette dernière les douleurs physiques et morales que vivrait son aîné, les semaines à venir pour leur famille sans logis. Que deviendraient-ils sans toit, sans travail ? Son mari et elle ne savaient pas faire autre chose que le commerce de biens. La rousse posa ses yeux verts sur le jeune homme accroupi sur le sol.

— Madame Marquis, je suis sans mot. Mais sachez que tous les Gélinas seront là pour vous aider à reconstruire votre magasin, votre maison. Nous vous offrirons toute l'aide nécessaire pour que ce drame soit oublié le plus rapidement possible.

— Merci, Édouard. Merci. Tu es bien fin, mon ami. Je pense que de l'aide, on va en avoir besoin en pas pour rire !

À bout de souffle après ces quelques paroles, la commerçante se releva péniblement en se tenant après le dos de sa chaise. Elle lança un regard d'espoir vers Adèle, qui s'empressa d'agripper son manteau en grosse laine accroché derrière la porte. Laurent sortit pour atteler leur cheval et couvrir la banquette de l'épaisse couverture qui les garderait au chaud pendant le trajet jusqu'à Saint-Jovite.

⚹

— C'est vraiment pas drôle, murmura Adèle revenue de Saint-Jovite vers la fin de l'après-midi. Le jeune Marquis est brûlé sur cinquante pour cent de son corps, mais le pire, c'est que ça part de sa taille et ça monte tout le côté de sa face. Il n'a même plus de cheveux et son oreille gauche... Oh mon Dieu, c'est vraiment affreux !

Florie écoutait sa cadette et secouait sa tête, les yeux pleins d'eau. Son menton pointu tremblotait au-dessus de son cou replet. Elle était tellement triste pour ce jeune homme à peine sorti de l'adolescence qu'elle en oubliait à quel point elle le trouvait arrogant chaque fois qu'elle mettait les pieds chez les commerçants.

— Ma pauvre Louisette ! répondit sa sœur d'une voix tremblante.

— Oui, je te dis qu'elle faisait pitié, madame Marquis. Je pensais jamais dire ça, parce que tu sais que je la porte pas nécessairement dans mon cœur...

— Franchement, Adèle, un peu de charité chrétienne !

Sa sœur lui jeta un regard noir avant de continuer :

— ...mais là, ses cris déchiraient le cœur. Il va lui falloir beaucoup de courage à ce jeune garçon. Beaucoup !

Bien chagrinée par l'étendue des blessures qu'avait subies Ludovic, Florie laissait son regard errer par la large fenêtre devant leur évier. Leurs champs étaient recouverts d'une épaisse couche de neige lumineuse. De temps en temps, elle secouait la tête.

— Quand je pense que le magasin général de Sainte-Cécile est complètement disparu ! C'est tout de même bien notre passé à tous ! Il va falloir aller jusqu'à Labelle maintenant pour faire notre marché, ça sera vraiment pas pratique !

Comme dans les années précédant l'ouverture du magasin général, les Cécilois devraient à nouveau se procurer toutes leurs denrées au village voisin. Malgré son grand cœur, Florie conservait un réalisme qui faisait souvent réagir sa sœur. Dans sa chambre, Adèle s'était assise sur son lit. En accompagnant madame Marquis à l'hôpital, les souvenirs de la mort de Clémentine avaient afflué. Elle revivait les dernières heures de son amie, la femme d'Édouard, décédée en juillet 1934. Diabétique, la jeune femme avait chuté à la suite d'une hypo-glycémie sévère, laissant dans le deuil son jeune époux et sa petite Marie-Camille. La seule note positive dans toute cette tragédie fut le rapprochement entre Édouard et Florie. Main-tenant, le jeune maître-beurrier venait reconduire sa petite fille tous les matins à la ferme avant de continuer jusqu'à sa beurrerie. Même si Florie lui avait demandé de revenir s'ins-taller à la ferme avec eux, le jeune père avait choisi de conserver sa maison à Saint-Damien, à une dizaine de milles au nord de Sainte-Cécile.

— Je comprends pas pourquoi tu t'obstines à rester là, il me semble que ce serait bien plus simple pour tout le monde si tu revenais t'installer ici !

— Florie, n'en parlons plus ! avait répondu catégorique-ment Édouard, la dernière fois que sa sœur avait fait une nou-velle tentative. Ma maison, je l'ai choisie avec ma femme et ma fille va y vivre jusqu'à son mariage.

Il avait feint de ne pas remarquer la moue déçue, en espérant que son aînée ne reviendrait pas à la charge. Marie-Camille, une fillette enjouée, quoique assez capricieuse à l'occasion, amenait un vent de fraîcheur dans la maison des Gélinas. Lorsqu'elle arrivait tous les matins, les deux sœurs l'attendaient en faisant la vaisselle du déjeuner.

— Les voilà, s'exclamait souvent Florie qui gardait un œil sur leur escalier extérieur, dos tourné au comptoir.

Adèle avait compris combien les dernières années l'avaient minée. Ne plus avoir personne à câliner, ne plus avoir d'enfants à s'occuper l'avait fait se sentir inutile. Lorsqu'elle avait constaté à quel point sa sœur avait eu besoin de reconnaissance pour ses talents artisanaux, la brune s'était promis de tout faire pour montrer à Florie qu'elle était appréciée. Ce qui n'était pas toujours facile étant donné le caractère souvent excessif de l'aînée de la famille. Mais en l'entendant de nouveau s'émerveiller devant une boule de pâte fabriquée par l'enfant en cette fin d'après-midi, la jeune femme soupira d'aise malgré le malheur qui s'abattait sur le village.

— A-t-elle dormi un peu, cette demoiselle ? s'informa-t-elle en prenant la fillette contre son cœur.

Marie-Camille se mit à gigoter dans tous les sens en riant aux éclats sous les becs sonores que sa marraine plaquait sur ses joues rondes.

— Oui, mais à peine…, répondit Florie sans regarder sa cadette.

Adèle savait très bien que sa grande sœur choisissait souvent de ne pas coucher l'enfant l'après-midi, malgré le souhait de son père. Elle argumentait que la fillette ne semblait pas fatiguée, ou qu'elle n'avait pas eu le temps de jouer… enfin bref toutes des excuses pour la garder à ses côtés. À quelques reprises depuis les deux dernières années, Édouard avait tenté de raisonner son aînée.

— Arrête de la gâter comme ça, lui disait-il, tu vas en faire une petite détestable !

Florie acquiesçait alors à contrecœur et Marie-Camille refaisait des siestes pendant quelques semaines, pour respecter le souhait de son père. Mais rapidement, sa tante reprenait ses anciennes habitudes de ne pas la coucher dans la journée.

Adèle déposa sa nièce par terre, et celle-ci trottina dans le corridor pour aller dans le salon chercher sa poupée de chiffon, sa Doudoune bleu pâle.

— À ton avis, demanda sérieusement Adèle, combien de temps cela prendra-t-il pour reconstruire le magasin général ?

Florie secoua la tête, les mains bien appuyées contre le comptoir. Depuis leur arrivée à Sainte-Cécile en 1914, les Gélinas pouvaient compter sur les doigts d'une main les incendies ayant occasionné de lourds dommages matériels ou humains. Mais aucun n'avait été de cette importance. Le magasin de Louisette et Gérald Marquis représentait le lieu de rassemblement avant et après la messe du dimanche. L'endroit où les jeunes gens se retrouvaient les soirs d'été pour flirter un peu et échanger des confidences. Il y régnait toujours une ambiance qui reflétait les événements du village. Souvent, pendant que leurs parents s'occupaient des commissions, les jeunes enfants salivaient d'envie devant le long étalage de bonbons à une cenne. S'ils étaient chanceux, leur père leur en offrait un en disant : « On n'en fera pas une habitude ! » Le magasin étant situé en face de l'église, sa destruction laisserait un trou béant pour les mois à venir.

— Je pense qu'il va falloir qu'on relève tous nos manches ! répondit Laurent qui venait de mettre les pieds dans la cuisine. Depuis la réconciliation entre son frère et sa sœur, il approchait toujours sa nièce avec circonspection. Laurent se sentait beaucoup plus à l'aise avec ses bêtes qu'avec un petit enfant. Marie-Camille trotta vers lui, le pouce dans la bouche.

— Prends-la donc un peu ! Je pense qu'elle s'ennuie de toi, dit Florie.

— Hein ?... Euh...

Maladroit, le grand gaillard se pencha pour tendre les bras à la fillette qui ôta son pouce d'entre ses lèvres. Elle observa cet oncle intimidant avec les sourcils froncés. Les deux se regardaient, hésitants. Après quelques secondes, Marie-Camille repartit dans la direction opposée, la poupée traînant sur le sol. Adèle éclata de rire.

— Eh bien, mon frère, tu viens de te faire revirer de bord pas à peu près !

Laurent rougit en haussant les épaules. Malgré ses vingt-quatre ans, le jeune homme se sentait tout le temps malhabile dans ses relations avec les autres. Avec ses sœurs et son frère, ça allait. Avec Léo, leur homme engagé, qui partageait leur vie depuis l'ouverture de la beurrerie quatre ans auparavant, il vivait une relation complice. Pêche, chasse, ouvrage sur les terres, les deux amis n'échangeaient que peu de paroles, mais s'entendaient comme deux larrons en foire. Depuis son arrivée dans la maison des Gélinas, le jeune Villemarie avait permis à Laurent de ramasser une petite somme d'argent grâce à la vente des peaux d'animaux qu'ils trappaient ; généralement, ils capturaient des lièvres ou des rats musqués qui valaient entre vingt-cinq cents et quatre dollars. Mais à l'occasion, un vison ou même une loutre valant entre soixante et soixante-dix dollars se faisait piéger. C'était alors la fête chez les Gélinas. Mais ce petit bout de femme, mélange d'Édouard et de

Clémentine, le confondait. Il se dépêcha vers la salle de bain au fond du couloir pour éviter de répondre au commentaire moqueur de sa sœur. Comme presque tous les soirs, Édouard et Marie-Camille restèrent souper avec les autres.

— Qui va héberger les Marquis, le temps que soient reconstruits leur logement et le magasin ? s'informa Édouard en faisant des gros yeux à sa fille qui picorait dans son assiette pour s'emparer des bouts de carottes et tasser sur le côté les navets qu'elle détestait. Il réprouvait l'habitude qu'avait son enfant de ne manger que ce qui lui plaisait, peu importe l'état de son appétit.

Florie retint son souffle quelques instants avant de lancer innocemment, sans regarder personne autour de la table :

— Bien, j'ai pensé qu'on pourrait leur offrir de rester ici quelque temps.

— Hein ?

Adèle et Laurent sursautèrent en entendant leur sœur.

— Voyons donc, Florie, veux-tu bien me dire où tu vas les installer ?

— J'ai pensé que pour un bout, on pourrait dormir dans la même chambre, toi et moi, puis Laurent et Léo feraient la même chose.

— Euh...

Bouche bée, les deux cadets n'arrivaient pas à répondre. C'est Édouard qui le fit à leur place.

— Il me semble que la place est pas bien grande pour tout ce monde.

— D'abord, Ludovic restera à l'hôpital au moins un mois si j'ai bien compris. Son père et sa mère vont se relayer à ses côtés. Ce qui fait qu'ils seront pas ici continuellement. Puis les deux jeunes pourront prendre l'ancienne chambre d'Édouard. Georges-Arthur et Maximilien seront pas bien dérangeants, ils donneront même un coup de main sur la terre. À dix-sept et dix-neuf ans, ce sont plus des enfants. Non, j'ai bien pensé à ça puis…

— Moi, ça fait pas mon affaire, Florie, s'interposa Laurent en élevant la voix pour une rare fois.

Les autres se figèrent en l'entendant. Le jeune homme blond avait un visage fermé, les yeux fixés sur son aînée. Son menton tremblait légèrement et même Adèle, qui n'avait pas du tout envie de passer un mois dans la même chambre que sa sœur, fut surprise de sa réaction.

— Je suis encore chez nous il me semble et je trouve que Léo et moi on travaille assez fort pour mériter un repos dans notre chambre personnelle le soir venu.

— Bien je comprends pas pourquoi tu dormirais pas aussi bien, même si vous êtes dans le même lit ! Si vous êtes si fatigués, justement, vous devriez vous écrouler, peu importe où !

Laurent allait répliquer, mais sa frustration l'emporta et il se releva pour s'éloigner vers le salon. Les yeux rivés sur la côte Boisée au loin, il se remémora tous les moments où son corps avait réagi d'une façon inhabituelle au contact de son ami. Lorsqu'ils avaient partagé son lit trois ans auparavant, l'histoire d'une seule nuit ; lorsque son regard s'attardait parfois sur la longue silhouette frêle de Léo. Il n'était pas question qu'il soit tenté par le diable, nuit après nuit. Il avait beau savoir que ses pensées constituaient un péché grave, il ne pouvait s'en empêcher de temps en temps. Adèle arriva derrière lui et mit sa main contre sa large épaule.

— Ça va, mon Laurent ?

Il hocha la tête sans répondre. Sa sœur sentait la tension dans son dos, ses muscles crispés, sans savoir ce qui le rendait aussi frustré. Il se tourna vers elle, le regard voilé par la douleur.

— C'est juste une proposition, Laurent. On n'est pas obligés d'accepter, mais en même temps, on voudrait sûrement que quelqu'un fasse pareil pour nous, non ?

— Oui… On va juste être bien tassés, je trouve.

Laurent se détacha doucement de sa grande sœur avant de retourner dans la cuisine. Léo le regardait avec étonnement. Lui, il n'avait guère de problème à dormir n'importe où, tant que les Gélinas ne le retournaient pas chez sa mère à Saint-Damien. Même si celle-ci ne pouvait plus faire grand-chose à cause de sa quasi-cécité, il ne pouvait s'y résoudre. Il préférait payer la voisine quelques dollars par mois pour assurer la sécurité de sa mère plutôt que de réintégrer le foyer familial. Édouard, sentant le malaise sans le comprendre, proposa gentiment :

— Si tu veux, Laurent, vous pourriez aussi venir chez nous quelques semaines. J'ai de la place en masse et je vous amènerais les matins bien de bonne heure pour la traite.

Sans comprendre l'inconfort de son frère, Florie secoua la tête.

— Bien voyons, c'est niaiseux ça ! Il va falloir que tu arrives ici à six heures du matin, que tu partes à cinq heures et demie avec ta fille. Non, non. On va faire comme j'ai dit. Je suis tout de même encore responsable de la maisonnée à ce que je sache. Nos amis sont dans le besoin, on va les aider. Point à la ligne.

Elle se retourna pour quitter la cuisine sans voir l'échange de regards entre Édouard et Adèle, soucieux du bien-être de leur petit frère. Tous les deux ignoraient la cause de son malaise, mais ils se doutaient qu'il n'avait pas tout dit. Les prochaines semaines leur permettraient peut-être de comprendre les raisons de son indisposition.

CHAPITRE 2

Cohabitation à la ferme

Les semaines qui suivirent furent les pires pour Laurent et Adèle. Chaque soir était une torture pour le jeune homme qui s'arrangeait pour se coucher toujours après son ami, vêtu de sa combinaison de laine piquante, celle qu'il avait toujours refusé de mettre. De cette façon, les sensations dans son bas-ventre s'avéraient plus désagréables que l'inverse. Depuis le temps que l'engagé vivait sous leur toit, il avait réussi à se convaincre que Léo n'était qu'un ami pour lui. Son meilleur ami. Parfois, il sentait le désir le tarauder lorsque le jeune bègue s'approchait trop près de lui, mais toujours il avait réussi à contrôler ses envies, conscient de ne jamais pouvoir avouer son amour à l'autre. Après quelques nuits, il se fit à l'idée de dormir aux côtés de Léo et réussit même à faire abstraction de son attirance qu'il jugeait à présent ridicule.

— Je pense que j'étais juste fatigué. Je me suis imaginé des affaires et au moins, je suis revenu sur terre, se dit-il un matin à son réveil.

Il estimait toutefois la présence des deux garçons Marquis comme un ajout de tâche non nécessaire. Il se doutait bien que ces deux grands flancs mous n'aideraient pas beaucoup à la ferme, mais pas à ce point-là ! Pire encore, un des adolescents avait mortifié Florie le lundi précédent en lui jouant un tour... qui ne lui était pas destiné. Maximilien, comme son frère, trouvait dégoûtant d'avoir à sortir pour aller faire ses besoins. Ce matin-là, il avait caché le papier de toilette, convaincu que son cadet, routinier, le suivrait à la bécosse et se verrait obligé de s'humilier en sortant les culottes à terre ! Mais la pauvre Florie fut bien mal prise, lorsqu'elle constata l'absence du papier indispensable !

— Bien voyons, veux-tu bien me dire ? avait-elle marmonné en se tortillant de tous bords tous côtés.

Elle avait dû se résoudre à attendre que quelqu'un sorte à l'extérieur pour crier à l'aide. Déterminée à trouver le ou les coupables, elle avait retenu des paroles acérées en voyant l'air coupable de Maximilien.

— Mettons que je vais mettre ça sur le compte du choc que le jeune a vécu ! Mais si jamais il recommence... C'est déjà assez qu'on ait à attendre avant de suivre monsieur Marquis à la bécosse, sinon on risque d'étouffer, il manquerait plus juste que ces deux nonos s'amusent à nous y enfermer parce qu'ils n'ont rien de mieux à faire.

Parce qu'il était généreux et que le pauvre couple de commerçants avait le cœur chaviré chaque fois qu'ils revenaient de l'hôpital, Laurent tenta de prendre les garçons sous son aile. La première semaine, Florie insista pour qu'il ne les réveille pas au moment de la traite.

— Laisse-les dormir, les pauvres, ils ont vécu tout un drame. Puis ils sont quand même bien jeunes pour t'aider à l'étable.

— De quoi tu parles, Florie ? Ils ont dix-sept et dix-neuf ans ! Ça faisait longtemps que je trayais nos vaches à cet âge-là.

— Peut-être, mais eux autres, ils ont jamais fait ça. Alors il faut leur donner le temps de s'y intéresser. T'inquiète pas, Laurent, c'est certain qu'ils vont t'aider, leurs parents sont tellement travaillants. Ils ont un bel exemple de vaillance.

Même Adèle était confuse devant la complaisance dont sa sœur faisait preuve envers les deux adolescents.

— Je ne la reconnais plus, dit-elle à Édouard qu'elle aidait à la beurrerie quelques heures par semaine.

Cela lui permettait de s'éloigner de la routine de la ferme et des propos souvent futiles de sa sœur. Elle s'était résolue à ne plus tenter d'avoir de grandes discussions philosophiques ou politiques avec Florie, tant les soupirs et les moues de celle-ci démontraient le peu d'intérêt qu'elle y portait. Tout en relatant la situation à son aîné, Adèle transférait les meules de beurre dans une grande boîte de bois pour permettre à James d'en faire la livraison. De plus en plus, le commerce du maître-beurrier prenait de l'ampleur pour sa plus grande satisfaction. Son assistant avait maintenant des journées bien remplies entre son travail de production et la distribution des livres de beurre jusqu'au village de Nominingue plus au nord.

— Tu te rappelles comment nous autres on devait se lever à l'aurore, comme elle nous forçait à accomplir toutes nos tâches avant de partir à l'école, eh bien pour ces deux jeunes, c'est tout le contraire. Elle les laisse dormir jusqu'à neuf heures, me demande de leur réchauffer leur gruau, puis les laisse aller au salon jouer aux Tocs et aux échecs toute la journée. Au moins, quand ils accompagnent leurs parents à l'hôpital, on les a pas dans la face. Non, je comprends pas!

La jeune brunette secoua la tête en bougonnant.

— En plus, ils sont bêtes comme leurs pieds. Des petits malotrus qui disent jamais merci ou s'il vous plaît! Non, sérieusement moi, je commence à en avoir assez. Je me sens comme leur servante ! Je peux pas croire qu'on va devoir les endurer encore des semaines !

Adèle se demandait comment aborder le sujet avec sa sœur sans l'entendre hurler contre son manque de cœur. Elle attendit donc un soir après le souper, alors que Léo et Laurent jouaient aux cartes dans le salon et que la famille Marquis était partie passer la soirée à l'hôpital pour tenir compagnie à Ludovic.

— Je peux te parler, ma Florie ?

— Bien sûr que oui ! Tu peux toujours me parler.

Satisfaite du ton affectueux de sa grande sœur, Adèle tira une chaise proche de la berçante où elle était assise. Près du poêle, les deux savourèrent un moment de silence avant que la cadette ne se lance.

— Je me disais que ça serait peut-être une bonne idée de donner de petites tâches aux garçons Marquis. Ça fait presque trois semaines que l'accident est arrivé, et je pense bien qu'ils doivent être remis de leurs émotions, non ? En tout cas, ça leur permettrait de s'occuper le corps et l'esprit.

— Hum...

Pendant quelques secondes, sa sœur resta le regard dans le vague, l'aiguille dans les airs. Elle travaillait patiemment tous les soirs à sa table de courtepointe que lui avait offerte Laurent à Noël, quelques années plus tôt. Sa confection avançait rapidement, et son objectif de présenter deux œuvres au prochain concours de Saint-Jovite prenait forme. Louisette lui avait fait bien des compliments la veille au soir, et la grosse femme vibrait de reconnaissance envers son amie. Tournant son regard songeur vers Adèle, elle hocha imperceptiblement sa tête poivre et sel.

— Ouin... Tu as peut-être raison. Ils vont s'enfoncer dans

la tristesse à force de rien faire, les pauvres garçons. Je le vois bien qu'ils sont effondrés par le drame qui a frappé leur frère.

Adèle retint une grimace. Comment sa sœur ne réalisait-elle pas que les deux adolescents profitaient de son grand cœur ? Elle ne comprenait pas ! Par contre, pour s'assurer de la collaboration de Florie, elle était prête à tout admettre.

— Voilà, c'est ce que je me disais aussi, mentit-elle avec aplomb. Alors si tu veux, je me charge de les aviser que, dès demain, ils seront attendus pour la traite de la fin de journée. Comme ils risquent de revenir tard ce soir de Saint-Jovite, on voudrait pas qu'ils aient à se lever trop tôt pour celle du matin n'est-ce pas ?

Florie acquiesça avec ardeur, sans s'apercevoir du ton ironique de sa cadette. Satisfaite, Adèle se releva pour regagner la chambre qu'elle partageait avec son aînée depuis l'incendie. Si elle pouvait avoir quelques minutes seule, elle pourrait peut-être relire son manuscrit enfin terminé.

— J'espère que Florie viendra pas se coucher tout de suite...

Depuis le viol qu'elle avait subi et sa séparation d'avec Jérôme Sénéchal six ans auparavant, l'ancienne journaliste avait consigné ses pensées, ses regrets et ses espoirs afin de créer son premier roman. Seul Édouard partageait son secret. S'il fallait que sa sœur l'apprenne, elle voudrait le lire et Adèle ne pouvait risquer de voir revenir la tempête dans la maison. Les propos de son roman, sans être tous véridiques, s'avéraient beaucoup trop osés pour la pudique Florie. Elle serait furieuse que sa sœur se hasarde à écrire de telles vulgarités. Lorsque la cadette se déciderait à l'envoyer à une maison d'édition de Montréal, si et seulement si elle le faisait, personne d'autre ne le saurait. Son pseudonyme était déjà choisi, un seul prénom, Virginie, inspiré de son auteure préférée,

Virginia Woolf. Cette grande dame de la littérature anglaise était une figure importante du monde littéraire européen. Adèle avait découvert cette écrivaine lors d'une sortie à Montréal avec son amant. Depuis, elle se dépêchait d'acquérir ses livres dès qu'ils étaient traduits.

— J'aimerais tellement ça lire l'anglais, maugréait-elle souvent, déçue de ne pouvoir apprécier cette auteure dans sa langue maternelle.

Parfois, lorsqu'elle passait un après-midi à la beurrerie en même temps que James Jackson, l'employé de son frère, elle s'amusait à pratiquer son anglais avec lui. Il lui répondait en français pour améliorer à son tour la langue de son village d'accueil.

— *So, mister James, you have a nice trip to Montreal yesterday*[2] ?

— Oui, mais on dit : « *you had*[3] ! »

Les deux s'entendaient vraiment très bien et la jeune femme adorait discuter de politique, de littérature avec cet homme cultivé. À l'occasion, son regard s'attardait sur son corps sculptural et une bouffée de désir l'envahissait. Elle fermait alors les yeux, espérant retrouver son calme et sa raison. Depuis l'agression de Marc-Joseph, elle se refusait à reconnaître les signes de la tentation. Alors le plus souvent, Adèle réussissait à ne voir qu'un ami chez cet homme différent. En refermant la porte de la chambre de Florie, elle soupira d'aise comme chaque fois qu'elle se retrouvait seule dans une pièce de la maison.

— Si seulement je pouvais m'acheter un petit lopin de terre,

---

2   Alors, monsieur James, vous faites un bon voyage à Montréal hier ?
3   On dit : vous avez fait !

songea-t-elle en soulevant le rideau, sachant fort bien que ce n'était qu'un rêve inaccessible.

La neige recouvrait le sol depuis plusieurs mois et atteignait même le toit de la remise de bois de chauffage. Adèle leva les yeux au ciel en entendant la porte s'ouvrir. Les pas glissants de Florie se faufilèrent dans la pièce.

— Tu te couches bien de bonne heure !

Sa lecture serait pour un autre jour. Elle sourit à sa grande sœur dodue qui la questionnait du regard. Heureusement, comme souvent, Florie n'attendait guère de réponse à son commentaire !

Les voitures, de plus en plus fréquentes dans les rues du village, dérapaient sur la chaussée glacée en ce milieu de mars glacial. Parfois, des piétons en colère se voyaient éclabousser par le mélange de neige et d'eau qui se formait sur la route.

— Maudites machines dangereuses ! pestaient les plus anciens qui ne voyaient guère de positif dans l'arrivée de ces engins bruyants.

Depuis quelques semaines, le maire du village, Paul-Émile Fréchette, tentait d'obtenir le consensus de ses conseillers afin de faire l'achat d'une première autoneige à Sainte-Cécile*4. Établi près du lac Mauve depuis plus de quatre décennies, ce notaire n'avait jamais pensé à être politicien jusqu'au jour où son épouse était décédée. Déterminé, l'homme âgé de soixante ans ne se laissait guère dicter sa conduite par quiconque.

---

4   Tous les passages suivis d'un astérisque renvoient à une note de l'auteure située à la fin du roman.

Cheveux poivre et sel, corpulent sans être gros, l'homme était honnête et bien apprécié dans le village. Élu sans opposition en 1936, il avait dressé un tableau précis de plusieurs améliorations souhaitables pour Sainte-Cécile.

— Je ne vois pas pourquoi on risquerait des vies parce que les routes ne sont pas accessibles. Quand on doit se déplacer en hiver, pour des urgences comme on a eu il y a un mois avec l'incendie, ça prend tout un attirail pour réussir à dégager le chemin. Je pense qu'il nous faut une machine Bombardier.

Depuis son plus jeune âge, Joseph-Armand Bombardier inventait des véhicules de toutes sortes et il avait mis au point les premières autoneiges au début des années trente. En fait, en 1922, alors qu'il n'avait que quinze ans, le jeune garçon avait causé toute une surprise dans son village natal de Valcourt en créant une étrange machine équipée de quatre patins, sur laquelle il avait installé le moteur d'une vieille voiture Ford. Grimpé à l'arrière, l'adolescent actionnait une grosse hélice de sa fabrication pendant que son jeune frère dirigeait l'engin avec ses pieds. Par la suite, il continua à peaufiner ses créations. En 1934, ce fut la mort de son garçon de deux ans qui l'amena à se pencher sur les problèmes de ses machines précédentes. Alors que son bambin se mourait dans les bras de sa mère, l'inventeur ne put rien y faire, les routes pour se rendre à l'hôpital le plus proche étant complètement impraticables. Éploré, il s'était donc repenché sur ses plans.

— Je pense donc qu'on ferait une bonne affaire avant que tous les villages se les arrachent et que les prix montent. Vous savez que j'ai eu la chance de rencontrer monsieur Bombardier l'année dernière à Saint-Jovite. Je peux vous dire que la présentation de son système de traction barbotin-chenille est révolutionnaire. Le nouveau B7, qui peut embarquer jusqu'à sept personnes, permettrait aux villageois de se sentir en sécurité, peu importe la température !

Édouard, qui faisait partie des conseillers avec Henry Stromph, n'hésita pas une minute.

— Je suis entièrement d'accord avec monsieur le maire. Si... ma femme Clémentine était décédée en hiver, j'aurais voulu avoir la possibilité de me rendre à Saint-Jovite. Non, je ne voudrais pas qu'un homme ici, ou un parent, ait à passer par une telle épreuve parce que nous avons décidé que l'investissement n'en valait pas la peine.

Ce si long discours de la part d'Édouard surprit les autres membres du conseil. Il n'abordait jamais sa vie avec Clémentine et, respectueux, les villageois ne posaient pas de question. Le maître de poste, Rosaire Barnabé, maintenant père de jumeaux de quatre ans et de deux filles de deux et un ans, était du même avis. Il flatta sa moustache noire avant de repousser ses petites lunettes rondes.

— Je pense aussi que nous devons faire cet achat.

— Bon, dans ce cas-là, on va voter, décida Paul-Émile Fréchette.

Les autres conseillers hésitaient. Henry Stromph, Gaspard Marois – le voisin des Gélinas – et le malcommode Alcide Constantin préféraient faire l'achat d'un chasse-neige, même si le prix de quinze mille dollars risquait de faire un trou béant dans les finances du village. Dans plusieurs villes du Québec, les municipalités acquéraient plutôt ces gros engins à souffler la neige inventés par Arthur Sicard, un jeune homme originaire de l'est de Montréal. Irrité de ne pouvoir livrer le lait de la ferme familiale les journées d'hiver, il avait bricolé un véhicule de ferme, en prenant pour exemple la moissonneuse d'un de ses voisins. En partant du même principe de fonctionnement, il était arrivé à souffler la neige sur plusieurs pieds de distance. Les jours de tempête, cette machine était fort utile pour dégager les routes.

— Moi, je pense qu'on serait pas mal plus brillants de s'acheter un chasse-neige qui va permettre à tout le monde d'en profiter. Parce qu'avec votre «autoneige», dit ironiquement le bonhomme Constantin, on peut juste embarquer sept passagers. Ça veut dire que tous les autres vont rester sur le bord du chemin si j'ai bien compris votre logique !

Édouard leva les yeux au ciel devant la mauvaise foi du gros fermier. C'était la seule raison pour laquelle il avait regretté de s'être fait élire au conseil du village deux ans auparavant. Florie ne le lâchait pas en lui disant qu'il était le meilleur candidat pour en faire partie. Bien que sa maison ne soit plus au village de Sainte-Cécile, le fait qu'il y avait établi sa beurrerie lui avait permis d'avoir la confiance des habitants. Mais lorsqu'il avait su qu'Alcide Constantin avait aussi été élu…

— Je peux pas croire qu'il va falloir que je lui fasse entendre raison un soir par mois ! s'était-il lamenté à ses sœurs et frère.

— Bien voyons toi, parle pas de même. C'est un très bon paroissien, tu sauras. Il est à l'église tous les dimanches… On peut pas en dire autant de tous au village, avait répliqué sa sœur aînée pour qui la fréquentation du lieu sacré signifiait assurément que l'homme avait un grand cœur… comme elle !

— Pour moi, Florie, cet homme-là est un des plus malotrus que je connaisse, mais…, s'était-il dépêché de poursuivre en voyant sa sœur devenir rouge, je pense que je vais prendre le temps de mieux le connaître avant de juger. Parce que, notre Seigneur ne nous enseigne-t-il pas l'ouverture aux autres après tout ? avait continué Édouard alors qu'Adèle et Laurent ricanaient dans la cuisine.

Mais depuis deux ans malheureusement, plutôt que de s'améliorer, son opinion du gros homme n'avait fait qu'aller dans le sens contraire. Ce qui fait que le maître-beurrier n'était pas du tout surpris de voir Alcide Constantin aller contre la proposition du maire, puisque c'est ce qu'il avait fait à chaque assemblée depuis son élection. Le seul conseiller indécis, Philippe-Joe Lalonde, venait d'arriver au village, quelques années auparavant, et pouvait facilement passer inaperçu ; sa voix basse et hésitante fatiguait d'ailleurs Florie, qui ne se gênait pas pour passer une remarque sur cette caractéristique chaque fois qu'il commençait à discuter avec eux sur le parvis de l'église ou au magasin général. Célibataire endurci de cinquante ans, il avait toujours vécu à Saint-Damien avant d'acheter une petite terre de l'autre côté du lac Mauve. Le maire voulut lui donner la parole, mais en le voyant hausser les épaules avec incertitude, il laissa faire.

— Bon, de toute manière, votons puisque l'opinion semble partagée, dit sereinement le maire, habitué à négocier avec ce drôle de conseil.

Lorsque le résultat du vote fut connu, Alcide Constantin ne prit même pas la peine de saluer les autres hommes avant de claquer la porte de la salle paroissiale, annexée à l'église du village. Enragé, il mit son chapeau et son manteau dehors avant de grimper dans sa carriole et de faire claquer ses rênes sur son pauvre cheval.

— Bon, alors voilà qui met fin à nos discussions. Je vais dès demain contacter le fabricant pour tenter d'avoir l'auto-neige le plus rapidement possible, conclut le maire avant de mettre fin à la réunion. Je pense que le conseil a pris la bonne décision. Mille quatre cents dollars versus quinze mille piastres, c'est toujours bien une grosse économie, mes amis !

— Une autoneige ? Es-tu sérieux, toi là ? Wow ! On rit plus ! dit Florie le lendemain matin les yeux grands ouverts. Elle sourit à sa nièce qui sautillait dans la cuisine. Puis, ça coûte combien cette bébelle-là ?

— Hum… Je sais pas trop. Dans les mille quatre cents dollars je pense, répondit distraitement Édouard, occupé à réprimander sa fille qui refusait de replacer les petits pots de collection de Florie sur le buffet près de la porte.

— Mille quatre cents dollars ! Bien voyons donc !

Édouard, seul avec son aînée, soupira discrètement avant de se lever.

— Écoute, Florie, c'est toujours mieux que ce que voulait Alcide Constantin, qui aurait souhaité que le village se dote d'un chasse-neige au coût de quinze mille piastres !

Bouchée par la réplique de son frère, Florie fronça les sourcils avant de changer de sujet. Ce n'était pas facile pour elle d'admettre ses torts, elle préférait parler de nourriture !

— Bon, c'est samedi aujourd'hui, ça fait que vous mangez avec nous ce soir, hein ? C'est tellement plate depuis que tu as décidé de nous réserver seulement un souper par semaine, se lamenta Florie en flattant la tête de sa nièce.

— Comme d'habitude ! On sera ici, répondit affectueusement Édouard avant d'embrasser sa fillette. Il choisit de ne pas renchérir sur la plainte de sa sœur. Il préférait maintenant ramener Marie-Camille chez eux tous les soirs. Il passait ainsi un moment calme avec son enfant.

Il laissa son regard planer quelques instants sur la petite Marie-Camille. Sa chevelure bouclée de la couleur des blés rappelait la douceur de l'été. Édouard exhala longuement avant de prendre son manteau et son chapeau. Que de regrets, que de souhaits dans ce long soupir. Il lança un dernier message à Florie, juste avant de partir pour la beurrerie. Il arriverait encore après James, songea-t-il en prenant note de donner un bonus à son employé avant la fin de l'été.

— Mais la semaine prochaine par exemple, compte pas sur nous. Marie-Camille et moi sommes attendus chez les Lortie. C'est jour de fiançailles pour Jules et on ira partager son bonheur.

Le jeune homme fit semblant de ne pas voir la grimace de sa sœur qui aurait souhaité que la mort de Clémentine sonne le glas de la relation de son frère avec les Lortie. Pas par méchanceté, mais afin de protéger son cadet de la peine ressentie à chaque visite dans cette famille. Et puis, Florie éprouvait toujours un sentiment de jalousie lorsque sa nièce passait du temps ailleurs. Comme elle avait expliqué à Louisette :

— Il y a personne de mieux placé que moi pour prendre soin de cette enfant-là ! J'ai tout de même presque élevé son père. Je le connais comme si je l'avais tricoté, mon Édouard !

— Tu as bien raison, avait répondu la commère, le plus souvent en accord avec sa nouvelle amie.

Les deux femmes s'étaient découvert une passion commune pour le chant, le soir de la Saint-Jean-Baptiste deux ans plus tôt. Alors que ses frères et sa sœur avaient réussi à la convaincre de descendre au village pour le gros feu de joie allumé au coin de la côte Boisée et du chemin Des Fondateurs, Florie s'était aperçue que sa voix, loin d'être mauvaise, se mariait fort bien à celle de son ennemie de toujours. Les villageois, épatés, avaient regardé les grosses femmes faire la paix à la lueur du feu de camp. Cette soirée-là resterait pour Florie la plus belle de sa vie de femme adulte. Ce fut le début d'une grande amitié qui en fit sourire plus d'un au village. Les ennemies d'hier étaient devenues les meilleures amies. C'est donc avec le cœur en émoi que Florie écoutait Louisette lui expliquer les derniers les dernières nouveautés dans le traitement offert par l'hôpital pour son fils Ludovic, plus d'un mois après l'incendie.

— Son docteur dit qu'il va pouvoir sortir vers la fin de la semaine. Mais tu t'imagines qu'on peut pas lui demander de venir s'installer au village avec nous. Même si la reconstruction de notre maison avance bien, la poussière, le froid ne sont rien pour aider à son rétablissement.

— Mais de toute manière, vous allez rester encore ici pour un petit bout, non ?

— En fait, Gérald me dit que d'ici une semaine ou deux, on devrait pouvoir se réinstaller dans la pièce du bas..., marmonna la femme grisonnante avec une moue renfrognée.

Comme les fondations et deux murs porteurs n'avaient pas été endommagés par le feu, la famille pouvait réintégrer la pièce à l'arrière du magasin, le temps que les hommes engagés finissent de rebâtir le haut de la maison. L'épicière aurait préféré rester dans le confort de la maison Gélinas, même si celle-ci n'avait pas le luxe de la sienne. L'effort et le désagrément de devoir sortir pour aller aux bécosses la dérangeaient moins que de se retrouver à cinq dans une seule pièce avec une minuscule toilette à moitié détruite. Mais son mari avait été clair la veille au soir :

— Je pense qu'on a assez profité de nos amis Gélinas, Louisette. Il est temps qu'on retourne chez nous. En plus de ça, nos gars vont pouvoir nous donner un coup de main pour les travaux. Ils sont capables de tenir un marteau puis des clous, quand même !

La grosse femme tentait donc d'amadouer son amie pour qu'au moins, son fils Ludovic n'ait pas à retourner chez lui tant que sa chambre ne serait pas terminée. Elle connaissait bien Florie maintenant et savait que son grand cœur ne résisterait pas à son plaidoyer larmoyant. Elle leva ses yeux verts de sa tasse de thé en poussant un soupir à fendre l'âme.

— Je me demande bien comment je vais réussir à prendre soin de mon grand, avec tout ce brouhaha autour de lui.

— Comment ça ?

— Bien, tu sais bien que le médecin recommande beaucoup de repos pour Ludovic. Il a aussi besoin d'une réhydratation quotidienne à l'eau salée. Si tu savais comme il souffre mon pauvre garçon. Non vraiment, comment va-t-on…

— Bien, il a juste à rester ici ! coupa aussitôt Florie en souriant.

Même si elle n'avait pas tout à fait compris le traitement que nécessitait le fils aîné de son amie, elle savait celle-ci en détresse et c'était assez pour prendre sa décision. L'épicière leva un sourcil faussement surpris en retenant un sourire satisfait. Elle fit mine de refuser tout en serrant dans sa main son petit mouchoir de coton écru.

— Et que je t'entende pas dire non ! dit Florie en se levant pour faire bouillir de l'eau. On va réchauffer notre thé pour discuter des détails, mais c'est non négociable, compris ?

— Compris quoi ? demanda Adèle qui venait d'entrer dans la cuisine.

Dans sa jaquette en flanalette rose pâle, la brune avait presque l'air d'une enfant. Seule la profondeur de son regard noisette dénotait la maturité dont elle faisait preuve. Satisfaite de voir l'eau sur le poêle, elle prit place à côté des deux grosses femmes. Florie fit un rictus qui ne passa pas inaperçu auprès de sa sœur. Elle connaissait bien cet air coupable et se doutait qu'elle n'aimerait pas la suite de la conversation.

— Alors ? demanda de nouveau la jeune femme en savourant une galette à la mélasse.

Elle préférait ignorer le non-verbal de sa sœur qui n'avait pas envie d'entendre les commentaires des autres membres de sa famille sur la décision qu'elle venait de prendre.

— J'expliquais à Louisette que son Ludovic pourra rester ici le temps qu'il faudra pour se remettre sur ses pattes !

Aussitôt ses paroles prononcées, Florie se leva pour tourner le dos à sa sœur et préparer les trois tasses de thé. Elle entendit le hoquet de surprise d'Adèle et ne fut pas étonnée de la réplique de sa bonne amie :

— Mais j'ai pas encore dit oui ! grommela Louisette qui se sentait toujours mal à l'aise en présence de la jeune sœur de Florie. Celle-ci avait quand même été une des premières journalistes féminines au Québec avant qu'elle ne décide d'abandonner tout ça pour revenir s'installer à la ferme.

— Arrête de dire des niaiseries, ma Louisette ! On est bien capables de s'occuper de ton gars, hein Adèle ?

Florie se retourna pour lancer un regard d'avertissement à sa sœur, qui retint ses commentaires. Elle attendait des explications avant de prendre position. Ce que fit son aînée en prenant place à la table, essoufflée pour rien. Emmitouflée dans son épaisse robe de chambre de ratine usée, elle repoussa sur son nez les lunettes qu'elle portait depuis peu.

— Une autre affaire pour nous faire dépenser ! avait-elle marmonné lorsque le docteur Trudel l'avait convaincue que c'était nécessaire.

Depuis quelques mois, elle n'arrivait même plus à lire le missel à l'église. Son gros ventre toucha la table lorsqu'elle s'avança pour regarder sa sœur dans les yeux.

— Le docteur de l'hôpital a dit à Louisette que son gars pourrait sortir la fin de semaine prochaine. Notre amie s'inquiète parce que leur maison est loin d'être saine pour un convalescent, tu comprends?

— Comment ça? demanda Adèle en tiquant sur «notre amie».

Sa sœur semblait tenir pour acquis que son amitié avec l'épicière, qui les avait toujours regardés de haut, faisait l'affaire de toute la fratrie.

— Bien, il y a plein de poussière, il leur faudra vivre à cinq dans la même pièce...

— Sans compter le bruit que les hommes font du matin au soir pour se dépêcher de terminer notre maison le plus vite possible, ajouta Louisette avant de mettre sa main devant sa bouche.

Ses cheveux gris et roux sortaient de son petit chapeau de nuit blanc. Elle fit mine d'avoir trop parlé, mais à part Florie, personne n'était dupe dans la famille.

— Ah. Ah bon. Et vous resteriez ici encore combien de temps? demanda Adèle en tentant de prendre un ton compréhensif.

— Franchement, Adèle, le temps qu'il faudra pour que le pauvre garçon se remette sur pied! De toute manière, c'est pas comme si c'était dérangeant. Laurent et Léo s'arrangent très bien et nous autres aussi. Bon, c'est entendu, ma Louisette. Tu ramènes ton grand ici et tu vas voir qu'avec l'air de la ferme puis ma bonne nourriture, il va te revenir en parfaite santé.

Le samedi 26 mars 1938, sous un ciel nuageux, Ludovic Marquis reçut son congé de l'hôpital de Saint-Jovite. Le côté gauche du visage caché sous une gaze blanche, il entra dans la maison des Gélinas sans saluer personne et suivit sa mère à l'étage pour s'installer dans la chambre de Laurent. Ce dernier n'avait guère vu d'un bon œil l'arrivée du jeune homme alors qu'il supposait enfin retrouver son intimité, croyant que la convalescence du grand brûlé signifiait le départ des membres de la famille Marquis. Il s'en était ouvert à Édouard, un soir de la semaine précédente.

— Je comprends pas ça, moi, qu'on soit devenu un hôpital ! Il me semble qu'on en a assez fait, non ?

— Bien voyons, mon Laurent ! Qu'est-ce qui te fâche de même ? avait demandé son grand frère en attachant le chapeau de feutre rouge sous le menton de Marie-Camille qui boudait dans un coin.

La fillette n'appréciait pas lorsque son père la réveillait pour la ramener dans leur maison à Saint-Damien. Mais parfois, il n'avait pas le choix, le jeune père quittait la beurrerie plus tard et Florie ou Adèle couchait alors leur nièce en attendant son arrivée. À plus d'une reprise, son aînée lui avait suggéré de laisser la fillette à Sainte-Cécile pour la nuit, mais elle s'était fait rabrouer par son frère.

— Notre maison est à Saint-Damien, Florie, et c'est là qu'on va aller dormir. C'est déjà beau que vous la fassiez souper quand je suis débordé ! Ce n'est pas quinze, vingt minutes de charrette qui vont la faire mourir.

Laurent avait tenté d'expliquer sa position à son frère, mais comment lui dire que ses sens étaient tout remués lorsqu'il dormait dans la même chambre que Léo ? Comment lui avouer qu'il ne comprenait pas ce qui se passait dans son corps et qu'il ne voulait surtout pas tenter de comprendre. Il avait donc laissé tomber en mettant son humeur désastreuse sur le compte d'une mauvaise journée.

L'arrivée de Ludovic Marquis dans la maison des Gélinas sonnait le départ des deux plus jeunes et de leur père. Gérald Marquis serra longuement la main de tous les membres de la famille, les yeux rougis par l'émotion. L'homme de cinquante-quatre ans avait le cœur à la bonne place et trouvait souvent les propos de sa femme déplacés lorsqu'elle se lançait dans une séance de potinage sur les villageois. Il lui faisait alors de gros yeux et Louisette tempérait ses commentaires acerbes pour quelques jours.

— Je ne peux pas vous dire à quel point vous avez été d'un grand soutien dans cette période difficile. Si jamais un de vous autres a besoin d'aide, soyez assurés, tous, que nous les Marquis on sera toujours là pour vous. N'est-ce pas, les garçons ?

Les trois frères hochèrent vaguement la tête, et leur père voulut continuer. Mais la voix entrecoupée de larmes, Gérald Marquis, exténué par les semaines de durs travaux dans sa maison, ne put continuer. Souffrant d'arthrite depuis quelques années, il tentait d'en faire le plus possible, malgré les douleurs quotidiennes peu soulagées par les médicaments. C'est Adèle qui s'avança pour le serrer dans ses bras. Elle avait toujours bien aimé le commerçant à défaut de ressentir les mêmes sentiments pour sa femme, beaucoup trop commère à son goût.

— Vous auriez fait la même chose, mon cher monsieur. Dans le besoin, on s'entraide au village de Sainte-Cécile.

— C'est ça, c'est ça, répéta Florie en reniflant. Elle tordait son tablier sans s'en rendre compte puis prit maladroitement les deux plus jeunes dans ses bras dodus.

Les fils Marquis, à peine reconnaissables, firent un mince sourire et balbutièrent des remerciements du bout des lèvres, sous l'insistance de leur père. Mais ils étaient bien prêts à retourner dans leur maison, même à demi construite. La vie de la ferme, très peu pour eux! La traite à l'aurore, les corvées à l'étable, la puanteur surtout qui restait accrochée à leurs pantalons, les soirées à jaser dans le salon... Non, les deux frères ne rêvaient que de retourner au village. Dans la vraie vie, avec le monde évolué! Lorsque la voiture neuve du commerçant quitta la terre des Gélinas, avec à son bord plus de la moitié de la famille Marquis, plusieurs personnes poussèrent des soupirs de soulagement, en commençant par Laurent, qui n'en pouvait plus d'endurer les deux jeunes paresseux. Il salua vaguement de la main, adossé à la porte de la grange.

— Bon débarras, marmonna-t-il avant de voir le regard moqueur de son ami posé sur lui. Il rougit avant de hausser les épaules. Bien quoi, viens pas me dire qu'on sera pas bien ce soir sans ces poids morts à traîner partout.

Il éclata d'un rire aussi puissant que bref qui surprit Léo. Depuis quelque temps, il avait l'impression que sa présence agaçait son ami et il faisait tout pour éviter de se faire renvoyer à Saint-Damien. Avec son bégaiement prononcé et sa troisième année d'études, trouver un travail ne s'était jamais avéré une tâche simple pour le jeune homme. Lorsque Édouard avait quitté sa famille, puis ouvert sa beurrerie, Léo avait ressenti un intense bonheur à poursuivre son emploi chez les Gélinas. Il prit la grosse pelle pour s'éloigner vers le fond de la grange. Il était temps de nettoyer les stalles des vaches. Laurent avait raison, ne plus avoir Georges-Arthur et Maximilien dans les jambes l'enchantait. Il ne savait pas comment des jeunes de cet âge pouvaient être aussi lâches!

— Ils... s..sont... mêmme... pas... ca..pa..pa..bles... de...
net..toyer... les... bou..bouses de... va..va..ch..ches...

— Puis on peut pas dire qu'ils aidaient avec le sourire. Je
pense qu'ils avaient peur de se fendre la face ! compléta son
ami avant de le suivre gaiement.

Oui, enfin la vie pourrait reprendre sans les airs de mar-
tyres des Marquis. Malheureusement pour les deux hommes,
la permanence de Ludovic à la ferme n'augurait rien de bon
pour eux. Laurent, qui le supportait à peine, se retenait pour
ne pas lui dire de suivre sa famille et de les laisser en paix, Léo
et lui. Mais il se retenait, sachant trop bien que Florie ne lui
pardonnerait jamais un tel affront. Pourtant, même l'aînée
commencerait bientôt à déchanter en présence du grand brûlé
sous leur toit...

— Je me demande bien s'il va recommencer à parler bientôt,
ronchonna Florie en enfournant une grosse bouchée de gruau
froid. Elle grimaça un peu, mais trop gourmande pour
attendre, elle n'y fit guère attention quelques instants plus tard.

— Qu'est-ce que tu dis, ma Florie ?

— Je me demande... Oh puis rien !

Adèle leva la tête de son ouvrage. Elle tentait de rajouter un
petit collet de dentelle à l'une de ses blouses. Féminine, mais
peu dépensière, la jeune femme réussissait souvent à agrémenter ses vêtements en s'inspirant des images du catalogue
Eaton. Elle fit un sourire encourageant à sa sœur qui prenait
une « petite collation » avant de se coucher. Chaque soir c'était
la même chose, même si en sortant de table, après le souper,
Florie confirmait avoir le ventre plein et ne plus pouvoir rien
manger avant le lendemain matin !

— En fait, je me demande si le jeune va se mettre à jaser
éventuellement. Ça fait toujours bien deux semaines qu'il est

ici et il m'a pas dit deux mots. C'est pas comme si on était gênants, nous autres !

— Laisse-lui le temps, il a tout de même vécu une dure épreuve.

— Je veux bien croire, mais comment veux-tu qu'il guérisse s'il reste enfermé à longueur de journée dans la chambre ? Quand Louisette est ici, elle l'oblige au moins à descendre au salon, mais on peut tout de même pas l'y traîner en son absence.

Florie vint pour porter une autre cuillérée à sa bouche et arrêta son geste.

— Tu penses que je devrais lui dire, à notre amie, qu'il reste enfermé au deuxième lorsqu'elle va passer la journée au village pour aider dans sa maison ?

Adèle grimaça en entendant « notre amie » encore une fois. Penses-tu que tu pourrais arrêter de m'inventer des amies, eut-elle envie de répondre à sa sœur. Mais connaissant le caractère revêche de cette dernière, elle retint ses paroles. Après tout, depuis que Florie passait du temps avec l'épicière, elle était moins sur son dos et elles potinaient ensemble sur le reste des villageois. La liberté que ça lui accordait était loin de lui déplaire. La mort de Clémentine avait laissé un grand vide dans la vie d'Adèle, elle qui aimait tant les conversations passionnées que les deux journalistes partageaient. Elle préférait la solitude à des discussions vides de sens.

— Hum… Peut-être qu'il faudrait lui en glisser un mot, tu n'as pas tort ! Parce que si j'ai bien compris, dans les prochains jours, Louisette s'occupera de nourrir tous les hommes qui donnent un coup de main à la reconstruction de leur maison. Ce qui veut dire…

— Qu'elle sera presque jamais ici ! OK, on va lui en parler ce soir.

— Euh… Florie ?

— Quoi ? demanda innocemment la femme en jetant un regard désolé sur son bol vide.

Adèle cherchait la meilleure façon d'annoncer l'évidence à sa sœur. Puis elle se dit qu'en la flattant un peu, le message devrait passer doucement.

— Je pense que ça serait mieux que tu fasses ça tout seule. Tu es tellement plus diplomate que moi. On voudrait pas que Louisette pense qu'on est tannées de son gars, hein ?

Florie ouvrit grand ses yeux noirs. La pensée de blesser son amie la peinait beaucoup.

— Oh mon Dieu, certain qu'il faut pas qu'elle croie ça. Tu as raison, je vais m'en occuper toute seule. Tu es donc sage, toi, parfois !

Satisfaites, mais pas pour les mêmes raisons, les deux femmes se préparèrent pour la nuit. Encore une fois, étendue dans le lit à côté de sa sœur, Adèle espérait retrouver sa chambre pour pouvoir lire avant de s'endormir. Florie fermait la lumière dès que sa dernière pantoufle était enlevée, même lorsque sa sœur avait un livre entre les mains.

CHAPITRE 3

Premiers émois

Le lendemain matin, avant le départ de Louisette Marquis pour le village, Florie l'attrapa par le bras. Les deux femmes avaient à peu près la même corpulence, mais la commerçante dépassait l'autre de plusieurs pouces. Malgré ses quatorze années de plus, Louisette considérait son amie comme une sœur plutôt que comme une fille. Les premiers temps, après le feu de la Saint-Jean, leurs rencontres se déroulaient dans un climat un peu tendu. Aucune des deux ne voulait admettre que la soirée du 24 juin 1935 avait changé leur relation. Elles se complaisaient dans des échanges acrimonieux depuis si longtemps qu'elles ne savaient guère comment y mettre fin. Puis, un jour, alors que Florie attendait patiemment que la commerçante ait terminé de servir le client qui la précédait, Louisette Marquis était tombée de l'escabeau, entraînant avec elle le pot de farine en entier.

— Oh mon doux, madame Marquis, êtes-vous correcte ? s'était exclamée Florie en poussant le client, un pauvre vieux, figé par la chute de la femme.

Lorsque Louisette avait relevé la tête, son gros derrière écrasé dans la farine, elle avait éclaté... de rire, à la surprise générale !

— Je... Je dois... avoir l'air fin ! avait-elle rigolé avant de tenter de se redresser.

Les deux femmes avaient ri pendant dix minutes, puis l'épicière avait demandé à son mari de venir prendre la caisse, le temps que Florie et elle aillent prendre un café dans la cuisine en arrière du magasin. C'est ainsi que leur rencontre hebdomadaire était née, et pas une seule fois depuis les deux amies n'en avaient manqué une. Florie prit donc son courage à deux mains pour parler de la problématique qui l'inquiétait:

— Louisette, je voudrais te parler de quelque chose avant que tu partes pour la journée.

— Bien oui, dis-moi ça...

— Euh... Quand tu pars comme ça pour la journée, ton gars...

— Ludovic? Dis-moi pas qu'il te donne du trouble?

Les grands yeux de la commerçante se plissèrent pour ne former qu'une mince ligne. Elle retint son geste d'ouvrir la poignée de la porte et se retourna vers Florie, les bras croisés sur sa poitrine, qu'elle avait d'ailleurs fort proéminente. Celle-ci secoua violemment la tête.

— Non, oh mon doux au contraire! Je le trouve... bien trop triste. Lorsque t'es pas là, il reste dans sa chambre toute la journée.

— Mais pas pour manger, toujours bien?

— Oui, même pour les repas. C'est Adèle qui lui apporte un plateau, sinon je crois bien qu'il s'alimenterait pas. Je pense qu'il faudrait peut-être que tu lui en parles.

La commerçante revint poser son gros postérieur sur une chaise. Elle mit sa tête rousse contre sa main gantée.

— Je sais pas quoi faire, Florie. Il est tellement malheureux, ça n'a pas de bon sens!

— Il faut le comprendre, il a toujours bien vécu l'enfer! Puis tous ses rêves ont dû disparaître cette nuit-là!

— Tu as raison, mais…

— Alors il faut l'aider à remonter la pente, coupa Florie fermement.

Louisette Marquis resta songeuse un moment avant de se relever péniblement. Elle posa un regard sérieux sur son amie qui se tortillait sur place, malhabile dans cette nouvelle relation entre elles. En général, c'était la commerçante qui donnait des conseils, approuvait ou non ses idées… Louisette était tellement sûre d'elle que parfois, Florie se demandait bien pourquoi elle l'avait choisie pour amie plutôt que de continuer à potiner avec la femme du docteur. Il faut dire que Georgine Trudel partait pour de longs séjours à Saint-Jérôme depuis que sa fille avait accouché de ses septième et huitième enfants, des jumeaux à la santé fragile. Louisette et elle s'étaient éloignées, n'ayant plus du tout les mêmes intérêts. La commerçante était encore bien loin d'être grand-mère.

— Je m'en vais aller lui parler à mon fils. T'inquiète pas avec ça, vous en faites déjà bien assez pour nous tous, mon amie. Je l'oublierai jamais.

Dans les jours qui suivirent cette discussion entre les deux femmes, Ludovic Marquis tenta de suivre le conseil de sa mère, malgré sa détresse évidente. Il descendait pour le dîner, répondait aux questions des autres membres de la tablée. Puis un matin, tout de suite après le déjeuner, Laurent surprit tout le monde en lui suggérant gentiment :

— Si ça te dit, ce matin, Ludovic, on aurait besoin d'un coup de main pour vider l'arrière de la grange et faire de la place pour le gros clapier que Léo a construit cet hiver.

— …

Ludovic releva sa tête rousse doucement. Son regard éteint se posa sur Laurent qui ne lui avait à peu près jamais adressé la parole directement. Il dévisagea ensuite Léo qui restait muet le plus souvent, préférant écouter les discussions plutôt que d'y participer. Affublé d'un bégaiement depuis l'enfance, il détestait s'entendre parler. Les deux hommes formaient un duo tout en contraste, le jeune Gélinas massif, costaud, et l'autre long et mince comme un fil. Florie, revenue de sa surprise devant l'offre inattendue de son frère, sourit à sa sœur avant de s'empresser d'en rajouter.

— Bien c'est une bonne idée, mon Laurent! Comme ça, Ludovic verra un peu autre chose que notre cuisine, hein mon gars? Puis tu dois commencer à être tanné de nous entendre papoter pour rien dire, Adèle et moi?

Devant l'insistance de la femme, le jeune roux n'eut d'autre choix que d'acquiescer, mais à contrecœur. Il préférait se terrer dans la chambre pour oublier que le côté gauche de son visage n'était plus qu'une masse informe de cicatrices. Sa mère avait beau lui dire que ce n'était pas si pire, qu'au moins il n'avait perdu ni la vue ni l'ouïe, il se voyait quand même dans le miroir. S'il se tenait de profil, à droite, personne ne pouvait remarquer qu'il avait l'air d'un monstre de l'autre côté. Mais lorsqu'il tournait la tête, l'horrible vision faisait fuir les enfants. Les adultes, eux, tentaient de ne pas montrer leur dégoût. Quelle fille voudrait de lui maintenant? Il ne retournerait pas travailler au magasin, il avait pris sa décision! Ce qu'il ferait de son avenir, il ne le savait pas, mais plus jamais il ne se montrerait en public. Se retrouver à la caisse, voir la répulsion sur le visage du monde… jamais!

— Oui, répondit-il simplement en jetant un regard incertain vers Laurent.

Pourtant, toute la matinée, et ce, pour la première fois depuis l'incendie, Ludovic ne pensa pas une fois à son allure d'antan. Il se prit même à sourire en écoutant les deux amis se raconter des blagues et se tirer la pipe. Lorsqu'ils rentrèrent pour le dîner, ses yeux brillaient d'une nouvelle lueur. Florie s'empressa de prendre son manteau pour l'accrocher au mur derrière la porte. Elle tendit la main pour agripper ses bottes et les approcher du gros poêle à bois dans le coin de la cuisine.

— Eh bien, mon Ludovic, tu es chanceux en pas pour rire ! Ça fait longtemps que ma sœur me traite plus aux petits oignons comme ça ! rigola Laurent en se secouant la tête comme un chiot. Les flocons restés accrochés à ses grosses boucles blondes tombèrent sur le sol sous le regard courroucé de son aînée.

— Veux-tu bien arrêter de dire des niaiseries toi et va te secouer sur le balcon, tu mets de la neige partout, mon innocent !

Laurent ressortit quelques secondes en riant aux éclats. Peu habituées de le voir aussi expressif, les deux femmes de la fratrie l'observèrent avec curiosité. Adèle sourit en lui tirant une chaise.

— Viens donc t'asseoir pour te reposer un peu, mon frère, et me dire ce qui te rend de bonne humeur de même !

Aussitôt, une boule d'inquiétude se forma dans l'estomac du grand gaillard. Se pouvait-il que ses sœurs se rendent compte que la présence des deux jeunes hommes avec lui tout le matin l'avait rendu aussi volubile ? Il avait proposé au plus jeune de se joindre à eux un peu à contrecœur, mais finalement, le trio s'était bien entendu et Laurent avait aussitôt senti une tension se relâcher dans son corps.

— Je suis comme d'habitude, qu'est-ce que tu racontes !

— Dans ce cas-là, arrêtez de parler pour rien, puis commencez à manger votre soupe avant qu'elle soit froide, maugréa Florie sans remarquer le soupir de découragement de sa sœur.

Celle-ci aurait eu bien envie de lui dire sa façon de penser ! Pour une fois que Laurent s'exprimait librement, elle se devait évidemment de lui faire fermer la bouche. Pas moyen pour le cadet de se montrer autrement que comme sa sœur le désirait. Discret et toujours en accord avec elle. Les dernières années avaient amené une accalmie au sein de la famille Gélinas. Alors que Florie allait prendre place à la table en savourant d'avance le gros ragoût de bœuf qui cuisait depuis l'aube, des coups frappés à la porte arrêtèrent son mouvement.

— Bon, veux-tu bien me dire qui vient nous déranger en pleine heure du repas encore !

— J'y vais, Florie, proposa Adèle en faisant mine de se lever.

— Bien non, laisse donc faire, je suis déjà debout. Continue à manger… ma chanceuse, aurait voulu ajouter l'aînée.

Elle traîna ses jambes lourdes jusqu'à la porte avant de se glisser dans le fournil. Pas question de laisser le froid pénétrer dans la cuisine. Des murmures parvinrent tout de même jusqu'à la pièce où le quatuor dégustait la consistante soupe aux pois de leur sœur. Après quelques minutes, Florie vint les rejoindre, les joues rougies et les mains moites. Adèle, qui connaissait trop bien sa sœur, attendit l'explosion… qui ne vint pas.

— Bien alors, c'était qui ? demanda-t-elle lorsque Florie prit place sans faire mine d'annoncer le nom du visiteur.

— Oh… C'était monsieur Stromph.

— Ah bon ? Que voulait-il ? J'espère qu'il n'y a pas de problème à la beurrerie parce que…

— Hein ? Non, pas Henry Stromph. Son garçon, euh… Jeremiah.

— C'est Holland son nom de famille, Florie. Jeremiah Holland, dit Adèle. Alors, que voulait-il ? répéta-t-elle le nez dans son bol.

— Il rapportait la pelle que Laurent lui a demandé de réparer.
L'interpellé releva la tête.

— Mon doux, il est venu juste pour ça ? C'était pas si pressé !

Florie prit la peine de jeter un gros morceau de pain dans
sa soupe, les yeux dans le vague. Elle reporta son attention
sur son frère, devint encore plus rouge avant de répondre.

— Oui, bon...

Florie marmonna quelque chose d'autre que personne
autour de la table ne comprit. Pendant quelques secondes,
Adèle eut envie d'explorer son pressentiment, mais elle se dit
que le moment était mal choisi et qu'elle s'attirerait les foudres
de sa sœur sans aucun doute. Mais cela ne l'empêcha pas de
penser que Florie lui semblait bien troublée par la simple visite
d'un voisin. Elle changea de sujet au grand soulagement de
son aînée qui retourna dans ses pensées. Depuis l'arrivée du
jeune Anglais, quatre ans auparavant, leurs rencontres avaient
été rares puisqu'elle se déplaçait peu au village. Et puis, son
amitié avec Louisette avait changé la donne. À quelques
reprises, l'étranger l'avait croisée alors qu'elle arrivait au
magasin général. Au début, Florie ne lui adressait même pas la
parole, considérant que c'était à lui de se forcer s'il voulait
s'intégrer. Et puis, un jour, Jeremiah l'avait rattrapée sur le
trottoir glissant où Laurent venait de la déposer.

— Oh attention, *miss Gelinass !*

Sa main ferme sur son bras l'avait empêchée de s'écraser
par terre. Leurs yeux s'étaient croisés un court moment avant
que la grosse femme ne reprenne ses esprits. Souriant de
toutes ses dents bien droites, le grand homme si semblable à
son père à son arrivée au village avait balbutié dans un français approximatif :

— *Je veux pas vous se faire mal !*

— Euh… Merci.

— *Vous besoin lift pour le ferme ?*

Alors pour la première fois depuis longtemps, Florie avait relevé les épaules, sorti sa lourde poitrine généreuse et souri devant les efforts du jeune homme.

— Oh, non, merci beaucoup, je vais passer un moment avec mon amie.

— *OK then ! Je espère voir vous bientôt !*

Ainsi avait débuté une relation cordiale qui avait mis des papillons dans le ventre de Florie, chaque fois qu'elle croisait l'Anglais. Lorsqu'elle avait appris que sa demande de citoyenneté avait été acceptée, un large sourire était apparu sur son visage. Elle s'était rapidement reprise en faisant mine de ne pas en faire de cas. Pourtant, lorsqu'elle le rencontrait par hasard, elle rêvait pendant quelques heures qu'elle faisait fi de sa promesse, tout comme son frère et sa sœur. En cachette, dans le confort de sa chambre, elle fixait le miroir, replaçait ses longs cheveux noirs striés de gris derrière ses petites oreilles. En relevant la tête, elle étirait le cou afin de retrouver sa minceur d'antan. Puis contre son matelas, elle repoussait les frémissements dans son corps pour se remettre à prier Dieu de ne jamais la faire dévier de la voie fixée le jour de la mort de sa mère Rose. S'il fallait qu'un de ses frères ou sa sœur s'aperçoive de son émoi, elle mourrait de honte. Elle tenta donc de se mêler à la conversation pour éviter les regards inquisiteurs d'Adèle ou les questions naïves de son cadet sur la raison de sa rougeur.

— Je vous dis qu'Édouard a réussi un mosus de bon cheddar la semaine passée. Il dit que dans quelques jours, il va pouvoir nous en donner pour qu'on teste la marchandise avant qu'il la mette en vente ! dit Laurent en savourant d'avance.

— On est pas mal chanceux d'avoir le droit d'y goûter avant tout le monde, sourit Florie.

Ses battements de cœur étaient redevenus normaux et sa gourmandise bien connue avait fait le reste pour lui changer les idées. Depuis que son frère, le maître-beurrier de Sainte-Cécile, avait agrandi sa beurrerie et installé une fromagerie en plus, Florie ne cessait de s'extasier sur les produits qu'il façonnait avec une grande maîtrise. Elle savourait sa chance d'être choyée par la vie !

Le lendemain matin, à son arrivée à la beurrerie, Édouard sourit en voyant le père et le fils l'attendre, devant la forge. Il leur fit un signe de la main auquel ils répondirent en riant. La complicité qu'il voyait entre les deux lui faisait chaud au cœur. Même si Jeremiah n'avait pas connu Henry pendant trente ans, ils avaient recréé les liens rapidement, s'apercevant l'un et l'autre à quel point ils avaient des intérêts communs : le fer-blanc, la peinture, les longues discussions politiques... Jeremiah avait vite appris le nom du premier ministre canadien, William Lyon Mackenzie King, et de son pendant québécois, Maurice Duplessis. Lors de l'élection de ce dernier, en 1936, Jeremiah venait juste d'obtenir sa citoyenneté canadienne et ainsi avait eu le droit de mettre son crochet sur un bulletin de vote. Les tempéraments s'étaient enflammés cet été-là, lorsque James, Laurent et Édouard se mêlaient aux conversations. Comme sa sœur Florie, le plus jeune des Gélinas aurait préféré voir Adélard Godbout obtenir un autre mandat. Mais la démocratie en avait décidé autrement. Le maître-beurrier se dépêcha de descendre de son camion avant de les rejoindre.

— Qu'est-ce que vous faites là vous deux ? Puis vous êtes morts de rire en plus !

Le duo se lança un regard complice puis Henry expliqua :

— Imagine-toi donc que le bonhomme Constantin est passé ce matin pour laisser ses canisses de lait.

— Ah oui ?

— Oui, puis il voulait te dire deux mots !

Édouard pencha la tête pour voir l'arrière de la forge où se situait la beurrerie. Pourtant, pas de trace de carriole ou du gros fermier. Jeremiah s'avança et mit sa main fine sur l'avant-bras du jeune homme.

— *Don't worry !* Mon… père lui a dit que la décision était prise et…

— …qu'il était pas question qu'on repasse au vote pour le chasse-neige ! compléta Henry toujours aussi ému lorsque son fils l'appelait autrement que Henry.

— J'ai mon voyage ! Dis-moi pas qu'il tentait encore d'influencer notre décision ! Mautadine, il fait ça chaque fois qu'il gagne pas au conseil. Ça commence à faire ! Il sait pas c'est quoi une démocratie, lui !

Les deux Anglais ricanèrent en pensant au fermier. Personne ne l'aimait vraiment au village, mais certains le craignaient plus que d'autres. Toutefois, tous le supportaient, car sa femme était très malade et nécessitait des soins coûteux. La pauvre femme faisait peine à voir et aux dernières nouvelles, elle n'en avait plus pour très longtemps. Édouard haussa les épaules et enroula son foulard de manière plus serrée. Il devait couver une grippe, il frissonnait sans arrêt depuis deux jours.

— Bon, de toute manière, j'ai pas de temps à perdre avec lui, il me faut finir mes expertises sur mon premier fromage.

Je pense qu'il est pas mal à point. Je vais vous en apporter un morceau à la fin de la journée et vous m'en donnerez des nouvelles. Vos avis francs et honnêtes, on s'entend, hein les Anglais ?

En riant de la taquinerie, le père et le fils se dépêchèrent dans l'atelier pendant que leur ami longeait le mur jusqu'à l'arrière. Une fois dans sa beurrerie, Édouard se dévêtit sans cesser de claquer des dents.

— Voyons donc, veux-tu bien me dire ce que j'ai attrapé ? J'espère que Mimi va être épargnée… quand elle est malade, ma petite mosus, elle est pas du monde ! Puis j'ai pas le temps de traînasser au lit en ce moment. En allant la chercher tantôt à la ferme, je vais demander à Florie de me faire une ponce au gros gin. Ça devrait me remettre sur pied !

James n'était pas encore arrivé et Édouard en profita pour regarder autour de lui avec fierté. Il bomba le torse sans s'en rendre compte.

— Quand même pas mal, mon petit Édouard ! C'est Clémentine qui serait fière de voir où notre projet est rendu.

La pensée de son épouse décédée si jeune amena les larmes à ses yeux. S'en remettrait-il jamais ? Parfois, la nuit, il restait éveillé, les sens en éveil à repenser à ses lèvres douces sur les siennes, à ses seins bombés par la grossesse et l'allaitement, à son pubis où brillait une toison d'or. Non, jamais il ne pourrait remettre une femme dans son lit, malgré l'intérêt que certaines villageoises lui démontraient. La nouvelle institutrice Béatrice Dupuis avait tenté un rapprochement à quelques reprises, mais Édouard avait souri en refusant ses invitations à peine voilées.

— Personne ne prendra ta place, ma douceur, personne. Bon, assez rêvassé, passons au fromage.

À sa beurrerie d'origine, établie dans l'ancien appentis adossé au mur de la forge, Édouard avait ajouté une nouvelle pièce aérée et bien organisée pour y installer sa section fromagerie. Dans cet espace, le jeune homme et ses comparses avaient accroché trois rangées de tablettes en bois pour laisser égoutter les meules de fromage. Les deux mains dans le moule de son nouveau cheddar, il surveillait le ferment qui bouillonnait sur le poêle dans un coin. Pour détruire toute bactérie indésirable dans le lait, le maître-beurrier devait l'amener à haute température puis le refroidir brusquement. James, qui venait juste d'arriver à la beurrerie, se déplaça de manière à ne pas déranger son patron. Depuis son arrivée comme *helper*, comme il se nommait lui-même, le Jamaïcain avait écouté, regardé et répété les instructions d'Édouard.

— Je commence enfin mon fromage pour la vente, lui dit le jeune homme en souriant.

— *Good!* J'arrive juste à temps.

— J'ai déjà fait bouillir mon lait, il me reste à rajouter...

Il ne put finir sa phrase, une quinte de toux l'en empêchant. James fronça les sourcils en le regardant s'époumoner.

— Édouard? Repose-toi un peu.

Sans répondre, à bout de souffle, le jeune homme secoua la tête avec vigueur. Pas question de remettre encore la confection de son nouveau fromage. Il vendait avec succès un très bon cheddar depuis plus de deux ans. Un fromage sans nom, traditionnel, selon la même recette que bien d'autres fromageries québécoises. Mais ce matin, il s'agissait d'un projet fromager personnel sur lequel il planchait depuis quelques mois. Et enfin, aujourd'hui, il passait à l'attaque. Pas question de laisser une petite toux nuire à ce grand rêve. Il fit un large sourire à son ami.

— Si tu penses que je vais remettre à plus tard le premier brassage du Saint-Clément, mon James…

Il partit d'un rire bref, qui s'éteignit aussitôt. Il en était toujours ainsi depuis la mort de Clémentine plus de trois ans auparavant. Resté atterré par cette disparition trop rapide, Édouard n'avait guère la joie facile. Mais en ce moment, en regardant son gros chaudron bouillir, il pouvait ressentir un frisson d'excitation au fond de son ventre. Pour cette nouvelle cuvée, le jeune homme n'avait pris que le lait de ses meilleurs clients. Pas question d'utiliser le lait du bonhomme Constantin, qu'il soupçonnait encore de l'étirer avec de l'eau. Mais sans preuve, il ne pouvait refuser ses bidons. Par contre, avec le lait des Marois, des Gélinas – qu'il achetait depuis leur réconciliation – et quelques autres fermiers plus consciencieux, Édouard pouvait espérer concocter le meilleur fromage de la région des Hautes-Laurentides.

— J'ai fabriqué mon ferment hier soir avec le lait de mon frère. C'est ce qui va permettre de donner l'acidité nécessaire. Il faut juste que je m'assure que mon caillé soit parfait. Ça fait que, j'ai pas le choix, mon James…

Il sourit de nouveau avant de plonger son doigt bien propre au milieu du chaudron. Il voulait ainsi s'assurer d'une belle séparation autour de son index pour pouvoir enfin couper son lait caillé, devenu fromage. Édouard pointa le coin de la pièce à son employé.

— Tu veux bien me donner les couteaux à cailler accrochés au mur ?

James glissa rapidement sa longue silhouette et agrippa le couteau muni de longs fils fins comme des cordes de violon pour le remettre à son ami. Il était fascinant de voir la dextérité et la douceur avec lesquelles Édouard trancha ensuite le caillé pour en faire des carrés presque parfaits. Penché sur le large chaudron de fonte, le jeune homme entreprit ensuite la rotation des carrés*.

— Tu vois, chuchota-t-il, c'est comme ça que je vais enlever le surplus d'eau dans mon « presque » fromage.

L'autre ne fit que hocher la tête de bas en haut, impressionné comme toujours par le talent de son employeur. Même s'il l'avait vu faire des dizaines de fois depuis l'ouverture de la fromagerie, il ne se tannait pas de l'entendre et de le voir. Un jour, peut-être, pourrait-il lui aussi créer son propre fromage ! Pendant près d'une heure, Édouard remua doucement son caillé ; puis, pour le reste de la journée, il devrait vérifier l'acidité de son produit et tourner ses morceaux aux quinze minutes. Même s'il était très heureux de ce grand moment, le jeune homme sentait des frissons l'envahir au fil des heures. Lorsque cinq heures sonnèrent à l'horloge, Édouard dut se rendre à l'évidence : il était malade.

— James, je vais te demander de m'aider parce que je me sens pas très bien.

Il éternua en tournant la tête et se lava de nouveau les mains. Il savait bien, pour l'avoir appris à l'école de Saint-Hyacinthe, l'importance de la propreté du maître-fromager. Pas question qu'il contamine sa première production !

— Il faut faire vite parce que je veux pas que mon fromage pogne en bloc. On va défaire toutes les mottes avant que ça arrive.

Toutes les dix minutes, les deux hommes plongeaient les bras dans la mixture pour le démêler. Enfin, au bout d'une heure de ce manège, Édouard expira profondément.

— Allons l'étendre bien comme il faut dans mon bassin. Après, je vais pouvoir le saler à mon goût. Je vais aussi rajouter mon ingrédient secret qui en fera la meilleure pâte ferme des environs !

À deux, ils soulevèrent l'énorme chaudron et vidèrent la préparation dans le large bassin. Épuisé, Édouard remua de nouveau le mélange pour s'assurer de l'uniformité du sel dans son fromage. Lorsqu'il vacilla après une dizaine de minutes, James fronça les sourcils et le força à s'asseoir sur la chaise de bois.

— Ça va faire, Édouard, tu es malade et si tu continues, tu vas t'écraser ici derrière ton comptoir ! Laisse-moi faire. *Be the boss* et donne-moi tes instructions. Je suis toujours bien capable de brasser du fromage !

Surpris par le ton ferme de son employé, toujours très respectueux, Édouard comprit qu'il n'avait plus le choix. Sans énergie, il ne pouvait continuer et comme il ne pouvait prendre le risque de perdre cette première confection de Saint-Clément, il accepta de se retirer.

— Tu as raison, James…

Une nouvelle quinte l'assomma quelques minutes pendant laquelle le Jamaïcain continua à brasser en suivant les gestes mimés par le fromager plié en deux. Enfin arriva le temps de mettre le fromage dans les moules dont le fond était couvert de coton.

— Il faut presser toutes les quinze minutes, James, marmonna Édouard à bout de souffle. Il lui pointa le levier de quatre pieds de long. Ensuite, à l'école, on nous disait qu'il fallait « faire la toilette » du fromage. Tu dois donc tourner le moule dans une heure puis le refaire de l'autre côté… Mais je vais…

Incapable de continuer, Édouard ferma les yeux en appuyant sa tête bouclée contre le mur. Il fallait bien qu'il tombe malade la journée la plus importante de sa carrière! S'il fallait que le fromage soit raté, il s'en voudrait tellement, pensa-t-il sans réaliser à quel point son raisonnement était ridicule.

— On va le presser une dernière fois, puis on va le laisser pour toute la nuit. Demain matin, on va pouvoir mettre notre meule dans la chambre à fromage.

Satisfait d'avoir réussi à terminer la confection de sa nouvelle pâte ferme, Édouard s'épongea le front tout en sueur. Il ne se sentait vraiment pas bien et à la pensée d'aller chercher sa fille à la ferme, il se sentit encore plus épuisé. Lorsque James eut terminé de nettoyer tous les instruments et le local, il était passé neuf heures. Le grand Noir s'approcha doucement de son patron endormi la tête sur le comptoir.

— Édouard, *I'm done!* Édouard, j'ai fini, répéta-t-il en voyant que l'autre ne bronchait pas.

— Quoi? Oh, tu aurais dû me réveiller, James! Tu as tout fait...

Il ne put aller plus loin et prit quelques instants avant de se relever. Il jeta un regard fiévreux, mais fier, dans le large moule avant de tendre la main à son ami.

— Merci, mon James, je sais pas ce que j'aurais fait sans toi! J'espère que je t'ai pas contaminé de cette maudite grippe!

— Je suis fait fort comme un *bull, don't worry!*

Depuis son arrivée au village de Sainte-Cécile, James Jackson parlait la langue française avec de plus en plus de facilité. Mais parfois, il s'amusait à glisser quelques expressions familières dans ses conversations. À l'occasion, lorsque Henry et son fils Jeremiah se joignaient à eux, Édouard assistait à une joute oratoire en anglais des plus passionnantes. Lui aussi avait donc amélioré sa langue seconde, mais sans la pratiquer autant que James. Les deux hommes sortirent dans la nuit fraîche du mois d'avril et Édouard prit la décision de ne pas retourner chercher sa fille. Il mit sa main sur l'avant-bras de James en soufflant.

— Je vais te demander un dernier service mon ami.

— N'importe quoi !

— Peux-tu passer à la ferme avertir Florie et Adèle que je vais laisser Marie-Camille dormir chez elles ? Je me sens pas la force de la transporter dans mes bras et de m'en occuper demain matin. En plus, malade comme je suis, c'est pas mal certain que je vais lui transmettre ma grippe...

— *No problem !*

— Merci et dis à Florie que j'irai les voir dans la journée demain.

Péniblement, Édouard grimpa dans sa charrette et fila vers Saint-Damien retrouver la chaleur de son lit. Pendant ce temps, James, les sens en émoi, pensait qu'il aurait enfin la chance de revoir sa belle Adèle...

— *You're an idiot !* pensa-t-il avant de se mettre en route.

James Jackson était arrivé au village de Sainte-Cécile à l'été 1931, engagé par Maurice Claveau, surnommé le père Claveau depuis des décennies. Après la mort du vieil homme et la lecture de son testament qui faisait de lui l'unique bénéficiaire de sa petite maison et de sa terre, il était ainsi devenu le voisin permanent des Gélinas en 1933, au plus grand malheur de Florie, certaine que l'arrivée de cet homme noir mènerait le village à la ruine !

— C'est quand même pas comme nous autres, ce monde-là ! avait coutume de marmonner l'aînée de la fratrie chaque fois que quelqu'un vantait ses mérites.

Puis les mois et les saisons passèrent et Florie ne put que

remarquer, elle aussi, la grande force de travail que possédait James Jackson. Sans jamais rouspéter, il travaillait six matins par semaine à la beurrerie, prenait soin de son cheptel un peu plus gros chaque année et trouvait toujours le temps pour donner un coup de main à ses voisins. C'est ainsi qu'il s'était rapproché d'Adèle au mois de mai précédent lorsque Laurent lui avait demandé s'il pouvait l'aider à refaire le toit de la remise à bois derrière le grand jardin de la maisonnée. Sans hésiter, le Jamaïcain s'était empressé de s'y mettre, à un rythme si rapide que Laurent n'avait guère eu besoin de l'aider.

— Laisse-moi donc faire, Laurent, *I will do it alone.* Hum… Je le fais seul. Tu peux retourner aux champs, je pense que tu as beaucoup de travail sans t'occuper du toit, non ?

Hésitant un peu à laisser leur voisin sans surveillance, le plus jeune des Gélinas avait apprécié le signe de la main d'Adèle accroupie dans le potager. Elle avait relevé son chapeau de toile sur ses yeux et l'avait fixé sévèrement, sachant très bien que malgré ses vingt-quatre ans, Laurent craignait encore les reproches que Florie ne manquerait pas de lui adresser lorsqu'elle saurait que James avait été laissé seul sur leur terrain. D'un autre côté, ce n'était pas elle qui devrait travailler après la tombée du jour parce que les moments passés sur le toit enlèveraient à son temps dans les champs qui devaient être labourés et semés avant le début de juin, une semaine plus tard.

— Tu as raison, James, je vais aller rejoindre Léo. Mais… si tu as besoin de quoi que ce soit …

— Je suis ici, Laurent ! James n'aura qu'à me le demander.

La voix sèche de sa sœur l'avait fait rougir et il avait déguerpi sans demander son reste. Pendant un court instant, les yeux du grand Noir avaient fixé la nuque penchée sur la terre de la belle Adèle. Il avait admiré ses traits gracieux, le long cou fin, les hanches et les fesses attirantes de la jeune femme. Depuis toujours, il sentait un attrait pour la journaliste. D'abord, sans vraiment la connaître, il avait aimé le ton de ses articles de journaux lorsqu'elle travaillait au *Courrier* de Saint-Jovite. Puis, au fil des années, il avait apprécié sa détermination, sa logique et sa verve lorsqu'elle et Édouard s'engageaient dans de longues conversations, les samedis soirs, autour de la table de Henry. James discutait souvent avec Adèle quand elle allait aider son frère à la beurrerie. Par contre, avec les tâches estivales à la ferme, la jeune femme ne pouvait s'y rendre aussi souvent. James ne l'avait donc pas vue pendant quelques semaines. Sentant le regard noir appuyé sur son corps, Adèle avait tourné légèrement la tête vers l'arrière pour plonger le sien dans celui de l'homme.

— James ? demanda-t-elle d'un ton peu assuré. Tu as une question ?

— Euh… non, non. Je m'excuse, Adèle.

Rougissant certainement sous sa peau d'ébène, le travailleur reprit son marteau alors que la jeune brune tentait d'éteindre le feu que ce regard avait fait naître en elle. Depuis sa rupture avec Jérôme, elle n'avait eu aucun contact charnel avec un autre homme. Mais l'arrivée de James avait changé son état d'âme. Le duo était passé du vouvoiement au tutoiement dans la dernière année. Adèle frémissait lors des contacts physiques avec l'homme, pendant l'échange des bidons de crème, lorsqu'elle lui tendait un objet pour travailler… Parfois, ses seins pointaient sous ses vêtements lorsqu'elle le fixait trop longtemps. Son corps la trahissait, elle qui s'était fermée à toute forme de sensualité à la suite du viol. Adèle ressentait cette contradiction au plus profond d'elle-même. D'un côté, l'appréhension d'une nouvelle relation, de l'autre, l'envie d'aller au bout de cet attrait qui confirmerait la guérison de son âme. Même si les deux savaient que jamais rien ne pourrait se conclure entre eux, ils avaient savouré en silence les moments passés ensemble. Alors malgré son envie de la revoir, James n'était guère confiant à la pensée de cogner chez les Gélinas à neuf heures trente du soir. Si Florie lui répondait, elle n'aurait pas le sourire dans le visage, il en était certain. Enfin, il mit de côté ses inquiétudes pour faire son message.

Toc! Toc! Toc!

Surprise dans leur discussion, les deux sœurs Gélinas hésitèrent.

— Veux-tu bien me dire pourquoi Édouard cogne à notre porte astheure! marmonna l'aînée lasse d'attendre que le maître-beurrier vienne chercher sa fille.

— C'est sûrement pas lui, il rentrerait. Ah, j'espère juste que c'est pas encore une mauvaise nouvelle, je trouve qu'on en a eu assez pour un bout!

Adèle se releva vivement en faisant signe à sa sœur de ne pas bouger. Elle mit quelques minutes avant de revenir alors que Florie rongeait son frein, impatiente de savoir l'identité de la personne à la porte.

— Bon, enfin! C'était qui?

Le cœur encore battant, Adèle s'avança vers le comptoir pour prendre un bout de galette d'avoine avant de murmurer:

— Notre voisin... Il voulait...

— Monsieur Marois? C'est rare en mautadine qu'il vienne nous voir à cette heure-là!

— Hein? Oh, non, non, l'autre voisin. James.

— Ah!

Juste ah! Mais le ton, la moue de Florie voulaient tout dire.

Pas lui! Adèle ne s'en formalisa pas, trop habituée à gérer les commentaires de sa sœur face à l'employé de la beurrerie.

— Il voulait nous dire que Marie-Camille va passer la nuit ici finalement.

— Comment ça?

— Il semble qu'Édouard est malade.

— Malade?

— D'après James, rien de bien grave, une simple grippe…

— Mais assez grave pour pas venir nous avertir lui-même, ça bien l'air! Il sait pourtant comment *j'haïs* ça quand je peux pas m'assurer qu'il va être correct.

Adèle haussa ses fines épaules en resserrant la ceinture de sa robe de chambre. Elle se remémorait avec confusion le long regard sensuel sur son corps quelques minutes plus tôt. Elle qui croyait ne jamais ressentir la moindre émotion dans son être après le viol de Marc-Joseph et sa rupture avec Jérôme, elle se sentait à nouveau émue par le regard d'un homme. Et quel homme! Si Florie avait pu deviner ses pensées intimes, nul doute qu'elle l'aurait fait enfermer dans un asile. Adèle se secoua légèrement en reportant son attention sur sa grosse sœur, les pieds enfouis dans des pantoufles de poil.

— Arrête donc, Florie, je pense que notre frère a fait ce qu'il fallait. Il veut pas prendre le risque de contaminer sa fille, me semble que tu devrais être fière de son côté responsable! Puis pourquoi venir jusqu'ici alors que James s'en allait chez lui de toute manière? En tout cas, ça va nous éviter de la réveiller et de la voir bougonner parce que mademoiselle n'aime pas voir son sommeil coupé!

Florie sourit affectueusement en réalisant que sa petite princesse serait là à son réveil. Dieu qu'elle aimait cette enfant! Plus qu'elle ne l'aurait jamais imaginé. Quand son frère avait trahi la promesse faite à leur mère et décidé d'épouser Clémentine Lortie, Florie avait juré de ne jamais lui pardonner. Mais à la mort de son épouse, à la vue du sourire édentée de la bambine alors âgée d'à peine huit mois, le cœur de la femme s'était rempli d'amour. Peu importe que Marie-Camille soit issue d'une union qu'elle désapprouvait totalement, le résultat la comblait tellement d'amour qu'elle ne pouvait que mettre de côté les événements qui avaient précédé la naissance de sa nièce. Elle se releva péniblement avant de marmonner :

— Bon, alors je peux aller me coucher. Bonne nuit. Tarde pas trop.

— Bonne nuit, ma sœur. J'arrive bientôt, t'en fais pas !

Adèle laissa son regard errer longtemps après le départ de son aînée. Elle rêvassait, se demandait combien de temps son manuscrit serait à l'étude lorsqu'elle se déciderait à le faire parvenir à deux différents éditeurs de Montréal. Aurait-elle des nouvelles rapidement ou devrait-elle patienter de longs mois ? Pour s'assurer de son anonymat, elle signerait son livre de son nom de plume et elle préviendrait Rosaire Barnabé de lui remettre toutes les lettres au nom de Virginie. En tout cas, même si personne ne voulait publier ses écrits, la satisfaction du travail accompli la contentait déjà. Un sourire aux lèvres, elle s'imaginait tout de même se rendre à Montréal pour rencontrer un éditeur et discuter de la sortie de son premier livre. Dans la seconde suivante, une moue attristée remplaçait le sourire lorsqu'elle réalisa que jamais sa sœur ne pourrait savoir que « Virginie » et Adèle Gélinas étaient la même personne.

— Bon, au dodo. On a toute une journée demain avec les plans de Florie de faire le ménage dans le vieux hangar derrière la grange afin de pouvoir y installer sa table de courtepointes. Me semble qu'elle va aller travailler là toute seule, sans personne pour l'écouter, puis sans radio pour la distraire! Je la vois venir, ma sœur. Elle va exiger que je l'accompagne puis là, je vais être prise des soirées entières à la lumière du fanal!

Elle se dirigea vers sa chambre en jetant un regard désabusé en direction de la table coupable qui prenait le quart de leur salon. Ces tâches ingrates lui faisaient encore plus regretter ses journées passionnantes au journal. Mais le passé était révolu; elle avait choisi. Comme le reste de la maisonnée, Adèle alla rejoindre son lit pour la nuit en espérant que son frère soit en meilleure forme à son réveil. Enfin dans son antre personnel, elle pouvait rêver aux mains de James parcourant son corps...

CHAPITRE 4

James à l'ouvrage !

Le lendemain, lorsque James se pointa à la beurrerie vers sept heures, il attendit avec impatience son employeur pour mettre la touche finale au Saint-Clément. Pourtant, les minutes, puis les heures passèrent sans la venue du jeune homme. De plus en plus inquiet, James se mit à l'écrémage des bidons de lait laissés à l'aube par une dizaine de fermiers. Depuis son engagement à la beurrerie quatre ans auparavant, l'homme avait tant appris qu'il pouvait confectionner le beurre sans aide. Mais à midi, soucieux, il traversa à l'atelier pour vérifier avec Henry ou Jeremiah si l'un d'eux avait aperçu Édouard.

— *Hi there !*

— *Hi James !*

Le ferblantier et son fils, accroupis sous un gros véhicule de ferme, tentaient d'en dégager une large barre de métal tordu. Le Jamaïcain s'avança pour voir s'il pouvait leur donner un coup de main lorsqu'ils réussirent avec un enthousiasme commun. Les deux hommes se ressemblaient en tout point sauf pour la couleur des yeux bleus que Jeremiah tenait de sa mère. Un air satisfait sur le visage, le ferblantier se releva en se tenant le bas du dos. Son fils remarqua aussitôt sa grimace de douleur.

— *Your back hurts again*[5] ?

— *Leave it. James ? Édouard isn't with you*[6] ?

Henry jeta un regard curieux derrière son visiteur puis reporta son attention sur lui. Ce dernier secoua la tête avec vigueur avant d'expliquer la raison de sa venue dans l'atelier.

— *He was sick yesterday, and there's no sign of him today… so I was wondering if you knew anything*[7].

Lorsque les trois hommes se retrouvaient seuls, ils revenaient automatiquement à leur langue maternelle. Mais dès qu'un des villageois se trouvait auprès d'eux, par respect pour leur terre d'accueil, ils faisaient tous l'effort de parler en français, même Jeremiah, qui devait se creuser les méninges pour trouver les mots exacts. Le trio se dirigea vers la porte de l'atelier pour aller dîner. Henry étira le cou en relevant ses épais sourcils gris. Un air d'inquiétude s'installa sur son visage.

— Non. *No news.*

— *That's strange*[8].

James prit aussitôt la décision d'aller vérifier à la ferme des Gélinas.

— *Maybe he just decided to sleep in this morning*[9] ! précisat-il avant de grimper dans sa charrette.

Sans trop y croire, le ferblantier lui demanda de revenir rapidement lui donner des nouvelles. Si Édouard n'était pas dans la maison de la côte Boisée, son employé irait voir chez lui à Saint-Damien. L'aller-retour ne prendrait à James qu'une quarantaine de minutes tout au plus. Il mangerait un morceau

---

5   Ton dos te fait encore souffrir ?
6   Laisse faire. James, Édouard n'est pas avec toi ?
7   Il était malade hier et aujourd'hui, il n'est pas encore arrivé… alors je me demandais si vous saviez ce qu'il en était.
8   C'est étrange.
9   Peut-être a-t-il simplement décidé de faire la grasse matinée !

de pain en revenant. Ce qui fut aussitôt fait lorsque Adèle avisa James que son frère n'était pas encore passé à la ferme. Inquiète, la jeune femme sortit sur la galerie pour ne pas que Florie les entende. Cette dernière avait décidé que c'était le temps de faire le ménage de son linge et maugréait dans sa chambre en tentant de glisser son corps dans les robes qu'elle n'avait pas essayées depuis quelques années.

— Veux-tu bien me dire, marmonnait-elle. Je pensais pas que du tissu, ça rétrécissait comme ça après quelques années. Il va toute falloir que je jette mon linge, mautadine! À moins que je les donne à Adèle. Oui, c'est ce que je vais faire. Puis moi, bien, je vais m'en faire une ou deux autres. Avec du bon tissu cette fois-ci! Dans le temps, j'avais dû prendre du coton bon marché, mais là, je me ferai pas avoir.

Sur la galerie, le couple resta silencieux quelques instants pendant lesquels ils s'observèrent avec concupiscence. Tout circulait à travers les yeux, leur désir, leur retenue, leur envie. Tout s'arrêtait dans leur tête qui savait trop bien que jamais ils ne pourraient passer à l'acte. Frissonnant doucement, Adèle questionna l'homme.

— Mais, il t'avait dit qu'il viendrait aujourd'hui ou qu'il resterait à Saint-Damien?

— Non, il devait venir car son fromage est *half done*.

— En effet, il ne laisserait pas son Saint-Clément à moitié terminé. Bon alors je vais aller à sa maison.

— J'y vais avec toi.

— Euh…

Hésitante, Adèle tourna la tête vers la porte de la maison puis haussa les épaules. Après tout, il était ridicule de faire atteler Mystic alors que James était déjà prêt à partir. Surtout que leur pauvre jument commençait à se faire vieille. Parfois, elle avait à peine l'énergie pour se rendre à Saint-Damien. Adèle posa donc sa main sur l'avant-bras de son voisin en souriant doucement.

— Laisse-moi juste avertir les hommes et je te rejoins.

Elle courut à la grange espérant que son frère, Léo et Ludovic n'étaient pas encore aux champs. Avec soulagement, elle croisa le plus jeune des trois qui sortait de la stalle de Fameuse. Il posa un regard curieux sur elle avant de se détourner pour ne pas présenter le côté de son visage bariolé de cicatrices.

— Ludovic, peux-tu avertir les autres que je m'en vais à Saint-Damien vérifier si Édouard est correct ?

— Oui. D'accord.

Adèle demeura immobile quelques secondes, attendant une question qui ne vint pas. En fronçant les sourcils, elle vit le jeune Marquis entrer dans la stalle suivante sans plus s'attarder. Espérant qu'il avait bien compris son message, elle se fit la réflexion que Ludovic battait sûrement son frère Laurent en matière « d'homme de peu de mots » ! Depuis quelques jours par contre, le jeune sortait un peu de sa coquille, surtout avec Laurent et Léo. Il lui arrivait même de sourire légèrement, sans chercher à cacher sa bouche qui ne levait plus du côté de sa brûlure.

Adèle referma les portes de la grange et courut jusqu'à la charrette. Elle voulait se dépêcher avant que sa sœur ne lui fasse la morale sur la terrible image qu'elle présentait à la face du monde en montant sans chaperon à côté d'un homme, noir en plus. Mais depuis longtemps, Adèle ignorait les Cécilois et Céciloises qui la jugeaient femme beaucoup trop émancipée. Elle était passée à travers son enfance, puis son adolescence sans s'en préoccuper. Lorsqu'elle avait quitté le village à l'hiver 1932 pour aller s'établir à Saint-Jovite et écrire pour le journal *Le Courrier,* les femmes de la paroisse s'en étaient donné à cœur joie. Chaque semaine, Florie lui rapportait les ragots la concernant, et chaque semaine, Adèle lui disait de ne pas s'en faire avec de tels commérages. Maintenant que son aînée avait Louisette Marquis comme confidente, les potins se rapportant à sa famille avaient diminué de moitié au moins. Alors sans hésiter, la jeune femme envoya la main au curé Latraverse lorsqu'ils le croisèrent sur le chemin Des Fondateurs. Elle retint un fou rire en voyant le gros bonhomme ouvrir grand les yeux en voyant auprès de qui elle était assise. James lui jeta un regard par en dessous en disant:

— Je crois pas que ton curé *approves!*

— Il y a longtemps que je m'occupe plus de ce que les gens pensent de moi, James. *Don't worry!*

Elle laissa échapper un rire bref avant de reporter son attention sur la route devant eux. Entre les deux villages, il y avait à peine une quinzaine de milles, mais à certaines occasions, cela en paraissait cent. Comme le jour de la mort de son amie Clémentine, la femme d'Édouard. Comment avait-elle réussi à grimper la jeune femme inerte dans la charrette pour l'amener à Sainte-Cécile à toute vitesse sans basculer dans le fossé? Si toute cette folle course avait au moins servi à sauver son amie, la mère de Marie-Camille. Un sanglot dans la gorge, Adèle ne dit plus un mot jusqu'à la petite maison coquette de son frère. Malgré les années passées depuis la mort de son épouse, il avait conservé les talus de fleurs, les paniers de fines herbes accrochés aux poutres de la galerie. Le cœur battant, la brune attendit tout juste l'arrêt de la charrette avant de s'élancer dans l'escalier.

— *Wait for me, Adèle*[10] ! cria en vain James.

Mais hantée par les souvenirs d'un des pires après-midi de sa vie, Adèle ne voulait plus attendre une seconde. S'il fallait qu'encore une fois un malheur soit arrivé à son frère, elle en voudrait à mort à ce Dieu que sa sœur vénérait tant.

— Édouard ? Édouard ?

Elle vit à peine le chat Barbouille qui s'étirait sur la table. Elle ne remarqua même pas la vaisselle sale qui traînait sur le petit comptoir de bois. En se pressant dans l'escalier qui menait à la chambre de son frère, une douleur violente lui serra le cœur. Pas encore, pas encore. Derrière elle, James la retint d'une main ferme.

— Laisse-moi passer devant, Adèle, *please*.

Elle lui laissa la place avant de le suivre en vitesse. En ouvrant la porte fermée, les deux poussèrent un soupir de soulagement en voyant Édouard les regarder avec un faible sourire. Les cheveux hirsutes, les yeux bleus épuisés, il tentait de bien paraître sans y parvenir.

— Bonjour…, croassa-t-il avant de se mettre à tousser.

Adèle s'avança vers son grand frère et mit sa main sur son front.

— Mon Dieu, Édouard, tu bous !

— Pourtant, je suis gelé. Marie-Camille ?

— T'inquiète pas pour ta fille, elle est entre de bonnes mains, tu sais bien ! S'il n'en tenait qu'à Florie, elle la ferait dormir à la ferme tous les jours !

Édouard ferma les yeux avec lassitude. Toute la nuit, il avait toussé, sué, frissonné. Il n'avait aucun souvenir d'avoir été aussi malade. De petits rhumes, des maux de dos passagers,

---

10 Attends-moi, Adèle !

mais jamais un tel état d'épuisement. Il rouvrit les yeux et tenta de s'asseoir.

— James, donne-moi mes pantalons, tu veux bien ?

— Parce que tu crois que tu t'en vas où comme ça, mon frère ?

— Il faut... Argh ! Argh ! ...que... j'aille... Argh ! ...à la beurrerie.

Les deux amis se lancèrent un regard soucieux. La toux du jeune homme n'était pas de nature à les rassurer. Devant l'air inquiet d'Adèle, James prit la décision qui s'imposait.

— Je vais chercher le docteur.

— Non... Argh ! Pas besoin... Juste une... grippe.

Épuisé par ces quelques paroles, Édouard se recoucha sur son oreiller trempé de sueur. Sa sœur se pencha contre lui et chuchota d'une voix sévère :

— Écoute-moi bien, mon cher frère. Ta petite cocotte a besoin d'un père en santé, qui peut s'en occuper jusqu'à son mariage. Ce qui fait que là, tu dis plus rien et tu nous laisses prendre soin de toi. On va te remettre sur pied dans le temps de le dire.

Édouard ouvrit des yeux vitreux avant d'acquiescer.

— Mais... d'abord James, viens... Argh ! Argh ! ...ici. Je peux... pas... Argh ! ...perdre mon fromage. Tu vas le faire.

— Euh *me* ?

— *Yes you !*

Édouard voulut rire, mais cela finit en quinte de toux interminable. Pendant que son frère expliquait péniblement à son employé les étapes à suivre pour terminer le Saint-Clément, Adèle réfléchit à la suite des événements. Elle reconduisit le grand Noir à l'extérieur et lui dit sérieusement.

— Après avoir averti le docteur Trudel, James, peux-tu passer à la maison pour aviser Florie que je compte rester avec

Édouard jusqu'à ce qu'il se remette sur pied ?

— Oui, bien sûr. Autre chose ?

— Oui, dis-lui qu'elle a pas un mot à dire sur ma décision...

— Euh...

Adèle pressa ses mains l'une contre l'autre devant son menton pointu avant de secouer la tête. Elle s'approcha très près de son ami pour lui donner un doux baiser sur la joue. C'était la première fois qu'elle osait toucher un autre homme que ses frères depuis la journée du viol.

— Laisse faire le dernier message. Je te remercie infiniment, James.

Lorsque l'aide-beurrier partit, Adèle demeura longtemps sur la galerie en frémissant au souvenir du contact avec sa peau. Cet homme l'émouvait. Surtout qu'il ne faisait jamais un geste déplacé à son égard malgré toute l'envie qu'elle sentait dans son regard. Oui, il pourrait y avoir une suite à leur histoire...

Parlant d'envie, Laurent n'en pouvait plus de se glisser tous les soirs entre les draps de son lit, à côté de Léo. Il fermait les yeux, sa tête blonde appuyée contre l'oreiller en inspirant profondément pour humer l'odeur de son ami. Lorsque ce dernier s'agitait dans son sommeil, il frémissait de désir et ne pouvait s'empêcher de s'imaginer le toucher, le prendre contre lui. Tous les matins, à son réveil, il revivait ses nuits prises entre cauchemar et fantasme. Il attendait que Léo quitte la chaleur des draps pour s'agiter à son tour. Il pouvait alors soulager son corps de cette trop lourde tension. Parfois, il se traitait d'idiot et il s'endormait sans arrière-pensées. Mais depuis quelque temps, il avait de plus en plus de misère à se contrôler, à éviter de se coller contre Léo. Il avait pris la décision de parler à Florie. Ludovic devait partir pour qu'enfin Léo récupère sa chambre. Il trouverait bien une excuse plausible. Mais l'arrivée imprévue de James modifia ses plans immédiats. La discussion devrait attendre. De la grange, Laurent vit leur voisin sauter de sa charrette et grimper l'escalier de la ferme. Il fit un signe à Ludovic pour qu'il s'avance à ses côtés.

— Je vais à la maison quelques minutes. Attendez-moi pour partir au lac.

Le jeune Marquis ne fit qu'acquiescer avant de retourner au nettoyage du semoir. Depuis son arrivée chez les Gélinas, deux mois auparavant, pas une journée ne passait sans qu'il ne revive le moment où les flammes lui mangeaient le visage. Pris par surprise dans son sommeil, cette sombre nuit de février, Ludovic avait pour une fois pensé à ses frères avant lui. Il avait voulu vérifier dans la chambre de ses deux cadets et lorsqu'il en était sorti, après avoir constaté leur absence, la cage d'escalier était en feu, limitant la seule issue possible pour sortir de leur maison. C'est la raison pour laquelle il s'était retrouvé coincé dans sa chambre, obligé d'attendre les secours. Il en voulait à ses frères sans-cœur, la cause de ses malheurs. Ces derniers ne retenaient guère une grimace de dégoût lorsqu'ils voyaient leur aîné. Ludovic sentait la rage l'habiter et contenait sa douleur. Le travail à la ferme lui permettait d'évacuer un peu de cette colère. Il était satisfait de sa décision de ne plus retourner au magasin.

— De toute manière, marmonna-t-il pour lui-même, pas un client voudra que je le serve avec une face de même.

Je m'en vais demander aux Gélinas s'ils peuvent me garder à la ferme.

Sa décision prise, il se sentit serein et reprit avec ardeur le nettoyage. En plus, il préférait de beaucoup ces tâches manuelles à celles à la caisse du magasin, travail qui l'ennuyait au plus haut point. Mais avant l'accident, Ludovic n'aimait guère se forcer. Il souhaitait en faire le moins possible au magasin général et en sa qualité d'aîné, il pouvait choisir les tâches qu'il désirait. Parfois, il se disait que si son visage n'était pas aussi monstrueux, sa nouvelle vie serait parfaite, tant il appréciait le grand air et les travaux de la ferme. Son corps de jeune adulte s'était endurci, musclé depuis son arrivée. Décidément, le commerce ne lui manquait pas du tout !

— Être avec des commères à longueur de journée, très peu pour moi, songea-t-il.

Laurent se dépêcha de courir à la ferme et arriva au moment où Florie ouvrait la porte. Son air avenant s'évanouit en voyant James et ce fut Laurent, quelques pas derrière lui, qui prit le contrôle de la conversation.

— James ? Il se passe quelque chose à la beurrerie ?

— Hum... Édouard est malade et...

— Bien oui, on le sait, ça ! coupa Florie impoliment. Elle repoussa sa nièce derrière son gros postérieur pour la protéger d'une possible menace.

Marie-Camille, le pouce à la bouche, observait l'ami de son père. Même si elle connaissait bien James, chaque fois qu'elle le voyait, elle voulait lui demander s'il avait été plongé dans le chocolat. Mais son papa lui avait interdit de poser cette question. Alors, Marie-Camille se disait que le moment était peut-être venu de clarifier la situation en profitant de l'absence de son père. Elle se glissa entre sa tante et James, puis fixa sérieusement le grand Noir. Celui-ci mit un genou par terre pour être à la hauteur de la fillette. Avant que Florie ne réagisse, l'enfant avait pris la main de James :

— James, pourquoi vous êtes noir ? Vous êtes fait en chocolat ?

L'homme resta figé un moment avant d'éclater de rire, montrant sa dentition parfaite. Son visage irradiait la bonne humeur et ses yeux brillaient de plaisir. Florie ouvrit grand la bouche et s'écria d'un ton horrifié :

— Voyons donc, Marie-Camille, qu'est-ce qui te prend ? On dit pas ça des affaires de même ! Va dans la cuisine ! Tout de suite ! Matante Florie est vraiment pas contente !

Laurent retint un sourire avant de s'excuser auprès de leur voisin.

— Elle est pas habituée…

— …aux autres races, continua Florie, le visage fermé.

Elle tentait de repousser sa nièce, mais celle-ci était bien décidée à obtenir la réponse à sa question. James lui prit la main sans tenir compte du froncement de sourcil de Florie et répondit :

— Eh non, ma jolie Marie-Camille, je suis pas fait en chocolat. Je suis juste plus foncé que toi. Mais à l'intérieur, je suis fabriqué de la même manière que toi. C'est ainsi que Dieu l'a décidé…

Sur cette dernière parole pieuse, destinée plus à l'aînée des Gélinas qu'à l'enfant, il se releva et récita son message dans le meilleur français qu'il put. Florie ne se gênait généralement pas pour passer une remarque sur l'accent difficile à comprendre de ces étrangers qui habitaient le village.

— Édouard est malade et doit rester couché.

— Mon doux, qu'est-ce qu'il a ? s'écria Florie.

— Laisse-le donc continuer, on va finir par le savoir, l'apostropha Laurent sans s'occuper du regard hargneux de sa sœur.

Depuis quelque temps, il s'émancipait un peu plus et ne s'en sentait pas plus mal. Florie, par contre, commençait à se dire qu'elle devrait avoir une bonne conversation avec son petit frère qui la contredisait de plus en plus souvent. Déjà qu'Adèle n'éprouvait aucune difficulté à l'obstiner sur à peu près tout, il manquerait plus juste que le seul des Gélinas qu'elle tenait bien en laisse se mette à vouloir s'affranchir. Florie fit un signe à son voisin, les deux bras croisés sur la poitrine. Son frère qui la reprenait devant un étranger, il n'avait pas fini d'en entendre parler.

— Adèle veut que je vous dise qu'elle va rester avec lui… *until he's well again.*

— Quoi ça… *hiswellheugain ?* marmonna Florie qui ne comprenait pas un mot d'anglais.

Retenant un fou rire devant l'air confus de sa voisine, James chercha les termes exacts.

— Hum… quand Édouard sera guéri, Adèle va revenir ici. Voilà !

Il poussa un profond soupir de soulagement, satisfait d'avoir réussi à transmettre son message. Il toucha le bord de sa casquette et tourna les talons, non sans avoir fait un petit clin d'œil à Marie-Camille, qui se tenait toujours devant sa tante, déçue de ne pas avoir pu discuter de sa théorie plus longtemps. Avant que Florie n'ait pu dire quoi que ce soit, la charrette sortait de l'entrée et tournait sur la côte Boisée.

— Tu parles d'un impoli ! dit Florie. Il a même pas dit bonjour.

— Franchement, Florie, t'exagères ! Il est venu nous donner

un message, tu le reçois comme s'il venait t'attaquer et tu voudrais qu'en plus, il se plie en quatre pour te faire plaisir ? Bon, moi je retourne à la grange, on veut aller pêcher cet après-midi.

— Pêcher ? Mais il me semble que…

— Que rien ! J'ai le goût d'un bon filet de perchaude puis il fait pas trop chaud, ça fait que si tu nous cherches, on va être sur le quai !

Le grand costaud descendit les quelques marches le sourire fendu jusqu'aux oreilles. Sa sœur lui en voudrait quelques heures, mais ça valait le coup !

À la beurrerie, Henry et Jeremiah, mis au courant des dernières nouvelles, décidèrent de donner un coup de main à James.

— *I'm so worried that I will fail and spoil his first batch of Saint-Clément[11] !* avait dit l'employé aux deux autres à son arrivée.

Conscient de l'enjeu, Henry avait aussitôt décidé de mettre de côté ses tâches de la journée pour le rejoindre dans la beurrerie, bientôt imité par son fils. À trois, ils décortiquèrent les instructions précises d'Édouard et à la fin de la journée, trois grosses meules du nouveau fromage étaient installées dans la salle du fond, sur les nouvelles tablettes fabriquées par le maître-beurrier au cours de l'hiver. Satisfaits de leur travail, les trois hommes nettoyèrent les locaux et les outils ayant

---

11 J'ai tellement peur d'échouer et de rater sa première production de Saint-Clément !

servi à la fabrication. James décida d'aller donner les dernières nouvelles à son employeur.

— *I know him, he won't be calm until he's sure that his cheese is done*[12].

Malgré la fatigue de la longue journée, le Jamaïcain se faisait un plaisir d'aller informer son patron. Il se sentait soulagé d'avoir réussi la lourde tâche. Lorsque Adèle ouvrit la porte, les yeux las, James réalisa l'heure.

— *Oh God*, je m'excuse, *I didn't think!* Je reviens demain, c'est correct.

— Non, non, entre, James. Tu sais bien que mon frère t'espérait! Il dormira pas tant qu'il saura pas. Tout a bien été?

— *Perfect!*

James sourit et encore une fois, leurs yeux s'accrochèrent longuement. Consciente d'être seule avec lui, puisque Édouard, alité, ne pouvait guère s'interposer, Adèle inspira profondément avant de s'avancer. Elle déposa un doux baiser sur les lèvres de son voisin. James hésita, puis posa sa main sur le cou dénudé de la jeune femme. Pendant quelques instants, ils restèrent figés puis la passion prit le dessus et leur baiser se prolongea, alors que James appuyait Adèle contre le mur de la cuisine. Très grand, il la dépassait de plusieurs pouces et sa puissance se ressentait à travers sa chemise de coton écru. La voix enrouée d'Édouard fractura le silence.

— Adèle… Argh! Adèle? Qui… est-ce?

Pris de stupeur face à leur geste, le couple se sépara prestement sans se quitter des yeux. Adèle ouvrit la bouche afin de reprendre son souffle, les jambes coupées par la passion des

---

12 Je le connais, il ne se calmera pas tant qu'il ne sera pas assuré que son fromage est fait.

derniers instants. Le grand Noir lui fit un geste d'excuse.

— C'est James, Édouard.

— James, vite… Argh ! Argh !… Viens me raconter.

L'homme frotta son visage tendu avant de se glisser devant Adèle et de monter l'escalier. La jeune femme laissa son regard errer dans la pièce. Qu'avait-elle encore fait ? Mais la passion que le baiser échangé avait réveillée dans son corps meurtri, puis endormi, ne s'en irait pas facilement. Florie ne devrait jamais savoir l'attrait qu'elle ressentait pour cet homme différent. Jamais. Pourtant, Adèle savait que la scène qu'elle venait de vivre se reproduirait inévitablement et peut-être même plus…

— Oh Seigneur ! pensa-t-elle en levant les yeux au ciel.

Édouard resta alité trois jours et si Adèle avait eu son mot à dire, le délai aurait été assurément prolongé. Mais au matin du troisième jour, le jeune homme se réveilla à l'aube et avant même que sa sœur ne soit revenue de la grange où elle faisait la traite, il s'était habillé et avait déjeuné. Lorsque Adèle pénétra dans la maison, il figea et fixa la femme la cuillère en l'air. Il déglutit difficilement.

— Bien voyons, mon Édouard, qu'est-ce que tu fais debout ?

— …

Son frère pointa son ustensile dans sa direction sans parler. Adèle fronça les sourcils avant de pencher la tête sur la robe qu'elle portait. Se mordant les lèvres, elle se dépêcha aux côtés de son frère, blanc comme un drap.

— La robe. Je porte la robe de Clémentine. Oh, Édouard, je suis désolée, je croyais pas que…

— Non, non, c'est juste le choc, répondit le jeune homme en reprenant des couleurs.

— C'est parce que je pouvais pas aller travailler à la grange avec ma robe propre. Alors j'ai fouillé un peu et j'ai trouvé ce vieux vêtement de Clémentine. Je me suis souvenue de l'avoir vue quelques fois, vêtue ainsi pour s'occuper de ses pondeuses.

— Tu as bien fait, continua Édouard, le regard plein de larmes.

— Oh, mon frère, je suis tellement désolée, j'aurais dû te demander la permission.

— Non, je te dis que tu as bien fait, répéta-t-il. C'est juste… le souvenir. L'ennui. La peine. Elle me manque tellement, si tu savais. Des fois, j'aurais le goût d'aller la rejoindre pour toujours dans l'éternité.

— Je sais, mais tu as un petit trésor qui te retient à la vie, ne l'oublie jamais, chuchota Adèle en déposant sa tête contre l'épaule de son frère. Il lui caressa la joue avant de se relever.

Il n'avait plus très faim et était pressé d'aller à la beurrerie. Il sourit faiblement à Adèle.

— J'aimerais bien partir sous peu, crois-tu que tu seras prête?

— Tu es certain? Il me semble que tu es encore faible.

— Non, non. T'en fais pas, James m'aidera.

À la mention du prénom, Adèle se détourna pour que son frère ne remarque pas la confusion sur son visage. Pour l'instant, elle devait se concentrer sur son arrivée à la ferme et l'accueil de Florie qui lui en voudrait d'avoir envoyé le Noir comme messager, quelques jours plus tôt. Sa sœur, malgré son bon cœur, avait la rancœur tenace!

⊷✕⊶

— Mautadine que c'était long ! Veux-tu bien me dire qu'est-ce qu'il a pogné ?

— Le docteur Trudel a dit que c'était juste une bonne grosse grippe. Mais il y a goûté !

— Bon, parce que c'est bien beau tout ça, mais moi je peux pas tout faire toute seule ici !

Adèle marmonna dans sa tête. Combien de fois avait-elle entendu cette phrase de la bouche de sa sœur depuis quelques années ? Pourtant, Florie avait délaissé la majorité des tâches lourdes maintenant que la jeune journaliste ne travaillait plus au *Courrier*. Sous prétexte qu'elle vieillissait, elle n'allait plus à la grange, ni aux champs, ni même au potager. Elle préférait rester dans la cuisine faire à manger au son de ses chanteuses préférées. Toute la journée, les deux femmes restèrent côte à côte à éplucher les patates, les carottes, les panais qui serviraient de base à leur alimentation pour les prochains jours. Il ne leur restait plus grand-chose au caveau et Florie s'en plaignait quotidiennement.

— Je peux pas croire qu'on va manger de la soupe au chou et aux patates jusqu'en juin !

— Arrête donc, Florie, dis-toi qu'on a au moins du fromage et du beurre gratuits ! Puis il nous reste tout de même quelques morceaux de bœuf dans la saumure.

— Ouin… En plus, tu vas nous faire ton fameux pain et tes brioches à la cannelle, hein ? demanda l'aînée, la bouche élargie par un sourire gourmand.

Adèle lui sourit avec affection. Elle reporta son attention sur les nouvelles à la radio. D'un geste, elle fit taire sa sœur qui voulait parler. Cette dernière fronça les sourcils avec humeur. Depuis le début de l'année, Radio-Canada avait mis en place un bulletin de nouvelles complet en sentant émerger l'imminence d'une nouvelle guerre sur le vieux continent :

« *L'annexion de l'Autriche par l'Allemagne ne fait guère réagir la France et l'Angleterre qui désirent à tout prix éviter un nouveau conflit.* L'Anschluss, *nom donné à cette annexion, fut approuvé à 99 % par la population autrichienne**… »

La voix de Marcel Ouimet* continua son monologue alors qu'Adèle soupirait profondément.

— Je me demande bien ce qui va advenir de tout ça, marmonna-t-elle, les deux mains dans la pâte.

— De quoi tu parles ?

— Bien, Florie, t'as pas écouté la même chose que moi ? Si ça continue de même, il va y avoir une nouvelle guerre en Europe, je te le dis moi !

Florie secoua la tête et émit un petit rire ironique.

— Mon doux que tu paniques à rien, ma sœur. Arrête donc de te faire des peurs de même. De toute manière, l'Europe, c'est pas la porte à côté, ça fait que c'est pas de nos affaires.

Adèle ferma les yeux en inspirant profondément, cette fois pour retenir son irritation. L'indifférence de sa sœur face au monde en dehors de Sainte-Cécile la rendrait toujours folle. Outre les caresses et les baisers, ce qui lui manquait le plus de sa relation avec Jérôme, c'était l'ouverture d'esprit, le désir d'apprendre que les deux partageaient.

— Au moins, quand Édouard vivait ici, il y avait moyen d'avoir des discussions intéressantes…, pensa-t-elle en jetant un regard à Florie qui se mit à fredonner pour accompagner la chanson de Muriel Millard, la grande gagnante du dernier concours des *Jeunes talents Catelli**.

Lorsque la chanson se termina, Florie tourna un visage épanoui vers sa sœur.

— Non, mais peux-tu croire qu'elle a juste seize ans cette

chanteuse-là! Il y a pas à dire, on a du talent au Québec. Pas besoin d'aller aux États, je te le dis moi. Si j'avais été plus jeune aussi... j'aurais pu...

— Tu aurais pu?... questionna Adèle faisant exprès de ne pas comprendre.

— Bien... Tu sais...

— Non.

— Oh, j'aurais pu faire carrière dans la chanson! Force-moi donc pas à tout t'expliquer, mautadine!

Adèle avait retrouvé sa bonne humeur avec les paroles de son aînée qui l'émouvait toujours avec ses rêves inavoués. D'abord, les courtepointes et puis là, une chanteuse. Elle mit son bras autour du corps dodu.

— Tu aurais gagné, ma sœur, j'en suis certaine!

Satisfaite, Florie releva les épaules et haussa la voix. Oui, elle aurait pu faire une grande chanteuse elle aussi!

***

Le dimanche matin, à la grande messe, Florie manqua de s'endormir. Pour la première fois de sa vie, Adèle dut lui donner un petit coup de coude dans les côtes en plein milieu du sermon du curé Latraverse.

— Ouch!

— Florie, tu dors!

— Bien non, qu'est-ce que tu dis là..., chuchota l'aînée. Je pensais.

— Ah, bien en tout cas, tu pensais en ronflant, ricana Adèle en soutenant le regard noir de sa sœur.

Effectivement, Florie s'était assoupie quelques instants. Ce qui l'amena à penser que les messes du curé Latraverse seraient beaucoup plus captivantes s'il y avait un peu de musique au travers des textes bibliques. De retour à la maison, la femme alla dans sa chambre pour réfléchir au projet qu'elle avait ébauché pendant la messe. Lorsque son amie Louisette vint passer l'après-midi avec son fils, elle la prit à l'écart quand Ludovic alla rejoindre Laurent et Léo à la grange. S'il y avait quelqu'un pour trouver que son idée n'était pas folle, c'était bien la commerçante qui aimait autant la chanson qu'elle.

— Viens donc t'asseoir, Louisette. J'ai envie de te parler de quelque chose.

— Oui, je suis aussi bien, répondit l'autre, la voix remplie de déception, puisque mon fils semble pas avoir envie de jaser avec moi. Quand je pense que je délaisse tout mon ouvrage pour une heure ou deux en sa compagnie...

— Oh, t'en fais pas avec ça! Tu sais, les gars de cet âge-là, c'est pas bavard! Mon Laurent peut passer deux jours sans dire un mot!

— Tu as peut-être raison. C'est juste que je voudrais bien qu'il revienne vivre à la maison. Sa chambre est presque terminée et dans une semaine environ, Gérald dit qu'ils devraient mettre les dernières touches à notre cuisine. Ça fait qu'il n'a plus de raison de vous envahir.

Florie s'était habituée à la présence de Ludovic et ne trouvait plus le jeune homme particulièrement encombrant. Elle haussa ses épaules rondes. Sans trop le dire, elle espérait aussi que son amie s'en souviendrait lorsque viendrait le temps de lui vendre des denrées au nouveau magasin. Elle aurait peut-être droit à quelques rabais! Sa grande robe difforme flottait sur ses larges cuisses. Elle n'avait plus de vêtements très adéquats, comme elle s'en était rendu compte lors du ménage de sa garde-robe. Mais pas question de dépenser pour s'acheter des nouvelles tenues. Jusqu'à ce qu'elle ait terminé la confection de ses robes, elle allait se mettre au régime. Dès demain. Oui, le lundi c'était une journée parfaite pour prendre des résolutions. En attendant, elle poussa l'assiette de carrés aux dattes devant son amie avant d'engloutir un énorme morceau.

— De quoi veux-tu me parler, Florie? dit son amie en taponnant doucement sa bouche.

— J'ai envie de te proposer un... projet.

— Un projet? marmonna Louisette en regardant avec envie le dessert devant elle.

Depuis le début de leur amitié, les deux femmes jasaient de choses et d'autres tout en chantonnant au son des disques que la commerçante avait sur son gramophone. Ce magnifique appareil, malheureusement disparu dans les flammes, faisait l'envie de Florie à chacune de ses visites. Acheté d'occasion à Montréal au début de l'année 1935, c'était un des derniers modèles fabriqués par la société Berliner Gramophone avant son rachat par la compagnie américaine RCA Victor en 1924*.

— Cet homme-là était un génie de la musique et des sons, avait fièrement affirmé Louisette en lui parlant de l'inventeur du gramophone, Émile Berliner.

— Hum, hum..., s'était contentée de grommeler Florie, ne voulant pas montrer son ignorance.

À présent, les deux amies devaient se contenter de la vieille radio qui jouait toute la journée sur le comptoir des Gélinas. Florie mit sa main près de celle de la grosse rousse. Pas trop près, afin d'éviter les contacts inutiles, mais assez proche pour que l'autre la regarde attentivement.

— Tu sais comme on aime chanter toi et moi?

— Oui.

— Bien… Qu'est-ce que tu dirais si on créait une chorale à Sainte-Cécile ?

— Une chorale ? Une chorale, ici au village ?

— Ce matin, à la messe, je réfléchissais, dit Florie en rougissant à la pensée de son petit mensonge, et je me disais qu'il me semble que d'agrémenter le sermon avec un peu de chansons, ça ferait pas de tort. Qu'en penses-tu ?

Fébrile dans l'attente d'une réponse qui ne venait pas, la femme se leva pour faire bouillir de l'eau. Son cœur battait si fort qu'elle avait l'impression que Louisette l'entendait. Ce qu'elle n'entendit pas, ce furent les pas de Louisette lorsqu'elle s'approcha. Comme une petite fille, la grosse femme rousse battit des mains l'une contre l'autre.

— Mon doux que c'est une bonne idée, Florie ! Moi qui avais besoin d'une occupation, quoi de mieux que de former un groupe pour chanter ! Comme ça, on va combiner nos deux passions, notre Seigneur et la chanson.

— C'est en plein ça !

Ravie de voir son idée ainsi valorisée, Florie versa l'eau dans les deux tasses et rajouta une bonne quantité de sucre au thé qu'elle trouvait trop amer. Souvent, elle se faisait un bon café même dans l'après-midi. Mais avec l'incendie, Laurent ou Adèle devaient aller jusqu'à Labelle pour faire les achats et la femme essayait donc d'économiser les vivres. Prenant place à la table, les deux grosses femmes se remirent à discuter, cette fois avec véhémence et bonne humeur. Sainte-Cécile aurait sa chorale !

CHAPITRE 5

La chorale de Sainte-Cécile

—Puis, qu'est-ce que vous en pensez ?

Florie attendit des réactions des quatre autres assis à la table du souper en se mordillant la lèvre du bas. Ludovic, le nez plongé dans son ragoût de porc, dans lequel il y avait plus de patates que de viande, leva un œil curieux. Il trouvait toujours étrange que sa mère et Florie Gélinas soient devenues amies. Mais si l'implantation d'une chorale au village permettait à sa mère de cesser de l'asticoter, il était cent pour cent en accord avec l'idée ! Ainsi, elle aurait autre chose à faire que de le questionner sur son état d'esprit et de lui rappeler qu'il serait temps qu'il revienne vivre à la maison familiale.

— Quelle bonne idée, ma Florie ! s'exclama Adèle qui voyait enfin, elle aussi, un relâchement de la surveillance de son aînée. Un peu de paix dans la cuisine, c'est tout ce qu'elle souhaitait.

Satisfaite, Florie poussa du coude son frère cadet qui n'avait pas dit un mot.

— Toi, Laurent, qu'est-ce que tu en penses ?

— Euh… Oui, tu chantes assez bien pour ça.

— Assez bien ?

Le ton de voix de sa sœur lui fit rajouter un adverbe différent à son avis précédent.

— Très bien, tu es la meilleure chanteuse du village, si tu veux mon avis!

Laurent lança un regard d'excuse à Ludovic qui haussa les épaules avec indifférence pendant que Florie relevait ses larges épaules avec fierté. Le jeune Marquis avait d'autres préoccupations que la carrière de chanteuse de sa mère.

— Oui, je pense qu'on va commencer ça dès demain! Oh mon doux, on a tellement d'affaires à décider. Adèle, tu vas m'aider, hein?

— Quoi? Euh…

— J'ai besoin que tu me fasses une annonce pour qu'on l'affiche à l'entrée de l'église. À la prochaine messe, tous ceux qui le voudront pourront venir donner leur nom pour chanter dans la chorale. Il va falloir trouver en plus un organiste parce que moi, je pourrai pas tout faire, même si j'ai déjà joué du piano! Oh, j'ai même plus faim tellement que je suis énervée. Je peux pas croire que moi, Florie Gélinas, je vais être en charge de la musique pour accompagner notre Seigneur!

Les yeux grands ouverts, les autres retinrent un fou rire en la voyant s'éventer avec sa main. Pour la première fois de sa vie, Florie Gélinas avait envie de penser à elle et à son désir d'exister. D'abord, les concours d'artisanat et maintenant, sa passion pour la chanson. Sa sœur mit gentiment sa main sur son épaule en chuchotant:

— Faudrait sûrement que tu en parles à notre cher curé avant de faire ton annonce, tu ne penses pas, Florie?

— C'est sûr, voyons donc! Mais je vois pas ce qu'il pourrait trouver de négatif à une si bonne idée!

Dès le lendemain matin, à son réveil, elle achala donc sa sœur pour que celle-ci écrive la note qu'elle désirait apposer près de la porte de l'église. Alors qu'Adèle soupirait, n'ayant pas eu le temps de lire une seule ligne de son journal, Florie était déjà prête à partir.

— Il faut faire ça vite si on veut que la chorale soit en branle d'ici peu.

— Mais pourquoi tu l'écris pas, toi, cette annonce ?

— Adèle Gélinas, veux-tu rire de moi ? Tu sais bien que j'écris comme une enfant de sept ans, bon sang ! Non, il faut que ça fasse sérieux cette affaire-là. Je veux pas passer pour une amatrice ... euh... une amateur... En tout cas, tu sais ce que je veux dire.

En soupirant de nouveau, Adèle se releva en serrant la ceinture de sa robe de chambre bleu pâle. Pas moyen d'avoir la paix, même lorsque Florie se trouvait une vocation ! Une fois l'affichette terminée, la future cantatrice n'en avait pas fini avec sa cadette. Elle lui dit de se dépêcher.

— Mais pourquoi donc, Florie ? J'ai prévu de faire des tartes ce matin puis je peux toujours bien prendre le temps de boire mon café cinq minutes !

— Bien tu le prendras après, ton café. Là, tu vas venir me reconduire chez Louisette.

Adèle expira profondément, convaincue que rien ne ferait changer sa sœur d'idée. Elle grimpa donc l'escalier avec exaspération avant d'enfiler sa jupe marron et son chemisier beige. Prenant quelques secondes pour peigner sa chevelure brune, elle décida de profiter de l'après-midi pour aller chez la coiffeuse à Labelle. Ses boucles dépassaient ses épaules et elle avait envie de les faire raccourcir pour ressembler à la grande actrice Greta Garbo. La Suédoise venait tout juste de donner sa première entrevue à un journal, après des années de mystère pendant lesquelles on ne la voyait que très peu en dehors de ses films. Elle fascinait Adèle, qui voyait dans son émancipation une manière de vivre qu'elle aurait souhaité imiter. De retour à la cuisine, elle sourit en voyant Florie déjà prête sur le bord de la galerie.

— Me voilà, Florie !

— Vite, j'ai dit à Louisette que je serais chez elle à la première heure.

— Je pense qu'elle a sûrement compris que tu serais pas chez elle à cinq heures du matin, ma sœur ! rigola Adèle, qui ne reçut en retour qu'un regard sérieux.

Pour une rare fois, la grosse femme descendit les marches comme si elle les survolait. Plus besoin de tenir la rampe ou le bras de sa sœur, Adèle avait l'impression de découvrir une nouvelle Florie ! En souriant de nouveau, elle la suivit pour l'aider à grimper dans la charrette que Léo avait sortie du hangar.

— Laisse faire, je suis capable de monter toute seule, voyons ! Vite, dépêche-toi !

Fronçant les sourcils, Adèle marmonna en montant à son tour. Elle ne se fit pas prier pour faire avancer Mystic. Mais la bête semblait épuisée. Inquiète, la femme allégea les rênes sur le dos du cheval. Elle devrait en glisser un mot à son frère. Elle jeta un regard en passant devant l'ancienne maison du père Claveau et en voyant son gros chien noir, que James avait gardé, elle put presque le visualiser sur son traîneau ou sur son bicycle. Le décès du vieil homme avait suscité toute une commotion au village dans le temps, mais avec les années, la plupart des villageois se souvenaient de lui avec une dose d'affection malgré ou à cause de son originalité. En quelques minutes, les deux femmes arrivèrent devant l'emplacement de l'ancien magasin Marquis. Même si presque trois mois avaient passé, les traces de suie sur le sol laissaient encore entrevoir le drame qui s'y était produit. Par contre, les hommes du village avaient fait un bon travail et toute la structure extérieure du bâtiment avait été reconstruite comme avant. Si les locaux du marché n'étaient pas terminés, le reste, c'est-à-dire l'escalier intérieur, les chambres, la cuisine et la salle de bain du haut, étaient quant à eux enfin complétés.

— Louisette me dit que d'ici un mois, son mari devrait rouvrir le magasin.

— Déjà ?

— Oui, ils sont vaillants eux autres, je te dis !

— Hum...

Toujours fascinée par le revirement dans la relation entre les deux femmes, Adèle observa quelques instants les fenêtres en se remémorant le visage du jeune Ludovic à l'une d'elles. La brune ne put retenir un frisson, que son aînée ne remarqua pas, toute à son empressement de descendre de la charrette. Elle sauta par terre en lançant un juron bien senti.

— Maudit !

— Bien attends-moi donc aussi, je vais t'aider !

— Tu es bien trop lente, une vraie tortue. Mais là, ouch, je me suis tordu la cheville, je pense...

— Aimes-tu mieux retourn...

— Chut... Arrête de dire des niaiseries. Bon, viens me rechercher à midi pile. Tu as compris ?

Adèle hocha la tête en la regardant affectueusement trottiner jusqu'au petit perron devant le magasin. Le seul ajout qui avait été fait à l'ancienne structure, c'était un escalier extérieur qui menait à l'appartement du haut. Auparavant, les Marquis se rendaient à leur appartement situé au-dessus du commerce par un étroit escalier situé à l'arrière du magasin.

— On revivra plus jamais un autre malheur comme ça,

avait expliqué Louisette à son amie. Si un jour, Dieu nous protège, il y a un autre feu, bien tu peux être certaine que toute ma famille va pouvoir sortir. Remarque qu'un incendie comme ça, sans raison, ça se voit pas souvent !

Florie n'avait rien dit des rumeurs qui couraient dans le village sur le cadet de la famille qui aurait peut-être été l'instigateur du drame. Les gens se faisaient un malin plaisir de médire sur la famille Marquis qui ne s'était jamais gênée de se réjouir du malheur des autres villageois !

La porte s'ouvrit pour laisser entrer Florie, qui commença à parler avant même d'avoir pénétré dans la bâtisse. Riant de cette nouvelle grande sœur énergique, Adèle décida d'arrêter voir son frère Édouard à la beurrerie. Évidemment, la possibilité de croiser James n'était pas à négliger. Même si elle avait l'impression de jouer avec le feu, le baiser échangé avec le grand Noir avait réveillé chez elle des sensations qu'elle croyait à jamais disparues. En passant devant l'église, Adèle se demanda comment le curé Latraverse accueillerait le projet de Florie et de Louisette.

— Il est mieux d'être ouvert d'esprit, le saint bonhomme, parce que ma sœur va lui en faire voir de toutes les couleurs s'il est réticent…

Elle éclata de rire, seule dans sa charrette, sans se soucier des regards des quelques passants. En tournant dans l'entrée de la forge, Adèle sentit son cœur battre trop fort. Elle savait qu'elle faisait une folie, mais n'arrivait pas à se résigner. Elle attacha Mystic devant l'atelier avant de s'éloigner vers l'arrière. Depuis l'ouverture de la beurrerie, cinq ans auparavant, son frère avait amélioré l'accès à son petit local, en faisant un large chemin de pierre sur le côté. En plus, il avait installé un petit hangar couvert au bord de la route afin de recevoir les canisses de lait que les fermiers déposaient avant l'ouverture.

— Certains arrivent à cinq heures du matin! Je suis toujours bien pas pour ouvrir la beurrerie vingt-quatre heures sur vingt-quatre, avait-il expliqué à James. De cette manière, les canisses seront à l'abri des bêtes et des intempéries.

Alors les deux hommes avaient décidé d'innover et d'offrir cette possibilité aux quelques agriculteurs fort matinaux. Il était à peine huit heures, mais Adèle savait que son frère se trouverait à l'intérieur, fort occupé avec son nouveau «bébé», son Saint-Clément. Lorsqu'elle ouvrit la porte, la clochette installée au plafond avertit le maître-beurrier de son arrivée. Il sortit du local derrière pour accueillir son client et sourit lorsqu'il vit sa sœur.

— Tiens, tiens, tu t'ennuies de moi! Il suffit que je vous amène pas Marie-Camille un matin pour que tu viennes me voir! rigola Édouard en essuyant ses mains sur son tablier pour faire une accolade à sa sœur.

Après sa grippe, il avait décidé de laisser sa fille deux jours par semaine avec la jeune Marguerite, qui s'en occupait à l'occasion depuis la mort de Clémentine. Il voulait rester tard à la beurrerie, le temps de peaufiner son fromage. Même si Florie ne voyait pas d'un bon œil ce nouvel arrangement, il avait tenu bon.

— Florie, c'est toujours bien moi son père et j'ai décidé qu'il en serait ainsi pour quelques semaines. Maintenant, si tu préfères que je vienne plus la porter les autres jours, tu as juste à me le dire, Marguerite est bien heureuse de s'en occuper! Ça lui fait un petit revenu et ça lui permet de sortir de la maison.

Florie avait échappé un hoquet de stupeur devant le ton de son frère, avant de se rappeler qu'il n'avait pas hésité à quitter la famille pour se marier. Elle avait donc fait un signe d'accord sans ouvrir sa bouche crispée.

— Mais tu sauras me le dire, Adèle, cette enfant-là sera jamais aussi bien qu'ici avec nous autres !

Ce matin, par contre, pas une seconde Florie n'avait pensé à l'enfant. Elle était bien trop occupée à développer sa nouvelle association avec Louisette. Les deux femmes avaient établi les bases pour implanter la chorale de Sainte-Cécile. Il ne leur restait plus qu'à aller rencontrer le curé du village pour l'intéresser à leur proposition.

— Ce qui sera pas facile, à mon avis, expliquait justement Adèle à son frère tout en jetant de fréquents coups d'œil derrière lui.

— C'est certain que notre saint homme n'est pas le plus innovateur ! Pas sûr qu'il va apprécier d'avoir des chanteuses dans son église !

— Peut-être des chanteurs aussi, qui sait ! Tu pourrais t'essayer, mon Édouard !

Les deux éclatèrent de rire, alors qu'au même moment la porte de la beurrerie s'ouvrait dans le dos d'Adèle. Elle sentit immédiatement une chaleur monter en elle. James venait d'arriver.

— Tiens, mon *helper !* Tout a bien été ce matin, James ?

— Parfait. Je débarque le *stock* et je viens t'aider. Bonjour, mademoiselle Adèle, dit l'homme en touchant sa casquette beige.

La jeune femme se retourna en priant pour que son visage ne montre pas l'émoi qu'elle ressentait. Mais elle ne devait pas s'en faire, depuis son aventure avec Jérôme, le viol de Marc-Joseph, elle était passée maîtresse dans le contrôle de son apparence.

— James, bonjour ! Tu vas bien ?

— Oui, merci.

Étonné par le ton formel entre les deux amis, Édouard les observa un moment avec doute. Puis, il secoua doucement la tête en s'en voulant de penser ainsi. Pourtant, le couple se retenait pour ne pas s'approcher l'un de l'autre. Comme des aimants, leurs corps se désiraient au-delà des conventions. Plus raisonnable ou plus conscient de ce qu'il perdrait advenant une relation entre eux, James se dépêcha de ressortir et l'air devint à nouveau respirable pour Adèle.

— Je dois reprendre Florie à midi… pile! sourit-elle. Je pense aller à Labelle, j'ai envie d'une nouvelle coupe de cheveux! As-tu besoin de quelque chose?

— Non, merci.

Édouard lui sourit affectueusement. Sa sœur était toujours à la dernière mode, même si elle vivait maintenant à Sainte-Cécile. Elle avait conservé son côté affranchi au grand déplaisir de son aînée qui l'aurait préférée un peu plus discrète dans son apparence. Lorsque la porte se referma derrière sa sœur, le jeune maître-beurrier soupira d'aise. La vie reprenait son cours, malgré le manque de Clémentine. En passant près de James, la jeune femme laissa son regard s'attarder sur les muscles puissants des bras de l'homme qui débarquait les bidons de fer blanc remplis de lait. Elle le frôla en chuchotant:

— Bonne journée, James!

— Toi aussi, Adèle!

La voix enrouée par le désir, l'homme ferma les yeux en refusant d'aller plus loin dans ses pensées. Il ne pouvait, ne voulait répéter l'erreur du premier baiser échangé. Cette femme n'était pas pour lui.

Depuis l'arrivée de Ludovic à la ferme, le duo de Laurent et Léo était peu à peu devenu un trio. Même si le jeune homme ne parlait guère, il les accompagnait à la pêche, à la chasse lorsque Léo en faisait la demande. Celle-ci venait rarement de Laurent, qui voyait d'un mauvais œil cette amitié naissante entre leur homme engagé et le jeune Marquis. Il se décida donc enfin à trouver le courage de parler à Florie un samedi du mois de juin. Depuis quelques semaines, sa sœur était comme un coup de vent à la maison, toujours partie chez Louisette ou à l'église pour informer le curé de l'évolution concernant la chorale qui prenait peu à peu forme. Mais après le souper, comme les moustiques avaient envahi le village dès la tombée du jour et que Florie haïssait cette période piquante, il savait qu'elle ne veillerait pas sur la galerie. Une fois sa vaisselle terminée, elle prit en effet sa dernière courtepointe et se dirigea vers sa chambre. Il fallait vraiment qu'elle se remette à la tâche. Louisette voulait vendre ses travaux de couture au nouveau magasin dès sa réouverture et avec la chorale, Florie avait négligé ses obligations envers son amie.

— Euh… Florie ?

— Quoi ?

— …

— Bien parle, Laurent ! J'ai pas toute la nuit moi ! J'ai pris tellement de retard dans mes courtepointes que je vais être obligée de travailler sans arrêt pour qu'elles soient prêtes.

Tous les deux à l'entrée de la pièce, ils faisaient un drôle de contraste. Laurent chuchota pour éviter que Ludovic, déjà dans sa chambre, ne l'entende. Il préférait même que Léo et Adèle, dans le salon, continuent de discuter pour ne pas s'attarder sur eux.

— Ça fait bientôt quatre mois que le feu est arrivé…

— Oui, et alors ?

— Bien, je me disais qu'il serait peut-être temps que Ludovic retourne chez lui, non ?

En terminant sa phrase, il rougit aussitôt sous le regard sérieux rivé sur son visage. Florie plissa le nez avant de marmonner :

— Pourquoi ? Il te dérange ?

— Non, non, c'est pour lui ! Je pense qu'on rend pas service à Ludovic à le garder caché ici ! Il va bien falloir qu'il recommence à vivre dans le village, c'est toujours là qu'il habite, non ?

À peine avait-il fini de parler que le jeune Marquis sortait de sa chambre pour descendre à la cuisine. Florie s'avança un peu, avant que son frère ne puisse l'en empêcher.

— Dis-moi donc, Ludovic…

Le jeune brûlé tourna son regard pensif vers la femme boudinée dans sa robe de jour. Comme toujours, Florie évita de poser ses yeux sur la joue et le cou cicatrisés. Elle se concentra sur le regard vert avant de le questionner, au grand malheur de Laurent.

— Je me demandais si t'avais pas envie de retourner vivre chez toi ?

— Vous voulez que je parte ?

— Hein ? Euh… Non, non ! C'est juste que Laurent se disait que ce serait… bien… Explique-lui donc, toi mon frère !

Le blond ouvrit grand les yeux sous la surprise et déglutit avec peine. Comment dire que sa présence auprès d'eux l'empêchait d'observer, d'apprécier son ami Léo comme avant ? Comment expliquer que le duo devenu trio ne lui plaisait pas du tout ? Alors, comme toujours lorsqu'il manquait de courage, Laurent se rabattit sur un piètre mensonge.

— Bien, Adèle me disait que tu t'ennuyais peut-être de tes frères et que tu aimerais mieux retourner chez toi, mais que tu savais pas comment nous le dire...

Surprise d'entendre son nom dans la bouche de Laurent, Adèle concentra son attention sur la scène qui se jouait dans le corridor. Léo ne s'en préoccupa guère, trop occupé à rallumer sa pipe qui n'arrêtait pas de s'éteindre. La jeune femme allait répliquer lorsque le regard suppliant de son frère l'arrêta. Elle savait reconnaître la douleur, la détresse. Elle ne comprenait pas la requête de son cadet, mais si c'était important pour lui, elle n'allait pas contrecarrer ses dires. Ludovic lui lança un coup d'œil avant de dire :

— J'aimerais mieux rester si ça vous dérange pas. Il me semble que je suis pas encore prêt pour retourner avec le monde. Ici, j'ai pas besoin de parler à personne puis ça fait mon affaire.

Étonnée par la longueur du monologue, le plus long discours prononcé par le jeune depuis son arrivée, Florie mit sa main sur son bras. Son regard doux se posa sur le jeune homme à peine sorti de l'adolescence. Il lui donnait envie de le protéger et c'est ce qu'elle ferait envers et contre tous.

— T'en fais pas, Ludovic, tu peux rester ici autant que tu veux. C'est pas nous autres qui allons te mettre dehors. Bon, Laurent, tu pourras dire à Adèle de plus s'en faire avec ça.

Elle retourna à sa chambre sans remarquer le corps figé, gelé sur place de son jeune frère. Sans un mot, il passa par la cuisine, prit son chapeau, mit ses bottes de travail et s'enfuit dans la grange, auprès de Fameuse qui venait de mettre bas. Ici, il pourrait exprimer sa colère, sa douleur. Il pourrait aussi s'occuper de Mystic dont la santé déclinante le peinait et l'inquiétait. Ils devraient se résigner à remplacer leur cheval vieillissant avant qu'il ne s'écrase sur la route. Depuis quelques jours, Laurent remettait cette tâche à plus tard, mais l'animal épuisé ne le lui permettait plus.

⟡

Le lendemain, après le déjeuner, Florie demanda à son cadet de la laisser de nouveau au village.

— Aujourd'hui, c'est énervant en pas pour rire, dit-elle aux autres membres de la maisonnée. C'est ce matin que Louisette et moi on passe les auditions !

— Les… quoi ?

— Les auditions ! répondit très sérieusement Florie, sans remarquer le sourire dans les yeux de sa sœur. On a demandé au maire si on pouvait s'installer dans la salle paroissiale. Il a dit oui évidemment, un beau projet comme ça, tout le monde veut participer ! Il faut juste qu'on se trouve un organiste…

Elle se tourna vers son jeune frère en l'observant attentivement.

— Je pense à ça, tu as toujours aimé ça pianoter avec maman ; qu'est-ce que tu dirais de faire partie de ma chorale comme organiste ? Il me semble que je te verrais dans ton beau costume, puis faire trois, quatre notes sur un orgue, ça doit pas être bien compliqué. Surtout qu'avec le talent des chanteurs, même si tu te trompes un peu, personne devrait s'en rendre compte !

— Es-tu folle, Florie ! Voir si j'ai le temps de pratiquer un instrument de musique quatre soirs par semaine ! Tu sauras que si j'avais eu le goût, ça fait longtemps que j'aurais utilisé le piano à maman !

— C'est vrai, mon frère ! Il me faut absolument quelqu'un

de disponible tout le temps ! J'avais pas pensé à ça moi !

Sans s'apercevoir des fous rires que retenaient les autres, elle continua tout en brassant sa crème de blé au sirop d'érable. Vêtue de la seule robe convenable qui lui faisait encore, Florie resplendissait de bonheur et de fierté. Elle était belle à voir avec ses grands yeux noirs pétillants, son chignon lissé sur la nuque et ses joues légèrement rougies par le fard d'Adèle. Ses mains délicates gesticulaient sans arrêt et elle pointait même sa poitrine généreuse vers l'avant, sans s'en apercevoir. Sa cadette la regardait comme si c'était une nouvelle femme. La femme qu'elle aurait pu être depuis longtemps si elle ne s'était pas entêtée à marteler la promesse qu'ils avaient faite à leur mère, seize ans auparavant. Pour la première fois depuis longtemps, Adèle se disait qu'un homme pourrait bien s'intéresser à cette nouvelle Florie radieuse !

— Avez-vous reçu beaucoup de noms de futurs chanteurs et futures chanteuses ? s'informa gentiment Adèle.

— Quelques-uns ! On a demandé aux gens intéressés de se présenter aujourd'hui à la salle. Oh ! Tout d'un coup que personne ne vient ?

Toute la bonne humeur de Florie s'éteignit d'un seul coup à cette pensée. Et si elles avaient l'air de deux innocentes, assises dans la salle toute la matinée sans aucun « prospect » ! La femme cessa de bouger et jeta un regard terrifié sur sa sœur. Adèle mit sa main sur la sienne et lui fit un sourire réconfortant.

— C'est certain que vous allez avoir du monde, Florie ! Tout le monde le dit que les messes seraient bien moins longues si on avait un peu de musique pour les agrémenter. T'en fais pas avec ça, ma sœur ! Votre chorale sera une réussite.

— Oui, tu as raison. Puis je pense à ça, tu devrais venir toi aussi, Adèle. Tu chantes pas aussi bien que moi, mais tu as tout de même une pas pire voix.

Adèle éclata de rire devant ce demi-compliment. Elle repoussa sa nouvelle frange qui lui donnait un air coquin et secoua sa tête.

— Je crois pas, ma Florie. Je pense plutôt que je gâcherais votre groupe avec ma voix fluette. Si tu es vraiment mal prise, tu m'en reparleras… mais pour l'instant, je vais me concentrer sur la ferme. Tu vas être tellement occupée…

— C'est vrai, je pourrai plus trop travailler autant. Oui, bon, il faut y aller, Laurent.

— Bien, j'ai même pas fini mon déjeuner, Florie, et toi non plus !

Pour la première fois depuis qu'elle s'en souvenait, Adèle vit sa sœur repousser son bol à moitié plein et se lever sans finir de manger. Elle fit un signe pour montrer son impatience et les deux Gélinas filèrent sans un mot. Florie prit place dans la charrette, assise sur le bout des fesses, les deux mains pressant ses genoux tremblotants. Enfin, elle allait vivre un de ses rêves. Elle pourrait exploiter un de ses talents, car elle en avait quelques-uns, même si tous pensaient le contraire. Ses yeux s'attardèrent sur la maison de James et elle passa la remarque à son frère :

— C'est vrai qu'il en prend bien soin de la maison du père Claveau, l'étranger.

— Florie, il me semble qu'après presque cinq ans, tu pourrais l'appeler par son nom.

— Laisse faire, ça prend plus que cinq ans pour devenir un vrai Cécilois. Bon, tourne ici. Vite.

Laurent retint un commentaire acerbe pour lui dire qu'il savait très bien où était le marché Marquis. À peine arrêtée devant le magasin, Florie descendit en vitesse et s'éloigna avec un petit salut. Soupirant d'aise en prévoyant un avant-midi sans son aînée, Laurent fit même un sourire au jeune maître de poste et sa famille qui profitaient du temps clément pour faire quelques pas sur le nouveau trottoir devant l'église. Les jumeaux du couple, deux garçonnets blonds comme les blés, couraient de toutes leurs forces sous les encouragements de leurs sœurs cadettes. Laurent pensa à ses années pénibles à l'école du village en plaignant les deux gamins qui devraient dans quelques années user leurs culottes sur les bancs d'école !

— Pauvres eux ! J'espère que leur maîtresse sera plus patiente que dans mon temps ! Sinon, ils sont mieux de se défouler en masse avant d'avoir six ans !

De retour à la ferme, il repassa par la cuisine pour engloutir une beurrée de cretons. Depuis que Florie s'occupait de monter sa chorale, les déjeuners étaient plutôt frugaux et à dix heures, les trois jeunes hommes mouraient de faim. Il passa sa main sur son menton et se dit que sa barbe attendrait quelques heures. Il avait hâte de parler à Léo de leur expédition de pêche de dimanche. Les deux jeunes hommes avaient réussi à trouver une vieille chaloupe qu'ils avaient retapée une partie du printemps. Pour la première fois, ils partiraient tout l'après-midi au retour de la messe.

— Il va… fal..fa..loir qu'on soli..difie les… les… rames avant, entendit-il Léo dire lorsqu'il arriva près de la porte de la grange.

Hésitant à entrer, Laurent colla son oreille sur la fente de la porte et écouta la suite.

— Je peux faire ça moi. J'ai fini de nourrir les bêtes.

— OK… Bon..bonne idée… Merci.

Un coup au cœur. La complicité entre Ludovic et Léo lui

brisait l'âme. Laurent voulait que le plus jeune disparaisse de leur vie. Il regrettait tant de lui avoir offert de les aider. Comme s'il avait tendu la main au diable ! Prenant sur lui, le blond ouvrit la porte et plaqua un air indifférent sur son visage devant le spectacle des deux autres, debout côte à côte en train de discuter de la meilleure manière de réparer les rames.

— Oh… Lau..Laurent, Ludovic a trou..trouvé une… bonne… idée… pour…

— Pas le temps de parler, je dois aller mener les vaches au champ. À plus tard.

Il laissa les deux autres plantés là, avant de s'éloigner vers le fond de la grange, le cœur battant la chamade.

Pendant ce temps au village, Florie et sa comparse attendaient avec énervement leurs premiers candidats pour la chorale. Elles avaient mentionné que les rencontres se feraient le lundi 13 juin à partir de neuf heures à la salle paroissiale. Avec excitation, les deux femmes avaient placé une table et deux chaises le long du mur puis avaient commencé à noter des titres de chansons qu'elles pourraient proposer aux futurs choristes.

— Qu'est-ce que tu penses de *Dieu Notre Père Amour Puissant* et *Je crois en toi mon Dieu* ? commença Florie en notant avant même que l'autre ne réponde.

— C'est bien… J'avais aussi pensé à *Au nom de Jésus* et *Aube Nouvelle*, rajouta Louisette, penchée au-dessus de la main de Florie.

Celle-ci, inconfortable d'avoir à écrire sans être certaine de ne pas faire de fautes, se releva pour aller vérifier par la fenêtre si des gens arrivaient. Elle fit un signe vague de la main pour dire à son amie de continuer l'écriture. En se rapprochant, elle releva les épaules et lissa son chignon. Elle se sentait envahie par une énorme énergie, comme jamais auparavant. Elle se rassit près de son amie.

— Je me disais, Louisette, qu'il faudrait bien chanter quelques chansons en latin. Je pense que notre cher curé en serait très, très heureux !

— Oh, oui ! Puis que penses-tu de *D'où viens-tu Bergère* et *Meunier tu dors* ? lança l'autre sans voir la grimace de Florie.

— Attention, Louisette, répondit celle-ci. On veut pas ressembler au Quatuor Alouette*, nous autres-là ! Le curé serait vraiment pas content !

— Tu as bien raison, mon amie, répondit la rousse en rougissant. Je sais pas à quoi j'ai pensé ! Comme elle replongeait la tête sur sa feuille, un petit coup à la porte les fit sursauter.

— Entrez, entrez ! Tiens, madame Guérard. Quelle belle surprise !

La femme, plus âgée que Louisette Marquis, habitait au bout du rang Leclerc, plus loin que le bureau de poste. Hésitante, sur le seuil de la porte, elle triturait son petit sac à main de cuir blanc comme ses cheveux.

— C'est bien ici pour... euh... la chorale ?

— Oui, madame Guérard, venez vous asseoir, dit Florie avant que son amie ne puisse ouvrir la bouche.

Elle se leva en vitesse pour avancer une chaise près de leur table. Puis, en fronçant les sourcils, elle s'aperçut que les deux amies avaient en effet oublié de placer quelques sièges pour que les futurs choristes puissent patienter en attendant leur tour de chant. Pendant toute la matinée, les deux femmes n'arrêtèrent pas une minute. Elles expliquèrent à chaque

nouvelle venue – car il n'y avait que des femmes – le fonctionnement de la chorale.

— Nous pensons pratiquer au moins deux fois par semaine,
de sept heures à neuf heures le soir.

— Où est-ce qu'on pratiquerait ?

— Ici même. Le curé et le maire trouvent que c'est la meilleure place, puis ils ont bien raison, c'est pas mal central pour
tout le monde.

Vers onze heures trente, alors que la première journée
d'auditions tirait à sa fin et que Florie annonçait les titres des
chansons qu'elles désiraient pratiquer dans le futur, la porte
de la salle s'ouvrit en vitesse.

— Oh, je suis désolé de mon retard. *Je étais pris with a job.*

Florie ferma les yeux et sentit le rouge lui monter aux joues.
Jeremiah Jasper Holland, le fils du ferblantier, venait d'entrer
dans la pièce. Elle inspira profondément en remerciant le ciel
de pouvoir attribuer à la chaleur de la salle son teint plus que
rayonnant. Louisette Marquis, qui avait tenté à quelques
reprises de fraterniser avec le père et le fils, s'avança en tendant sa main.

— Monsieur Stromph… Quelle surprise !

— C'est monsieur Holland.

— C'est vrai, j'oublie toujours. Je me demande
d'ailleurs…

Le regard sérieux du grand maigre fixé sur elle la fit taire.
Elle ne saurait rien de plus encore aujourd'hui sur les circonstances de la naissance, de l'enfance et de l'arrivée au Canada
de cet homme. Ce n'était pas faute d'avoir questionné, pensa-
t-elle piteusement. Ayant repris son maintien professionnel,
Florie se leva à son tour en lissant sa robe fripée. Elle espérait
que le ton de sa voix ne trahirait pas son émoi lorsqu'elle dit :

— Vous… Vous cherchez quelque chose, monsieur Holland ?

L'Anglais s'approcha très près de la table et planta ses yeux sur le visage de Florie. Un visage vieilli avant l'âge, mais qui laissait toujours planer le soupçon de la jolie fille qu'elle avait été. Les pommettes bien hautes étaient plus enrobées qu'avant, mais sous l'émotion des dernières heures et de cette arrivée, elles ne faisaient qu'être un écrin pour le beau regard foncé de la femme. Chaque fois qu'il voyait Florie, le ferblantier éprouvait une attirance qu'il ne s'expliquait pas. Elle lui rappelait ces femmes autour desquelles il avait grandi : sa mère, sa maîtresse d'école sévère, mais juste. Des femmes d'une grande bonté, qui avaient fait de lui l'homme qu'il était. Le fait que Florie n'avait guère confiance en elle la rendait fragile aux yeux de Jeremiah, qui aurait aimé explorer cette relation. Mais il ignorait à quel point l'armure de cette femme serait difficile à percer.

— Euh… La chorale, ce n'est pas ici ?

— Oui, oui bien sûr, s'avança Louisette avec satisfaction.

Le premier homme à se présenter. Pas question de le laisser s'échapper. Florie fit mine de se plonger dans les feuilles pour camoufler son trouble. Voyons donc, pensait-elle, veux-tu bien te calmer ! De toute façon, cet homme-là ne faisait même pas partie de leur église. Les prières des catholiques étaient adressées à Dieu, à Marie et aux saints, alors que celles des protestants comme monsieur Stromph et son fils, uniquement à Dieu. C'était là l'une des différences entre les deux religions que sa sœur lui avait expliquées lorsqu'elle l'avait questionnée. Elle profita des discussions entre Jeremiah Holland, Louisette et les autres choristes pour retrouver son calme. Le jeune Anglais disait à la commerçante que depuis son arrivée au village, il souhaitait en apprendre plus sur la religion de la majorité québécoise. Puis, il avait toujours aimé chanter lorsqu'il habitait en Angleterre… alors pourquoi ne pas répéter l'expérience ici, au Québec ?

— *So… si vous acceptez moi*, j'aimerais chanter avec vous.

— Bien certainement, mon cher Jeremiah ! répondit aussitôt Louisette en jetant un coup d'œil ravi vers son amie. Nous autres, on accepte tout le monde qui a le goût de prendre part à notre beau projet !

Les battements de cœur de Florie s'accentuèrent à ces paroles, mais elle décida aussitôt de prendre les choses en main. Pas question de devenir comme sa sœur Adèle devant le premier homme qui se présentait. Pas question d'imiter son frère Édouard qui avait brisé une promesse si importante. Elle ferait mine de ne pas remarquer les regards prolongés de Jeremiah Holland sur son visage. De toute façon, il devait juste se demander comment une belle fille comme Adèle pouvait avoir un tel boudin comme sœur ! Toutefois, si le jeune protestant désirait éventuellement se convertir, c'était juste une mosus de bonne affaire. Dans le fond, il ne devrait y avoir qu'une religion, pensait souvent la femme, qui ne comprenait pas trop toutes ces affaires de dieux différents du sien. Mahomet, Bouddha, qui pouvait avoir envie de prier des bonhommes avec de si drôles de nom !

— Ce qui fait, imaginez-vous donc, qu'on est rendus avec une chorale de dix personnes ! Dix, c'est pas rien, ça !

Au souper du lundi soir, Florie relatait les événements du matin en omettant bien sûr son trouble à la suite de l'arrivée du jeune ferblantier.

L'été 1938 passa à la vitesse de l'éclair pour Florie, épanouie. Ses frères et sa sœur ne la reconnaissaient plus. Elle partait à pied deux soirs par semaine pour aller pratiquer avec son groupe de chant. Elle qui n'avait pas fait d'exercice depuis des années, elle trottinait le long de la côte Boisée puis du chemin Des Fondateurs en chantonnant gaiement. En plus de la vieille madame Guérard et de Jeremiah Holland, six paroissiennes avaient poursuivi les répétitions. Béatrice Dupuis, la nouvelle institutrice, madame Marois, Bérangère Barnabé, la jeune sœur du maître de poste et trois autres dames des environs : Viviane Beaulieu, sa mère Clémence et Jeanne-d'Arc Gervais, veuve depuis peu. En plus, le mari de madame Beaulieu, Lucien, avait accepté de se joindre au groupe en tant qu'organiste. Il avait fait transporter son instrument, un vieil orgue datant de l'époque où il avait suivi les cours de Romain-Octave Pelletier, un célèbre professeur de Montréal qui fut même président de l'académie de musique du Québec pendant plusieurs années.

— Je peux pas croire qu'on avait un tel bijou au village et qu'on l'ignorait ! s'étaient chacune réjouies les deux instigatrices de la chorale.

Le vieil homme, maintenant âgé de près de soixante-dix ans, avait toutefois perdu des plumes depuis sa jeunesse. Sa vue faiblissante et ses doigts tremblants généraient certaines fausses notes qui faisaient grimacer les choristes à l'occasion. Néanmoins, les amies se félicitaient d'avoir réuni une si belle équipe ! Même si à chaque répétition Florie vibrait aux côtés de Jeremiah Holland, personne ne s'en rendait compte. Elle le regardait parfois un peu plus longuement, mémorisait les traits anguleux de son visage, son odeur fraîche et masculine, mais jamais ne démontrait un intérêt autre que professionnel.

Si les gens savaient l'effort que la femme faisait pour ne pas s'en approcher! Grâce à la prière, Florie réussissait à préserver la promesse faite à sa mère. De toute manière, elle savait bien que plus un homme ne la regardait d'une manière amoureuse depuis qu'elle avait empilé les livres sur son corps courtaud. Pourtant, plus le ferblantier côtoyait la femme, plus il sentait son intérêt se développer. Lorsqu'elle éclatait de son rire puissant, Florie rayonnait. Quand elle commençait une nouvelle chanson, son visage au petit menton pointu irradiait de bonheur. Le soir, à genoux près de son lit, la grosse femme parlait à son Dieu pendant de longues minutes afin qu'Il lui donne la force de ne jamais succomber à l'attrait, à la passion. Elle restait parfois de longues heures étendue, les yeux fixant le plafond en pensant à ce qui aurait pu… Puis, au matin, ses préoccupations lui semblaient bien futiles, jusqu'à la répétition suivante… Ainsi allait sa vie! Heureusement, les deux instigatrices du projet s'entendaient encore mieux qu'auparavant, se séparant les tâches en fonction de leurs forces.

— Quand est-ce que vous allez chanter pour de bon à la messe? demanda Édouard un samedi de la fin d'août. Parce que c'est bien beau la pratique, mais me semble que vous devez commencer à être bonnes là, non?

— À moins que vous n'osiez pas vous présenter devant les villageois, hein, ma Florie? se moqua Adèle, qui prenait certaines largesses avec sa sœur tellement de bonne humeur depuis le mois de juin.

Des flèches dans ses yeux noirs, la grosse femme se leva en pointant son index sur sa cadette. Elle martela ses paroles:

— Qu'est-ce que tu racontes, ma mautadine! Tu sauras que le curé est venu nous écouter la semaine passée et il a dit qu'on était bons en mosus!

— Ah oui ? Le curé a dit mosus ? demanda innocemment Laurent en retenant un sourire.

— Hey que tu es innocent ! Bien sûr que non ! Mais c'est ça que ça voulait dire.

— Donc, répéta Édouard, on devrait vous voir chanter sous peu à l'église ?

Florie se gonfla d'orgueil.

— Bien j'attendais pour être certaine, mais puisque vous insistez, sachez qu'à la première messe de septembre, la chorale de Sainte-Cécile vous accueillera dans toute sa splendeur !

— Wow ! On rit plus, ma Florie !

— Non monsieur !

Florie donna un coup de poing affectueux à Édouard qui pointait l'assiette encore remplie de sa fille. Toujours boudeuse lorsqu'ils mangeaient trop tard, elle pigrassait dans sa nourriture.

— Arrête de faire des clôtures avec tes légumes, Mimi !

— Parce qu'on le voit tout de suite que c'est juste pour pas les manger que tu les écartes sur les bords de même !

— Bien moi, j'aime pas ça les carottes blanches, chigna l'enfant en se tortillant sur sa chaise de bois trop grande.

— On appelle ça des panais, tu le sais, et c'est très bon pour la santé. Allez ! insista son père en rajoutant : Sinon, je te laisse pas dormir ici comme promis et tu reviens avec moi à la maison !

— Bien là ! C'est nous autres que tu punis parce que Marie-Camille mange pas ses légumes, nono !

Depuis le début de l'été, Marie-Camille ne restait à la ferme que la fin de semaine, car tout le monde était dans les lourds travaux. Adèle s'occupait de nourrir les bêtes, de récolter son potager de plus en plus grand, de préparer des confitures et des marinades pour l'hiver. Laurent et les deux autres hommes ne lésinaient pas sur le travail aux champs; pas un soir ne passait sans que les trois ne s'écroulent dans leur lit, épuisés par les durs labeurs sous le soleil ardent. Au moins ainsi, Laurent n'avait pas trop le temps de se languir du corps de son voisin de lit. Il dormait en mettant la tête sur l'oreiller. Quant à Florie, elle s'occupait avec bonheur de sa fratrie en lessivant, en cuisinant, en chantonnant. La vie ne lui avait jamais paru aussi belle! Elle s'ennuyait de sa nièce, mais trouvait aussi qu'il valait mieux qu'elle reste chez elle avec la jeune voisine qui pouvait l'amuser et en prendre soin en respectant ses horaires de sieste.

— C'est déjà bien assez qu'on la voie presque plus, notre petite Mimi, tu vas pas l'empêcher de dormir ici, je t'en passe un papier, Édouard! répéta Florie en faisant un clin d'œil à la gamine qui avait déposé sa tête sur ses bras.

— C'est juste parce qu'il est trop tard qu'elle mange pas ses légumes, renchérit Adèle en se levant et en prenant sa filleule dans ses bras. À quatre ans presque et demi, Marie-Camille avait encore la taille d'une enfant de trois ans. Menue comme sa maman... têtue comme sa maman!

— Vous allez m'en faire une vraie petite reine gâtée pourrie, si vous arrêtez pas, vous deux, maugréa Édouard.

Mais chaque fois qu'il devait disputer sa fille, les grands yeux bleus de cette dernière l'émouvaient tant qu'il finissait par un léger avertissement. Il priait le ciel pour qu'elle ne devienne pas une jeune femme impertinente. Appuyée contre l'épaule d'Adèle, Marie-Camille fermait déjà les yeux, épuisée par sa longue journée au poulailler à s'amuser avec les poussins et la portée de chatons que la chatte du voisin avait eue dans leur grange. Alors que Laurent aurait bien voulu qu'elle accouche ailleurs que chez eux, il ne pouvait se résoudre à se débarrasser des six chatons noir et blanc qui se lamentaient derrière les bottes de foin. Il s'attendrissait en les prenant dans ses larges mains et souhaitait voir Florie accepter d'en héberger un à la maison. Pour les autres... il leur trouverait bien un logis, car jamais le jeune homme ne tuait une bête sans raison, peu importe la grosseur de celle-ci.

CHAPITRE 6

Ça chante à Sainte-Cécile !

Le lendemain matin, après la messe, toute la famille revint à la ferme, sauf Édouard qui devait retourner à la beurrerie pour tourner ses meules presque prêtes. Il s'agissait enfin de la première production qu'il considérait plus qu'acceptable pour vendre. Après sa grippe du printemps, Édouard, aidé de James, avait raffiné la technique et bien que les premiers fromages aient été assez bien réussis, cette dernière *batch* se révélerait la meilleure, il en était certain. Lorsqu'il avait entrepris cette aventure, le but du jeune maître-beurrier était d'obtenir les quatre-vingt-douze points de la classification gouvernementale afin d'obtenir cinq sous de la meule.

— Comme ça, je vais pouvoir augmenter un peu mes revenus, avait-il expliqué à son assistant.

— Mais… je comprends pas. Qui donne cet argent ?

— Le gouvernement.

— Ah bon, et pourquoi donc ?

— En faisant ce « cadeau » de cinq sous la meule au fabricant, le gouvernement veut s'assurer qu'il produise des fromages de qualité[*].

James hocha la tête. L'été dernier, un représentant du Ministère s'était présenté un après-midi de juillet pour évaluer la salubrité des installations de la beurrerie de

Sainte-Cécile. Sans prévenir, l'homme était arrivé alors que les deux travailleurs transvidaient leur lait dans le bassin pour le fromage. S'il avait été surpris de voir un Noir dans un village des Laurentides, les deux mains dans le précieux liquide blanc, le contrôleur n'avait rien laissé paraître de ses pensées. L'inspecteur, très compréhensif, était mandaté par le ministère de l'Agriculture afin de s'assurer que la beurrerie respectait les normes d'hygiène. L'homme avait été fort impressionné par la qualité des produits, par la propreté des lieux, et avait précisé à Édouard qu'il en ferait part dans son rapport. Depuis, les deux hommes s'assuraient encore plus de laisser les lieux toujours impeccables. On ne savait jamais quand une inspection pouvait avoir lieu !

— Dans une semaine, je vais pouvoir annoncer à tous que le Saint-Clément sera en vente au coût de 40 cents la livre, expliqua-t-il à James qui était au travail depuis l'aube puisqu'il fréquentait l'église protestante de Labelle, à laquelle il se rendrait donc en après-midi, avec le ferblantier et son fils. Mais je vais offrir des morceaux plus petits pour ceux qui n'ont pas les moyens de se payer ce régal.

L'étincelle de joie dans les yeux du maître-beurrier fit plaisir à son ami, qui l'avait vu dans ses plus grands moments de détresse après la mort de Clémentine.

— Il s'agira de son nom officiel ? demanda Henry qui venait de passer le seuil de la porte.

Depuis quelques semaines, une douleur au bas du dos l'empêchait de dormir et son fils avait pris la relève sur plusieurs de ses projets. Le ferblantier ne tarissait pas d'éloges sur le talent de ce dernier. Le père et le fils s'entendaient comme deux grands amis, tellement que parfois, Édouard ressentait un peu de jalousie de ne plus avoir autant de place dans la vie de son ami. Après la mort de Clémentine, Henry l'avait aidé à se remettre sur pied, l'avait accompagné dans ses questionnements, dans sa peine… et puis Jeremiah était arrivé.

— Oui, à moins que je change d'idée. Mais je ne vois pas pourquoi ! Je trouve que c'est un nom qui représente la raison d'être de mon commerce. Si j'ai ouvert cette beurrerie agrandie en fromagerie, c'était dans le but de bien faire vivre ma famille. Sans le soutien de ma femme Clémentine, j'y serais jamais arrivé et je trouve juste que le premier fromage lui rende hommage.

Édouard ferma les yeux un moment et revit le sourire éblouissant, encourageant de sa douce. La main de James se posa sur la sienne.

— Tu fais bien, mon Édouard.

Pendant quelques instants, les trois hommes discutèrent de la mise en marché du produit, non sans qu'Édouard ne remarque à quelques reprises les grimaces d'inconfort de son ami.

— Ton dos te fait encore souffrir, Henry ?

— Oui, je sais pas ce que j'ai. Mais ça va passer, sans aucun doute. Avec Jeremiah qui fait presque tout mon travail, je vais me reposer et me remettre sur pied.

— Peut-être, dit James en observant le grand maigre pendant quelques secondes, mais *you should see the doctor anyhow*[13] !

— *Maybe. If I'm not better by Thursday, I will go*[14], je vous le promets à tous les deux !

— Une promesse c'est une promesse, mon Henry. Jeudi, tu

13 Tu devrais aller voir le docteur quand même !
14 Peut-être. J'irai si je ne vais pas mieux d'ici jeudi.

vas voir le docteur Trudel si tu souffres encore… Je vais m'assurer que tu tiennes parole.

Le grand moustachu ressortit avec un sourire contrit alors qu'Édouard se tournait vers son assistant.

— Je pense que pour aujourd'hui, on a fini. Il est presque une heure, tu dois partir bientôt si tu veux pas arriver en retard à l'église. Moi, je vais aller chercher ma fille à la ferme et je vais m'occuper de mes bêtes à la maison. Je te dis que les pondeuses de Clémentine en grugent du temps ! Heureusement que la jeune Marguerite les nourrit et nettoie les cages dans la journée parce que je serais obligé de m'en débarrasser.

Dans les dernières années, à quelques reprises, Édouard avait bien pensé se départir des volailles de son épouse. Mais le souvenir du plaisir, de la joie de sa femme lorsqu'il avait bâti le poulailler, le petit enclos, l'arrêtait toujours. Il tentait d'en prendre soin autant qu'elle, mais il avait dû se résigner, depuis le mois d'avril, à accepter l'aide de sa voisine tous les jours. Il lui donnait une petite somme que la jeune fille appréciait beaucoup, elle qui devait se marier dans la prochaine année. Ce qui tracassait un peu Édouard, qui se retrouverait pris avec le même dilemme. Les deux hommes quittèrent la beurrerie en même temps et Édouard suivit la charrette de son employé jusqu'à la ferme. Il salua James lorsque ce dernier tourna dans son entrée et poursuivit jusqu'à l'entrée suivante. Il envoya la main à Adèle, accroupie dans le potager, un large chapeau de paille sur la tête. Elle avait retroussé sa longue jupe sur ses cuisses et roulé les manches de sa blouse de travail. Aucune trace des trois hommes de la maison, qui devaient être dans la grange ou aux champs. Bientôt, son frère commencerait à récolter les premiers épis de maïs. Le blé avait déjà été ramassé en juillet lorsque la tige avait séché et que l'épi s'était courbé vers le bas. Une fois engrangée, la céréale serait utilisée tant pour nourrir les bêtes que la famille. C'était un pilier de leur alimentation. Les femmes en feraient de la farine, des biscuits, des gâteaux, alors qu'une partie de la récolte servirait de nourriture pour les animaux du cheptel pendant l'automne et l'hiver. Son frère ne perdait rien de la moisson, allant même jusqu'à utiliser la paille de blé pour faire les litières de leurs bêtes.

— J'irai les voir plus tard, pensa Édouard en frottant sa chevelure humide.

Le soleil plombant le faisait suer à grosses gouttes, lui qui ne faisait rien. Il pouvait imaginer le travail aux champs, tâche qui ne lui manquait pas vraiment pendant l'été. Il grimpa l'escalier et pénétra dans la maison sans faire de bruit. Il s'agissait de l'heure de la sieste de Marie-Camille et il espérait avoir le temps de prendre une bonne tasse de thé ainsi qu'une galette d'avoine avant son réveil. La cuisine, toujours parfaitement ordonnée, était déserte et il prit place à la table. La grosse bouilloire de fonte était encore chaude et il se versa une tasse d'eau en soupirant d'aise.

— Maudit que je suis bien !

Depuis quelques mois, les souvenirs de la période suivant la mort de Clémentine s'atténuaient pour laisser place à une douce réminiscence de sa joie de vivre. Édouard fronça les sourcils en entendant un vague murmure venant du salon. Se relevant doucement, il s'avança pour aller voir sa fille et sa sœur lorsque les paroles de cette dernière le figèrent sur place.

— Tu sais, ma belle Marie-Camille, lorsqu'on est seules toutes les deux, tu pourrais m'appeler maman, qu'est-ce que tu penses de ça ? Après tout, continua Florie en souriant vaguement, je suis pas mal plus ta mère que... que Clémentine l'a été. Moi ça fait plus que trois ans que je m'occupe de toi et…

— FLORIE !

La grosse femme sursauta et se releva péniblement. Elle ouvrit les yeux avec innocence malgré la rage qui émanait du visage tendu de son frère. Elle comprit aussitôt que ce dernier avait entendu ses paroles et même si elle savait qu'elle avait raison, Florie était bien consciente qu'ils ne verraient jamais du même œil la relation qu'elle avait avec cette enfant.

— Oh, tiens, papa est arrivé ! marmonna-t-elle pour éviter une discussion désagréable.

— Marie-Camille, va voir matante Adèle au jardin. Elle va te montrer la différence entre les carottes et les panais, ma chérie ! Il est temps que tu le saches !

La fillette descendit du divan sur lequel elle avait dormi et passa à côté de son père en trombe. Elle stoppa sur le seuil de la cuisine, revint sur ses pas pour enlacer les jambes de son papa.

— Je t'aime, papa.

— Moi aussi, ma puce, moi aussi.

La petite blonde repartit en vitesse et Florie se pencha pour ramasser la couverture et la Doudoune de sa nièce. Elle évitait de regarder son frère qui ne bougeait plus, les bras croisés sur la poitrine.

— Veux-tu bien m'expliquer ce que j'ai entendu, Florie ?

— Hein ?

— Fais pas ta naïve. Qu'est-ce qui te passe par la tête ? Tu n'es pas, tu seras jamais la mère de ma fille. Elle n'a qu'une maman et son nom est Clémentine Lortie. M'as-tu bien entendu ? Ce que je désire, c'est que tout le monde lui en parle pour qu'elle sache que sa mère était une femme extraordinaire, enjouée, qui aimait la vie et les gens.

L'aînée savait qu'elle avait fauté. Jamais son frère n'aurait dû entendre sa conversation avec Marie-Camille. Mais dans le fond, elle avait entièrement raison. Sa nièce ne se souviendrait jamais de Clémentine, aussi bien la remplacer puisque son frère ne se remarierait jamais. Alors qu'elle tentait de trouver la meilleure manière de dire le fond de sa pensée, Édouard fit trois pas, l'agrippa fermement par le bras et plongea son regard fâché dans celui de sa sœur.

— Lorsque j'ai choisi de me marier, tu m'en as voulu, tu m'as renié. Les seules paroles que je veux entendre de ta bouche concernant la mère de ma fille sont des paroles pour qu'elle se souvienne de sa bonté, de sa beauté et de sa gentillesse. Alors je t'avise que si tu tentes de nouveau de manipuler ma fille ainsi, tu nous verras plus jamais, Florie, est-ce que c'est clair ? Et tu sais que je le ferai !

Pour une rare fois sans mot, la femme hocha la tête en rougissant de frustration. Même morte, Clémentine Lortie gardait le contrôle sur son frère. Ce dernier déposa sa tasse pleine sur la table de la cuisine et sortit retrouver sa fille et Adèle avant de prononcer des paroles blessantes qu'il regretterait sûrement ! Il n'entendit pas la porte de la chambre de Florie se refermer doucement et les longs sanglots qui secouèrent la femme, pleurant sur son envie d'être mère qui ne se réaliserait jamais. Même si la détresse l'envahissait de plus en plus depuis que ses sentiments pour Jeremiah Holland avaient évolué, Florie n'imaginait pas du tout briser la promesse qu'elle avait faite, un jour glacial de décembre 1922.

— Je suis tellement énervée, ça se peut pas! répéta Florie pour la dixième fois depuis son lever avant l'aube.

Le grand jour était arrivé. La chorale de Sainte-Cécile ferait ses débuts à la grande messe de neuf heures, en ce dimanche 11 septembre. La chanteuse amateur s'était levée à cinq heures et demie afin d'être prête et d'avoir la voix bien réchauffée. Dans le confort de sa chambre, elle chantonnait doucement en faisant son lit.

— Il manquerait plus que je perde la voix en plein milieu d'une chanson, expliqua-t-elle aux autres membres de la maison assis autour de la table une heure plus tard. Les hommes salivaient d'avance, les yeux fixés sur le déjeuner gargantuesque que Florie avait élaboré pour le retour de la messe.

Pour contrer son impatience, l'aînée avait préparé des bols de gruau auxquels il resterait juste à rajouter l'eau bouillante, de la graisse de rôti pour accompagner la grosse miche de pain enveloppée dans son linge blanc et même des œufs cuits durs, alors qu'elle passait son temps à dire qu'avaler un œuf arrangé de même, c'était comme manger une balle de caoutchouc. Du vrai plastique! Adèle lui passait les confitures en souriant légèrement. Mais au fond d'elle-même, elle espérait que la représentation de la chorale se déroule au goût de Florie pour que cette bonne humeur constante, qui régnait dans la maison depuis le début de l'été, se poursuive encore longtemps.

— Bon, il faut y aller.

Les mains bien plantées sur ses hanches généreuses, la femme fixait le groupe encore endormi.

— Hein? Florie, la messe commence juste dans une heure. On pourrait pas grignoter un petit quelque chose pour que tu n'aies pas le ventre vide avant ton spectacle? Imagine si on entend ton estomac se plaindre en plein milieu de ton tour de chant !

Laurent jeta un coup d'œil suppliant vers l'aînée qui secoua vivement la tête.

— Pas question de manger avant de communier, tu le sais bien. Puis, oui on va arriver de bonne heure, mais tu comprends pas, Laurent, que je dois être là avant tout le monde ? Mes membres, ajouta-t-elle en relevant les épaules avec orgueil, doivent se présenter à l'église à huit heures trente, alors Louisette et moi on s'est donné rendez-vous à huit heures. Pour être bien prêtes. Me semble que c'est évident ! Allez, grouillez-vous !

Laurent expira avec exaspération et encore une fois, il contredit sa sœur. Adèle observait depuis quelques mois un changement dans le ton de son cadet. Une affirmation de soi plus franche. Il tenait tête à sa sœur à l'occasion, ce qui n'était jamais arrivé dans le passé. Pour Laurent, il y avait un « avant » l'arrivée de Ludovic et un « après ». Sans même s'en rendre compte, le jeune homme désirait montrer à Léo qu'il avait la force de caractère nécessaire pour affronter Florie. Lorsqu'ils étaient les deux seuls hommes de la maison, il ne s'en faisait pas trop et laissait sa sœur le rabrouer comme elle l'avait souvent fait en le remettant à sa place lorsqu'il en prenait trop. Mais en voyant la complicité poindre entre ses deux compagnons, Laurent avait ressenti le besoin de s'affirmer, afin de ne pas passer pour une mauviette aux yeux du jeune Villemarie.

— Écoute, Florie, moi j'ai pas envie d'arriver à l'église une heure d'avance. Puis je suis pas mal certain de pas être le seul à penser de même !

— Mais…

— Mais rien… Ça fait que je vais aller te reconduire et

revenir ici après. Quand on jugera qu'il est l'heure d'aller te rejoindre, bien... on ira.

Tout le monde dans la cuisine resta figé quelques secondes, le temps de voir la réaction de Florie. Elle fronça d'abord les sourcils, puis en lissant le bas de sa robe la plus chic, celle qu'elle mettait chaque Noël depuis dix ans, elle haussa ses épaules rondes.

— Tant pis pour vous autres si vous n'avez pas une bonne place pour voir le monde chanter.

— L'important c'est de vous entendre, non ? répliqua Laurent avec un brin d'impertinence.

Florie laissa échapper un petit hoquet de frustration, sans plus. Elle se dirigea dans sa chambre pour aller chercher ses chaussures noires à petits talons et pendant qu'elle glissait ses pieds boudinés à l'intérieur, elle pressa son frère d'une voix criarde, d'un ton plus élevé que d'ordinaire. La panique commençait à s'installer dans son corps et dans sa tête. S'il fallait...

— En tout cas, vous ferez bien ce que vous voulez, mais dépêche-toi d'aller atteler Mystic. Il est tellement rendu lent ce cheval-là que j'irais plus vite à pied, je pense !

— On va être là pour tes grands débuts, t'en fais pas, ma sœur. On a tous bien hâte de t'entendre. Puis en parlant de Mystic... je voulais...

Adèle lui fit signe de se taire et s'avança pour serrer son aînée dans ses bras. Ce n'était pas le moment de discuter d'argent avec elle. L'urgence d'acheter un nouveau cheval devrait attendre la fin de cette journée. Ludovic tenta de profiter de la distraction de tous pour prendre une grosse tranche de pain.

— Voyons, Ludovic ! intervint Florie sur le pas de la porte, tu sais bien qu'il faut attendre après la me...

— J'y vais pas de toute façon.

Tous se figèrent et tournèrent leurs yeux vers le jeune homme au visage entêté. Avec l'été qui se terminait, il avait repris des couleurs, mais sa peau du côté gauche brûlait parfois, comme si l'incendie venait de se déclarer. Il posait alors un linge humide sur sa joue, ses yeux verts figés dans les souvenirs affreux de cette nuit de février. Il aurait tant aimé savoir comment le feu avait débuté. Ses deux frères, qui avaient commencé à fumer la pipe, lui semblaient être les coupables tout désignés. Mais comment savoir si l'un d'eux avait été négligent ? Parfois, le soir, Ludovic prenait la décision de les confronter chacun leur tour. Au matin, la certitude qu'il tuerait la personne responsable de l'incendie le faisait toujours revenir sur sa décision de la veille. Il valait mieux que le coupable, s'il y en avait un, reste inconnu. Florie s'avança, une chaussure à la main.

— Comment ça tu viens pas ? Depuis quand tu manques la messe, toi ?

— Depuis aujourd'hui ! Je suis écœuré de me faire regarder comme une bibitte rare, ça fait que je vais aller voir le curé Latraverse cet après-midi pour lui expliquer. Laissez-moi m'arranger avec mes affaires. J'ai pas besoin d'avoir une autre mère en plus de la mienne. Si je suis content de rester ici, c'est bien parce que vous êtes pas toujours sur mon dos.

Florie, sans réplique pour une rare fois, se tourna vers Adèle pour obtenir un peu d'aide. Sa jeune sœur s'avança aux côtés du jeune Marquis et mit sa main sur son bras tendu.

— Voyons donc, Ludovic, tu sais bien que depuis le printemps, tout le monde s'est habitué à ton…

— …à ma face de monstre ? Parce que c'est ça que les gens du village disent, vous pensez que je les entends pas ? Avant, ils parlaient du père Claveau puis de son imbécillité. Là, c'est moi qui suis rendu le clown de Sainte-Cécile. Puis les regards des enfants qui se cachent derrière le dos de leurs parents, vous pensez que ça me dérange pas ? Je suis peut-être défiguré, mais mon cerveau lui est bien correct. Puis si je dis que j'irai plus me faire humilier, bien vous réussirez pas à me faire changer d'idée !

Sur cette lancée, Ludovic se releva en faisant tomber sa chaise et quitta la cuisine dans un silence peiné. Florie chuchota en tortillant le bouton de sa blouse :

— Je m'en vais dire quoi, moi, à Louisette ?

— La vérité, Florie, la vérité, lui répondit Adèle.

— Il manquerait plus juste qu'elle nous en veuille !

— Pourquoi donc elle ferait ça ? C'est toujours bien pas de notre faute si son fils a vécu un cauchemar puis qu'il a l'impression que c'est pas terminé ! répliqua la cadette en disputant affectueusement sa sœur. Allez, pars sans soucis. C'est ta journée aujourd'hui !

Dans l'histoire du village, la prestation de la chorale de Sainte-Cécile du 11 septembre 1938 resterait parmi les plus belles journées de fin d'été. Avec émotion, les deux instigatrices placèrent leurs membres sur le côté du jubé, derrière le curé Latraverse qui avait bien averti...

— ...qu'il ne voulait pas être dérangé par les chanteurs en plein milieu de son sermon !

Adèle n'avait jamais vu sa sœur aussi fière. Droite comme un « i », la femme semblait flotter sur l'estrade. Elle remontait les épaules chaque fois qu'elle passait devant Jeremiah Holland qui l'encourageait de son gentil sourire. Les villageois remplissaient les bancs, heureux de partager le bonheur des membres de la chorale. Bien sûr, quelques femmes plus envieuses espéraient que la grosse Gélinas et la bonne femme Marquis vivent un échec, mais dans l'ensemble, les gens souhaitaient la réussite de la chorale. Un journaliste du *Courrier* avait même été envoyé pour l'occasion. La scène serait immortalisée afin que tous les villageois des Hautes-Laurentides soient au courant de la nouveauté à Sainte-Cécile.

— Ta sœur a vraiment l'air *happy*, murmura Henry à Édouard qui tentait de faire tenir Marie-Camille assise tranquille.

Il lui répondit par un sourire, trouvant étrange de voir James et le ferblantier dans l'église du village. En même temps, cela représentait une belle ouverture sur leur peuple d'accueil, même si, comme le lui répétait parfois le grand Noir, il était né à Montréal, donc pas plus étranger qu'Édouard ou les autres Québécois! La première chanson se déroula à la perfection, jusqu'à ce que Jeanne-d'Arc Gervais ouvre la bouche pour entamer son solo. Le son aigu qui sortit d'entre ses lèvres fit grincer des dents les spectateurs. Déterminée à ce que tout se déroule à la perfection, Florie joignit aussitôt sa voix à celle de la pauvre femme tremblotante afin de camoufler sa nervosité. Louisette plongea son regard soulagé dans celui de son amie qui avait sauvé la mise. Lorsque la dernière mélodie s'éteignit dans l'église, une heure quinze plus tard, tous les membres de la chorale gardèrent leur souffle, mais personne plus que les deux dirigeantes. Et puis, ce fut l'explosion de joie, les villageois ébahis par le talent des choristes. Pour compléter cette journée parfaite, le curé Latraverse profita du fait que son église était remplie à craquer pour la première fois depuis longtemps pour revenir sur la tragédie de février et faire l'éloge de Léo Villemarie.

— D'ici peu, nous aurons le bonheur d'assister à la réouverture du magasin général du village. Je profite de cette occasion pour revenir sur ce triste événement, mais pour une bonne raison. Nous avons tous, commença-t-il en bombant le torse, eu connaissance du geste héroïque de ce jeune homme lorsque le magasin général a pris feu cet hiver. Au péril de sa vie, monsieur Villemarie a sauvé notre paroissien qui aurait certainement péri dans les flammes. Je souhaite donc que vous ayez tous une pensée pour lui dans vos prières de ce soir. Par la même occasion, je bénis la famille Gélinas, un modèle de charité chrétienne, qui a su venir en aide à monsieur et madame Marquis ainsi qu'à leurs trois garçons dans un moment de souffrance indescriptible. Puisse Dieu les garder en santé pendant de longues décennies à venir.

Florie semblait avoir rajeuni de dix ans, tant la fierté qu'elle ressentait en cet instant la comblait de bonheur. Laurent aussi dut se retenir de sourire de contentement, satisfait de voir reconnue la bravoure de son meilleur ami. Lorsqu'il remarqua les regards intéressés et curieux que Viviane Beaulieu et son amie Bérangère Barnabé dirigèrent vers Léo, une boule d'angoisse prit tout de suite place au fond de sa gorge. Un signal d'alarme retentit dans sa tête et ses mains se crispèrent sur le dossier du banc devant lui.

— Que j'en voie pas une s'approcher de Léo, pensa-t-il enragé malgré lui.

Adèle ressentit le changement d'attitude de son frère et voulut le questionner. Mais le blond se glissa en vitesse hors de son banc avant de filer à l'extérieur rejoindre Léo. Sur le parvis de l'église, tous se relayèrent pour féliciter les deux femmes responsables de ce bel ajout musical à la messe du dimanche. Le photographe du journal demanda à la chorale de s'installer sur le trottoir pour prendre un cliché du groupe. Certaines villageoises ne se gênèrent pas pour chuchoter entre elles à propos de l'ego démesuré qu'auraient maintenant Louisette Marquis et Florie Gélinas. Les fermiers, souvent moins enclins à traîner à l'église lors de leur seule journée de congé, suivaient leur femme pour faire part de leur satisfaction. Laurent, Édouard et Adèle n'avaient pas souvenir d'avoir vu leur sœur aussi rayonnante. Marie-Camille papillonnait autour des groupes en courant pour rattraper les jumeaux de Rosaire Barnabé. Léo jetait des regards à la dérobée à Bérangère Barnabé qu'il n'avait cessé d'admirer tout au long de la messe. Pour une fois, il aurait voulu voir celle-ci se prolonger pour pouvoir observer à sa guise, sans gêne, la jolie châtaine aux grands yeux verts. Viviane et elle s'approchèrent de Léo et Laurent avec une mine engageante. La première trouvait le jeune Gélinas très attirant malgré son air boudeur et l'idée de réussir à lui faire briser une supposée promesse faite à sa mère n'était pas pour lui déplaire. Un peu boulotte, la petite brune avait tout de même du charme à revendre et une personnalité fort dynamique. Une fois devant eux, Bérangère leur demanda gentiment s'ils avaient aimé la chorale.

— Oui, beaucoup, répondit froidement Laurent, préoccupé par son besoin de l'éloigner de Léo.

— Et vous, monsieur Villemarie ?

Léo rougit avant de hocher la tête. Il n'osait s'exprimer, mais se dit que les deux dernières fois qu'il l'avait rencontrée, la jeune femme de tout juste vingt ans n'avait pas fait mine de se moquer. Contrairement aux adolescentes du village, qui éclataient de rire dès qu'il avait le dos tourné, Bérangère avait patiemment attendu qu'il termine ses propos, une lueur de bonté dans le regard.

— J'ai… J'ai beau..beaucoup… aim..aimé, chuchota-t-il en devenant cramoisi.

Elle lui fit un signe de tête de remerciement en rougissant à son tour. Malgré le bégaiement du jeune homme, elle ne pouvait s'empêcher de sentir son cœur pétarader lorsqu'elle s'en approchait. Depuis qu'elle était venue s'installer chez son frère pour donner un coup de main à sa jeune belle-sœur, Bérangère Barnabé trouvait le temps bien long. Auparavant, elle vivait à Labelle avec ses parents et à l'occasion, pouvait aller à Saint-Jovite au cinéma ou même à Saint-Jérôme. Laurent donna un léger coup à son ami, en remarquant l'embarras du duo. Le serrement dans sa gorge l'empêchait presque de respirer. Viviane Beaulieu, aguicheuse, tendit une main vers lui pour la poser sur son avant-bras. Il se dégagea sèchement sans lui accorder un regard avant de dire:

— Grouille, Léo, j'ai faim en mautadine, moi!

Les jeunes gens se sourirent timidement et une fois dans la charrette, Léo n'eut de cesse de se retourner afin de suivre des yeux Bérangère, son frère et sa famille qui s'en retournaient en marchant tranquillement jusqu'au rang Leclerc.

— Bonyenne, Léo! Arrête de te tortiller de même, qu'est-ce qui te prend?

— Rien. Je regar..gardais juste… Oh puis… rien.

Léo reporta son attention sur le chemin Des Fondateurs qu'ils suivirent jusqu'à la côte Boisée. En passant devant le magasin général, dont la réouverture était prévue pour la semaine de l'Action de grâces, Adèle ne put que repenser aux paroles de l'aîné des frères Marquis, seul à la ferme. Sa mère

Louisette ne s'était pas trop inquiétée lorsque Florie avait marmonné que son garçon ne se sentait pas très bien ce matin, qu'il couvait une petite grippe d'homme! Sans l'avouer, la commerçante avait été soulagée que son grand jour ne soit pas assombri par la présence de son fils miraculé, mais pas mal magané. Depuis le départ de l'église, puis tout au long de la journée, Florie n'en revint pas de l'accueil que les villageois avaient fait à la chorale, tant et si bien qu'à la fin de ce dimanche de septembre, tous les habitants de la maison Gélinas se dépêchèrent de fuir la grosse femme aussitôt le souper terminé.

— Mon doux Seigneur, vous êtes donc bien plates ce soir! On est rendus qu'on se couche avec les poules nous autres-là! maugréa la femme assise dans la berçante, longtemps après que le silence se fut installé dans la maison. Florie savourait sa journée, un léger sourire aux lèvres.

Édouard et James avaient beau tenter de rassurer Jeremiah, ce dernier trouvait que l'amaigrissement de son père n'était pas normal. Henry avait toujours été mince, mais pas à ce point. Deux semaines après la grande première de la chorale, le jeune Anglais persuada son paternel d'aller passer des tests plus approfondis à l'hôpital de Saint-Jovite. Ici, au village, le docteur Trudel n'avait guère les outils pour déterminer si l'affaiblissement du ferblantier masquait quelque chose de plus grave.

— *There's no way his tiredness and his thinness are normal. He's not even sixty years old yet*[15] ! dit Jeremiah au grand Noir

---

15 C'est impossible que sa fatigue et sa maigreur soient normales. Il n'a même pas encore soixante ans!

un matin, alors qu'Édouard venait tout juste de mettre les pieds à la beurrerie.

— Oui, mais il a travaillé fort cet été. C'est peut-être normal qu'il soit si fatigué et si maigre, argumenta le maître-beurrier sans trop y croire.

Lui aussi lançait souvent des regards inquiets vers son père de remplacement. L'homme âgé ne pouvait plus cacher cette douleur qui se répandait dans son corps lorsqu'il restait dans la même position trop longtemps.

— *No way*[16] ! répéta Jeremiah.

Alors dans la matinée du 22 septembre, il réussit à convaincre le ferblantier de le suivre à Saint-Jovite. Sans l'avouer, ce dernier était soulagé de voir quelqu'un prendre cette décision pour lui. Il se sentait si las depuis la fin de l'été que la moindre tâche à la forge ou à la beurrerie l'épuisait. Édouard et son employé les regardèrent s'éloigner après avoir rassuré Jeremiah du mieux qu'ils pouvaient.

— Édouard, peux-tu avertir Florie pour la répétition de ce soir et...

— Bien sûr, mon ami. Ne t'inquiète pas !

— *I will keep an eye on Blacky*[17], continua James en flattant le gros chien de Henry.

Les deux compères retournèrent à la beurrerie le cœur bien lourd. Ils aimaient tous les deux le ferblantier et souhaitaient que les nouvelles ne soient pas mauvaises. À sept heures, comme le duo n'était pas revenu, Édouard alla avertir sa sœur pour la chorale tout en sentant un énorme sentiment d'impuissance l'envahir. Il détestait les hôpitaux et leurs mauvaises

---

16 Impossible !
17 Je vais garder un œil sur Blacky.

nouvelles. Si la maladie s'emparait du corps fatigué de celui qui lui avait sauvé la vie, le maître-beurrier ne savait pas comment il récupérerait de cette douleur. Malgré son pressentiment, il tenta de ne pas montrer ses craintes en retrouvant sa fillette, dans la cuisine de sa petite maison de Saint-Damien. Il remercia Marguerite puis serra son enfant de toutes ses forces avant qu'elle ne le repousse en soufflant dans ses joues.

— Pfff, papa, tu serres trop fort !

— Désolé, ma puce, désolé.

— Pourquoi tu pleures, mon papou ?

— Je... Je pleure pas, Marie-Camille, papa a... un peu mal aux yeux, c'est tout.

— Ah.

La bambine observa le visage troublé de son père quelques secondes avant de décider de le croire. Elle le tira par la main.

— Viens voir, Marguerite et moi on a fait une cabane pour Barbouille. Il faut que tu m'aides parce qu'il veut pas rester couché dedans !

— Une cabane, hein ?

Souriant de nouveau, Édouard remercia la vie de lui avoir laissé ce merveilleux cadeau issu de sa relation avec Clémentine. Il ne dirait jamais assez merci à ce Dieu qu'il avait tant de fois haï à la mort de son épouse, qu'il haïssait encore parfois lorsque le sommeil ne daignait pas s'emparer de son corps fébrile. Dans cette nuit d'automne, alors que tous priaient pour que les nouvelles soient rassurantes, Henry Stromph apprit que sa vie s'éteindrait sous peu.

Le lendemain matin, comme ils n'avaient toujours pas eu de nouvelles, James et Édouard tentèrent de se rassurer l'un l'autre. Les deux hommes n'avaient toujours pas commencé leur ouvrage, trop préoccupés par l'absence de Jeremiah.

— Ils ont sûrement décidé de le garder en observation, tu sais, il s'est trop donné au travail, depuis le printemps. Malgré l'implication de Jeremiah à la forge, plutôt que de se calmer et de prendre soin de lui, il a voulu lui montrer toutes les techniques apprises au cours de sa vie. En plus, combien de fois il est venu nous rejoindre ici après la journée, pour soi-disant jaser un peu… alors qu'il n'arrêtait pas deux minutes, les deux mains dans les canisses de lait !

— Oui, c'est vrai, ça. Quand il revient de l'hôpital, on refuse son aide à la beurrerie ! dit James d'un ton sans réplique. Plus question qu'il y mette les pieds, sauf s'il les pose sur une chaise en nous attendant !

Édouard resta figé un moment avant d'éclater de rire malgré l'inquiétude. Le Noir ouvrit grand les yeux en questionnant silencieusement son ami devant cet éclat.

— Tu aurais dû t'entendre, mon James ! Un vrai colonel d'armée !

Édouard continua à rire alors que son vis-à-vis tentait de s'excuser. Mais plus il parlait, plus le maître-beurrier riait, ce qui fit qu'à la fin, James avait un visage fermé et buté. Il tourna le dos à son patron-ami pour nettoyer un bidon de fer blanc… déjà propre. Édouard réalisa alors que son fou rire avait blessé son ami. Il s'approcha et lui mit la main sur l'épaule.

— C'est une blague, mon James ! Je suis désolé.

Le Noir secoua légèrement la tête pour faire comprendre qu'il ne lui en voulait pas. Lorsqu'il voulut parler, sa voix rauque le trahit.

— *No, I'm... sorry. It's just that... that*[18]...

James entreprit alors d'expliquer à Édouard comment il avait perdu son père une dizaine d'années auparavant, avant son arrivée au village. Ce père silencieux qui ne lui parlait guère, mais qui le soutenait néanmoins dans tout ce qu'il entreprenait. Après son décès, il avait eu une période dépressive qui l'avait mené proche de la mort. Sans plus entrer dans les détails, Édouard comprit ce que voulait dire son ami. Les larmes aux yeux, les deux hommes se regardèrent longuement, avant de se séparer. La perte de leur père, l'absence de cet homme qui devait les aimer et les protéger avait créé un vide immense que le ferblantier, à sa manière tendre et discrète, avait comblé. Les amis se firent une accolade affectueuse et c'est ainsi qu'Adèle les trouva en pénétrant dans la beurrerie au même moment. Ils lui sourirent en se détachant et, gênés, ils passèrent tous deux une main sur leur visage humide. Adèle respecta leur silence quelques secondes, mais son inquiétude prit le dessus.

— C'est Henry ?

— Non, non, la rassura son frère. Pas de nouvelles encore. Jeremiah n'est pas rentré encore.

— Ouf... Tant mieux. Enfin, pas de nouvelles, bonnes nouvelles, n'est-ce pas ?

James la regarda longuement en laissant son regard d'ébène glisser le long de sa frange brune, qui lui touchait presque les yeux, jusqu'à sa bouche charnue qu'il voulait de nouveau embrasser. Un court moment, Édouard se sentit de trop dans le local et un signal d'alarme s'alluma dans sa tête. Il réalisait que la situation entre son employé et sa sœur avait changé.

---

18 Non, je suis désolé... C'est juste que...

Sans que les deux autres s'en aperçoivent, il les observa et son regard se fixa sur les joues d'Adèle, qui rosissait sous l'émotion. Il n'avait rien vu. Rien compris de ce qui se tramait entre eux. Se retournant pour éviter de les gêner, le maître-beurrier sourit légèrement en pensant que la guérison de sa sœur était bien amorcée. Un jour, elle pourrait aimer de nouveau si elle le voulait. En songeant au drame qu'une liaison entre James Jackson et Adèle Gélinas pourrait générer dans la famille et dans le village, il ne fut pas trop certain qu'il s'agissait d'une relation à poursuivre. Toutefois, jamais il n'empêcherait sa sœur de suivre le chemin de son cœur. Elle avait déjà trop souffert. Quant à James, il l'appréciait comme un frère et mettrait sa vie entre ses mains. Non, tout compte fait, si les deux s'aimaient, il les aiderait à combattre le racisme et les préjugés. Mais il doutait que sa sœur retombe un jour dans une autre liaison aussi intime.

— Bon! Allez, James, on va empaqueter les meules de notre nouveau fromage. Adèle, dès que j'ai des nouvelles de Henry, je passe à la ferme, sois sans crainte.

— Parfait. Au revoir… James.

— Au revoir, Adèle.

La jeune femme ressortit en se remémorant, pendant tout le trajet, la façon sensuelle qu'avait l'homme de dire son prénom, comme si le «d» devenait un «th»: *Athèle…* En arrivant chez elle, la première personne qu'elle vit fut Florie qui l'attendait dans la berceuse, assise sur la pointe des fesses.

— Puis?

Florie n'avait jamais été du genre à se préoccuper d'autres gens que sa fratrie et, depuis quelques années, de Louisette Marquis et sa famille. Alors l'étonnement dut paraître sur le visage d'Adèle, car sa sœur se tortilla avec gêne sur sa chaise en replaçant une mèche derrière son oreille. Elle lissa son tablier, puis se releva en haussant les épaules.

— Je te demandais ça de même parce que tu semblais inquiète...

— Hum...

— Bien, alors ?

Florie avait le cœur en peine. Depuis quelques mois, sans même s'en rendre compte, Jeremiah Holland avait fait d'elle une femme. Une femme vibrante, en attente. Elle avait beau ne pas accorder plus d'attention, d'intérêt à l'Anglais qu'aux autres choristes, il n'en demeurait pas moins que les soirs de répétition étaient pour elle les plus beaux moments de sa semaine. Elle tremblait sous le son de sa voix de ténor chaude, émouvante. Même lorsqu'il lui arrivait de fausser, elle le trouvait charmant. Il plissait alors son nez fin et fermait les yeux quelques secondes avant de grimacer. Comme il était le seul homme de la chorale, Jeremiah avait l'occasion de s'imposer lors de solos joliment orchestrés par les deux directrices. En ce moment, Florie aurait voulu poser son regard sur la belle chevelure bouclée du chanteur, respirer son odeur fraîche lorsqu'il passait à ses côtés et même aller à sa rencontre pour le soutenir dans cette épreuve avec son père à l'hôpital. Mais elle ne pouvait qu'innocemment demander ce qui se passait.

— Aucune nouvelle ! James et Édouard attendent encore l'arrivée de Jeremiah.

— Bien voyons donc !

De nouveau, Adèle l'observa et le teint rosissant de sa sœur confirma ses doutes. Elle lui prit la main et la força à s'asseoir avec elle sur les marches extérieures d'où elles avaient une vue imprenable sur leurs champs jusqu'au lac Mauve.

— Tu es inquiète pour Jeremiah, je pense ?

— Hein… De quoi tu parles, je suis…

— Florie, arrête. Je vois que tu apprécies cet homme, pourquoi veux-tu pas l'admettre ?

— Tais-toi. Tais-toi, Adèle Gélinas !

Le ton sans réplique de sa sœur enleva le goût à la cadette d'approfondir la discussion. Florie n'écouterait jamais son cœur, même si elle devait en être malheureuse pour le restant de sa vie.

— Bon, c'est toi qui sais ce que tu veux. Lorsque j'aurai d'autres nouvelles, je te le dirai. Pour l'instant, je vais finir mes confitures. Il me reste plus qu'à les verser dans mes pots. Si tu veux m'aider, on pourrait parler du lancement du *Queen Elizabeth** qui aura lieu dans quelques jours à Montréal devant la reine et un paquet de chanceux ! C'est le plus gros paquebot au monde, tu te rends compte ? Puis ils disent qu'il va faire la traversée de l'océan Atlantique en quelques jours seulement. C'est extraordinaire, non ?

Sans attendre de réponse, Adèle pénétra dans la maison, laissant une Florie déconfite, les yeux fixés sur le champ de blé coupé qui s'étirait jusqu'à la pinède entre la ferme des Marois et la leur. Elle aurait voulu s'intéresser à la nouvelle de sa sœur, mais semblait incapable de penser à autre chose qu'à Jeremiah Holland. Elle apercevait le lac, mais ne pouvait voir le petit quai sur lequel le trio aimait s'installer en fin d'après-midi pour pêcher. Un jour, lorsqu'elle n'avait que douze ans, sa mère leur avait fait la surprise en les amenant se baigner tous les quatre. Il s'agissait du seul souvenir qu'elle avait d'une activité familiale où le rire et la légèreté étaient à l'honneur. Elle se revoyait sauter du quai avec sa sœur et ses frères hilares alors que leur mère laissait ses pieds tremper dans l'eau fraîche. Sinon, même lorsqu'il faisait très chaud, Rose Gélinas ne sortait que rarement de la maison et les enfants en étaient réduits à attendre le parent d'un ami ou un voisin pour les amener à la plage du village. Florie se secoua en pestant contre sa mélancolie. Décidément depuis quelque temps, elle n'était plus la même.

— Je suis peut-être sur mon retour d'âge, marmonna la femme qui n'avait pas encore trente-cinq ans !

Tout plutôt que de penser que ses sentiments pour Jeremiah généraient des questionnements sur sa vie. Tout plutôt qu'aimer un homme, aussi charmant soit-il…

CHAPITRE 7

La maladie frappe de nouveau

Les nouvelles à propos de la santé de Henry Stromph furent catastrophiques. Non seulement le pauvre homme combattait une infection intestinale, mais les premiers tests avaient permis de découvrir un cancer du rein. La tête entre les mains, Jeremiah expliquait à James et Édouard qu'il avait dû se résoudre à laisser son père à l'hôpital de Saint-Jovite pour venir s'occuper de la forge. Son visage las et tiré démontrait la fatigue et la détresse liées au manque de sommeil des deux dernières nuits.

— Je sais pas ce qui va se passer...

— J'y vais!

Aussitôt le choc passé, Édouard prit sa décision. Cet homme, son presque père, ne resterait pas seul à l'hôpital. Pas une seule minute. S'il le fallait, il demanderait à ses sœurs de prendre soin de leur nièce pour quelque temps. De toute manière, n'était-ce pas ce que lui demandait Florie sans arrêt? Il se tourna vers James sans même l'ombre d'un doute:

— Peux-tu t'occuper de la beurrerie jusqu'à demain?

— *Sure!*

— Merci, James. Je ferai ce que je peux pour revenir le plus rapidement possible, mais Henry ne doit pas rester seul.

James avait lui aussi le visage tendu par la peine. Les trois hommes se turent un moment, puis Jeremiah se releva péniblement pour sortir de la maison de son père. Blacky, heureux de sa présence, sautait à ses côtés, convaincu que le moment était enfin venu de jouer avec son maître. Il aimait bien l'hospitalité de James, mais un peu moins le partage de sa couche avec Noiraud, l'ancien chien du père Claveau !

— *Stop it, Blacky !* se choqua le fils du ferblantier.

Le chien arrêta sec, figé par le ton inhabituel. Il se faufila par la porte lorsque le trio sortit. Tant pis, il irait courir en solitaire dans le champ ! Après les dernières instructions d'usage à son assistant, Édouard se dépêcha de passer à la ferme pour demander à Adèle d'aller à Saint-Damien chercher Marie-Camille.

— Tu comprends, je sais pas combien de temps je vais rester à Saint-Jovite. S'il le faut, j'attendrai sa guérison.

— Mais…

— Mais quoi ?

Le regard dur, Édouard se tourna vers sa sœur, qui n'osa pas lui dire que Henry ne sortirait peut-être pas de l'hôpital. Florie choisit ce moment pour les rejoindre sur la galerie. Elle fit son indifférente sans perdre une miette de l'échange. Quand son frère fut parti, elle demanda à Adèle de la laisser au village en passant.

— Je dois aller voir Louisette afin de discuter des derniers détails pour le grand concert de l'Action de grâces.

— Ah ?

— Quoi, ah ? Alors t'as qu'à me laisser et me reprendre au retour. Je reviens dans deux minutes, attends-moi avant de partir.

Adèle voulut demander à sa sœur de lui ouvrir son cœur, mais le visage fermé et la bouche pincée de celle-ci l'en dissuadèrent. Florie retourna se changer pour mettre sa plus belle robe. Depuis le début de l'été, elle avait perdu du poids et fut satisfaite de constater que le tissu bourgogne ne tirait plus sur sa poitrine. Même si elle était encore en surpoids, la femme de trente-cinq ans n'avait pas été aussi mince depuis le jour de ses vingt ans. Elle fixa son chapeau sur sa tête à l'aide de deux *bobby pins* puis releva la poitrine.

— Je suis prête, annonça-t-elle en sortant d'un pas décidé. On installera le petit matelas dans ma chambre. Si Marie-Camille est pour rester quelques jours, on va pas la mettre dans le salon.

— Tu as raison, mais si tu préfères, je peux aussi la...

— Non, non dans ma chambre, coupa impatiemment Florie.

— C'est juste que tu me dis souvent que ton sommeil est mauvais. Je voulais...

— As-tu fini, là ? Bientôt tu vas me demander si j'ai besoin d'une canne pour marcher !

Adèle recula sous la violence du ton et fronça les sourcils. Qu'est-ce qui se passait avec sa sœur ? Depuis quelques mois, elle avait pourtant délaissé cet air revêche, ce ton sec qui faisait si souvent s'écraser les gens lorsqu'elle leur parlait. Adèle se pencha sur sa sœur lorsqu'elles furent assises dans la charrette et avant de claquer les rênes sur Mystic, elle murmura :

— Tu sais, Florie, si tu as des soucis, je serai toujours là pour t'écouter.

Florie tressaillit en s'imaginant expliquer à Adèle qu'elle était follement amoureuse du fils du ferblantier. Qu'elle fantasmait parfois qu'il la prenait dans ses bras pour l'emmener dans sa chambre où il lui ferait l'amour éperdument... même si les connaissances de l'aînée en matière de passion étaient nulles. Mais les frémissements qu'elle ressentait dans son corps lorsqu'elle était proche de lui, lui permettaient d'imaginer la suite. Non, jamais sa sœur ne saurait. Il ne manquerait plus qu'elle lui rappelle sa réaction face à sa relation avec son rédacteur en chef, Jérôme Sénéchal. Cette histoire d'amour, ridicule et envahissante, s'était heureusement terminée sans conséquence. Jamais Florie ne s'abaisserait à un tel manque de dignité, de respect envers sa défunte mère.

— Allez, dépêche-toi donc au lieu de dire des niaiseries! J'ai pas juste ça à faire moi, jaser. C'est pas parce que tu es une vraie « gazette » que tout le monde est pareil.

Adèle posa son regard sur le visage contrarié de sa sœur et soupira discrètement. Une carapace impossible à fracturer.

— Oui. On y va. Allez, Mystic!

Arrivées en bas de la côte, Florie mit la main sur le bras de sa sœur.

— Tiens, laisse-moi ici, je vais marcher un peu.

— Tu es certaine?

— Bien oui, on est rendues! Ça va juste me faire du bien avant de passer le matin avec Louisette.

La grosse femme descendit au coin de la côte Boisée et du chemin Des Fondateurs et envoya la main à sa sœur qui tournait à droite pour s'éloigner vers Saint-Damien. Florie se mit en marche rapidement, dépassa le magasin Marquis sans y jeter un coup d'œil et s'enligna sur la forge. Elle ne regarda pas autour d'elle pour éviter de croiser des regards curieux.

— En même temps, marmonna-t-elle, j'ai bien le droit d'aller voir mon frère! Ils savent pas, eux autres, qu'il est pas là! S'il faut que je commence à m'occuper de ce que les villageois disent quand je marche au village, j'ai pas fini de m'inquiéter pour rien!

En tournant dans l'entrée de Henry Stromph, son cœur se mit à cogner dans sa poitrine. Elle inspira profondément et, sans arrêter une seconde, poursuivit sa route jusqu'à la porte entrouverte de la forge. Déterminée, elle se glissa dans l'atelier, surchauffé comme toujours. Le hennissement mécontent annonça à Florie la tâche qu'était en train d'effectuer Jeremiah. Elle ne fut donc pas surprise de voir le ferblantier, qui faisait aussi office de forgeron pour les villageois, avec la patte d'un cheval à la robe noire entre ses deux jambes. Pour ferrer un cheval, il devait l'y maintenir solidement pour pouvoir enlever le surplus de corne sur le sabot. Ainsi égalisé, le fer tiède se moulait mieux au sabot plat. Florie resta à l'écart, observant avec émotion l'homme de ses rêves qui parlait gentiment au cheval réticent. Elle avait l'impression qu'il avait toutes les qualités combinées de ses deux frères : la patience, l'amour des animaux de Laurent, la persévérance et l'écoute d'Édouard.

— *Hey, hey boy, don't be scared*[19].

Maintenant que le moule était fait, Jeremiah allait le laisser refroidir avant de planter des clous dans la corne. Il se releva lentement et resta surpris en voyant Florie adossée au mur. Il lui fit un large sourire, malgré son inquiétude. Un sourire qui pénétra le cœur pourtant bien cadenassé de la femme. Jeremiah rangea son marteau, son crochet et ses longues tenailles dans sa boîte à ferrer avant de frotter son visage en sueur. Une mèche de cheveux plus longue voguait sur son front.

— Florie. Bonjour.

— Euh...

La voix coupée par l'émotion, la femme se maudissait d'avoir laissé son envie la guider. Qu'est-ce qui lui avait pris

---

19 Hey, hey mon gars, n'aie pas peur !

de venir ici sans raison valable ? Comme elle devait avoir l'air innocent avec sa belle robe et son petit chapeau noir. Jeremiah s'essuya les mains sur le chiffon accroché à l'établi et lui fit un signe encourageant avant de s'avancer près d'elle.

— Euh… Je voulais vous dire à quel point j'étais attristée pour vous, Jeremiah.

— Merci, Florie. C'est un choc bien sûr. *But he's tough, don't you think? He's going to make it. He has to*[20] !

Son interrogation resta sans réponse, Florie ne comprenant toujours rien de l'anglais. Il chercha un peu puis répéta en français.

— Il est *tough*, je pense qu'il va s'en sortir non ?

Le ton suppliant amena la femme à mentir, puisque jamais personne ne ressortait vivant des hôpitaux selon elle ! Sa mère, Clémentine et puis maintenant Henry Stromph. Mais pas question de peiner encore plus Jeremiah.

— Oui, il est fort ! S'il y en a un qui peut guérir, c'est bien lui. Votre…

Ne la laissant pas finir sa phrase, Jeremiah s'approcha et la prit contre lui. Il la serrait de toutes ses forces, cherchant le courage de faire face à la situation. Le souffle coupé par l'émotion, Florie se mit à trembler lorsqu'il releva son petit menton pour l'embrasser. Ses yeux se fermèrent malgré elle en sentant l'odeur masculine qui se dégageait de l'homme. Puis, alors qu'il posait ses lèvres sur les siennes, elle le repoussa difficilement après quelques secondes seulement. Le cœur battant, un léger frémissement s'était emparé de son corps et elle dut faire preuve d'une grande maîtrise pour parler normalement.

— Voyons, Jeremiah.

---

20 Mais il est solide, ne pensez-vous pas ? Il va passer au travers. Il le faut !

— Oh, pardon. Pardon, je pensais…

— Ne pensez pas! J'étais venue vous encourager comme on encourage un ami, répliqua froidement Florie en replaçant sa robe et son chapeau. Je vous verrai peut-être ce soir à la répétition?

— Hein? Euh… oui. La répétition.

Avant qu'il n'ait pu rajouter autre chose, Florie s'était glissée à l'extérieur en se maudissant. Sans regarder autour d'elle, elle releva sa longue jupe et se mit à marcher à toute vitesse sur le trottoir de bois. Plus question de passer voir Louisette, sa rencontre avec le fils du ferblantier l'avait mise tout à l'envers. Elle marcherait jusqu'à la ferme sans attendre sa sœur et Marie-Camille. Tout au long de la montée qu'elle fit plus vite que jamais, elle essuyait de ses joues les perles transparentes qui y roulaient comme un déluge. Son regard voilé s'attardait sur les champs et lorsqu'elle croisait un villageois à bord de sa charrette, elle envoyait distraitement la main, faisant mine d'être prise dans ses pensées. La peine, les regrets lui vrillaient le cœur, le corps. Personne ne devrait jamais savoir qu'elle aussi avait presque failli à sa promesse. L'amour ressenti chaque fois qu'elle se trouvait en présence de l'Anglais la narguait; pourquoi ne pas abandonner ce serment ridicule qui détruisait tous les membres de sa famille? Après tout, Adèle l'avait fait, Édouard aussi… Il ne restait plus que Laurent. Saurait-il résister à cet emballement involontaire en présence d'un être aimé?

Avec la maladie de Henry Stromph, Florie n'eut pas l'occasion de revoir Jeremiah de la semaine. Même s'il avait prévu se rendre aux répétitions, les nouvelles de moins en moins bonnes concernant son père lui ôtèrent le goût de chanter. Chaque jour, Édouard et lui se relayaient au chevet de Henry, affaibli par l'ablation du rein gauche, trois jours après son hospitalisation. Louisette se plaignait parfois de l'absence de leur seul chanteur. Comment pourraient-elles s'assurer de présenter un concert digne de ce nom dans deux semaines, si Jeremiah ne se présentait plus aux répétitions ? Malgré son empathie face à la maladie de son père – mais était-ce vraiment son père, pensait-elle devant le peu d'informations qu'elle avait obtenues depuis le temps –, la commerçante trouvait que le jeune Anglais n'était pas très fiable. Le mardi suivant l'hospitalisation, alors qu'elle marmonnait encore son mécontentement, Florie explosa en levant les bras dans les airs :

— Si jamais Jeremiah ne…

— Arrête, Louisette, bon sang !

— Hein ?

La vue de la grosse rousse figée la bouche ouverte aurait été comique si Florie n'avait pas été si fâchée. Mais elle en voulait à son amie de toujours ramener le jeune Anglais sur le plancher, l'empêchant ainsi d'oublier leur dernier moment ensemble. L'aînée des Gélinas avait l'habitude de glisser sous le tapis les événements qu'elle ne désirait pas affronter. Ce baiser échangé faisait partie de cette réalité à enterrer.

— Non, mais on dirait qu'il y a juste Jeremiah Holland dans la chorale. C'est pas la fin du monde ! Puis en plus, il est pas pour abandonner son père dans ses moments les plus durs !

— C'est pas ce que je dis, voyons, tu sais bien !

Les membres de la chorale avaient cessé de jaser pour écouter la chicane entre les deux femmes. Tous se disaient qu'avec leur caractère explosif semblable, les amies ne pourraient rester éternellement aussi calmes. Pourtant, c'était la première fois depuis le début de leur amitié qu'un important conflit les opposait. Généralement, Florie tempérait son humeur avec Louisette, satisfaite de savoir qu'elle avait pris la place de la femme du docteur Trudel auprès de la commerçante.

— On peut trouver un autre chanteur pour le remplacer ou on pourrait même en avoir deux.

— Oui, comme si ça se faisait de même! Aux dernières nouvelles, les hommes se sont pas garrochés ici lors de nos auditions.

Le visage buté, les deux femmes se firent dos pour tenter de reprendre la face. Pas brillant cet éclat devant toutes les choristes. Louisette en voulait à son amie de cette humiliation et c'est le regard dur qu'elle lui dit:

— Laissons tomber. Je pense qu'il faut répéter, n'est-ce pas? Tout le monde attend après nous autres.

Florie hocha la tête, mal à l'aise devant l'expression de la rousse. Pendant toute la répétition, cette dernière ne lui adressa la parole qu'obligée et même encore, le ton n'était pas des plus aimables. Lorsque les chanteuses quittèrent la salle vers neuf heures et demie, Louisette prit sa bourse, mit son chapeau sur ses boucles et se dirigea vers la porte. Avant de sortir, elle dit sans se retourner:

— Je vais essayer de trouver un autre chanteur... que ça te plaise ou non. Oh et une dernière chose: t'avise plus jamais de me parler sur ce ton devant d'autres gens, parce que je sors de la chorale et de ta vie pour toujours, Florie. Tiens-toi-le pour dit!

La porte claqua et Florie éclata en sanglots, seule dans la salle paroissiale. Voilà que sa seule amie disparaissait à son tour. Elle n'avait jamais autant braillé de sa maudite vie ! Tout allait tout croche ! Et la nuit s'avérerait encore plus difficile.

⚡

Vers une heure du matin, des pas dans l'escalier suivis de murmures réveillèrent Florie. Elle s'assit à demi dans son lit, les sens en alerte.

— Veux-tu bien me dire ? marmonna-t-elle en taponnant pour trouver sa robe de chambre.

Les pieds dans ses pantoufles usées, elle se glissa dans le corridor en tentant de remettre de l'ordre dans sa chevelure ébouriffée. Au pied des marches, elle arriva face à Laurent, le visage ravagé.

— Qu'est-ce qui se passe, mon frère ? Pourquoi tu fais cette face-là, pas une mauvaise nouvelle encore ?

Laurent retint ses pleurs en tentant d'expliquer qu'il avait senti Mystic mal en point à son coucher et avait décidé d'aller vérifier l'état de la bête pendant la nuit. Il arrivait de la grange où le pauvre cheval venait de rendre l'âme après des années de loyaux services. Avant que Florie ne puisse dire quoi que ce soit, son frère se mit à pleurer, la tête appuyée contre le mur du corridor.

— Voyons, voyons, mon Laurent, tu sais bien qu'on s'y attendait. On a prévu le coup avec l'achat d'Aramis.

En effet, quelques jours auparavant, Laurent et Léo avaient ramené à la ferme un costaud cheval de trait à la robe beige pour remplacer Mystic. Les propriétaires précédents avaient choisi ce nom de mousquetaire pour la bête, nom que Florie trouvait vraiment stupide évidemment. « Tu parles d'une idée niaiseuse de nommer un cheval de même ! » avait-elle dit le nez en l'air. Laurent secoua la tête doucement.

— Je sais, je sais…, ne cessait de répéter le jeune homme en reniflant comme un enfant.

Florie le prit contre elle et les sanglots de son frère s'amplifièrent alors qu'il appuyait sa tête lasse contre l'épaule de l'aînée. C'est ainsi qu'Adèle les trouva, étonnée elle aussi d'être réveillée par des murmures. Lorsqu'elle apprit la mort de Mystic, la jeune femme sentit poindre la peine d'un autre départ, d'un autre deuil. Le cheval était le dernier animal acheté du temps de leur mère Rose. Tous, les uns après les autres, ils étaient morts. Pendant plusieurs minutes, ils demeurèrent les trois ensemble, heureux d'être réunis en famille dans ce triste moment. Puis, la nuit reprit ses droits et chacun renoua avec le sommeil plus ou moins facilement.

Le lendemain matin, outre cet événement qui bouleversait Laurent, Florie, elle, ne pensait qu'à une chose: sa dispute avec Louisette. À dix jours du grand spectacle de l'Action de grâces, Florie doutait que son amie trouve quelqu'un pour prendre la place de Jeremiah. Les hommes ne semblaient pas du tout animés par le désir de se réaliser à travers le chant! Elle y pensa toute la journée pour s'épancher le soir venu, alors que sa sœur et elle préparaient le souper.

— Mais on a pas le choix parce que si j'ai bien compris, monsieur Stromph est pas sorti du bois et son fils a décidé de passer toutes ses soirées à l'hôpital.

Le reproche dans la voix de Florie n'échappa pas à Adèle, qui cessa de touiller sa soupe aux pois quelques secondes pour la regarder. Il était six heures et cinq et il ne lui restait donc que peu de temps pour répondre et s'embarquer dans une discussion qui n'en finirait plus. Parce qu'à l'heure pile, Florie ouvrirait la radio à *CBF* pour la diffusion du premier radioroman, *Le Déserteur*, dans la série *Les Belles Histoires des pays d'En-Haut**, basée sur une œuvre de Claude-Henri Grignon. Elle parlait depuis des semaines de ce nouveau projet radiophonique qui égayerait ses soirées.

— Voyons donc, Florie, il me semble que c'est normal que Jeremiah reste avec son père.

— J'ai pas dit le contraire.

— Ah, j'avais cru comprendre...

— Bien laisse faire tes croyances !

Depuis quelque temps, l'enthousiasme de son aînée semblait s'être évaporé. Déçue de voir revenir l'ancienne Florie avec ses sautes d'humeur, ses reproches et son ton cassant, Adèle tenta de l'amadouer.

— Votre concert sera réussi, j'en suis certaine. Vous chantez toutes tellement bien ! Qui a dit que vous aviez besoin d'un homme pour que ce soit un succès, hein ?

Sa sœur laissa planer longuement son regard sur le visage fin d'Adèle, puis échappa un petit claquement de langue.

— C'est le 10 octobre, l'Action de grâces, Adèle, puis comme c'est là, on a même pas fini de choisir nos chansons. Non, moi je pense pas que ce sera une réussite au point où on en est ! Tout va trop mal. Je me dis qu'on devrait même...

Elle s'avança pour monter le son de la radio sur le comptoir, puis comme sa sœur allait répondre, elle la fit taire :

— Chut, ça commence !

La voix de l'annonceur envahit la cuisine alors que Florie déposait son torchon et allait s'écraser dans la chaise berçante. Les yeux fermés, elle resterait concentrée ainsi jusqu'à la fin en souriant, en grimaçant au gré des dialogues. Adèle, prise dans ses pensées, entreprit d'huiler le comptoir avant d'étendre sa pâte à pain. Le regard vers la grange, elle se mit à penser pour la première fois depuis longtemps à son ancien amant Jérôme Sénéchal. La dernière fois qu'il lui avait envoyé une lettre, il avait trouvé un poste de rédacteur en chef d'un grand quotidien montréalais. Son rêve. Leur rêve qu'ils avaient partagé le temps de leur amour : aller ensemble habiter à Montréal pour vivre de leurs écrits. Mais voilà : après quatre ans, Adèle n'avait pas bougé de Sainte-Cécile et n'avait toujours pas envoyé son manuscrit à un éditeur même si son texte était terminé depuis quelque temps déjà. Elle aimait ces soirées d'automne, lorsque la lumière du jour déclinait plus tôt sur les champs et faisait miroiter des couleurs vibrantes sur le toit des bâtiments. Elle ferma les yeux un moment en souhaitant de toutes ses forces la guérison de Henry Stromph, cet homme qui avait remplacé leur père auprès d'Édouard. Un pincement au cœur l'étreignit en pensant au pauvre homme hospitalisé depuis trois semaines.

— S'il meurt lui aussi, pensa-t-elle, je pense qu'Édouard ne s'en remettra pas.

Elle termina de pétrir son pain, l'enveloppa dans un épais linge de coton et se tourna vers sa sœur pour lui dire quelque chose. Mais les yeux fermés, Florie semblait en transe, prise par le jeu des acteurs. Adèle n'avait jamais compris l'engouement de sa sœur pour ces feuilletons radiophoniques. Bien sûr, à l'occasion, elle aimait bien rire ou s'émouvoir au son des dialogues, mais rien ne se comparait à la passion qu'elle ressentait pour les romans qu'elle lisait. Enfin, à sept heures et demie, la grosse femme ouvrit les yeux, se releva péniblement et sourit faiblement à Adèle qui sirotait une tasse de thé à la table, le nez plongé dans le journal du matin.

— C'était pas mal bon, trouves-tu ?

— Oui.

Adèle avait appris avec les années à choisir ses batailles.

Dire à sa sœur qu'elle n'avait pas été épatée par l'histoire de ce soir ou dire qu'elle avait plus ou moins suivi, c'était commencer un interrogatoire qu'elle n'avait pas envie de subir. Alors, elle approuva.

— As-tu envie de jouer aux cartes avec les garçons ?

Les femmes entendaient le trio dans le salon recommencer à jaser à voix haute maintenant que la radio était fermée. Florie plissa son petit nez en hochant la tête de gauche à droite.

— Non, je vais repasser ma liste de chansons pour la chorale. Il nous reste quatre pratiques d'ici le spectacle et si Jeremiah vient plus, il va falloir qu'on fasse des changements.

Adèle lui sourit avant de partir au salon rejoindre les trois hommes de la maison. Assis autour de la table de Tocs qu'ils avaient virée à l'envers, le trio jouait au Neuf en attendant les sœurs. Laurent sourit à Adèle lorsqu'elle arriva, satisfait de savoir que son aînée ne viendrait pas. Elle était tellement mauvaise perdante que les soirées de cartes finissaient la plupart du temps par Florie qui boudait et allait se coucher en maugréant. Parfois en riant, Laurent disait à Adèle qu'ils n'avaient pas besoin d'une grand-mère marabout, ils avaient Florie !

— Allez, laissez la place à l'experte, rigola Adèle en poussant son jeune frère sur l'épaule.

L'ambiance bon enfant reprit pendant une heure avec les cris de joie des uns et les reproches des autres. Pour un court moment, tout le monde autour de la table oubliait que le jour se lèverait à nouveau sur leurs soucis et leurs secrets.

***

Le surlendemain matin, lorsque Florie arriva chez Louisette pour leur rencontre de gestion de la chorale, l'accueil de cette dernière était assez froid, pour ne pas dire glacial.

— Entre ! Puis ferme la porte, on gèle !

En cette fin de septembre, geler était un bien grand mot, mais Florie ne releva pas le terme. Maintenant qu'ils avaient rajouté un escalier extérieur montant à l'appartement, elle n'avait plus besoin de traverser le magasin général pour aller chez son amie. Mais elle aurait bien aimé, curieuse de savoir comment avançaient les travaux puisque l'ouverture était prévue pour bientôt. Contrairement à son habitude, Louisette ne lui offrit pas de café ni de petits biscuits et voulut en venir tout de suite au fait.

— J'ai trouvé un chanteur de remplacement, je pense.

— Oh, parfait !

Florie ignora le pincement au cœur que son annonce provoqua. Un nouveau chanteur qui prendrait la place de Jeremiah, le seul homme qu'elle voudrait aimer, le seul qui ait fait trembler ses mains, rougir ses pommettes… Eh bien peut-être que c'était mieux ainsi en fin de compte. De toute manière, même s'il avait voulu l'embrasser la semaine précédente – ce dont la femme commençait à douter, se disant qu'il s'agissait simplement d'une accolade maladroite –, jamais ils n'auraient d'avenir. Puis si Henry Stromph prenait du mieux, son fils reprendrait probablement les répétitions. Elle sourit donc à son amie, l'encouragea du regard :

— C'est James Jackson, dit placidement Louisette.

— Quoi ? Es-tu devenue folle, ma parole ?

Les mots franchirent le seuil de sa bouche avant qu'elle ne puisse les retenir et Louisette se releva avec lenteur. Plaçant son châle rose sur ses épaules, elle susurra entre ses lèvres fermées :

— Si tu me parles encore de cette manière, Florie Gélinas, oublie notre amitié, oublie la chorale. Là, ça va faire ! Depuis quelques jours, je sais pas ce qui se passe avec toi, mais tu oublies la politesse!

— Oh je m'excuse, Louisette, vraiment. Mais, James Jackson, y as-tu bien pensé?

Sans répondre tout de suite, la rousse se remémora sa rencontre à la beurrerie de la veille. Alors qu'elle attendait ses deux livres de beurre bien salées, elle avait pris des nouvelles du ferblantier sans quitter des yeux cet homme noir qui la fascinait comme plusieurs femmes au village. En entendant les nouvelles peu encourageantes, elle avait marmonné:

— Donc, ça veut dire que son fils chantera plus avec nous…

— Pas pour l'instant, répondit James en souriant gentiment alors qu'il emballait ses denrées dans un papier brun.

— Je vous dis que ça nous met dans le trouble en pas pour rire par exemple!

— Hum… *Enpaspourrire*? Je comprends pas.

— Hein? Oh laissez faire. De toute manière, vous pouvez pas nous aider, à moins que vous ne sachiez chanter!

Et la grosse femme rousse avait pris, avait payé et s'était dirigée vers la porte en riant de sa blague. Elle avait la main sur la poignée lorsque l'homme avait répliqué sérieusement:

— Je chante très bien, madame Marquis. *In fact*, je chantais à l'église de mon quartier à Montréal toutes les semaines de mon enfance et de mon adolescence!

D'abord estomaquée, la rousse avait choisi de donner une chance à James. C'est ainsi qu'elle avait recruté l'aide-beurrier dans leur chorale. Bien sûr, elle connaissait les soupçons et les craintes de son amie face à cet étranger dans leur voisinage. Ce qui avait ajouté au plaisir du recrutement qui suivait leur chicane. Et elle en était fort heureuse en ce moment en voyant l'air tourmenté de Florie. Lissant son chignon strié de blanc avec nervosité, cette dernière la regarda sérieusement avant de se pencher au-dessus de la table :

— Tu... Tu es bien certaine que c'est sans danger ? Puis le curé Latraverse voudra jamais qu'un... qu'un Noir, d'une autre religion en plus, fasse partie de la chorale, non ?

Elle reprit espoir. Effectivement, jamais le saint homme n'accepterait un tel embarras. Mais alors que Louisette se décidait enfin à faire chauffer de l'eau, elle dégonfla son enthousiasme.

— Oh t'en fais pas avec ça, je suis passée à l'église ce matin et j'ai réussi à le convaincre.

Avec ténacité et chantage, pensa la commerçante en sortant son paquet de biscuits au chocolat. Florie sourit avec gourmandise, oubliant presque le sujet de leur désaccord. Lorsque son amie servait ce délice qu'elle ne se payait jamais, un grand bonheur l'envahissait. Ce que n'ignorait pas Louisette, qui cacha un sourire satisfait.

— Bon, alors c'est réglé. Il nous reste à l'entendre chanter par contre. J'espère qu'il m'a pas menti en disant savoir chanter. Au pire, on lui fera faire juste des *Oum ! Oum !* en arrière. J'ai bien hâte de voir !

Ce qui fut fait l'après-midi même, sous les regards ébahis des deux femmes. Jamais elles ne se seraient attendues à une telle... merveille. Lorsque l'homme se mit à chanter l'hymne chrétien *Amazing Grace*, elles ne bougèrent plus, ne clignèrent plus des yeux pendant de longues minutes.

Amazing grace, How sweet the sound
That saved a wretch like me.
I once was lost, but now am found,
Was blind, but now I see.

— Je comprends rien, mais mautadine que c'est beau! pensa Florie en fixant son regard brun sur l'homme aux yeux fermés.

Sa voix puissante, chaude et profonde, envahissait la salle, donnant des frissons aux amies. Sans avoir l'air de respirer, le grand Noir termina sa prestation sans que l'une des deux songe à l'arrêter avant la fin. Au contraire, elles auraient voulu l'entendre chanter jusqu'à la nuit tombée. Ce jour-là, Florie comprit qu'un homme avec une telle voix, un tel engagement chrétien ne pouvait être mauvais ou dangereux. Pour la première fois en cinq ans, elle se releva, s'avança vers James et lui tendit une main franche.

— Bienvenue dans la chorale, monsieur Jackson.

— James, s'il vous plaît.

— D'accord, James. Vous avez une voix… une voix…

— Extraordinaire! s'exclama Louisette pour ne pas être en reste.

Après tout, elle était la cause de sa présence ici. Elle ne laisserait certainement pas l'autre en prendre tout le mérite! Sortant le buste avec assurance, elle se plaça à côté de Florie et les deux se sourirent affectueusement. La crise était finie et leur amitié était passée au travers de l'orage avec succès!

Le dimanche de l'Action de grâces, les membres de la chorale passèrent l'après-midi à répéter pour être fin prêts pour le récital du soir. Dès le début, malgré les chuchotements et les regards curieux des gens en constatant la présence de l'aide-beurrier à l'arrière du groupe, Florie comprit que ce serait la plus belle soirée vécue par les villageois depuis des lustres. Lorsque la voix de James résonna entre les murs de l'église, tous se tinrent sur le bout de leur banc, la bouche ouverte devant une telle merveille. Même les plus coriaces ressentirent un tressaillement jusqu'au plus profond de leur âme. Édouard poussa Adèle du coude pour lui montrer Alcide Constantin, le cou étiré comme pour s'approcher des chanteurs. Sans s'en rendre compte, il avait sur le visage un air de plénitude rarement vu chez lui.

— Je pense qu'il l'appellera plus jamais le « nègre » ! chuchota Édouard en ricanant doucement.

La seule déception pour Florie fut l'absence de Jeremiah, resté au chevet de son père. Depuis presque deux semaines, Henry combattait l'infection qui l'affaiblissait et qui était revenue en force après son opération. Il aurait tellement voulu assister à ce spectacle, mais ses médecins le lui avaient formellement défendu. Le jeune Anglais avait avisé la femme de son absence quelques jours plus tôt et il avait été bien difficile pour Florie de feindre l'indifférence en étant si proche de lui. Elle voyait dans le regard du grand mince l'intérêt qu'il lui portait. Elle sentait dans sa poignée de main la douceur qu'il dégageait. Mais là où Adèle avait un jour abdiqué, Florie se promettait de ne jamais capituler à son tour. Toutefois, le soir au coucher, l'insomnie s'invitait à présent dans sa vie. Elle aurait aimé pouvoir alléger la souffrance de Jeremiah ; le prendre dans ses bras pour le consoler, atténuer sa peine et ses inquiétudes. Penser à lui devenait une torture. La famille discutait encore de la situation difficile du ferblantier, lorsqu'elle donna son avis d'un ton catégorique sur la situation :

— Évidemment, en le charcutant de même ils l'ont pas aidé ! Je peux pas croire que les médecins pouvaient pas attendre un peu avant de lui enlever la moitié du corps ! critiqua Florie en exagérant à peine.

Flottant encore sur un nuage, après l'accueil enthousiaste des villageois à l'église, elle posa l'assiette de sucre à la crème et de carrés aux dattes sur la table. Marie-Camille surgit aussitôt d'on ne sait où pour agripper son dessert favori. Elle fourra le carré dans sa bouche avant que quiconque ait eu le temps de l'arrêter, et les adultes éclatèrent de rire devant sa mine ravie. La bouche remplie de la gâterie, la fillette faisait des *Miam! Miam!* à qui mieux mieux, à la grande joie de la cuisinière.

— Viens donc t'asseoir sur matante Floflo, ma cocotte! Puis, as-tu aimé ça les chansons à l'église?

— Oui. Mais le meilleur, c'est James.

Un silence de plomb suivit la déclaration naïve de l'enfant. Personne n'osait regarder directement vers Florie. Pourtant, celle-ci ne s'en fit pas. Au contraire, elle avoua franchement:

— Tu sais quoi, ma Mimi d'amour? Tu as bien raison! Le meilleur chanteur de Sainte-Cécile, c'est James!

Un air d'étonnement évident envahit le visage de tous, de Laurent à Édouard en passant par Adèle, Léo et Ludovic. La grosse femme frotta son nez contre le cou de sa nièce et les surprit de nouveau en rajoutant:

— Ayez pas cet air-là! Je suis toujours bien celle qui l'a engagé pour la chorale! Je le savais qu'il chantait comme un...

Elle allait dire comme un Dieu, mais se reprit en se disant qu'il y avait toujours bien des limites.

— ...comme un ange...

Adèle lui sourit gentiment, pour cacher son émoi au souvenir de leur voisin sur l'estrade. Cet homme lui faisait beaucoup trop d'effet. Elle s'imaginait de nouveau entre ses bras, ses lèvres douces sur les siennes, son corps puissant contre le sien. Elle devait tout faire pour éviter leurs rencontres. En commençant par la beurrerie. Elle irait lorsque James n'y serait pas, quitte à avouer la vérité à son frère. Mais quel serait le jugement d'Édouard s'il savait les pensées intimes qui l'envahissaient à la pensée de son employé ? Un regard par en dessous vers ce dernier lui rappela à quel point il l'avait toujours soutenue, peu importe ses choix ! Ludovic fut le premier à se lever pour quitter la cuisine.

— Bon, je vous remercie, je vais me coucher.

Les autres le regardèrent s'éloigner et monter l'escalier d'un pas rapide. Surtout Marie-Camille, à qui on avait expliqué, dès l'arrivée du jeune homme, les circonstances ayant mené à ses blessures. Soucieuse de ne pas le peiner, la fillette avait respecté le souhait de son père et n'avait posé aucune question à Ludovic. Par contre, Édouard avait eu une longue conversation avec elle lorsqu'il l'avait entendue parler à sa poupée, un soir de printemps.

— Tu sais, ma Doudoune, papa dit que ça ne brûle plus la joue de Ludovic, mais moi, je suis pas certaine de ça du tout ! Je vais peut-être lui demander en cachette, mais ça me fait peur ses bobos. C'est pas beau pantoute !

— Tu ne demanderas rien à Ludovic, ma chérie, avait dit son père en rentrant dans sa chambre. Mais à moi, tu peux poser toutes les questions que tu veux. Je te promets de te dire la vérité.

Alors depuis, chaque fois qu'elle le côtoyait, elle regardait le plus discrètement possible ce jeune homme taciturne en ayant beaucoup de peine pour lui au fond de son cœur de petite fille. Depuis son accident, le jeune homme n'avait plus rien de l'arrogant gamin qui harcelait les pauvres villageois. Il travaillait fort, se plaignait peu des douleurs occasionnées par ses brûlures, et ne parlait pas du tout de retourner chez lui. Lorsque Léo le suivit, quelques minutes plus tard, Adèle en profita pour aborder la question.

— Dis-moi donc, Florie, est-ce que le jeune Marquis pense à retravailler au magasin ?

L'aînée de la famille haussa les épaules, une moue gênée sur le visage. Ludovic lui avait demandé, pas plus tard que la semaine passée, de demeurer indéfiniment avec eux.

— Je veux plus retourner au village. J'aime pas tellement ça travailler au magasin et je préfère de loin être dans le champ ou dans la grange. C'est le seul bon point de l'incendie. J'ai compris que ma vie ne pouvait pas consister à être en arrière d'un comptoir à ramasser des cents !

— Mais… tes parents ? avait hésité Florie.

— Ils vont être déçus, mais en même temps, je suis pas mal sûr que ça va faire leur affaire. Après tout, ma face est pas très bonne pour la *business*, je le sais et ils le savent ! Qui a le goût d'acheter du bœuf ou du porc d'un commerçant qui a l'air d'avoir été lui aussi passé dans le moulin à viande, hein ?

Retenant un geste de dégoût à cette image, Florie lui avait jeté un petit regard hésitant avant de donner son accord. Après tout, c'était un bon travaillant qui leur coûtait pas une cent ! Il reste qu'elle n'en avait rien dit à sa fratrie. Laurent, surtout, la regardait d'un air insistant. Il répéta la question, tout en essayant de ne pas avoir l'air tanné de Ludovic, ce qui aurait eu l'air étrange étant donné l'aide qu'il leur apportait à la ferme.

— Alors, Florie ?

— Hum… Je pense qu'il aimerait rester ici… pour un bout.

— Un bout ? Un bout comme quoi ? demanda curieusement Adèle.

— Bien… En fait, il veut plus rentrer au village. Il voudrait rester avec nous autres pour toujours ; en tout cas, pour l'instant, c'est ce qu'il veut.

Florie cacha de nouveau son visage dans le cou de sa nièce qui riait, montrant de petites dents blanches encore inégales. Adèle et Édouard se jetèrent un regard surpris, alors que Laurent perdit tous ses moyens. Il repoussa son assiette et se releva, les mains posées sur la table. Il se pencha vers sa sœur.

— J'espère bien que t'as pas accepté de le garder ici pour toujours. Parce que...

— Parce que quoi, Laurent ? Il me semble que c'est nous autres qui avons le bon *deal* dans ça ! Il coûte rien, mange pas tant que ça et...

— ...et c'est non !

Le ton catégorique du cadet des Gélinas étonna les autres. Pour la première fois, ils assistaient à une confrontation entre Florie et son frère ; lui qui jamais ne réussissait à lui tenir tête bien longtemps était décidé à ce que le jeunot quitte la ferme à la fin du mois.

Pendant que les deux argumentaient à voix basse, Édouard et Adèle s'éloignèrent vers le salon pour une partie de Yooker*. Les règles de ce jeu de cartes leur avaient été péniblement expliquées par Léo, un soir que tous se lamentaient de toujours jouer au Neuf ou à la Dame de pique. Depuis, ils préféraient ce jeu, qui était le premier à utiliser le joker. Ils ne furent pas surpris d'entendre des petits pas quelques secondes plus tard. Marie-Camille avait délaissé les gourmandises, sentant que le climat de la cuisine ne lui convenait plus du tout. Elle avait glissé des larges cuisses de sa tante sur le sol, accroché au passage sa Doudoune bleue sous la berceuse et trottiné vers son père. Elle n'aimait pas la grosse voix de Florie lorsqu'elle se fâchait. Puis son oncle Laurent avait des yeux très, très choqués et ça non plus, la fillette ne l'appréciait pas.

CHAPITRE 8

Grande perte

Au matin, Édouard et Adèle ignoraient le résultat du débat de la veille, puisque le maître-beurrier était parti chez lui avant qu'aucun des deux ne revienne sur sa position. Il avait soufflé « Bonne chance ! » à Adèle en riant légèrement alors que sa sœur faisait mine de lui donner un coup de poing sur l'épaule. Lorsqu'elle avait essayé d'alléger la tension dans la cuisine, son aînée et son cadet lui avaient fait signe de s'en aller, que ça ne la regardait pas ! Même si en principe, elle avait son mot à dire, Adèle préféra ne pas se mêler de la dispute. Elle irait lire un peu dans sa chambre.

— J'ai jamais vu mon frère aussi entêté. Je me demande bien...

Quand Laurent descendit pour déjeuner, il avait un large sourire, montrant sa satisfaction alors que Florie bardassait la vaisselle sur le comptoir. Le jeune homme avait gagné la partie ; aujourd'hui elle dirait à Ludovic qu'à compter du 1er décembre, il devrait retourner chez lui. Les louanges du curé Latraverse avaient généré chez Laurent un sentiment de jalousie installé en permanence. Chaque dimanche, il regardait d'un mauvais œil le regard affectueux que Bérangère Barnabé posait sur son ami et l'urgence de le garder pour lui seul le démangeait de plus en plus. Il ne voulait voir personne s'approcher de son ami; personne s'y intéresser; personne s'en amouracher. Léo lui appartenait, car il s'agissait de SON ami. Son seul ami. Si un jour une fille mettait le grappin dessus, que ferait donc Laurent de ses longues soirées et de ses fantasmes ? Le blond rêvait donc du moment où Ludovic parti, il aurait enfin Léo juste pour lui. Ne sachant comment annoncer la nouvelle au jeune Marquis, Florie tenta d'amadouer sa sœur pour qu'elle le fasse à sa place.

— Euh non, Florie, il n'en est pas question !

— Tu parles d'une lâcheuse ! C'est rare que je te demande un service, franchement. C'est juste que si ça vient de toi, Louisette m'en voudra moins. Je voudrais pas perdre ma seule amie…

Adèle continua de tresser ses cheveux derrière ses oreilles en secouant la tête.

— Florie, moi, ça me fait ni chaud ni froid que le jeune reste avec nous. Alors si vous avez décidé de le retourner chez lui, bien je vais pas être celle qui va lui annoncer la mauvaise nouvelle. Demande donc à Laurent, puisque c'est lui qui semble vouloir se débarrasser de cette aide gratuite !

— Oh…

Florie plongea sa tête entre ses mains. Son chignon n'était pas fait ce matin-là et sa longue chevelure noire luisait sur ses épaules et le haut de son dos. Adèle s'approcha, ne sachant que faire devant son inconfort évident. L'aînée leva un visage défait sur sa sœur et chuchota :

— Je sais pas pourquoi Laurent insiste autant. Je te dis, il lâche pas le morceau. Il m'a eue à l'usure, le petit mautadit, et c'est bien la première fois que je le sens aussi tenace. On dirait qu'il haït Ludovic Mar…

Florie stoppa net. Le jeune brûlé se tenait sur le seuil de la cuisine. À le voir, il était évident qu'il avait entendu les dernières paroles de Florie, qui voulut encore plus disparaître sous le plancher. Tout allait mal ! Elle tenta de faire diversion, mais le long regard blessé de l'homme montra bien qu'il avait compris.

— Du gruau ou des toasts, Ludovic ?

— Rien.

Il sortit sans un autre mot alors que Florie poussait un long soupir à fendre l'âme. Sa journée commençait trop mal... et la suite fut encore pire.

En arrivant à la beurrerie vers dix heures pour donner un coup de main à son frère pendant que James faisait les livraisons de beurre et de fromage, Adèle s'aperçut que les portes de la forge étaient encore fermées. Donc Jeremiah n'était toujours pas revenu chez lui. Inquiète, elle se dirigea en vitesse vers les locaux à l'arrière pour parler à Édouard. La petite cloche accrochée au-dessus de la porte annonça son arrivée et son aîné sortit avec un sourire nerveux.

— Je suis content de voir que tu as pu t'évader de la maison vivante ! Mettons qu'en partant hier soir, je me suis dit que la discussion allait être houleuse entre notre sœur et notre frère. Deux têtes de cochon !

— Ouais, bien imagine-toi donc que Laurent a gagné la bataille !

Édouard hocha pensivement la tête, la main sur son menton barbu. Il s'approcha de sa sœur pour l'aider à enlever son manteau et lui dit :

— Il y a quelque chose qui m'échappe dans cette histoire-là ! Je comprends pas ce qui fatigue autant notre frère. Mais remarque qu'on travaille pas tous les jours avec Ludovic, peut-être qu'il parle sans arrêt ou qu'il pue !

Il éclata de rire, chassant ainsi un peu de la tension que tous ressentaient dans l'attente de recevoir des nouvelles de Henry. Adèle abonda dans son sens, mais un certain malaise l'envahissait en se rappelant certains regards, certains soupirs de son frère. Laurent ne donnait pas les vraies raisons de son inconfort par rapport à Ludovic Marquis, elle en était convaincue. Ses arguments ne tenaient pas la route : il prend une chambre ; il n'y a pas tant de travail à faire pour lui ; il n'est jamais de bonne humeur… Le Laurent qu'elle connaissait avant aurait, au contraire, tout fait pour que ce jeune homme retrouve un semblant de bonheur. Pendant près de deux heures, le duo ne parla guère, préoccupé par l'absence de Jeremiah qui aurait dû en principe revenir au petit matin pour s'occuper de ferrer les deux chevaux de monsieur Marois. Édouard avait dû aviser son ancien voisin que le jeune ferblantier était toujours à l'hôpital avec son père et qu'il ignorait l'heure de son retour. En maugréant un peu, monsieur Marois remit les rênes sur ses deux bêtes et s'en retourna chez lui en disant que dans son temps, quand quelqu'un donnait un rendez-vous, on respectait l'heure, peu importe les circonstances. La porte s'ouvrit peu après midi, laissant passer Gérald Marquis, à bout de souffle.

— Tiens, monsieur Marquis ! Votre épouse est passée hier pour le fro…

— Je viens pas pour ça. C'est le fils du ferblantier.

Édouard sortit en vitesse de derrière son comptoir. Il essuya ses mains sur son tablier alors qu'Adèle délaissait son emballage, les yeux grands comme des billes.

— Quoi ? Qu'est-ce qu'il a ? Dites-moi pas que lui aussi…

— Non, non. C'est juste qu'il vient de téléphoner de l'hôpital pour dire que son père est au plus mal et que…

— J'y vais, le coupa Édouard le visage blême. Adèle lui serra la main avec affection, les yeux pleins d'eau. Son frère vivrait une nouvelle perte, elle le sentait au plus profond de son âme.

Il jeta un regard hagard sur toutes les meules de fromage à couper, les livres de beurre à emballer. Adèle, qui saisit son désarroi, lui dit :

— Pars sans inquiétude. James et moi on s'occupe de tout ici.

— Tu es certaine ?

— Oui, tu es tellement organisé que tu as noté toutes tes commandes et je n'ai qu'à suivre tes instructions. James m'aidera avant de faire les livraisons. Pars, je te dis. Cet homme a besoin de ta présence à ses côtés.

— Oui, dit simplement Édouard un sanglot dans la voix.

Il se dépêcha de revêtir son manteau et son chapeau. La main sur la porte, le maître-beurrier se retourna vers sa sœur qui n'avait pas bougé, émue par la situation qui attendait son aîné. Elle aurait tant voulu lui éviter de vivre une nouvelle perte.

— Marie-Camille ?

— Je vais en prendre soin. J'irai la chercher à Saint-Damien pour la ramener à la maison jusqu'à ton retour. Va voir Henry et embrasse-le pour moi, je t'en prie. Peut-être que…

Adèle retint une plainte au fond de sa gorge afin de ne pas aggraver la peine de son frère. Mais le souvenir du ferblantier, de son sourire discret, de son amour pour son village d'accueil l'accablait.

— Faites qu'il guérisse, mon Dieu, faites qu'il guérisse.

Édouard fit la route entre Sainte-Cécile et Saint-Jovite dans un état second. Il ne cessait de revivre la journée d'horreur de la mort de sa douce Clémentine plus de quatre ans auparavant. Il ne croyait pas avoir la force de passer au travers d'un autre deuil. Comment pourrait-il continuer sans le bon visage de son ami, son père, à ses côtés ? Courant dans les corridors presque déserts de l'hôpital, il se rua sur le premier comptoir d'information qu'il rencontra.

— Bonjour, mademoiselle, je cherche monsieur Henry Stromph.

L'infirmière délaissa ses papiers pour répondre, un peu exaspérée, à cet homme qui n'attendait pas qu'elle soit disponible. Mais en voyant la détresse sur les traits du bel homme brun qui tenait le comptoir jusqu'à ce que ses jointures soient blanches, elle sourit légèrement.

— C'est un patient ici ?

— Oui. Depuis presque trois semaines.

— Vous savez dans quelle chambre ?

— Eh bien, il semble avoir changé. On m'a dit de m'informer pour le service des… mourants.

Un sanglot dans la voix à la pensée de ce que voulaient dire ces paroles, Édouard entendit à peine la jeune femme blonde qui lui demandait de la suivre. Puis il vit Jeremiah, adossé au mur blanc près d'une porte entrouverte. En approchant de lui, Édouard chuchota :

— Jere…

— Oh, Édouard !

Jamais le maître-beurrier n'avait vu une telle tristesse sur le visage de son ami. Les bras pendant le long de son corps, Jeremiah lui fit signe de la tête, ses yeux bleus de myope remplis de larmes. Édouard fit les deux derniers pas pour se rapprocher et le prit contre lui. Le jeune Anglais était mince, presque maigre. Un corps tendu par les derniers jours. Les deux se firent une franche accolade alors que leurs joues luisaient de pleurs. Jeremiah fit ensuite part à Édouard des dernières nouvelles concernant son père.

— Il y a plus rien à faire. Il va mourir… *today probably*[21] !

— Non! Oh non!

Secouant la tête avec vigueur, Édouard s'éloigna pour donner un violent coup de poing dans le mur. Il en avait assez de ces morts trop rapides, de ces disparitions dans sa vie qui rendaient celle-ci de plus en plus difficile à vivre.

— Je ne comprends pas… Les médecins laissent tomber? demanda-t-il avec colère.

— Non, *but the infection has invaded his lungs and the antibiotics are no use.* C'est comme si le cancer *has taken over his body without any chances of healing*[22].

Même si Édouard ne comprenait pas toutes les paroles de son vis-à-vis, il en saisit l'essentiel: le cancer avait tant affaibli le ferblantier que l'infection ne s'en allait plus. Inspirant profondément en essuyant ses joues mouillées, il fit signe vers la porte.

— Je peux…

— Oui… Moi, je vais chercher un café. J'ai pas beaucoup dormi cette nuit.

Jeremiah lui fit un signe désespéré avant de s'éloigner, les épaules courbées comme un homme cassé. Le silence de la chambre fut le premier indice de la mort en attente. Comme pour sa mère Rose, les rideaux fermés laissaient à peine passer un jet de lumière. Le jeune homme prit quelques secondes pour s'accoutumer à la pénombre avant de diriger son regard vers le lit du mourant. Après un court instant sans bouger, Édouard s'avança doucement, puis tira la chaise de bois vers

21 Aujourd'hui probablement!
22 Mais l'infection a envahi ses poumons et les antibiotiques sont inutiles. C'est comme si le cancer avait envahi son corps entier sans aucune chance de guérison.

le lit. Il s'y assit plusieurs minutes sans rien dire, laissant les larmes couler librement. Le corps frêle, le visage tiré qui n'avait plus aucun gras, les larges cernes noirs sous les yeux clos, il reconnaissait trop bien les stigmates de la maladie. La bouche entrouverte de Henry laissait entendre un léger râle. Le jeune homme étira le bras pour mettre sa main sur la poitrine affaissée du malade.

— Je suis ici, Henry. Oh Seigneur, pourquoi lui ? Pourquoi ?

Seul le souffle court de l'Anglais lui répondit. Jeremiah le laissa seul quelques instants. Depuis plusieurs jours, il assistait avec impuissance à la déchéance de son père. Les yeux fixés sur le mur devant lui, il pensait à toutes les discussions, les fous rires qu'ils avaient partagés depuis son arrivée au pays. Il pleurait les conversations, les échanges qu'ils n'avaient pas eu le temps d'avoir. Comme Édouard, il implora les dieux :

— *Why God, why?*

Tentant de retrouver un peu de courage, il ouvrit la porte pour rejoindre le malade. Jeremiah s'installa de l'autre côté d'Édouard, et face à face, les deux jeunes hommes confrontèrent la mort dans toute son injustice. La respiration saccadée de Henry leur laissait voir que la fin était proche. Édouard parla sans inhibition. Il remercia cet homme d'avoir été dans sa vie, d'avoir su l'aimer alors que son propre père ne l'avait pas fait. En sanglotant, il lui parla de tout ce qu'il aurait aimé faire encore dans les années futures avec sa fille et lui. Puis, alors que Jeremiah voulut se lever pour lui laisser un peu d'intimité, Henry ouvrit un œil hagard, agrippa les mains de ses deux « enfants » et souffla péniblement.

— Vous... êtes mes fils. *Forever*[23].

---

23 Pour toujours.

Un dernier souffle profond, et la bouche du ferblantier resta ouverte. Il était mort, entouré des deux êtres qui avaient fait de ses dernières années sur Terre sa raison de vivre. Hébétés, les hommes joignirent leurs mains au-dessus du corps et accrochèrent leur regard désespéré. Longtemps ils restèrent soudés ainsi, jusqu'à ce que l'infirmière s'approche pour offrir son soutien. Elle constata le décès et fit venir le médecin qui nota au dossier la date et l'heure approximative du départ de monsieur Henry Stromph: 15 octobre 1938, quatre heures quarante-cinq de l'après-midi. Jeremiah suivit le docteur afin de connaître la suite des événements. Avant de quitter la chambre, Édouard se pencha à l'oreille du mort et lui souffla:

— Je le ferai, Henry. Je tenterai de retrouver mon père. Je t'aime.

Les jours suivant le décès du ferblantier furent bien sombres dans le cœur des Gélinas. Édouard avait repris sa fille et son Barbouille qui la suivait toujours lorsqu'elle passait quelques jours chez ses tantes et son oncle. Quand il avait monté péniblement l'escalier de la ferme, le soir du 15 octobre, la porte s'était ouverte avant même qu'il ne pose la main sur la poignée.

— Alors? demanda anxieusement Adèle.

— C'est fini.

Édouard éclata en sanglots. De longs et interminables sanglots qui s'éternisèrent dans la nuit noire. Jamais Adèle n'aurait cru le revoir aussi triste que le jour de la mort de Clémentine. Elle comprenait maintenant à quel point Henry Stromph avait compté pour son frère. Florie les rejoignit sur la galerie en serrant sa veste de laine sur ses gros seins. Pour une rare fois, elle pleurait aussi pour quelqu'un d'autre que sa famille. La pensée de la tristesse de Jeremiah lui envahissait l'âme. Aurait-elle le courage d'aller le réconforter ? Que ferait-il maintenant que son père n'était plus ? Oh mon Dieu ! Et si Jeremiah décidait de quitter le village, le pays même ? Ne sachant comment réagir, la femme retourna à l'intérieur pour tenter de prendre une décision. Elle marchait en rond dans la cuisine, essayant de calmer son discours intérieur. Jamais elle ne trahirait sa mère, pourtant, elle pourrait être l'amie particulière de cet homme, le consoler, alléger son chagrin et lui assurer qu'un jour, la peine s'amenuiserait. Comme il était tard, elle décida d'attendre le lendemain matin avant de décider. Pour l'instant, elle prendrait soin de son pauvre Édouard. Pendant une partie de la soirée, jusqu'à tard dans la nuit, le maître-beurrier parla à ses sœurs de son attachement pour cet homme qui l'avait aidé, traité comme un fils. La voix lasse, le visage défait, il raconta :

— Il m'aimait, je le sais, autant que son propre fils. Plus que notre propre père ne l'a jamais fait.

— Bien sûr, Édouard.

— Vous ai-je déjà dit qu'après la mort de Clémentine, il m'avait brassé assez pour que je réalise que malgré ma douleur, j'avais la chance d'avoir Marie-Camille, ce que lui n'avait jamais eu ? C'était avant l'arrivée de Jeremiah bien sûr, mais s'il m'avait pas parlé franchement, je crois pas que je serais rendu où je suis maintenant. C'était un homme, un père exceptionnel et mon plus grand regret sera de pas l'avoir connu plus tôt.

Au matin, après une nuit sans sommeil, le maître-beurrier embrassa distraitement Marie-Camille qui ne comprenait pas le climat morose de la maison. Il voulut aller faire la traite à Saint-Damien, mais Adèle lui dit que Ludovic s'en était chargé. L'homme lança un regard reconnaissant à sa sœur. Puis Florie les rejoignit, déjà toute vêtue pour sortir.

— Je vais passer voir si Jeremiah a besoin d'aide pour les détails des funérailles.

— Ah bon?

— Regarde-moi pas de même, Laurent, c'est ce qu'on fait quand un ami est dans la peine, on va l'aider.

Un ami? Jeremiah Holland? Depuis quand? Florie et ses nouveaux amis le confondaient vraiment! Étonné, Laurent jeta un œil vers son autre sœur et son frère, mais ceux-ci discutaient à voix basse et n'avaient pas entendu Florie. C'est vrai qu'elle le côtoyait beaucoup avec la chorale, mais de là à devenir des amis... Sa sœur se tenait d'ailleurs à ses côtés en piétinant le sol impatiemment.

— Bien qu'est-ce que tu attends, Laurent? Grouille!

— Hein... Euh...

— Tu vois bien que j'ai besoin d'un *lift!*

Laurent allait répliquer qu'il n'avait pas vraiment le temps d'atteler Aramis et de descendre au village lorsque Édouard détacha les petits bras de sa fille autour de son cou et se releva péniblement.

— Laisse faire, mon frère. Il faut que j'aille à la beurrerie. J'amène Florie où elle veut.

— Bon, c'est parfait, c'est là que je vais.

Ni Édouard, ni Adèle ne relevèrent ses paroles et elle fut bien satisfaite de pouvoir quitter la ferme sans un questionnement de la part de sa cadette. Quant au maître-beurrier, aucun danger qu'il lui soupçonne des intérêts autres qu'amicaux, pris comme il l'était dans sa douleur. En moins de dix minutes, les deux tournaient dans l'entrée de la forge. Édouard retint un hoquet de rage en voyant les portes fermées... pour toujours peut-être. Florie, rarement aussi émue, lui mit une main fraîche sur le bras.

— T'en fais pas, mon Édouard. Il savait que tu l'aimais. Je pense que son fils voudra continuer à vivre et faire vivre la ferblanterie.

Son frère lui jeta un regard surpris. Surpris par cette compassion dont elle n'avait pas vraiment fait montre à la mort de sa femme Clémentine. Il lui en voulait presque, mais en même temps il avait tant besoin d'elle en ce moment qu'il répondit par un sourire triste.

— Merci. Je l'aimais aussi tellement.

Il s'éloigna vers sa beurrerie, le dos voûté par la peine. Jamais plus son ami ne l'y rejoindrait en fin de journée pour jaser et lui donner un coup de main. Blacky, comme une âme en peine, l'accueillit en sautant partout, jetant même un coup d'œil derrière lui: son maître était-il enfin revenu?

— Oh, mon pauvre Blacky. Viens ici, mon gros...

Édouard enfouit son visage tendu dans la fourrure épaisse et chatoyante. Il ne vit pas sa sœur cogner à la porte de la maisonnette de Stromph et la porte s'ouvrir sur Jeremiah.

— Florie.

— Jeremiah, bonjour... Je...

Elle figea sur le seuil, incapable de poursuivre. Rougissante, elle reprit rapidement.

— Je voulais vous offrir mon aide pour les arrangements et tout. Enfin, si vous en avez de besoin. Je sais que vous êtes de plus en plus à l'aise en français, mais je me suis dit qu'une amie n'était jamais de trop dans ces circonstances.

Elle attendit sans trop savoir où poser son regard. L'homme

portait une chemise à carreaux bleus et un pantalon gris. Pieds nus, il hésita avant de murmurer :

— Oh… c'est très gentil… *but* Béatrice… euh… mademoiselle Dupuis est ici pour compléter les papiers. Elle vient à peine d'arriver.

Il se tassa de côté et Florie vit, dans toute sa gloire, la maîtresse d'école du village lui faire un signe victorieux. La jeune blonde aux yeux bruns était assise à la table, sa longue jupe verte remontant légèrement sur ses jambes. Quoiqu'un peu enrobée, elle ne manquait pas de charme avec ses deux fossettes et son sourire réservé. Pourtant, l'autre ne la portait pas dans son cœur, sachant qu'elle désirait à tout prix se marier pour cesser d'enseigner à l'école. Les hommes tentés ne manquaient pas, mais Béatrice Dupuis avait de nombreuses exigences, l'argent étant l'une des plus importantes. Florie sentit son cœur cesser de battre quelques secondes.

— Oh bonjour, mademoiselle Dupuis. Bon, alors c'est parfait, je voulais juste être certaine que vous étiez correct pour tous ces arrangements. Mais je vois que c'est le cas. À plus tard.

Sans donner le temps à Jeremiah de répondre, elle s'éloigna en vitesse de sa démarche chaloupée, accompagnée du regard surpris du jeune Anglais. S'était-il mépris la dernière fois qu'il avait voulu l'embrasser et qu'elle s'était refusée à lui ?

***

De profondes plaintes, qu'elle étouffait dans son oreiller, accompagnaient sa respiration entrecoupée. Trop tard. Elle avait décidé trop tard. Florie sentait sa vie hors de contrôle depuis qu'elle avait développé de profonds sentiments pour le jeune Anglais. Des sentiments inadmissibles, inconcevables, mais néanmoins inexorables. Elle entendit les voix des hommes qui revenaient du champ. Après de longues minutes de conciliabule, Laurent osa venir cogner à sa porte.

— Euh… Florie, on mange quoi pour souper ?

— Je file pas trop, trop. Demande à Adèle de s'en occuper.

— Hum… Elle est partie à Saint-Damien. Elle est allée nourrir les poules avec Marie-Camille.

— Écoute, Laurent, tu dois bien être capable d'attendre qu'elle revienne ? Sinon, fais-toi un gruau, c'est pas bien compliqué !

La voix étouffée de son aînée montrait une détresse inhabituelle. Tout d'un coup qu'elle était vraiment malade ! Laurent mit la main sur la poignée, mais lorsqu'il voulut la tourner, le ton sévère l'arrêta tout de suite.

— Laisse-moi tranquille, Laurent.

— OK. Si jamais tu as besoin de…

— Non. Merci, rajouta-t-elle pour atténuer la brusquerie du ton.

Le jeune blond retourna à la cuisine et fit signe de la tête aux deux autres. Il haussa ses larges épaules et s'assit à la table. À dix-huit heures, d'habitude, le souper cuisait, prêt à être servi. Les trois hommes jetaient des regards affamés autour d'eux en espérant rapidement le retour d'Adèle. Quinze minutes plus tard, Laurent se leva, exaspéré :

— Bon bien ça va faire, on a passé la journée aux gros travaux nous autres, me semble que c'est la moindre des choses que d'avoir à manger quand on met le pied ici. Ça fait que moi, je vais manger ce qui me tente.

Sous le regard envieux des deux autres, il sortit la grosse miche cuite pour le matin et se mit à couper de larges tranches.

La mie compacte, la croûte bien dorée, juste bien enfarinée, faisaient saliver les travailleurs. Léo osa le premier :

— Hum... Mmmoi... au..aussi... j'en..j'e... prendrais... bien... quelques... tran..tranches.

— Certain, Léo.

Laurent continua à couper le pain sans s'occuper de Ludovic, qui n'osait rien dire. Depuis qu'il savait que les Gélinas souhaitaient le voir quitter la ferme sous peu, il s'était encore plus refermé comme une huître. Il cherchait à comprendre pourquoi le jeune Gélinas le détestait à ce point. Bien sûr, par le passé, il en avait dit des bêtises sur cette famille. Mais c'était avant de la côtoyer tous les jours ; de sentir l'amour entre les frères et sœurs. Pourrait-il essayer de convaincre Laurent de ne pas le renvoyer ? Un regard sur le visage fermé de l'autre l'en dissuada à nouveau. Chaque jour, à partir du moment où les paroles échangées lui avaient fait réaliser qu'il n'était pas le bienvenu à la ferme, Ludovic tentait de trouver le courage d'approcher le fermier. S'il retournait au village, une chose était certaine, il ne travaillerait pas à l'avant du magasin. Si ses parents insistaient, il partirait ailleurs. Dans le fin fond du bois où personne ne pouvait le voir. C'est Léo, ne reconnaissant pas son ami, qui prit les devants.

— Cou..coupes-en... donc... pour... Lu..Ludovic auss..si.

Un long soupir lui répondit alors que le jeune Marquis se recroquevillait sur sa chaise, se demandant bien ce qu'il avait fait pour que l'autre le déteste ainsi. Son visage devait le dégoûter au plus haut point. Quand Adèle revint, bien après sept heures, les trois s'étaient gavés de pain, de graisse de rôti et de sirop d'érable. Tant pis pour le déjeuner du lendemain. Ils avaient tout laissé sur la table, sans même prendre le temps de nettoyer leurs assiettes. Elle accrocha son manteau derrière la porte et fronça les sourcils.

— Veux-tu bien me dire… Florie ? Laurent ?

— Ici, au salon.

Elle se dépêcha de rejoindre son frère et ses amis.

— Où est Florie, coudonc ?

Sans parler, concentré sur sa main suivante, Laurent pointa la chambre sous les escaliers.

— Dans sa chambre ? Elle est malade ?

— Je pense. En tout cas, elle a pas fait le souper !

— Comment ça, pas fait le souper ! Elle est revenue à quelle heure ?

— Je sais pas, moi.

— Comment ça, tu…

Laurent leva des yeux exaspérés de son jeu de cartes.

— Pourquoi tu vas pas la voir au lieu de me faire passer un interrogatoire ! Tu vois pas que je suis occupé !

— Wow… Puis si je comprends bien, vous êtes pas capables de ramasser votre vaisselle ?

— Oh… J'y… va..vais Adè..le, répondit Léo en rougissant.

Il vint pour se lever, mais son ami le retint par le bras.

— Écoute bien, Adèle, nous autres on travaille comme des fous aux champs à partir de sept heures du matin. Je pense pas que c'est notre *job* en plus de faire à souper puis de ramasser. Ça, c'est votre ouvrage !

Adèle vint pour répliquer vertement, puis elle décida de laisser tomber. Elle préférait s'occuper de sa sœur qui, même très malade, ne perdait jamais l'appétit et se souciait toujours de ce que sa fratrie mangeait. Elle ressortit du salon, et cogna à la porte fermée :

— Florie, c'est moi.

— Oui.

— Bien, peux-tu m'ouvrir, Florie, je vais prendre ta température.

— J'en fais pas.

— OK, mais j'aimerais ça te voir…

— Non, non, laisse faire, je vais être correcte demain matin.

Adèle hésita quelques secondes, puis décida d'insister. Elle cogna à nouveau délicatement.

— Florie, je m'en vais pas avant de t'avoir vue.

— Va-t'en, je te dis.

— Non. Puis tu le sais que j'ai un maudit caractère, tu me le dis assez souvent!

Les trois hommes écoutaient les murmures tout en jetant leurs cartes. Ils étaient curieux de voir quelle était la maladie de Florie Gélinas qui l'empêchait de sortir s'occuper de sa famille. «Elle a peut-être pogné la picote», pensa Léo en ricanant dans sa tête. Il rougit en voyant que les deux autres s'interrogeaient sur la raison de son sourire niais. Il se dépêcha de jeter une carte sur la table, n'importe laquelle.

— Perdu, mon Léo! Tu joues donc bien mal ce soir!

Léo Villemarie en profita pour dire qu'il était fatigué et qu'il allait donc monter se reposer tout de suite. Il laissait ainsi Laurent seul avec Ludovic, ce qui n'était pour plaire à aucun des deux. Le plus jeune choisit donc à son tour de quitter le salon et de rejoindre son refuge personnel, l'ancienne chambre d'Édouard. Il n'avait jamais proposé de dormir avec Léo afin que Laurent retrouve son intimité. Malgré son accident, il conservait un côté égoïste qui l'empêchait de le proposer. De toute façon, il se disait que c'était normal que ce soit lui qui dorme seul, un coup au visage pendant le sommeil pouvait réveiller sa douleur. Ce qui rajoutait à la rancœur que Laurent entretenait envers lui. Non seulement il lui volait du temps de qualité avec Léo, mais en plus, il s'appropriait la chambre d'Édouard pour lui tout seul, le laissant chaque nuit avec ses démons. Non, il était temps que le jeune Marquis retourne à son magasin.

Après leur départ, Laurent posa sa tête sur le dossier de la berceuse et la tourna de manière à voir la côte Boisée au loin. L'automne était bien amorcé, les érables avaient encore leurs feuilles toutes colorées, mais les petits arbustes, au loin près de la rue, s'étaient dénudés. Laurent aimait cette saison où le soleil ne les brûlait plus aux champs, mais la température était encore bienveillante à leur égard. Les durs labeurs tiraient à leur fin. Bientôt, il faudrait rentrer le bétail pour l'hiver, préparer la grange, remiser la machinerie. Bientôt, il ne pourrait plus admirer le corps svelte et musclé de Léo lorsqu'il bêchait, raclait ou récoltait... Il en serait quitte pour ses souvenirs de l'été... Laurent ne sut jamais quelle maladie avait affecté sa sœur aînée, ce jour d'octobre 1938, mais c'est le visage défait qu'il la revit le lendemain matin, fidèle au poste comme d'habitude. Devant son gros poêle de fonte, elle dorait les toasts des hommes, le regard perdu à l'horizon. Adèle lui faisait la jasette, n'attendant pas plus de réponses que la veille au soir. Lorsque sa sœur lui avait ouvert la porte de sa chambre, le désespoir qui l'avait accueillie l'avait bouleversée.

— Voyons donc, ma Florie, qu'est-ce qui se passe ?

— J'ai dû manger quelque chose de pas bon...

— Ah. C'est ça qui te fait pleurer ?

Le visage arrondi au menton pointu était rougi par les larmes. L'éternel chignon n'avait plus guère de chignon que le nom. Assise au fond de son lit, Florie avait l'air d'une enfant punie avec sa large chemise de nuit à fleurs roses, ses bras croisés sur son opulente poitrine et ses épaules renfoncées dans son oreiller de plumes.

— Tu comprendrais pas, laisse faire, Adèle.

— Tu penses ?

La cadette s'était approchée pour s'asseoir aux côtés de sa sœur et lui avait pris la main de force. Lui souriant affectueusement, Adèle avait murmuré :

— Tu sais, Florie, lorsque je suis tombée amoureuse de Jérôme, j'ai tenté par tous les moyens de ne pas succomber. Mais mon amour était trop fort. J'ai donc failli à la promesse faite à notre mère. Notre frère…

— C'est pas…, coupa sèchement Florie, le cœur battant à l'idée d'être démasquée.

— Laisse-moi parler, coupa à son tour Adèle. Édouard aussi a trouvé l'amour de sa vie et n'a pu résister à son âme sœur. Ce qui fait que si tu penses qu'un ou l'autre on te jugerait, advenant que tu sois tombée amoureuse de Jere…

— Non !

La voix claqua dans la pièce, opposant une fin de non-recevoir. Attristée par cette muraille impénétrable, la jeune brune délaissa la main crispée de Florie pour se relever, le visage fermé.

— D'accord. Si tu veux pas en parler, je respecterai ta décision. Mais tu peux choisir l'amour, personne ici t'en voudra, surtout pas moi !

En sortant de la chambre, Adèle ne sut jamais à quel point son discours avait ébranlé sa sœur, qui dormit à peine cette nuit-là. Au matin, sa décision était prise. Elle mettrait un terme à cette folie : Jeremiah Holland redeviendrait le fils du ferblantier, un point c'est tout. Ce n'était pas elle, Florie Gélinas, qui trahirait le serment fait le jour de ses dix-neuf ans !

— Qu'est-ce que tu en penses toi, Florie ?

— Hein ? Répète, Adèle, je pensais à autre chose.

— Ou à quelqu'un d'autre, aurait voulu corriger la plus jeune. Mais elle savait que sa sœur ne lui pardonnerait pas de revenir sur ce sujet. Ce qui fait qu'elle préféra répéter sa question :

— Il me semble qu'une fois que Ludovic sera retourné au village, on pourrait prendre quelques jours pour laver et peinturer l'ancienne chambre d'Édouard ?

— Euh…

Avant que Florie ne réponde, Laurent le fit à sa place.

— Non, j'ai pas le temps de faire ça moi. Ça fait qu'on va remettre ça plus tard !

— Bien je pourrais le faire moi, je vais avoir…

— Non. Je le ferai au printemps, je te dis.

— Moi, j'aime ça la peinture, fit la petite voix de Marie-Camille, occupée à enlever les croûtes de son pain.

Elle en profitait pendant que sa tante Florie ne semblait guère se préoccuper d'elle ce matin. Sinon, elle l'obligeait à en manger au moins deux sur quatre et *Beurk !* la fillette n'aimait pas les bouts secs du pain de ménage. Laurent lui jeta un regard hargneux et l'enfant plongea son nez dans son bol de lait, attendant qu'il ait le dos tourné pour lui tirer la langue. Cet oncle à la carrure d'athlète l'intimidait toujours un peu. Il lui parlait à peine et ne savait jamais comment la prendre. Elle préférait Léo qui la faisait rire avec ses phrases coupées au ciseau. Puis, lui, il ne se fâchait jamais quand elle posait une question ! Elle aimait mieux Ludovic aussi qui parlait peu, mais qui ne faisait pas des gros yeux comme son oncle, au moins. En plus, elle rêvait de toucher à sa joue pour voir si c'était encore chaud comme le feu. La fillette n'avait rien dit à son père, car il se fâcherait et lui dirait encore que c'était ir-res-pec-tu-eux. Elle comprit au coup d'œil de Laurent qu'il n'y aurait pas de peinture sous peu. Tant pis, elle demanderait encore à Adèle de dessiner avec elle dans son grand cahier de feuilles blanches. Au moins, elle, elle savait comment faire une maison ! Mieux que son papa qui dessinait comme un petit bébé. Les adultes autour d'elle étaient songeurs... Tous se demandaient pour quelle raison le cadet de la fratrie avait la mèche si courte depuis quelque temps...

À la beurrerie, l'humeur était morose en ce surlendemain de décès. James avait le cœur attristé à l'idée qu'il ne verrait plus le ferblantier l'accueillir chaque jour avec son sourire discret.

— *Something will be forever missing here*[24], songeait-il en jetant un regard de biais à son employeur et ami.

Éploré, Édouard songeait à la promesse qu'il avait faite à Henry avant sa mort. Retrouver son père... Vraiment ? Avait-il pensé avant d'ouvrir la bouche pour se pencher sur le mourant ? Comment pourrait-il faire avaler ce projet à ses sœurs et son frère ? Il réfléchissait donc à ça en attendant que James termine de sceller les boîtes de beurre pour l'épicerie Marquis. Depuis la réouverture, une semaine plus tôt, la grande primeur était que Louisette et Gérald Marquis ne faisaient plus venir leur beurre d'Ontario. Non, il avait été décidé qu'ils l'achèteraient à Édouard.

---

24 Quelque chose nous manquera à l'avenir, ici.

— J'ai hésité au début, avait expliqué le maître-beurrier à son employé, parce que c'est comme me voler un peu de ma clientèle, mais en même temps, madame Marquis m'a expliqué que c'était surtout pour les périodes où la beurrerie était pas ouverte.

— Il me semble que c'est rare ?

— Bien le nouveau magasin va être ouvert tous les soirs jusqu'à neuf heures, imagine-toi donc ! Ça fait que j'ai donné mon accord. De toute manière, pour faire un profit, ils le vendent deux cents de plus la livre, ce qui fait que les fermiers vont préférer venir ici *anyway* quand je vais être ouvert. Puis moi, je fais un petit profit aussi sur les ventes aux Marquis, même si c'est un peu moins qu'à la beurrerie. De toute manière, c'est un essai que je tente. On verra bien dans quelques semaines.

— En plus, si tu dis non…

— …ils vont retourner voir leur fournisseur ontarien ! Je serai pas plus avancé !

L'entente avait donc été conclue à la satisfaction de tous. Lorsque James lui tendit la boîte de bois avec les quinze livres de beurre, Édouard lui fit un piètre sourire.

— Je vais d'abord aller voir avec Jeremiah pour les derniers arrangements concernant les funérailles de… de… Henry, puis je vais porter ça chez Marquis.

Édouard se rendit à toute vitesse à la maison de Henry, devenue celle de Jeremiah. Il cogna un coup et entra comme il l'avait toujours fait.

— Oh, excusez-moi !

Étonné, il regarda le couple formé de Jeremiah et de Béatrice Dupuis s'éloigner l'un de l'autre. Il était pas mal certain d'avoir interrompu une accolade entre les deux.

D'ailleurs, le visage rougissant de la jeune femme, dont la tenue se devait d'être irréprochable si elle désirait conserver son poste de maîtresse d'école, parlait de lui-même. Le jeune brun fit mine de s'en retourner, mais celle-ci l'en empêcha.

— Restez, monsieur Gélinas, je partais. Je venais juste voir si... euh... monsieur Holland avait besoin d'aide pour les funérailles.

— Ah bon ! répondit Édouard qui ignorait que les deux étaient si proches.

Il la regarda longuement alors qu'elle s'éloignait devant la maison. Au moins, si Jeremiah avait une fiancée pour atténuer sa peine, il en serait heureux. Les journées à venir seraient sombres. Selon les dernières volontés du ferblantier, les funérailles du défunt seraient sobres et rapides.

CHAPITRE 9

Embrasement

Après une cérémonie sobre à l'église protestante de Labelle, les gens du village se retrouvèrent dans l'ancienne demeure du ferblantier pour terminer la soirée. C'est Louisette Marquis, bien sûr, qui demanda à Jeremiah ce que tous voulaient savoir.

— Je me demandais, mon bon monsieur Holland, avez-vous l'intention de rester vivre à Sainte-Cécile maintenant que votre père n'est plus ?

Les murmures s'estompèrent et un silence chargé de curiosité emplit la petite cuisine envahie par la visite tout de noir vêtue. Béatrice Dupuis et Florie furent les deux plus attentives à la réponse. Tout en déposant sur la table les tasses qu'il tenait à la main, le grand maigre haussa les épaules. Son visage laissait voir la fatigue du dernier mois, la détresse des derniers jours, la peine des dernières heures. Lui qui avait tant à partager encore avec Henry, voilà qu'il héritait de sa maison vide de sa présence.

— Bien sûr ! Sainte-Cécile, c'est chez moi maintenant. Personne m'attend *anywhere else*[25].

Un profond soupir de soulagement émana de Florie, alors que la plupart des villageois hochaient la tête avec

---

25 Ailleurs.

satisfaction. Évidemment qu'il resterait. La femme lança un regard inquiet autour pour s'assurer que personne ne s'était aperçu de son contentement.

— Donc, la forge restera ouverte ? demanda le vieux Côté.

— Oui. Forge et ferblanterie.

— C'est une bien bonne affaire ça ! J'avais peur d'être obligé d'aller à Labelle pour faire ferrer mes chevaux puis réparer ma machinerie.

Les hommes se remirent à discuter de vive voix. Le sujet du jour, outre la mort bien triste du ferblantier : l'arrivée prochaine de l'autoneige Bombardier commandée au printemps après le conseil de village. Le maire expliquait aux autres citoyens présents l'utilité de ce véhicule qui pourrait sauver des vies. Seul Alcide Constantin restait maussade, encore outré que la décision de cet achat ait passé au vote. Il imitait le maire sans vraiment se cacher et certains villageois s'éloignaient de lui, gênés de cet affront au magistrat que tous appréciaient.

— En tout cas, le garage en arrière de la salle paroissiale a été solidifié pour l'y installer. Je vous mens pas, j'ai presque hâte à la première tempête de neige pour qu'on puisse essayer cette machine-là !

— Je pense à ça, marmonna Alcide écrasé dans la chaise berçante, il va falloir un conducteur pour cette affaire-là ! Qui c'est qui va pouvoir faire cette *job*-là, on a tous nos fermes à gérer. C'est toujours bien pas vous, monsieur le maire, qui va le faire !

Il éclata d'un gros rire gras sous les regards indulgents des autres. Il avait quand même raison, le bonhomme Constantin, il fallait trouver un chauffeur !

— On va s'occuper de recruter quelqu'un avant la neige, ne vous inquiétez pas, monsieur Constantin.

— En tout cas, moi je pense que c'est le conseil qui devrait décider. Il faut quelqu'un d'assez brillant pour pas rentrer dans les bancs de neige.

Ce que le gros malotru ne disait pas, c'est qu'il espérait bien que son aîné, Anasthase, soit désigné par le conseil pour conduire la machine. Il commençait à être tanné de l'avoir dans ses pattes à longueur de journée. Depuis que sa femme était malade et inutile à la maison, il avait souhaité que son fils se trouve une fiancée puis s'en aille vivre de son côté. Mais non, ses gars plus jeunes avaient quitté la ferme, mais pas ses deux plus vieux. Comme Anasthase, l'aîné, avait les deux pieds dans la même bottine, zéro initiative et une tonne de paresse, Alcide Constantin avait bien l'intention de le faire rentrer comme chauffeur d'autoneige de Sainte-Cécile. Malheureusement pour lui, les choses ne se passeraient pas comme il l'aurait souhaité. Lorsque les Gélinas retournèrent à la ferme, ils remarquèrent tous le silence inhabituel de Florie. En fait, depuis la mort du ferblantier, elle parlait peu, ne souriait plus, et même les soirs de pratique ne l'égayaient guère puisque Jeremiah n'y participait plus.

— Veux-tu bien me dire ce qui se passe avec elle ? demanda Laurent en la pointant. Il attendait avec impatience que son repas soit sur la table.

Léo, à qui il s'adressait, haussa les épaules. Pour lui, la pause dans le discours souvent exalté de Florie faisait parfaitement son affaire. Il pouvait respirer sans craindre qu'elle ne l'apostrophe parce qu'il faisait trop de bruit ! Ludovic s'était de nouveau éloigné vers la grange lorsque la famille était revenue des funérailles, auxquelles il n'avait pas participé lui non plus.

— J'irai pas me montrer la face là ! avait-il répliqué à sa mère la veille.

Celle-ci n'avait pas insisté, en se demandant ce qu'il ferait lorsqu'il reviendrait s'établir au village.

— Il est toujours bien pas pour se cacher jusqu'à la fin de ses jours !

— Je m'en vais lui trouver un travail qui sera pas avec le monde…, avait répondu son mari, tout aussi soucieux.

La défiguration de son fils avait changé ses plans pour son plus grand malheur. Alors qu'il songeait depuis l'année précédente à quitter le magasin pour en laisser le contrôle à son aîné, voilà qu'il se retrouvait à la case départ. Son second fils, Maximilien, n'avait aucune intention de travailler à Sainte-Cécile. Il désirait poursuivre ses études à Saint-Jérôme et travailler comme menuisier par la suite… et idéalement, dans la grande ville de Montréal. Quant à son dernier fils, Georges-Arthur, même s'il n'avait encore que dix-sept ans, Gérald Marquis voyait bien qu'il faudrait plusieurs années avant qu'il ait la maturité nécessaire à la gestion de son commerce. Non, le feu avait vraiment gâché ses plans pour le futur proche. Adèle commença à éplucher des patates tout en jetant un regard de biais à sa sœur.

— Ça va, Florie ?

— Oui.

— Qu'est-ce que tu penses de ça toi, l'autoneige ? J'ai hâte en mosus d'essayer ça. Il paraît que…

Florie s'avança lourdement, posa sa main usée par les travaux sur le bras d'Adèle et chuchota à voix basse:

— Sais-tu quoi, je pense que je vais aller m'étendre un peu. Occupe-toi donc du souper, veux-tu ? Je me sens lasse tout d'un coup.

Bouche bée, la brune resta l'économe à la main en souhaitant presque une bonne engueulade avec sa sœur pour avoir l'illusion que tout était correct. Cette femme-là, éteinte et taciturne, lui donnait froid dans le dos. Trop longtemps elle avait vu sa mère dépressive attendre que la mort vienne la chercher pour ne pas avoir envie de brasser Florie. Pas vrai qu'elle aussi se laisserait mourir par amour. Elle avait beau n'avoir rien dit, il y avait des lustres que la cadette avait deviné les profonds sentiments qu'éprouvait sa sœur pour le jeune Anglais. Laurent sursauta aussi en entendant les paroles inhabituelles de Florie :

— Encore ? Coudonc, Florie, es-tu malade ? Ça fait deux fois en moins d'une semaine que tu vas te coucher avant le souper...

— Non, non, juste fatiguée.

Elle quitta la cuisine en traînant ses pantoufles jusqu'à sa chambre, dont elle referma la porte avec douceur. Tout l'inverse de la Florie normale ! Laurent et Adèle se jetèrent un regard inquiet. La jeune femme aurait bien aimé discuter avec Édouard de l'amour coupable que ressentait Florie envers le jeune ferblantier. Un amour qui la tuait à petit feu, qui la minait de manière insoutenable. Mais son frère était retourné à Saint-Damien avec sa fille.

— Si elle dort encore ici, Marie-Camille va penser que c'est sa maison, avait-il dit en souriant tristement.

Depuis le départ inattendu de son grand ami Henry, le maître-beurrier revivait les moments difficiles qui avaient suivi la mort de Clémentine. La recherche de sens dans tout ça, les questionnements avec les réponses qui ne viendraient jamais. Un besoin de solitude dans le confort de leur maison l'envahissait. Édouard s'était attendu à une répartie bien sentie de son aînée, mais elle n'avait fait que jeter un coup d'œil distrait à sa nièce avant de glisser sa main sur ses boucles. Le jeune homme avait lui aussi remarqué la morosité de Florie. Il l'avait mise sur le compte de la fatigue. Si seulement il avait su…

✻

Durant tout le mois de novembre et la première semaine de décembre, les répétitions de la chorale occupèrent Florie quatre soirs par semaine. Maintenant que le jeune Marquis était retourné vivre au village, Laurent avait retrouvé une joie de vivre, une légèreté qui faisait du bien à tous, surtout à Léo qui se demandait souvent pourquoi son ami avait été aussi abrupt avec Ludovic. Pourtant, lui trouvait que le jeune néophyte en matière d'agriculture et d'élevage s'en tirait plutôt bien. Il avait même eu peur un moment de perdre son travail. Mais il avait vite compris que Laurent n'aimait pas leur invité forcé. Jeremiah avait recommencé à se joindre à la chorale pour le plus grand bonheur de Florie… et son grand malheur. Lorsqu'il entrait dans la salle paroissiale, la saluait de son discret sourire, son cœur papillonnait et sa bouche s'asséchait. Elle avait beau prier chaque soir afin que Dieu la libère de cette passion inacceptable, la femme succombait de plus en plus au charme effacé du grand maigre. Lorsqu'il s'adressait à elle, en chantant presque son prénom, elle frémissait de l'intérieur, avait l'impression de se liquéfier sous son regard.

— *Flourie*, je peux reprendre ce passage ? demandait-il parfois, agacé par son manque de justesse.

— *Flourie*, voulez-vous m'accompagner s'il vous plaît ?

Alors la femme faisait semblant de rien, s'approchait de lui et humait son odeur. Elle posait ses lunettes de presbyte devant ses yeux, il remontait sa monture de myope sur son nez, et ensemble ils faisaient la plus belle mélodie… jusqu'à ce que Béatrice Dupuis se joigne immanquablement à eux. Pour Florie, il s'agissait du seul point négatif de la chorale. Une fois, elle avait marmonné à Louisette :

— Il me semble que la maîtresse d'école chante faux, tu trouves pas, toi ?

— Hein… non, moi je trouve qu'elle a une voix qui se marie parfaitement à celle des autres. Encore plus en duo avec Jeremiah, c'est comme magique quand ces deux…

— OK, OK, c'est bon, j'ai rien dit.

Depuis, Florie endurait la blonde, mais ne lui faisait pas de belles façons. De temps en temps, elle observait l'enseignante et le ferblantier chuchotant ou riant dans un coin. Ignorant délibérément la relation qui se développait sous ses yeux, son cœur se brisa en mille miettes un samedi matin du début décembre. Alors que la première neige tombée la veille peinait à rester sur le sol, le duo fit l'annonce tant crainte par la grosse femme depuis le rapprochement entre les deux jeunes gens. Jeremiah attendit la fin de la répétition, releva sa longue silhouette et annonça d'une voix tremblante…

— J'aimerais vous dire quelque chose à tous. Mademoiselle Dupuis et moi allons nous fiancer. J'ai fait…

La suite de son discours se perdit dans la brume pour Florie qui leur tourna le dos afin que personne ne puisse s'apercevoir de son désarroi. Elle le sentait, elle le craignait, maintenant, elle le savait. Son histoire d'amour jamais commencée finissait en cette journée froide de 1938. Elle termina de ramasser la salle sans jamais regarder directement le jeune homme qui tentait d'accrocher son regard. Même si Béatrice était plus jeune, plus mince et plus instruite, il avait toujours conservé un petit espoir qu'un jour, son attirance pour Florie

Gélinas soit réciproque. Il avait cru, un moment avant la mort de son père, qu'elle aurait accepté qu'il la fréquente. Puis le seul baiser échangé avait signé la fin de cette relation avant même qu'elle ne débute. Soucieux de ne pas tendre l'oreille aux ragots concernant une promesse que les enfants Gélinas avaient faite à leur mère mourante, il avait tout de même dû se rendre compte que ce qu'il avait pris pour un attrait amoureux n'était rien de plus qu'une amicale affection de sa part.

— Euh… Florie ?

— Oui. Je vous félicite, Jeremiah. Bon, c'est bien beau tout ça, mais il faut vraiment que je me dépêche de rentrer, les saucisses se feront pas toutes seules !

— Mais Florie, tu m'avais pas dit que tu venais dîner avec moi puisque j'étais seule avec Ludovic ? interrogea Louisette avec un air d'incompréhension sur le visage.

L'aînée des Gélinas réussit probablement le meilleur jeu d'actrice de sa vie. De mémoire, jamais elle n'avait menti avec autant d'aplomb qu'en ce sombre matin de décembre, alors que son cœur venait de s'écrouler à ses pieds. Elle leva un regard désappointé vers son amie en haussant les épaules. Tous les choristes étaient partis les uns après les autres, James venant de refermer la porte derrière lui.

— Ma pauvre Louisette, je sais pas ce qui m'a passé par la tête de te dire ça ! Tu sais bien que j'aurais pas mal plus envie de rester au village avec toi que d'aller mouliner de la viande, puis faire chauffer du sang de cochon. Mais qu'est-ce que tu veux, on a pas tous la chance d'avoir quelqu'un qui fait nos rôtis puis notre boudin !

Cela dit d'un ton souriant, avec un clin d'œil pour bien montrer que ce n'était pas un reproche, mais juste un constat. Louisette, incertaine sur le comportement à adopter devant une Florie aussi mielleuse, décida d'être compréhensive.

— C'est bien correct, je comprends ça, mon amie.

Elle regarda le nouveau couple se vêtir chaudement et avant que Florie n'ait pu dire un autre mot, la femme rousse s'approcha d'eux avec un sourire de coyote devant un lièvre bien dodu.

— Bien d'abord, vous deux, venez donc dîner avec moi et Ludovic! Non, non, j'accepterai pas un refus! Après tout, il faut fêter ça ces fiançailles-là, hein, Florie?

La rancœur plein la tête, la tristesse plein le cœur, Florie continua son jeu de rôle en hochant la tête avec une telle vigueur qu'une mèche noire se détacha de son chignon.

— Excellente idée. Bon, j'y vais moi! Je vais passer à la beurrerie pour avoir un *lift* de mon frère.

Ce fut finalement James qui la raccompagna, sans dire un mot puisqu'il sentait la femme désemparée. Elle n'avait même pas protesté lorsque Édouard lui avait fait savoir qu'il ne pouvait délaisser son Saint-Clément pour aller à la ferme. James s'était offert en hésitant, certain de subir une rebuffade, mais Florie s'était contentée d'accepter avec un faible sourire. C'est dire à quel point l'annonce du matin l'avait bouleversée.

Elle arriva à la ferme, remercia son chauffeur distraitement et se dépêcha de se faufiler dans sa chambre, profitant de l'absence de tous dans la cuisine. Elle n'avait pas envie d'expliquer son arrivée imprévue. Une fois la porte close, Florie détacha doucement les boutons de sa veste de laine, le regard hagard. Elle défit son chignon, laissant ses boucles deux couleurs flotter sur ses épaules. Soulevant son épaisse couette de plumes, elle se glissa dans son lit sur le dos et y resta longtemps, les yeux fixant le plafond de bois. Elle vit défiler toute sa vie depuis le départ de son père Antoine, de sa promesse à sa mère Rose jusqu'à aujourd'hui. Son âme chagrinée pleurait la jeune fille, la femme qu'elle avait été. Jeremiah Holland avait été un rêve qui se transformait en cauchemar. Les larmes silencieuses coulèrent longtemps sur ses joues. Lorsque quatre heures sonnèrent à l'horloge, Florie prit alors la décision de ne plus jamais se laisser faiblir au point de pleurer des journées entières. Cette femme-là n'était plus. L'ancienne Florie reprendrait ses droits.

— Maudite marde, elle a retrouvé son caractère de cochon! marmonna Laurent à Adèle qui venait de se faire apostropher par sa sœur parce que les fèves au lard ne seraient pas prêtes à cinq heures et demie comme elle le souhaitait.

Adèle approuva d'un signe de tête.

— Je me disais la même chose. On a eu une accalmie depuis le début de la chorale, mais là, on dirait bien que le naturel est revenu au galop!

— Bien moi, j'ai pas le goût qu'elle recommence à m'obstiner puis à me mener comme un enfant. Ça fait que je vais lui dire ma façon de penser astheure!

Laurent fronça les sourcils et ses yeux bleus se plissèrent un peu. Son visage avait perdu de son arrondi d'enfant, mais il resterait toujours avec un air poupin qui faisait soupirer bien des jeunes filles du village. À vingt-cinq ans, il aurait été temps qu'il se trouve une épouse, selon toutes celles qui l'espéraient. Mais malgré sa promesse d'enfant qui lui servait de paravent, personne n'aurait compris que l'attrait de Laurent pour la gent féminine se situait sous zéro. Il observait les femmes du village avec curiosité tel un animal sauvage. La seule personne à l'émouvoir profondément vivait sous son toit et l'accompagnait dans toutes ses aventures. Depuis le départ de Ludovic, Laurent savourait les moments passés avec Léo. Il partait enjoué le matin, revenait satisfait le soir et se couchait... hanté par le corps mince et musclé de son ami. Parfois, il savait que son regard s'attardait trop longtemps sur Léo, et celui-ci le regardait alors d'un air curieux :

— Qu..qu'est-...ce qu'il... y... a... Laur..Laurent ?

— Hein, oh rien, j'étais dans la lune.

Il rougissait alors en se détournant rapidement pour cacher son embarras. Si ses sœurs et son frère avaient soupçonné ce désir qu'il ressentait pour un homme, il n'avait aucun doute qu'il se verrait à son tour exclu de la famille. Quoique parfois, il doutait que son frère et sa sœur Adèle soient à ce point catégoriques. Laurent savait que la journaliste avait eu une relation avec son rédacteur en chef, quelques années plus tôt. Il le savait, car un jour de colère, Florie l'avait traitée de prostituée sous les hoquets de surprise du reste de la fratrie. Mais il ignorait la raison de l'arrêt de cette fréquentation, si ce n'était qu'Adèle n'avait pas voulu trahir sa promesse. D'ici deux semaines, Léo retournerait à Saint-Damien pour le temps des fêtes. Il resterait alors quelques jours avec sa mère et comme à chaque année, Laurent s'ennuierait de sa présence au point de tourner et retourner toute la nuit dans son lit. Son besoin de Léo était devenu viscéral avec les années, et à l'occasion, il devait s'éloigner dans le bois afin de hurler son désespoir.

— Veux... veux..-tu qu'on ... pose... des... pi..pièges... aujour..

— Oui, ça me tente. On a fini la grande boucherie ça fait un bout, les clôtures sont solidifiées pour l'hiver ; ça fait que ma sœur pourra pas trouver rien à y dire. De toute manière, même si elle veut pas, on ira pareil!

Léo lui fit ce sourire qu'il ne décernait qu'à Laurent. En fait, Léo était si timide qu'il souriait peu, sauf parfois le samedi soir lorsque Bérangère Barnabé le croisait au magasin général. Alors, il rougissait et souriait comme un idiot, se disait-il parfois. Mais la jolie brune lui chavirait le cœur et s'il avait eu le courage, il lui aurait demandé depuis longtemps s'il pouvait la fréquenter. Toutefois, il lui faudrait plus qu'un gentil sourire pour trouver la volonté de se déclarer. Si seulement il pouvait demander conseil à son ami! Mais sans savoir pourquoi, Léo ne se sentait pas à l'aise de discuter femmes avec Laurent. Sûrement parce que la promesse faite par les quatre enfants Gélinas lui inspirait autant de respect que d'aversion. Il n'aurait jamais pu le faire. Comment résister à l'attirance pour le corps féminin? Léo rêvait du jour où il pourrait faire l'amour à une jeune femme, mais parfois il se disait que ce moment ne viendrait jamais puisqu'il n'était même pas capable d'aligner cinq mots pour faire une phrase. Pendant l'après-midi, les deux jeunes hommes se dépêchèrent d'expédier leurs tâches pour aller tendre des collets près du lac Mauve. En silence, éblouis par la première vraie neige de décembre, ils s'encourageaient en murmurant pour être certains que les bêtes ne les entendent pas.

— Ici... regarde les traces, je pense que ça irait, qu'en dis-tu, Léo?

L'autre hocha la tête en enfonçant plus profondément sa tuque sur ses yeux. Au contraire de son ami, il était gelé la moitié de l'année. Quand il avait bu un petit coup, il ricanait en disant que c'était parce que Laurent avait une couche de graisse comme un phoque du Grand Nord. L'autre répliquait en lui disant qu'au moins, il n'était pas bâti sur un *frame* de chat! Ils aimaient bien se taquiner comme deux frères; enfin c'était l'avis de Léo. Ce dernier mit des petites branches de sapin afin de s'assurer que l'animal ne bifurquerait pas de son chemin. Il s'assurait ainsi une prise pour le lendemain. La nuit s'annonçait froide, donc prometteuse, car les lièvres allaient courir jusqu'au matin pour éviter de mourir gelés. Malheureusement, quelques-uns finiraient plutôt en civet!

Au retour, alors que les deux hommes s'entretenaient des événements à venir au village pour le temps des fêtes, Laurent suggéra d'aller terminer de mettre le vernis sur la table de chevet qu'il prévoyait donner à Adèle pour Noël. Toujours partant pour des travaux de menuiserie, Léo lui fit un sourire qui affaiblit les jambes de son ami. Dans la grange, les deux compères se réchauffèrent un peu. L'air n'y pénétrait guère puisque les frères Gélinas avaient, tout au long des années, calfeutré les trous afin d'avoir un environnement de travail hivernal le plus confortable possible.

— Enf... en..fin... j'ét..tais ge..ge..lé!

— On sait bien!

Laurent poussa son ami en riant. L'autre fit mine de se mettre en position de combat et le blond continua de rire:

— Parce que tu penses que tu es de taille, Léo Villemarie!

Avant même que l'autre n'ait pu réagir, Laurent le prit par la nuque et le bascula de côté dans une grosse meule de foin. En riant, Léo tenta d'esquiver les attaques et finalement, les deux se tiraillèrent de longues minutes comme des enfants. Puis à un moment donné, lorsqu'ils furent à bout de souffle, Laurent arrêta de bouger, le corps plaqué contre celui de son ami. Il cherchait son air, alors que Léo riait encore en tentant de se dégager du corps robuste.

— Léo… chuchota Laurent.

Avant même de s'en rendre compte, il enfouit son visage dans le cou de l'autre qui fixa le toit de la grange sans savoir que faire. Il était trop faible pour se dégager si Laurent ne l'aidait pas. Croyant que son immobilité signifiait son accord, le jeune Gélinas tourna son visage afin que sa bouche atteigne celle de son ami. Aussitôt, Léo sursauta et le repoussa de toutes ses forces. Pour la première fois de sa vie, il parla sans bégayer :

— Qu'est-ce qui te prend ? Es-tu malade ?

La honte s'installa aussitôt dans le cœur et la tête de Laurent qui cacha son visage dans ses mains. Il ne savait que répondre à l'amour de sa vie. L'amour impossible qui venait de rejeter ses avances qu'il n'avait pas prévu du tout. Comment pourrait-il jamais regarder de nouveau Léo Villemarie en pleine face ? Il l'ignorait. Se détournant en vitesse, le jeune engagé se remit debout, secoua les brins de paille accrochés à ses vêtements et enfila son lourd parka brun. Il sortit de la grange sans dire un mot alors que Laurent restait assis, la tête entre les mains.

— Qu'est-ce qui m'a pris ? Oh… mon Dieu, s'il en parle à la ferme ? J'ai juste eu un moment de folie, il va bien falloir qu'il comprenne ça !

Ne sachant plus comment se défaire de cette attirance, de ce désir secret et impossible, Laurent se mit à l'ouvrage, jusqu'au souper. Il réussit à ne plus penser, à même croire que son geste n'aurait pas de réelles conséquences.

— Une fois que j'aurai expliqué à Léo que c'était involontaire, tout va redevenir comme avant, c'est sûr.

Presque revigoré à cette pensée, Laurent finit de nourrir les bêtes avant de retourner lui aussi à la maison. En cognant ses bottes contre le sol avant de pénétrer dans la cuisine d'été, maintenant condamnée et ne servant qu'à entreposer des meubles, il aspira une profonde bouffée d'air froid pour se donner du courage. Il recommença à imaginer le pire : Florie et Adèle l'attendant dans la maison avec des airs outragés sur le visage. Léo avec sa valise sur le pas de la porte… Sachant qu'il ne pouvait retarder le moment indéfiniment, Laurent fit du bruit en arrivant, pour montrer que tout était normal. Il se plaqua un sourire sur le visage… jusqu'à temps de s'apercevoir que la pièce était vide. Ses épaules s'affaissèrent de soulagement. Il ferma les yeux quelques secondes pour savourer la chaleur ambiante. Un coup d'œil sur la grosse horloge de bois sur le comptoir lui annonça qu'il n'était que cinq heures.

— J'ai le temps d'aller me reposer un peu avant le souper. Je pense que je vais faire ça.

Mais au lieu de se diriger vers l'escalier pour monter à sa chambre, Laurent continua jusqu'au salon en pied de bas, tentant de faire le moins de bruit possible. Il voulait vérifier si Léo ne l'attendait pas pour faire une partie de cartes. Peutêtre qu'après tout, il s'était imaginé la réaction de Léo pire qu'elle ne l'était vraiment ? Laurent étira le cou pour constater que la pièce était vide. Le piano, la table de courtepointe et la table de Tocs, rien d'autre. Soulagé malgré tout, il monta à sa chambre.

— Laurent, Léo, on soupe ! cria Florie.

Sortant d'un sommeil profond, Laurent mit quelques instants à se rappeler les événements de l'après-midi. Il gémit en plongeant son visage dans son oreiller. Il craignait plus que tout de devoir affronter le regard dégoûté de Léo.

— J'arrive, cria-t-il à son tour.

Il mit quelques secondes à se rhabiller et glissa ses pieds dans ses pantoufles de cuir. Faisant semblant de rien, il descendit l'escalier en souhaitant au moins ne pas y rencontrer son ami. Mais en arrivant à la cuisine, il constata que Léo était déjà assis, dos à lui.

— J'ai lu ce matin que le docteur Armand Frappier vient d'ouvrir son institut dans la région de Montréal. Ça s'appelle l'Institut de microbiologie et d'hygiène de Montréal* puis...

— ...puis c'est pas mal ennuyant comme nouvelle, tu trouves pas, mon Léo ? coupa Florie de nouveau acerbe.

Adèle, blessée, se détourna du fourneau pour s'approcher de sa sœur afin de lui dire sa façon de penser. Mais le jeune engagé l'incita à continuer:

— Il... il va fai..faire... quoi dans... ce... cet ...insti..titut ?

— Eh bien, ils vont tenter de mettre au point des vaccins contre certaines des maladies les plus graves. La tuberculose, la diphtérie..., continua donc Adèle en jetant un regard narquois vers son aînée qui avait de nouveau ses petites lèvres pincées. Elle allait poursuivre lorsqu'elle aperçut Laurent hésitant sur le seuil.

— Oh, mon frère, bien dormi ?

— Oui. J'en avais besoin, faut croire !

— Bien chanceux d'avoir le temps de dormir en plein jour en tout cas...

Personne ne releva le commentaire maussade de Florie qui déposa sèchement la grosse jarre de fèves au lard sur la table. Laurent s'avança avec toute l'indifférence qu'il pouvait démontrer même si son cœur voulait sortir de sa poitrine. Maintenant qu'il avait senti le corps élancé de son ami contre lui, il en voulait encore plus. Mais la nuque tendue de Léo, ses épaules arrondies démontraient une tout autre envie. Celle de fuir la pièce au plus vite. Pourtant le jeune Villemarie fit mine de rien lorsque le cadet de la famille prit place à ses côtés.

— Avez-vous eu le temps de poser vos collets ? demanda Florie avec gourmandise.

Depuis l'arrivée du jeune engagé, six ans auparavant, leur menu quotidien s'était grandement amélioré. Grâce à ses connaissances sur la chasse, les pièges et les proies à traquer, il ne se passait guère une semaine sans qu'un petit gibier finisse sur la table des Gélinas.

— Oui… douze ! dit Léo avec satisfaction.

— Je pense que demain on pourrait aller les relever tout de suite après la traite… Qu'en penses-tu ? questionna Laurent en regardant son ami directement pour la première fois depuis leur étreinte de l'après-midi.

Dans ce regard, il fit passer toutes les émotions qui l'enva-hissaient : le regret, la culpabilité, la crainte… Léo lui retourna son regard sans hésiter. Il le fixa comme si de rien n'était, comme si tout était oublié. Le blond inspira profondément, réalisant peut-être qu'il n'avait pas gâché leur amitié. Peut-être que Léo comprendrait que la fatigue, l'épuisement lui avaient fait poser un geste inadéquat. Un léger sourire sur les lèvres, Laurent attendit la réponse de son ami.

— Oui… on… pou..pourrait.

Après ces quelques mots, la tension se dissipa et Laurent en oublia presque les sentiments qui l'habitaient. Son ami lui avait pardonné. Un jour, il tenterait peut-être de lui expliquer son égarement, mais pour l'instant, lui-même n'arrivait pas à se l'expliquer.

Pendant quelques heures, les quatre adultes disputèrent

une sérieuse partie de cartes, jusqu'à ce que Florie lance son paquet en disant qu'ils étaient tous des tricheurs et qu'elle ne perdrait pas son temps à jouer avec du monde de même !

— Je m'en vais me coucher.

Adèle la suivit peu après, ainsi que Léo qui ne désirait pas rester seul avec Laurent. Longtemps après leur départ, ce dernier fixa la route au loin en fumant sa pipe. Il revoyait le corps étendu de son ami, se prenait à croire qu'il pourrait le dévêtir avec son accord. Puis, il secoua la tête pour s'enlever ces images impures dans la tête. Depuis quelque temps, il savait que jamais il ne serait attiré par les femmes. En fait, il le savait depuis le premier séjour de Léo à la ferme, avant même le mariage d'Édouard. Mais avoir goûté à sa peau, après s'en être empêché depuis quatre ans, n'avait fait que raviver son désir de toucher toutes les autres parties de son corps. Laurent gémit en fermant les yeux. Son visage rond, toujours enfantin, était tendu par l'enfer que ses sens lui faisaient vivre.

Florie, qui ne pouvait guère imaginer ce que vivait son frère cadet, avait quant à elle fait une croix définitive sur une relation avec Jeremiah Holland. Elle réussissait même à se convaincre qu'elle s'était imaginé des affaires. Avec Louisette, elles se virent tous les matins de décembre pour préparer le spectacle de la chorale du 24 décembre 1938. Pendant ces rencontres, les femmes élaboraient la liste de chants et réussissaient à s'entendre sur presque tout, sauf les duos.

— Moi je trouve que ça ferait *cute* qu'on fasse chanter Jeremiah et Béatrice ensemble. La chanson *Nous voulons marcher dans l'amour* est faite pour eux.

Depuis qu'elle côtoyait les deux anglophones, la commerçante utilisait l'expression avec fierté. « Ils sont *cutes*, hein ? C'est donc bien *cute* ! » Son amie grimaça en l'entendant.

— Non, répliqua-t-elle sèchement avant de se reprendre plus doucement. En fait, il me semble que c'est bien cliché comme idée, tu trouves pas ?

Blessée par la remarque, Louisette serra la mâchoire en faisant semblant de nettoyer la table vierge de détritus ! Son amie voyait bien que son air indiquait son mécontentement, alors elle choisit un moindre mal pour aplanir leur discorde.

— Peut-être que toi tu pourrais la faire avec Jeremiah par contre. Tu as une voix pas mal plus juste que la maîtresse d'école. Je trouve que pour le concert de Noël, il faut que tout soit parfait. Comme ta voix !

Relevant ses larges épaules en bombant le torse de fierté, la rousse tomba sans mal dans le piège tendu par Florie. Il était facile de faire changer d'avis la commerçante, juste besoin d'un peu de flattage dans le bon sens du poil !

— Ouin, on pourrait faire ça de même. Dans le fond, tu as raison, mettre le couple ensemble c'est évident que tout le monde s'attend à une telle idée. Puis toi, tu pourrais chanter avec James…

Depuis l'arrivée du Noir dans la chorale, Florie éprouvait pas mal de difficultés à décider de ses sentiments envers l'homme. Chaque fois qu'elle le regardait, qu'elle l'observait, elle avait l'impression que sa peau sombre lui criait sa différence, son potentiel de danger. Mais lorsqu'il se mettait à chanter, les frissons lui parcouraient le corps et comme tout le monde, elle tremblait, happée par le charme, la beauté du timbre et la puissance de la projection de sa voix. L'homme lui semblait alors le plus beau qu'elle ait jamais vu. Louisette lui avait chuchoté, un jour lors d'une répétition :

— Ferme ta bouche, ma Florie, tu vas avaler des mouches !

Mais de là à s'afficher en duo avec l'homme, il y avait un

pas qu'elle n'était pas certaine d'avoir envie de franchir. Elle répondit sèchement à son amie:

— Je sais pas si ça me tente. On verra plus tard.

— D'accord. En attendant, je te relis la liste de nos chansons pour être certaine: *Jésus est vivant, Les anges dans nos campagnes, Pour que l'amour règne sur la Terre, Depuis longtemps tu nous aimes* – qui est ma préférée de toutes, précisa Louisette. Elle vint pour continuer lorsque Ludovic arriva dans la cuisine.

— Oh, vous êtes là !

Ludovic voulut s'en retourner sans un autre mot, mais sa mère, d'un ton faussement enjoué, l'en empêcha. Elle se leva du plus vite qu'elle put, son lourd corps l'handicapant, et l'agrippa par le bras.

— Viens donc dire bonjour, mon Ludo. Fais pas ton sauvage, c'est pas comme si tu connaissais pas Florie, hein ?

Le garçon regarda sa mère avec indifférence et s'avança vers l'autre. Il ne sourit pas, mais fit au moins l'effort de saluer Florie. Celle-ci, toujours inconfortable en présence de l'adolescent depuis qu'elle lui avait demandé de quitter la ferme, marmonna:

— Ça va bien ? J'espère que tu aimes ton travail au magasin.

Le regard noir qui lui fut renvoyé la fit rougir aussitôt. Elle se traita d'idiote: le jeune avait bien dit qu'il haïssait travailler dans le commerce de ses parents. Louisette, faisant semblant de ne rien voir de l'inconfort entre les deux, tira une chaise.

— Tiens, assied-toi donc avec nous autres une minute. Tu vas au moins manger une toast avant d'aller au magasin.

— Non. Papa m'attend pour dix heures.

— Il va rien dire, t'en fais pas. Allez, assis, assis...

Florie eut envie de dire à son amie que son fils n'avait pas trois ans. Depuis l'incendie, Louisette Marquis le traitait comme si c'était une partie de son cerveau qui s'était enflammée au lieu de son visage. Elle lui parlait comme à un enfant et si le jeune ne disait jamais rien, c'est simplement parce qu'il ne l'écoutait guère. D'ailleurs, avant même que sa mère pose le pain sur le four, il était ressorti de la pièce sans rien dire.

— Bien voyons... Ludov... commença-t-elle.

— Louisette ?

— Veux-tu bien me dire où il est passé ? Donne-moi deux minutes, je...

— Louisette, je pense que ton fils veut juste la paix !

Bouche bée, la grosse rousse se figea, puis fit deux pas pour se planter devant l'autre qui recula sur sa chaise. Les mains sur les hanches, Louisette siffla entre ses lèvres fermées :

— Écoute-moi bien toi, Florie Gélinas, t'es pas pour me donner des conseils sur comment élever mon fils ! Aux dernières nouvelles, t'as jamais eu d'enfants, ça fait que tu peux laisser faire tes maudites opinions !

Inspirant bien fort, Florie se releva doucement, mit ses mains dans ses poches de jupe pour éviter de sacrer une claque à son amie et alla à la porte pour prendre son manteau accroché au mur. Elle ne dit pas un mot, glissa ses pieds dans ses grosses bottes de poil, cacha ses cheveux sous son chapeau de laine et sortit de la maison sans saluer Louisette. Avant qu'elle ne remette les pieds chez les Marquis, elle attendrait des excuses fort méritées !

CHAPITRE 10

Florie, Louisette et petits désagréments !

Quand elle arriva à la beurrerie, Florie enrageait encore, les mains enfouies dans son manchon de fourrure. C'était un mardi matin et le commerce de son frère fonctionnait à plein régime. Le patron et son employé tentaient depuis le matin de réparer la centrifugeuse principale qui refusait de s'arrêter au bon moment. Édouard se faufila derrière le comptoir lorsqu'il entendit la cloche d'entrée.

— Tiens, Florie, qu'est-ce que tu fais ici ? Je pensais qu'Adèle venait te chercher vers midi.

— Oui, bien j'ai changé mes plans et j'aurais besoin que tu viennes me reconduire à la ferme.

Édouard soupira. Il lui faudrait faire comprendre à son aînée qu'elle ne pouvait débarquer à la beurrerie à tout bout de champ en demandant qu'il laisse tomber son ouvrage pour atteler son cheval. Florie avait son air des mauvais jours, mais tant pis, le maître-beurrier ne s'occupait plus de ce que pensait sa sœur depuis longtemps.

— Impossible maintenant, Florie. Je dois réparer ma centrifugeuse et je dois finir d'emballer mes livres de beurre. Ça fait qu'il va falloir que tu prennes ton mal en patience.

— Bien là !

— C'est ça. Tu peux t'asseoir ici, dit-il en pointant le banc de bois ou bien venir nous aider. Mais pas question que je parte avant midi.

— C'est dans deux heures ça, Édouard !

— Oui, je sais. Bon, à tantôt.

Il retourna dans la pièce attenante sans plus s'inquiéter de Florie. Cette dernière marmonna contre l'impolitesse et la mauvaise foi de son frère avant d'ôter son lourd manteau. Elle le déposa sur le banc derrière elle et hésita quelques secondes.

— Bon, tant qu'à être ici.

Se dirigeant vers la chambre de fabrication, elle sursauta en voyant James, les bras plongés dans le bassin de lait. Sa peau d'ébène contre le liquide blanc la rendait mal à l'aise. Elle détourna donc le regard pour dire à son frère :

— Dis-moi donc ce que je peux faire. Tu sais bien que je suis pas pour rester comme une dinde pendant deux heures !

Alors sans même s'en rendre compte, Florie prit un tel plaisir à accomplir les tâches suggérées par son frère qu'au bout d'une heure, elle chantonnait faiblement. Édouard et James se lancèrent un regard entendu et respirèrent un peu mieux. La crise avait été évitée ! La dispute entre les deux amies perdura quelques jours avant qu'Adèle ne s'occupe de la situation, elle qui comptait sur l'absence de Florie tous les matins pour terminer son cadeau de Noël. Elle était en train de confectionner une robe à sa sœur, avec un tissu solide, mais féminin. Une robe qui devrait faire son bonheur puisqu'elle n'arrêtait pas de se plaindre qu'elle n'avait rien de potable à se mettre sur le dos !

— Veux-tu bien me dire pourquoi tu vas plus chez Louisette ? Il me semble que vous deviez préparer le gros spectacle. C'est toujours bien dans moins de dix jours.

— Laisse donc faire. Il faut que j'avance mes courtepointes que j'ai délaissées. Puis en plus…

— Bon, coupa Adèle, dis-moi pas que vous vous êtes encore chicanées ?

Habituée aux disputes fréquentes entre les deux femmes de caractère semblable, Adèle sourit légèrement à Florie. Toutefois, cette dernière se tourna vers elle, délaissant momentanément sa crème de carottes, pour lui cracher :

— Pas question que je travaille de nouveau avec elle avant qu'elle s'excuse !

— S'excuse de quoi ?

Adèle continua à désosser un gros poulet en attendant une réponse qui ne vint pas. Elle se tourna donc vers Florie qui essuyait des larmes silencieuses. Frottant ses mains sur son tablier, la cadette se dépêcha vers sa sœur pour la prendre dans ses bras. Depuis l'annonce du mariage de Jeremiah Holland et de Béatrice Dupuis, elle avait une affection renouvelée pour sa sœur qui avait vécu les conséquences de la promesse faite à Rose pour la première fois de sa vie. Une fragilité nouvelle s'était installée chez son aînée et Adèle ressentait au plus profond d'elle-même sa détresse.

— Viens donc t'asseoir, ma Florie.

— Non, non, je suis correcte. Ouvre la radio à la place.

Adèle refusa d'un signe de tête et tira la main de sa sœur vers la chaise berçante.

— Parle-moi, j'aime pas ça quand tu as de la peine de même.

Avec cette simple phrase, Adèle ouvrit les vannes d'un barrage gigantesque. Les larmes coulaient sur les joues rouges de Florie et plus elle tentait de les arrêter, plus elle pleurait. À travers ses hoquets, ses sanglots, elle parvint à expliquer la cause de sa dispute avec Louisette.

— Je... voulais... snif ! snif !... juste qu'elle comprenne... que Ludovic voulait être tranquille.

— Je sais, ma Florie, je sais.

— Mais peut-être que comme d'habitude, tes mots choisis étaient malhabiles, pensa Adèle en s'apitoyant sur sa sœur complètement bouleversée. Même si la peine qu'elle avait concernait en partie sa chicane avec sa seule amie, la jeune brune savait bien que le deuil de l'amour, la perte de l'espoir ajoutaient au chagrin de sa sœur. Puis elle ne s'était pas remise vraiment du départ forcé de Ludovic Marquis, qui tenait une place spéciale dans son cœur. La détresse du jeune homme, lorsqu'il s'était vidé de sa rage en mentionnant son visage, avait ému Florie comme une mère.

— J'ai peut-être pas d'enfants, mais je vous ai élevés comme les miens. Ça compte quand même, hein ?

— C'est bien certain, ma Florie. On aurait pas pu demander mieux comme mère de remplacement !

Adèle leva les yeux au ciel pour s'excuser de son petit mensonge. Rose Gélinas ne lui en voudrait pas ! En même temps, il était vrai que personne ne les aimait comme Florie. Parfois mal, mais de tout son cœur. Alors Adèle tenta de trouver avec elle une solution pour que le concert de Noël ait tout de même lieu.

— Si tu essayais de t'expliquer avec Louisette. De lui dire exactement ce que tu m'as dit hein ? Lui expliquer ton sentiment calmement ?

Les bras croisés sur sa poitrine, Florie avait retrouvé son air maussade des mauvais jours. Oubliées, les larmes ; oubliés, les aveux. Ce n'est pas elle qui ferait les premiers pas. Après plusieurs minutes de pourparlers, Adèle abdiqua, sachant qu'elle devrait tout tenter pour éviter que sa sœur ne redevienne invivable comme dans les premiers temps du mariage d'Édouard et Clémentine. Lorsque Florie était choquée, cela pouvait durer des semaines pendant lesquelles elle bardassait les autres sans aucun égard pour leurs sentiments. Le soir venu, quand tous furent au lit, Adèle prit sa plume, son plus beau papier et confia à Louisette Marquis la peine de sa sœur :

Comme vous le savez, chère Louisette – yark ! pensa Adèle en se résignant à beurrer épais comme dirait sa sœur –, *Florie nous a tous élevés, en se sacrifiant pour nous. Lorsque votre gentil Ludovic* – double yark ! – *est venu vivre ici après son accident, elle s'est attachée à lui, plus qu'elle ne l'avouera à personne. Alors de le sentir malheureux, triste, l'aura tant peinée que ses mots ont dépassé ses pensées. Je sais qu'elle souhaiterait plus que tout recommencer à discuter du concert de Noël, mais elle craint votre réaction devant ses paroles. Alors si jamais vous trouvez dans votre cœur l'espace pour lui pardonner, sachez qu'elle serait prête à vous accueillir à bras ouverts.*
Adèle Gélinas.
PS: Il vaut mieux ne pas lui parler de cette lettre, car elle n'a jamais toléré que quiconque se mêle de ses affaires. Mais la sachant si triste loin de vous, je me dois de passer outre ses désirs.

Le matin du jeudi 15 décembre, Florie traîna ses pieds dans ses grosses pantoufles pour faire le déjeuner des deux hommes. Ils avaient prévu le retrait des collets dans la matinée et avec le froid annoncé, pas question qu'ils partent le ventre vide. Mais depuis sa dispute, et l'arrêt des répétitions, la femme errait tout au long de la journée comme une âme en peine, cherchant des tâches qui rempliraient le vide. Quelques instants plus tard, lorsque Adèle se montra le bout du nez, elle fut surprise de la voir déjà vêtue.

— Où vas-tu ce matin coudonc ?

— Je vais aller donner un coup de main à Édouard et James. Avec le temps des fêtes et la popularité de ses deux fromages, ils ne fournissent plus.

— Tu fais bien. Je pourrais y aller moi aussi dans le fond. J'ai pas haï ça l'autre fois les aider avec le beurre et le fromage. Oui, je pense que...

— Ça serait mieux pas, ma Florie.

— Qu'est-ce que tu veux dire par là ? grommela l'aînée en cessant de bouger.

Adèle chercha vite un prétexte pour éviter que sa sœur ne descende avec elle au village, puis elle trouva.

— En fait, je pense qu'on devrait se relayer parce que l'espace n'est pas suffisant pour quatre personnes dans l'atelier. Enfin, c'est ce que je crois parce que...

— C'est vrai que c'est pas grand, grand cette beurrerie-là !

À la pensée de côtoyer James de trop près, Florie préféra suivre le conseil de sa sœur. En présence de cet homme, toutes ses convictions étaient chambardées et ce matin, elle n'avait pas besoin d'être encore plus mélangée que la veille. Elle n'était pas attirée par le Noir, mais Florie avait toujours cru qu'il représentait le danger, ce qui, elle devait maintenant en convenir, était loin de la vérité. La veille, la grosse femme avait croisé une des choristes au bureau de poste et celle-ci s'était empressée de lui demander à quel moment serait la prochaine répétition de la chorale, car le concert de Noël approchait à grands pas.

— Comme si je le savais pas, marmonna Florie pour elle-même. Mais c'est pas de ma faute si l'autre a une tête dure comme de la roche.

Pendant que les femmes buvaient leur café bien chaud, Laurent et Léo étaient déjà revenus de l'étable les joues rougies par le froid. Frissonnant, ils ôtèrent manteau, foulard et tuque avant de frotter leurs mains l'une contre l'autre.

— Je vous dis que ce matin, j'aurais préféré de la neige à un moins vingt, bonyenne! *J'haïs* ça moi enlever les collets avec le bout des doigts gelés bien raide.

— Remar..mar..que... dans... la... la... nei..ge... c'est... pas... pas... mieux! argumenta Léo.

Surpris, Laurent s'était aperçu que son ami ne semblait pas lui tenir rigueur de son inconduite de la semaine précédente. Même si parfois, il ne pouvait s'empêcher de poser son regard trop longtemps sur Léo, il faisait bien attention à ce que l'autre ne s'en rende pas compte. Pourtant, le jeune Gélinas aurait été étonné de savoir à quel point son ami était conscient de ses séances d'observation. Tellement qu'il commençait à craindre de se retrouver seul avec lui. Le soir même de l'événement dans la grange, Léo avait tenté longuement de s'expliquer le geste tendre de Laurent à son égard. Il essayait de se souvenir d'une femme, d'une jeune fille dont lui aurait parlé l'autre, mais il se rendait compte que son ami ne semblait intéressé par aucune. Jamais. Depuis quatre ans. Quand les trois autres partirent en l'espace d'une demi-heure, Florie s'écrasa dans sa berceuse en soupirant de satisfaction. Dieu qu'elle était bien, seule dans sa cuisine. Elle pouvait réfléchir sans avoir à justifier ses murmures ou ses moues. Elle ouvrit la radio pour éviter de penser à Louisette Marquis. Si la femme avait su qu'au même moment, Adèle atteignait le village pour aller remettre sa lettre à son amie, Florie aurait été bien moins détendue. Comme il était encore trop tôt, la cadette glissa la lettre dans sa bourse et se dirigea vers la beurrerie.

— J'espère que mon frère est arrivé! Pas le goût de geler sur le bord de la porte moi!

Toutefois, en arrivant devant la forge, elle fut satisfaite de voir la fumée qui s'échappait de la cheminée. Au pire, Jeremiah, lui, était déjà à l'ouvrage. Au mieux, pensa-t-elle plutôt en frissonnant légèrement. Elle vit le fils du ferblantier tourner le coin du bâtiment au moment où elle mettait les pieds dans leur entrée. Elle courut en criant:

— Youhou, Jeremiah!

Il releva la tête en souriant devant le visage épanoui d'Adèle. Il aimait cette jeune femme comme une sœur. Son caractère bouillant, son amour inconditionnel pour sa fratrie lui faisaient regretter de ne jamais avoir eu de *sibling* comme il avait dit à Édouard.

— *I like your two sisters, Édouard! They are different, but very nice*[26].

Si Florie lui avait inspiré des sentiments amoureux, il ne ressentait que de l'affection fraternelle pour la plus jeune des sœurs.

— Comment ça va, Adèle? Vous êtes *very early!*

— Oui, je sais qu'il est tôt, mais je voulais aider mon frère et James. Vous savez s'ils sont déjà arrivés?

— James oui, mais je n'ai pas vu Édouard encore.

— Oh, il devrait arriver sous peu. Bon, j'y vais avant qu'on ne meure congelés!

Elle replongea son minois dans son large foulard gris et disparut vers l'arrière de l'atelier où était située la beurrerie de son frère. Pour éviter les tentations, elle aurait préféré que James n'y soit pas seul, mais elle n'était toujours pas pour attendre les fesses dehors! En ouvrant la porte, elle lâcha un profond soupir de satisfaction. Oh là là! Les enfants étaient

---

26 J'aime tes deux sœurs, Édouard! Elles sont différentes, mais très gentilles.

mieux d'être bien vêtus pour jouer dehors aujourd'hui, pensa-t-elle en enlevant les couches de vêtements qui la protégeaient du froid. Elle en était à sa grosse veste de laine beige lorsque James vint voir en avant. Il fut surpris de constater l'arrivée de la jeune femme, mais ne montra pas son trouble.

— Je croyais que c'était Édouard. Vous allez bien ?

— Oui, et toi ? demanda effrontément Adèle, lui rappelant qu'entre les deux, le tutoiement était de mise.

James hocha tout simplement sa tête crépue avant de lui lancer un profond regard indéchiffrable. Comme le silence s'éternisait, Adèle passa de l'autre côté du comptoir pour s'approcher de lui :

— J'ai pensé venir vous donner un coup de main aujourd'hui. Mon frère m'a dit que vous étiez débordés !

— En effet ! Il y a tellement de commandes...

— Bon alors, me voici !

Elle se rapprocha encore, jouant avec le feu. Les puissants avant-bras touchaient le dos de la jeune femme qui frissonna, mais pas de froid cette fois-ci. Après les plaisirs de l'amour connus avec Jérôme, quelques années plus tôt, son corps endormi semblait s'éveiller d'un long engourdissement. Sans dire un mot, James posa ses mains sur la fine taille d'Adèle et la retourna prestement pour l'embrasser. Pendant un long moment, ils se frôlèrent, se butinèrent avant de joindre leurs lèvres en un sensuel baiser. À bout de souffle, James la repoussa comme il l'avait déjà fait quelques semaines auparavant, s'apercevant de leur folie.

— Non, Adèle.

— Oui, James.

La brune s'avança jusqu'à coller sa poitrine contre le torse musclé de l'homme. Ce dernier respirait par petits coups, emprisonné dans son désir pour Adèle. Désir qu'il voulait voir disparaître, sachant que jamais ne serait acceptée une telle union au village de Sainte-Cécile. Dans la grande ville, les couples interraciaux se faisaient montrer du doigt, lancer des objets… Il n'osait penser à ce qui se produirait dans une petite municipalité des Laurentides si une telle relation venait à être découverte.

— *You're playing with fire*[27] !, marmonna James avant de reprendre le visage tendu de désir entre ses mains.

S'avançant doucement, la jeune femme posa ses doigts sur les muscles des épaules, puis descendit le long de son dos. Elle arrêta sa progression juste au-dessus des fesses, hésitant quelques secondes. James releva son menton et chuchota contre sa bouche :

— *You're crazy… stop it*[28] !

— …

Adèle ne répondit pas, poursuivant sa route avec ses mains délicates. Ne pouvant plus se retenir, James laissa lui aussi glisser la sienne sur la poitrine tendue sous la robe. Elle gémit lorsqu'il découvrit un sein fier et le prit dans sa bouche. Tous les deux avaient perdu le contrôle de leurs sens… jusqu'à ce que la cloche d'entrée les fasse sursauter.

— Maudit qu'il fait froid ! claqua la voix d'Édouard.

Pendant quelques secondes, le duo n'entendit plus rien sauf les bottes cognant sur le sol pour enlever le surplus de neige. Heureusement que le maître-beurrier prit le temps de se dévêtir, permettant aux deux autres… de faire le contraire ! Lorsqu'il eut enlevé foulard, tuque et manteau, Édouard demanda :

---

27 Tu joues avec le feu !
28 Tu es folle… Arrête !

— James, tu es arrivé ?

Le Noir sortit de l'atelier pour venir saluer son employeur et ami, espérant que son malaise ne paraisse pas. Il savait qu'Édouard ne lui pardonnerait pas un tel affront. En entendant sa voix, James s'était détaché de la jeune femme qui le rendait fou en secouant la tête. Qu'est-ce qui lui avait pris de se laisser aller ainsi ? Il était temps qu'il aille faire un tour à Montréal pour s'éloigner un peu.

— Bon matin, Édouard, tu vas bien ?

— Oui, mais j'ai froid ! Heureusement que je n'avais pas à amener Marie-Cam…

— Salut, mon frère !

Édouard fronça les sourcils en voyant sa cadette sortir à la suite de son employé. Elle avait les boucles échevelées et… un bouton de sa blouse détaché. Étonné, il observa le couple un moment pour tenter de se faire une idée des minutes précédant son arrivée, mais sa sœur lui sourit normalement.

— Tu as fait la grasse matinée, dis donc !

— C'est Marie-Camille qui ne voulait plus me laisser partir. Elle voulait aller chez tante Flo !

— Tu aurais pu l'amener, je suis sûre que Florie aurait été enchantée de la visite !

Édouard secoua la tête, faisant tomber deux, trois flocons accrochés à ses cheveux un peu trop longs.

— Non, non, c'est trop compliqué l'hiver ! Il faut que je l'habille et elle court partout. Je préfère la laisser avec Marguerite, c'est beaucoup plus simple.

De toute manière, aurait-il eu envie de rajouter, depuis qu'il avait entendu sa sœur lui suggérer de l'appeler « maman », il avait un petit bémol à la laisser à la ferme trop longtemps. Il n'aimait pas l'idée qu'elle puisse oublier que sa mère se nommait Clémentine, que c'était la femme la plus fantastique qui avait existé.

— Bon, c'est bien beau la jasette, mais on a du travail en masse! Si je comprends bien, tu es venue nous donner un coup de main, Adèle?

La jeune femme hocha la tête tout en jetant un coup d'œil à James derrière son frère.

— Je sais que vous êtes débordés alors que moi, c'est tranquille à la ferme. Avec Florie qui bougonne contre tout, je préfère fuir la maison. Louisette et elle se sont encore disputées alors tu comprends qu'elle n'est pas de très bonne humeur!

Elle éclata de rire avec Édouard pendant que James détournait le regard pour cacher son attirance. Il ne voulait pas perdre l'amitié du maître-beurrier, alors il lui fallait éviter de se retrouver seul avec la jeune femme. Pendant quelques heures, le trio accomplit une multitude de tâches pour s'assurer que les livraisons seraient faites en temps voulu! Barattage, salage, malaxage pour le beurre alors qu'Adèle tapissait de papier parcheminé les boîtes de bois paraffiné. Une fois cette étape terminée, les deux hommes pouvaient verser le beurre dans les moules. Vers onze heures, Édouard et James prirent une pause avant d'aller tourner les meules de Saint-Clément.

— J'aimerais assez ça ajouter une chambre de maturation pour la fromagerie, marmonna encore une fois le maître-beurrier, assis sur le banc près de la porte.

— Pourquoi tu ne le fais pas? questionna Adèle qui enfilait son manteau afin d'aller porter sa lettre chez Louisette. Elle avait presque oublié que c'était le but premier de sa visite au village. Avec les événements… chauds… du matin, disons que la grosse commerçante avait pris le bord!

— Je suis pas chez nous au cas où tu l'oublierais ! La beurrerie m'appartient pas vraiment dans les faits !

— Mais je suis certaine que si tu en parles à Jeremiah, il
donnerait son accord. Au pire, il te dira non, mais au moins
tu l'auras essayé ! Remarque, je comprends pas trop qu'est-ce
que ça changerait pour ton fromage, moi je le trouve très bon.

Déjà retourné au travail, Édouard arrêta de brasser son lait
pour prendre le temps de bien expliquer à sa sœur.

— Idéalement, je devrais faire vieillir mon fromage à qua-
rante degrés, mais il me faudrait beaucoup trop de glace pour
réussir. C'est sûr que je devrais attendre plus de temps avant
de pouvoir le vendre, mais mon fromage serait meilleur. Je
sais qu'il aurait une texture et une saveur améliorées. Mais
bon... en attendant, je n'ai pas le choix et à cause de ça, je
perds une livre et demie à deux livres par meule[*].

Adèle hocha la tête avec compréhension. Même si la visite
qu'elle s'apprêtait à faire l'empêchait d'être totalement concentrée sur la situation de la fromagerie, la jeune femme n'en
comprenait pas moins l'enjeu. Elle donna un bec sur la joue
de son frère et plissa son petit nez :

— Bon j'y vais, et tu devrais te raser ! Bye, James, cria-
t-elle, à bientôt !

— Au revoir, Adèle, répondit l'employé en sortant la tête
par la porte de la chambre de fabrication.

Leurs yeux se fixèrent quelques secondes de trop pour
qu'Édouard ignore que la relation entre les deux avait changé.
Espérant se tromper, il ouvrit la porte pour sa sœur.

— À samedi. Je vais amener Mimi très tôt et probablement
dormir à la ferme avec elle. Je n'aurai pas le choix de travailler
dimanche !

— C'est notre sœur qui va être contente... Bien, pas de te

voir travailler un dimanche, mais d'avoir sa nièce avec nous pendant deux jours.

Elle sourit avant de s'éclipser. Avant de continuer sa route jusqu'au magasin, elle passa voir Jeremiah avec qui elle s'entendait comme un frère. Il avait la tête penchée sur son établi et quelques instants, Adèle eut l'impression de revoir Henry. Même silhouette, même fragilité dans le corps, même chevelure bouclée.

— Hum, hum...

— Oh, Adèle !

— Je vous dérange ?

Le jeune Anglais sourit en ôtant ses grosses lunettes protectrices. Il souffla sur sa pièce de métal pour la montrer à la brune.

— Non, j'ai bien besoin *d'un* pause ! Je sable et resable cette girouette depuis trois heures ! J'en ai mal aux yeux !

Il éclata d'un rire bref qui fit briller ses yeux de myope. Malgré sa perte récente, Jeremiah Holland n'avait jamais été aussi serein. Ce père retrouvé, qui avait comblé son besoin de connaître ses origines, lui manquait assurément. Toutefois, sa nouvelle vie à Sainte-Cécile lui permettait de savourer ce qui lui avait toujours manqué en Angleterre. Un sentiment d'appartenance ! Malgré la langue, malgré la culture, Jeremiah sentait que sa place était ici, aux côtés de sa nouvelle fiancée. Rien de son ancienne vie ne lui manquait, si ce n'est qu'il ne pourrait plus se recueillir sur la tombe de ses parents. Mais chaque visite à Labelle, où il allait prier le dimanche, lui permettait de se remémorer les années de sa jeunesse avec eux. Solitaire, parce qu'enfant unique, le jeune Anglais avait toutefois été aimé par le couple âgé qui l'avait adopté. Grands-parents, oncles et tantes disparus, il ne lui restait que quelques cousins et cousines avec lesquels il n'avait de toute manière jamais entretenu de liens étroits. Non, sa vie ici lui plaisait. Adèle déposa la pièce de métal qu'elle avait prise dans ses mains pour l'admirer et lui sourit gentiment.

— Alors ce mariage, vous avez décidé d'une date ?

— Béatrice désire attendre la fin de l'année scolaire, donc *somewhere in July*.

— C'est bien, cela lui laisse le temps de faire son trousseau. J'imagine que sa mère ou ses sœurs l'aident ?

— Non en fait. Toute sa famille habite à Saint-Jérôme et si j'ai bien compris, sa mère *takes care* de ses deux sœurs enceintes et de leurs autres enfants.

— Ah bon ! Vous allez vivre ici ou vous comptez vous installer aussi dans cette région plus au sud ?

Jeremiah agita vivement la tête.

— Oh, on reste ici bien sûr ! J'adore cette maison. Parfois, j'ai même l'impression que mon père *still lives here*[29].

Ils restèrent silencieux quelques instants, en se remémorant le visage doux et affectueux du grand ferblantier disparu trop vite. Secouant cette morosité, Jeremiah prit son amie par le bras.

— Venez, venez vous asseoir.

— Oh, je peux pas vraiment. Je venais juste vous saluer parce que je dois aller voir Louisette.

— Adèle, est-ce que votre sœur est malade ?

La jeune femme fronça ses sourcils.

— Florie ? Non pourquoi ?

— Eh bien… Elles ont annulé les deux dernières répétitions de la chorale. Je me demandais…

---

29 Demeure encore ici.

Adèle soupira en se demandant ce qu'elle pouvait révéler à l'Anglais. Elle décida de dire la vérité. Il secoua la tête tout au long de son monologue, hésitant entre le rire et l'exaspération. Les amies agissaient comme des fillettes. Adèle conclut :

— Ce qui fait que les deux restent sur leur position et que si ça continue comme ça, il n'y aura pas de concert de Noël !

— Oh ce serait dommage.

— Oui, alors je vais essayer d'arranger les choses. Mais chut !... C'est un secret !

Rattachant les boutons de bois de son manteau de laine, elle se dirigea vers la porte de l'atelier. Le gros feu dans la forge permettait à l'homme de travailler en temps froid, alors que Blacky, qui cherchait encore Henry, tournait autour d'eux en se frottant sur leurs jambes. Adèle hésita avant de sortir, mais la curiosité l'emporta sur sa gêne. Elle revint aux côtés de Jeremiah et posa sa main fine sur son avant-bras :

— Dites donc, mon ami, est-ce que ma sœur et vous étiez...

Elle chercha le bon terme lorsque l'homme murmura :

— ...amoureux ?

— Oui.

Jeremiah resta quelques secondes les yeux dans le vague avant de secouer sa tête bouclée noire. Il frotta son menton anguleux et plongea son regard dans celui d'Adèle :

— Amoureux, non. Mais... j'aurais souhaité qu'elle me donne *a chance of getting to know her more*[30]. Oh avant bien sûr, parce que je suis très heureux avec Béatrice, dit-il en rougissant.

— J'imagine qu'elle vous a pas donné d'espoir ? demanda Adèle en soupirant.

Elle connaissait l'attrait de Florie pour le ferblantier, mais

---

30 Une chance de mieux la connaître.

savait que jamais sa sœur n'aurait compromis la promesse faite à Rose. Il lui lança un regard attristé en secouant la tête. Adèle le prit par la main en lui disant pour le consoler :

— Ce n'est pas de votre faute, Jeremiah, ma sœur a fait la promesse de ne jamais aimer. Et cette promesse, elle ne la trahira pas, même si ça veut dire faire une croix sur ce qu'elle voudrait le plus au monde... avoir des enfants bien à elle. Donc je vous souhaite d'être très heureux avec Béatrice. Elle pourra vous donner ce que Florie n'aurait pas pu.

Adèle quitta la forge sur ces paroles douces. Elle espérait vraiment que ce couple soit heureux, même si les seules conversations qu'elle avait eues avec l'institutrice depuis son arrivée au village ne l'avaient pas convaincue. Excitée à l'idée de pouvoir discuter littérature avec une femme assurément plus cultivée que la plupart des villageoises, Adèle avait vite déchanté en s'apercevant que l'autre ne lisait que des romans religieux québécois. Adieu Jean-Paul Sartre et Georges Simenon ; Béatrice Dupuis ne se permettrait jamais de lire des livres à l'index. Le rapprochement espéré n'avait donc pas eu lieu. Une petite neige fine s'était mise à tomber depuis quelques heures, rendant glissant le trottoir devant les commerces. L'autoneige serait probablement en service sous peu, s'il continuait à neiger autant. La jeune femme avait bien hâte de connaître le nom du conducteur qui serait choisi au conseil municipal du soir. Édouard espérait présenter un candidat même si le gros Alcide Constantin avait laissé savoir à tous que le poste revenait logiquement à son fils Anasthase. Adèle avait une petite idée du nom de l'élu de son frère et se disait que sa proposition ferait encore des vagues au village !

— Tiens, le curé Latraverse qui gratte les marches du parvis ! On aura tout vu !

Traversant le chemin Des Fondateurs pour le saluer, Adèle sourit en voyant la longue soutane traîner sur le sol enneigé. Sur son crâne chauve, le vieux curé avait placé un gros casque de castor avec des oreilles en cuir. Retenant son rire, la brune lui envoya la main.

— Belle journée pour pelleter, monsieur le curé !

— Bien j'ai pas le choix, mon bedeau est tombé malade. Ça fait pas mon affaire, j'ai mon sermon à écrire puis en plus…

Lorsque Adèle tenta par la suite de raconter la chute du curé à sa famille, elle y réussit à grand-peine, éclatant toujours de rire en se remémorant le gros homme sur les fesses, la pelle en travers des cuisses et l'expression de surprise sur le visage rougeaud. Elle accourut pour l'aider à se relever, en s'assurant qu'il n'était pas blessé.

— Non, non…

— Vous seriez mieux de rentrer, mon cher curé.

— Oui, c'est plus de mon âge ces sports-là !

Sport ? Adèle accompagna le saint homme jusqu'à la porte du presbytère, le soutenant du mieux qu'elle pouvait, étant donné qu'il pesait cent livres de plus qu'elle. Froissé dans son orgueil, le curé Latraverse la repoussa aussitôt la porte de chez lui entrouverte.

— Bon, bon. C'est correct. Vous pouvez y aller.

— Vous êtes certain, mon père ? Je peux aller chercher le docteur Trudel.

— Voyons donc ! On ne va pas le déranger pour une petite chute de même. Je vous dis que je suis correct. Pas besoin d'en faire une histoire d'État.

Alors la jeune femme ressortit de la maison en retenant son fou rire jusqu'au trottoir où elle laissa éclater ses gloussements. Elle rigolait encore rendue devant le magasin général, deux fois plus grand qu'avant l'incendie. Ce qui n'avait pas manqué de faire jaser dans le village. Tout le monde savait que les Marquis avaient de l'argent, mais pas à ce point-là! Ce qu'ils n'avaient pas dit, c'est qu'à l'ouverture de la Caisse populaire de Saint-Jérôme en 1934, ils avaient commencé à y déposer leurs économies. Heureusement, car ils n'auraient jamais pu reconstruire un nouvel édifice sans leurs économies. Certains villageois, plus démunis, ressentaient de la rancœur pour le couple qu'ils avaient dû aider lors de la collecte après l'incendie. Décidant que tant qu'à le reconstruire, ils étaient aussi bien de le faire à leur goût, Gérald et Louisette Marquis avaient élargi la devanture, ajouté des marches solides, un toit au-dessus de la galerie et un large écriteau:

· MAGASIN GÉNÉRAL MARQUIS ·

En se glissant à l'intérieur par la lourde porte de chêne, Adèle ne put qu'admirer les nouvelles étagères alignées de part et d'autre de l'entrée et surtout les gros rouleaux de tissu dans les tablettes derrière le comptoir de bois. Louisette lui avait vendu, au rabais d'ailleurs, le velours bourgogne pour la robe de Florie. À la réouverture du commerce, les villageois avaient été surpris de constater l'ajout de marchandises au magasin général. Outre les denrées alimentaires, le couple Marquis vendait maintenant chapeaux, bottes et mitaines fabriquées par les villageoises; des ustensiles de cuisine et des chaudrons et, au grand plaisir de Florie, des grands classiques du monde chrétien tels que *Le mois de Marie* et le *Manuel de controverse*. Adèle y trouvait même son bonheur puisque les commerçants avaient une petite section de romans canadiens-français et étrangers. Elle s'y dirigea tout de suite avant de parler à Louisette.

— Tiens, je n'ai jamais lu cet auteur. Ernest Hemingway, *L'adieu aux armes...* J'ai souvenir que Jérôme m'en avait glissé un mot...

Réalisant tout à coup que pour la première fois en cinq ans, elle arrivait à penser sereinement à son ancien amant, Adèle releva les épaules et regarda vers le ciel avec bonheur. Elle était guérie. Prenant entre ses mains gantées le livre de l'auteur américain, elle se dirigea vers le comptoir où Louisette terminait de servir la jeune Bérangère Barnabé. Les deux échangeaient sur la température et le concert à venir sans que la commerçante mentionne la possibilité que ce dernier n'ait pas lieu. En se retournant, Bérangère sourit à Adèle :

— Bonjour, mademoiselle Gélinas, vous allez bien ?

— Très bien merci et vous ?

— Oui... et à la ferme, tout le monde va bien aussi ?

Surprise par la question et le rougissement soudain de la jeune fille de dix-neuf ans, Adèle fronça les sourcils.

— Euh... oui, quelqu'un en particulier ?

— Hein... Oh, non, non.

La brune se dépêcha vers la porte en balbutiant une réponse incompréhensible. Louisette et Adèle se regardèrent ahuries avant d'éclater de rire.

— Je pense que la demoiselle est intéressée par ton frère, Adèle !

Sans répondre, Adèle déposa ses achats sur le comptoir. À présent, tout le monde au village connaissait la promesse que la fratrie avait faite à leur mère Rose. Dans les soirées, lorsque le sujet venait sur le plancher, les villageois ne se gênaient pas pour dire à quel point c'était ridicule et inhumain pour une mère de forcer ses enfants au célibat. Mais pour les plus pratiquants, la mort de Clémentine se justifiait par le non-respect de la promesse par Édouard.

— On brise pas un serment fait à un mort. Sous aucune raison !

Adèle se pencha au-dessus du comptoir, avant de glisser la lettre qu'elle était venue porter devant Louisette. Peu désireuse de s'embarquer dans une longue discussion avec la potineuse, la brune paya son livre et s'éloigna en vitesse.

— Je vous laisse ceci et j'espère que vous comprendrez ce que je veux dire ! Bonne journée, Louisette !

CHAPITRE 11

Dissension au conseil

Au conseil municipal du soir, l'ambiance était fébrile. Tous attendaient avec excitation le moment de choisir le chauffeur pour la nouvelle autoneige. Avec les trois pouces tombés depuis le matin, il semblait bien que le lendemain soit la journée idéale pour une première sortie de la machine reluisante. Le maire se leva à huit heures pile pour sonner une clochette sur la table devant lui.

— Bon, bon, messieurs. Bien le bonsoir. J'espère que vous allez tous bien en cette belle journée d'hiver.

— Vite le maire, il faut sortir l'autoneige ! se moqua Alcide Constantin en ricanant.

Son interruption n'eut guère de suivi puisque les autres membres du conseil n'étaient pas particulièrement adeptes du fermier malpoli et malcommode. Mais sans même s'en offusquer, le gros malotru continua :

— Puis maintenant que le ferblantier est mort, il y a une nouvelle place au conseil. Quand est-ce qu'on fait des élections ?

Estomaqué par son manque de savoir-vivre, Édouard se leva vivement et s'approcha de lui avant que quiconque ne puisse réagir :

— Monsieur Constantin, vous pourriez peut-être avoir un peu d'humanité et penser aux gens qui aimaient…

— Bien quoi, cracha l'autre, il est mort ou pas, l'Anglais ?

Il défia Édouard de son regard porcin avant de baisser les yeux sur ses grosses bottes usées. Serrant les poings, Édouard dut se retenir pour ne pas lui sauter au visage. Depuis leur altercation plusieurs années auparavant, lorsque le maître-beurrier avait fait comprendre à l'autre qu'il n'utiliserait pas son lait s'il manquait de respect à James, Alcide Constantin éprouvait une rancœur qu'il ne tentait pas de cacher. Le maire lui-même s'approcha du duo et prit Édouard par l'épaule.

— Bon, bon… on se calme. Voyons d'abord l'ordre du jour.

En tête de liste, le choix du chauffeur pour la nouvelle machine de Sainte-Cécile. Venaient ensuite la patinoire, construite deux années plus tôt et entretenue par un jeune du rang Leclerc, et l'inauguration de la chute aux Iroquois à Labelle, prévue pour le 10 janvier 1939. Cette chute située en plein cœur du village tenait son nom d'une légende amérindienne voulant qu'un grand nombre d'Amérindiens aient trouvé la mort dans les rapides de la rivière Rouge ; on avait surnommé le point culminant de la rivière la chute aux Iroquois. Le nouveau maire de Labelle avait donc proposé l'implantation d'une plaque commémorative sur le petit pont enjambant la rivière. Les conseils de village des alentours avaient été invités à l'événement. Il s'agissait d'une cérémonie brève, mais à laquelle devaient toutefois participer un ou même deux membres du conseil. Finalement, à la suite de plaintes fondées de certains citoyens, le magistrat voulait soumettre à son conseil un projet de loi pour réglementer la vitesse sur le chemin Des Fondateurs. Paul-Émile Fréchette n'était pas encore assis à sa place qu'Alcide Constantin se levait pour prendre la parole.

— Bon, comme je vous l'ai dit l'autre jour, je pense que

mon fils est le meilleur pour conduire cette machine-là, j'imagine que vous êtes d'accord ?

Son ton arrogant déplaisait à tous les membres, mais comme personne ne savait qui d'autre suggérer, ils se tinrent coi. Voyant que le silence accompagnait sa suggestion, le gros fermier se rassit, un air de satisfaction sur le visage. Enfin, il serait débarrassé de son bon à rien de fils qui devrait entretenir l'autoneige en plus de la conduire. Le maire regarda ses conseillers avec espoir, souhaitant ardemment que quelqu'un propose une autre solution. Anasthase Constantin n'était qu'un paresseux, lâche et alcoolique et lui mettre son jouet de mille quatre cents dollars entre les mains était loin de faire son bonheur.

— Si je comprends bien, commença-t-il prudemment, nous n'avons qu'une suggestion ?

— Bien oui, c'est ça ! le coupa impoliment Alcide Constantin en se raclant désagréablement le fond de la gorge.

Ne retenant pas une moue de dégoût, Édouard se leva à son tour.

— En fait, moi, je veux proposer quelqu'un d'autre.

Le regard mauvais que lui lança son opposant n'augurait rien de bon. Le maire et les autres conseillers reprirent espoir.

— Oui, dis-nous ça, Édouard !

— James Jackson.

— Ah ben, ciboire !

L'interjection colérique du fermier surprit même ceux qui le connaissaient très bien. Fulminant, l'homme était rouge pompier et les veines de son cou palpitaient. Ne s'en préoccupant pas, Édouard expliqua sa pensée au reste du conseil indécis.

— Je disais donc James Jackson parce que c'est un

travailleur infatigable, parce qu'il conduit déjà des charge-
ments depuis presque trois ans au village. Parce que tous, ici,
on apprécie sa politesse, sa gentillesse et…

— …sa négritude peut-être! Moi avant que j'embarque
avec un nègre en autoneige, ragea le bonhomme Constantin.

Il se retourna vers le maire et cracha:

— J'espère bien que vous laisserez pas passer ça! Il y a toujours bien des limites à se faire prendre pour des innocents.
Mon gars, il vient d'ici, il est né au village. Je pense que ce
travail-là lui appartient!

Un silence rempli de tension fit place à ses paroles. Édouard
s'était rassis, et le maire lui jeta un regard insondable. Il aurait
bien sûr préféré ne pas avoir à gérer une nouvelle confrontation entre les deux hommes, mais en même temps, il faisait
beaucoup plus confiance à James Jackson qu'à Anasthase
Constantin. Il prit donc la décision qui s'imposait.

— Nous allons donc passer au vote.

— Non! Je suis pas d'accord!

— Monsieur Constantin…

— Écoute-moi bien, toi, le jeune Gélinas, cria-t-il en s'approchant à un pied de l'autre, j'en ai assez de te voir mener le
conseil par le bout du nez. Cette gang de suiveux a pas assez
de colonne pour voir ce qui est bon pour le village. Bien moi,
je te dis que ton maudit…

— Monsieur Constantin! coupa le maire d'un ton ferme.
Vous vous assoyez et vous arrêtez d'insulter les membres du
conseil, ou je vous prierai de sortir immédiatement.

— Tu penses que tu vas me faire sortir d'ici si je veux pas?
demanda l'homme avec hargne.

Rosaire Barnabé, Gaspard Marois et Philippe-Joe Lalonde,
les trois autres conseillers, observèrent le duo avec colère.

Le maître de poste se releva pour dire ce qu'il pensait de la situation.

— Monsieur Constantin, je vous demanderais d'arrêter de nous insulter. À la place, essayez donc de nous vendre la candidature de votre fils. On n'a jamais dit personne que ce serait James Jackson qui serait choisi. Mais si vous continuez comme ça, on passera même pas au vote! La suggestion de monsieur Gélinas est aussi valable que d'autres. En fait, moi aussi j'avais une proposition.

En disant ce léger mensonge, l'homme rougit. Il avait dit ça sur le coup de l'émotion, mais il irait jusqu'au bout pour bien montrer au malcommode qu'il ne pouvait les intimider ainsi. D'ailleurs, les conseillers restèrent tous estomaqués devant cette affirmation qui semblait venir de nulle part. Le maire releva la tête de son papier:

— Ah bon?

— Ah ouais hein? Et qui ça? Ta sœur peut-être…, dit Alcide Constantin en ricanant.

Les autres membres sourirent devant l'idée farfelue. Il ne fallait pas exagérer. Pas une femme ne pourrait conduire une telle machine en plein hiver. C'est à peine si elles pouvaient guider un cheval sans prendre le champ! Quoiqu'à bien y penser, entre Bérangère Barnabé et Anasthase Constantin, l'envie pourrait leur prendre de voter pour la première!

— Franchement, monsieur Constantin! Non, il s'agit de…

— De…?

Rosaire frotta sa petite barbe drue en réfléchissant rapidement. Tant pis, il lançait sa proposition et si jamais celle-ci était acceptée, il serait toujours temps de dire que son candidat avait changé d'idée.

— …de Ludovic Marquis!

— Quoi ?

Tous les membres restèrent bouche bée devant cette étrange suggestion. Le jeune brûlé ne parlait à personne, ne regardait personne et n'avait guère l'entregent pour accompagner les villageois dans leurs déplacements hivernaux. Le maire tenta d'être diplomate :

— Hum… Vous êtes bien certain de votre proposition ? Il me semble que le jeune veut surtout rester caché dans l'arrière-boutique du magasin.

— C'est vrai ça, ajouta Philippe-Joe Lalonde, un homme court et nerveux. La dernière fois que je lui ai parlé, c'est tout juste s'il ne m'a pas envoyé promener parce qu'il fallait qu'il me montre où étaient placées les cannes à pêche dans leur magasin. Pas sûr, sûr moi …

Maintenant qu'il avait lancé l'idée, Rosaire Barnabé était prêt à la défendre bec et ongles. Il se déplaça dans la salle pour expliquer sa pensée.

— Écoutez, je sais que ça semble fou comme ça, mais le jeune Marquis est un gars de la place, il a vécu une épreuve épouvantable et je pense que si on lui faisait confiance, il retrouverait un peu de sens à sa vie. Je dis ça de même moi, mais on est supposés être une famille au village, et une famille, ça s'entraide !

— Justement, mon gars à moi aussi a vécu des épreuves, commença Constantin avant de se taire sous les regards narquois des autres.

— Bon, alors si je résume la situation, nous avons trois candidats : James Jackson, Anasthase Constantin et Ludovic Marquis. Personne d'autre ? demanda le maire en arrêtant d'écrire.

Les cinq conseillers et le magistrat se mirent d'accord. Il

fut ensuite le temps d'en venir au vote secret. Il était entendu que le gagnant obtiendrait le poste de premier chauffeur, alors que celui qui terminerait deuxième devrait être son remplaçant. Certain que son fils finirait en tête avec deux candidats d'aussi mauvaise qualité, le gros Constantin nota les noms d'Anasthase suivi de celui de Ludovic. Pas question que le Noir prenne la place d'un vrai Canadien français. Pour éviter de troubler le reste de la séance du soir, il avait été entendu qu'ils discuteraient de tous les autres points à l'ordre du jour, pour finir par le dévoilement tant attendu.

— Bon, on va commencer par l'inauguration à Labelle. Est-ce qu'un d'entre vous aurait envie de m'y accompagner ? C'est au début de janvier.

Édouard et Philippe-Joe Lalonde levèrent leur main en même temps. Satisfait, Paul-Émile Fréchette leur fit savoir qu'ils iraient donc à trois.

— C'est toujours plus agréable quand on est plusieurs. Bon, si vous êtes tous d'accord, le petit Mailloux, du rang Leclerc, s'est encore proposé pour s'occuper de la patinoire la fin de semaine et les soirs. Il l'a fait l'année dernière et...

— Il coûte pas bien, bien cher ! coupa Alcide.

Les autres se mirent rapidement d'accord. À tout juste seize ans, Télésphore Mailloux, cadet d'une famille de douze enfants, avait l'âge mental d'un enfant de dix ans, mais la force d'un homme de trente ! Il était parfait pour déneiger, réparer les bandes et arroser la glace. En plus, le jeune garçon le faisait en souriant même à moins vingt tellement il aimait chausser ses patins ! Pour un salaire de 15 $ pour l'hiver, le conseil municipal était bien conscient de faire une bonne affaire !

— Là, il faut que je vous entretienne d'une situation qui

commence à faire jaser pas mal dans le village. Je pense qu'il est temps qu'on la règle. Depuis l'arrivée des automobiles, les villageois se plaignent de plus en plus de la vitesse à laquelle certains conducteurs se déplacent sur nos routes. J'ai ici...

Le maire souleva un ensemble de feuilles, son verre d'eau et finalement le lourd cahier de présence pour mettre la main sur ce qu'il cherchait.

— J'ai quatre plaintes officielles. Deux mères disent que leur enfant a failli se faire tuer par l'automobile de voyageurs de passage, alors que deux hommes rapportent le fait d'avoir été arrosés par un conducteur imprudent qui n'a pas daigné ralentir en passant près d'eux.

— Maudits chialeux, marmonna Alcide Constantin.

Depuis quelques mois, il envisageait l'achat d'une automobile, même si son budget risquait d'être ainsi hypothéqué pour les années suivantes. Mais avec la maladie de sa femme qui s'éternisait, il avait envie de se faire plaisir. Les journées et les nuits étaient longues auprès d'une mourante, qui ne mourait pas ! Il n'était guère attristé de l'affaiblissement de celle qu'il considérait avant tout comme sa servante, mais il était tout de même obligé de s'en occuper jusqu'à la fin. En plus, dès que son aîné aurait une vraie *job*, il pourrait enfin payer sa part à la maison. C'est pour ça qu'il fallait absolument qu'il soit le chauffeur désigné de l'autoneige. Rosaire Barnabé, qui n'avait jamais autant pris la parole dans un conseil, se tourna vers les autres membres :

— Bien moi je peux vous dire que le docteur Trudel y va pas de main morte. Il a beau aller sur des urgences, l'autre matin, ma fille est partie à courir juste comme il passait à nos côtés et heureusement que je l'ai attrapée parce qu'elle se faisait écraser.

Sa réflexion rendit les autres songeurs.

— Bon, alors que proposez-vous, monsieur le maire? demanda Philippe-Joe Lalonde.

— Pour être honnête avec vous, j'ai déjà fait mes devoirs et tenté de savoir ce qui se faisait dans les autres villages. À Sainte-Agathe et à Labelle, la limite permise est de huit milles à l'heure dans les rues du village. Puis quand il pleut, la circulation automobile est interdite.

— Bon Dieu, c'est pas exagéré un peu? Interdire la circulation!

— C'est pour ça que je vous en parle, monsieur Lalonde. Parce qu'on n'est pas obligé de copier ce qui se fait ailleurs. Mais ça nous donne une idée.

Les hommes se mirent à discuter entre eux pendant quelques instants. Certains étaient pour, d'autres contre. Finalement, ils en vinrent à une entente qui faisait l'affaire de tous.

— Donc, d'accord pour limiter la vitesse sur le chemin Des Fondateurs, la côte Boisée et le rang Leclerc. Par contre, pour l'interdiction de rouler en automobile lorsqu'il pleut, pour l'instant le conseil ne désire pas implanter cette loi. Je rédigerai donc le projet de loi ainsi:

« *En ce jeudi 15 décembre 1938, le conseil de village vote à l'unanimité l'instauration d'une nouvelle loi qui entrera en vigueur à compter du 3 avril 1939. Les propriétaires d'un véhicule motorisé devront respecter la limite de vitesse de huit milles à l'heure sur les routes suivantes...* » Bon, le reste ce sont les détails dont nous avons parlé.

— Je suis bien d'accord, dit Édouard, mais si on a une limite à respecter, il va nous falloir des constables pour s'assurer que les gens s'y conforment, non?

— Bien oui! Je n'avais pas pensé à ça! répondit Paul-Émile Fréchette, perplexe.

— Puis des hommes disponibles pour faire ce travail, on en a pas des tonnes ici à Sainte-Cécile, ajouta Philippe-Joe Lalonde.

Le vieux bonhomme était très fier de sa prestation de la soirée, lui qui dormait presque la plupart du temps dans les conseils. Mais depuis que son fils était revenu vivre avec lui et son épouse, il pouvait prendre un peu plus de repos. Le soir venu, ses sens restaient donc en éveil un peu plus longtemps!

— Mais comme c'est juste dans quatre mois, on verra ça aux autres conseils si vous êtes d'accord? Il est presque dix heures et je pense que tout le monde est fatigué.

— Oui. Vous avez raison, monsieur le maire, acquiesça aussitôt Rosaire, approuvé aussitôt par les autres conseillers.

Laissant le maire finir de rédiger les informations, les membres du conseil en profitèrent pour piquer une petite jasette. Les hommes présents s'entendaient tous pour dire que l'hiver venait bel et bien de commencer pour de bon et que si la neige continuait à tomber ainsi, il y aurait un record avant la fin du mois! Finalement, le magistrat demanda le silence afin de revenir sur le dernier point de la soirée.

— Bon, maintenant que nous avons passé au travers de tous les autres sujets à l'ordre du jour, il faut maintenant connaître le résultat du vote pour conduire l'autoneige.

— Oui, parce qu'il faut toujours bien que j'avertisse mon fils! S'il continue à neiger de même, il va prendre la route dès demain à mon avis, dit Alcide Constantin sans même une once de gêne.

Les cinq autres membres se regardèrent avec stupeur. Cet homme avait tout un culot! Paul-Émile Fréchette, se doutant que le résultat ne serait peut-être pas celui attendu par son conseiller, hésita avant de commencer à compter.

⟆⟅

Le lendemain matin, tous les membres du conseil du village sauf un se rejoignirent dans le gros garage à côté de la salle paroissiale pour inaugurer la première sortie de l'autoneige. Le conducteur du véhicule se tenait à leurs côtés, avec fierté.

— Alors James, vous vous sentez d'attaque ? demanda le maire en lui tendant une main franche.

Le grand Noir enleva sa casquette de cuir et sourit. Fier d'avoir été élu alors qu'il ne croyait avoir aucune chance, il hocha sa tête frisée. Il passa la main sur le métal neuf de la machine... de sa machine pour les prochains mois ! Il ne remercierait jamais assez Édouard de lui avoir permis de devenir le conducteur attitré du village de Sainte-Cécile.

— Oui, monsieur le maire. Donnez-moi une heure et je suis prêt.

Afin d'officialiser la première journée de l'autoneige au village, une photo fut prise, photo qui ferait la première page du journal *Le Courrier* de la fin de semaine. Satisfait du choix du conseil, Édouard regardait son ami en sachant fort bien que James conduirait avec prudence et ferait montre de respect envers les citoyens utilisant ses services. Il repensa au dévoilement des résultats de la veille, à la rage sur le visage rougeaud du gros fermier lorsqu'il fut évident que non seulement son fils ne serait pas le chauffeur officiel de l'autoneige, mais qu'en plus, il ne serait même pas le remplaçant. Encore une fois, il avait quitté le conseil avant la fin, enragé et bien décidé à ne plus remettre les pieds là. Le maire prit alors une décision :

— Puisque monsieur Constantin vient de nous donner sa démission – vous êtes bien d'accord avec moi, c'est ce qu'il a dit –, nous devrons tenir des élections pour remplacer deux membres. Je vous propose d'en faire l'annonce à l'église dimanche puis d'attendre au retour des vacances de Noël pour procéder au scrutin.

Même si la situation n'était pas souhaitable, le fermier Constantin pouvant créer une tension inconfortable dans le village, Édouard était bien heureux du dénouement du vote de la veille. Il voyait la joie et la fierté sur le visage épanoui de son ami et c'était assez pour le rendre serein face à la soirée précédente. Pour ce qui était de Ludovic Marquis, le maire devait se rendre chez lui dans la matinée pour discuter de la situation.

— Donc, si je comprends bien, avait-il demandé à un Rosaire Barnabé un peu embarrassé, le jeune Marquis n'est même pas au courant que vous avez présenté sa candidature ?

— Hum... oui, c'est ça !

— Et... s'il refuse ? Vous imaginez bien que je me vois mal aller chez les Constantin pour leur dire que finalement, on aurait besoin d'un bouche-trou pour conduire l'autoneige...

— Euh... Je suis désolé. C'est juste que...

— Que vous vous êtes laissé avoir par le discours de monsieur Constantin.

Gêné, Rosaire avait au moins eu la décence de baisser la tête pour ne pas affronter du regard le magistrat contrarié. Mais pour l'instant, le climat était à la réjouissance. Seuls Philippe-Joe Lalonde et Alcide Constantin avaient préféré le fils de ce dernier, tous les autres conseillers considérant que James était le meilleur choix pour le village. Mais faisant contre mauvaise fortune bon cœur, monsieur Lalonde comprenait que le résultat d'un vote en politique se devait d'être respecté. Il était donc présent, heureux de constater la joie ambiante. Le système de barbotin-chenille révolutionnaire mis au point par monsieur Bombardier résoudrait enfin les problèmes de circulation sur la neige que connaissait le village comme tous les autres dans les Hautes-Laurentides. Soulagé de savoir que les enfants malades, les femmes accouchant pourraient avoir de l'assistance, si nécessaire, Édouard n'avait cessé de sourire depuis son arrivée. Pour une dernière photo officielle, tous les conseillers et le conducteur prirent place à l'intérieur de la machine. Clic! Sainte-Cécile venait d'arriver dans le progrès!

⊱⊰

Dans l'après-midi, alors que Florie se morfondait dans sa cuisine en tentant d'éviter la panique qui l'envahissait à la pensée d'annuler le concert de Noël, on cogna à la porte. Comme d'habitude, la grosse femme attendit que sa sœur aille répondre.

— Adèle, cria-t-elle, Adèle…

Aucun son ne venant du salon, l'aînée Gélinas se résigna à traverser la cuisine d'été pour aller ouvrir.

— Ah. C'est toi.

Ses joues rosirent légèrement en voyant Louisette sur le perron. Son gros manteau de laine gris avec son manchon de fourrure apparenté l'emmitouflait comme une ourse. Seul son visage rond comme une lune était visible, entouré de quelques boucles rousses sorties de son chapeau.

— Je peux entrer, Florie?

— Euh… oui.

Une fois la surprise passée, Florie sentait venir un sentiment d'exaltation à la pensée qu'elle ne serait pas celle qui ferait les premiers pas. Enlevant tous ses atours, Louisette se laissa tomber ensuite dans la chaise la plus près d'elle. Son mari était bien venu la reconduire avec leur nouvelle automobile, mais la montée des quelques marches l'avait tout de même essoufflée. Ce qu'elle n'avouerait jamais, se rappelant qu'il y a quelques années à peine, elle s'était moquée de son amie qui se plaignait de l'escalier trop abrupt qui menait au magasin général.

— Veux-tu une tasse de thé ? demanda Florie sur la défensive.

— Oui... Aurais-tu tes petites galettes à la mélasse par hasard ?

La rousse salivait d'avance à la pensée des biscuits savoureux de son amie. Depuis toujours, la commerçante détestait cuisiner et ne le faisait que par obligation. Avec le commerce, elle avait la chance de pouvoir compter sur quelques produits déjà prêts, mais jamais aussi délectables que ceux de Florie. Celle-ci resta le bras dans les airs, surprise de constater que l'autre agissait comme si leur relation n'avait pas été fracturée.

— Hum... Il m'en reste pas un...

— Oh !

— Mais j'ai fait des carrés aux dattes par exemple si tu veux y goûter.

Le sourire revint aussitôt sur les lèvres de la gourmande. Les deux femmes avaient tant en commun que parfois les autres Gélinas avaient l'impression qu'elles étaient jumelles ! Même caractère entêté, même appréciation de la bonne chère, même plaisir à potiner, bien que Florie continuât à parler de ce petit défaut de son amie comme si elle n'était pas concernée ! Assises l'une en face de l'autre, elles ne dirent rien, se contentant de siroter leur thé et de grignoter leur carré. Florie espérait de tout cœur que sa sœur apparaisse sous peu pour alléger l'atmosphère. Mais alors qu'elle la croyait dans le salon, quelle ne fut pas sa surprise de la voir arriver par la porte de la cuisine.

— Tiens, d'où tu viens toi ? Tu m'avais dit que tu faisais le ménage des balles de laine ?

— Brrr... Mosus qu'on gèle ! Oh, bonjour Louisette, dit innocemment Adèle en lançant tout de même un regard d'avertissement envers la rousse. Espérant vraiment que la commerçante ne mentionne jamais son rôle dans leur réconciliation, la brune s'avança vers le poêle pour se réchauffer les mains.

— Bien voyons, réponds ! insista impatiemment sa sœur.

— Je suis allée donner un coup de main aux garçons pour abriller le bois. Ils voulaient le faire avant que la prochaine tempête arrive puis à trois, c'était plus vite.

Florie allait répliquer que ce n'était pas la *job* d'une femme, mais connaissant les positions de sa sœur sur le sujet, elle préféra se taire. Adèle continua à faire la naïve.

— Alors vous en êtes où dans les derniers préparatifs du concert ?

Sa sœur lui jeta un regard noir alors que Louisette frottait des miettes inexistantes sur sa robe verte à pois bruns. Robe qui ne lui allait pas très bien d'ailleurs, aurait voulu lui mentionner la jeune femme. Avec son entêtement à toujours s'habiller à la dernière mode, telle que proposée dans le catalogue Eaton, Louisette Marquis oubliait qu'elle n'avait plus le gabarit ni l'âge d'une jeune fille. Alors, les grosses rayures, les fleurs et les pois ne faisaient rien pour affiner sa taille. Sentant que la situation n'avait pas été réglée, Adèle prit sa tasse d'eau et jeta quelques feuilles de thé avant de s'éloigner vers sa chambre. Les deux autres n'eurent plus le choix que d'aborder la situation avec la chorale.

— Bon, Florie, je voulais te dire que…

— Louisette, je pense que je me suis mal…

Les deux éclatèrent d'un rire gêné en mettant leur main sur leur bouche. Louisette fit un signe à son amie. Florie gigota sur sa chaise avant de murmurer :

— Bien je pense que j'ai peut-être été maladroite l'autre jour…

— Moi aussi, ajouta Louisette en souriant. Je sais bien que tu souhaites juste le bonheur de Ludovic.

Florie sentit les larmes monter à ses yeux. Elle avait eu si peur de perdre sa seule amie.

— Tu sais bien que je l'aime comme un fils, ton garçon. Avec tout ce qu'il a vécu…

— Je sais qu'il est normal qu'il réagisse ainsi. Mais si tu savais comme c'est difficile pour moi de…

Et les deux femmes de recommencer à discuter comme si leur dispute n'avait jamais eu lieu. Satisfaite, Adèle entendait leurs murmures derrière sa porte close. Enfin, Florie recommencerait à sourire ! En songeant au secret qu'elle gardait en elle depuis la mort de Clémentine, secret qui détruirait sa relation avec Édouard si jamais il savait qu'elle avait tu l'épisode d'hypoglycémie que sa femme avait eu quelques mois avant son décès, Adèle se dit qu'à nouveau, elle devrait taire son rôle dans la réconciliation entre les deux amies.

— Je commence à en avoir des affaires à cacher, songea-t-elle, assise à sa coiffeuse. En brossant longuement ses boucles brunes, elle pouvait presque sentir les caresses de James sur son visage. Envisagerait-elle de faire l'amour avec cet homme ? Pour la première fois depuis sa séparation avec Jérôme, elle en avait envie. Son corps réveillé se troublait à la seule pensée de se retrouver entre les bras du grand Noir. Elle en était même à trouver des excuses pour aller à la beurrerie, sachant qu'Édouard ne serait probablement pas dupe très longtemps de son soudain intérêt pour la fabrication du fromage.

Après les retrouvailles entre Florie et Louisette, tous les choristes furent convoqués pour le vendredi soir 16 décembre afin de mettre au point les répétitions de la semaine suivante. Le concert était annoncé pour neuf heures le soir du samedi 24 décembre. Pendant près d'une heure et demie, les chanteurs feraient montre de leur talent. Les attentes étaient si élevées depuis le spectacle de l'Action de grâces que certains paroissiens des villages voisins de Saint-Damien et de Labelle avaient même fait part de leur désir d'y fêter la messe de minuit, si le temps le permettait ! Pour la première fois depuis plus d'une semaine, Florie aurait l'occasion de revoir Jeremiah. Son ami. Énervée, soucieuse, attristée, elle tentait depuis le matin de se raisonner. Seule dans sa chambre, elle marmonnait sans arrêt en refaisant son chignon qu'elle trouvait beaucoup trop... gris.

— J'ai l'air d'une vieille grand-mère, veux-tu bien me dire ! J'ai juste trente-cinq ans quand même !

Se penchant sur son miroir au-dessus de sa coiffeuse, elle étira sa peau sur les tempes. Pinçant ses joues avec le bout de ses doigts, elle donna ainsi un peu de couleur à son teint blafard du mois de décembre. Un petit coup à sa porte la fit sursauter :

— Florie, tu es prête ? Parce que j'ai promis à Édouard d'aller les aider après le souper...

— Oui, j'arrive. Attends-moi en avant avec la carriole.

Se relevant lentement, Florie tira sur sa blouse beige qui emprisonnait sa poitrine généreuse avant de la glisser dans la ceinture de sa jupe noire. Elle avait perdu un peu de poids depuis le début de l'été, mais pas assez pour retrouver sa taille de jeune fille ! Faisant une moue dépitée, elle sortit rapidement de la pièce pour rejoindre sa sœur avant qu'elle ne soit gelée. Dès leur arrivée au village, les deux femmes constatèrent que des villageois avaient commencé à décorer de branches de sapin les portes de leur maison. En passant devant le magasin Marquis, Adèle ouvrit grand les yeux en voyant les guirlandes accrochées aux rampes de la galerie.

— Mon doux, les Marquis se sont donnés en grand cette année ! J'aurais pensé que…

— Que…

— Bien, qu'avec le drame de l'hiver, ils auraient fait preuve de retenue.

Serrant la mâchoire devant la critique de sa sœur, Florie répondit sèchement :

— C'est justement pour ça qu'ils célèbrent la naissance de Jésus ! Pour le remercier d'avoir sauvé la vie de leurs enfants, tu sauras.

Désireuse d'éviter une querelle inutile, Adèle sourit avec compréhension, même si elle trouvait l'initiative des commerçants de mauvais goût. En déposant sa sœur à la salle paroissiale, elle ne put que remarquer son agitation et sa nervosité.

— Tout ira bien, ma Florie. À tantôt.

— Je le sais voyons. Bon, reviens à neuf heures pile.

— Oui, oui… pile !

Avant d'entrer dans la salle, Florie prit une profonde inspiration pour se donner du courage. Elle avait pris la décision de rejeter Jeremiah, maintenant, elle devait vivre sans regret.

— Tiens, la voici enfin ! Florie, on t'attendait !

Louisette s'approcha en souriant alors que l'autre retenait une grimace devant son accoutrement. Robe rose avec manches de dentelles, ceinturée par un ruban noir à la taille. Ruban qui disparaissait entre les plis du ventre de Louisette. Mais le bonheur visible sur son visage fit sourire Florie. Elle se dévêtit en vitesse pour rejoindre le groupe de chanteurs qui la saluèrent avec affection. La femme les salua à son tour avant de reporter son attention sur le couple composé de Béatrice et de Jeremiah. Les deux rayonnaient de bonheur, et même si son pincement au cœur ne disparaissait jamais, Florie s'approcha d'eux avec un franc sourire.

— Vous avez choisi une date pour votre mariage, mes chers amis ?

La blonde institutrice fut surprise du ton enjoué que prenait pour la première fois Florie à son égard. Elle jeta un regard sérieux vers son fiancé avant de chuchoter :

— Bien… Vers la fin du mois de juin.

— Parce que Béatrice voudrait finir son année avec ses élèves, ajouta Jeremiah, un air reconnaissant sur le visage.

— C'est une bonne idée. En plus, il va faire beau, c'est toujours mieux un mariage d'été ! Bon, vous êtes prêts ? James, vous allez bien ?

— Oui, merci mademoiselle Gélinas.

— Florie, appelez-moi donc Florie vous aussi. Je pense qu'on se connaît assez maintenant !

Sous le regard estomaqué des choristes, la femme éclata d'un rire franc, le premier qu'ils aient jamais entendu depuis longtemps. Un soulagement intense se fit ressentir dans le groupe. La tension des dernières semaines, dont ils ignoraient la cause, semblait être disparue. Pour Florie, la page était tournée. Elle repenserait souvent avec nostalgie à cet été 1938 pendant lequel son cœur avait pleuré pour un amour impossible. Mais elle ne souhaitait maintenant que le bonheur pour le ferblantier, et si Béatrice Dupuis le représentait, eh bien elle ferait tout pour l'apprécier.

La dernière semaine avant la fête de Noël avait été fébrile dans tous les foyers du village. Les enfants espéraient une grosse bordée de neige qui fermerait l'école avant le temps et les adultes souhaitaient une température clémente pour s'assurer que les déplacements de soir et de nuit se fassent dans la plus grande sécurité. Outre le docteur Trudel et les Marquis, le maire du village était le seul propriétaire d'une automobile. Les habitants enviaient ce trio lorsque arrivaient les grands froids. Au moins, eux, pouvaient se déplacer à l'abri des intempéries. Le matin du 24 décembre, le ciel était bas, annonçant une neige dans les prochaines heures. Laurent et Léo – qui semblait avoir pardonné l'incident dans la grange – sortirent dès l'aube pour éviter de se retrouver entre les pattes de Florie. Adèle, qui ne pouvait que l'endurer, mit la radio dès son lever pour ne pas entendre les soupirs et les grognements de sa sœur. Mais elle eut beau tout tenter, elle ne put que se résigner à l'écouter se plaindre de tout ce qui allait mal, de tout ce qui irait mal !

— T'as-tu vu le temps ! C'est bien certain qu'on pourra pas avoir autant de monde que prévu s'il neige ! Voir si les gens de Labelle et des environs vont prendre la route dans la tempête...

— ...qu'il n'y a toujours pas !

Florie fit comme si elle n'avait rien entendu et continua :

— Ma robe me fait mal. Je peux pas croire que j'ai rien

d'autre à me mettre sur le dos que cette vieille affaire rouge et noire ! J'ai l'air d'une décoration de Noël. Il manque plus juste le chou sur la tête puis on va me prendre pour un cadeau !

Adèle retint son fou rire en entendant la description du costume de sa sœur... qui n'avait pas tout à fait tort ! Elle avait espéré terminer son présent pour lui donner le matin même, mais les coutures du décolleté lui donnaient du fil à retordre et elle n'avait pu finir la robe. Mais elle tenta de la rassurer :

— Florie, ta robe te va encore mieux qu'avant depuis que tu as maigri...

— C'est vrai, hein, que je suis rendue pas mal mince !

La cadette se détourna pour regarder dehors et éviter que son aînée ne remarque la lueur moqueuse dans son œil. Si sa sœur avait bien perdu une vingtaine de livres depuis le début de l'été, on était loin de la minceur glorifiée ! Elle finit d'éplucher ses carottes et ses panais avant de les lancer dans le gros chaudron rempli de bouillon. Pour le dîner, une simple soupe de légumes accompagnée de pain ferait l'affaire. Avec le morceau de fromage hebdomadaire que leur frère leur donnait, les Gélinas omettaient de plus en plus souvent la viande au repas du midi, au grand dam de Laurent qui marmonnait alors :

— J'ai l'air d'une souris moi, peut-être ! Du fromage, du fromage c'est bien bon, mais ça nourrit pas trop son homme !

Parfois, Florie acceptait de faire cuire des œufs ou sortait les cretons, mais en cette journée de Noël, pas question de se bourrer avant le repas du soir.

— Tout d'un coup qu'un des chanteurs tombe malade ? Il manquerait plus que ça...

— Florie ! Franchement veux-tu bien te calmer !

— On sait bien, répliqua l'autre en grimaçant, c'est pas toi qui vas avoir l'air d'une truite devant des milliers de personnes !

Cette fois-ci, Adèle éclata de rire sans pouvoir s'arrêter malgré le regard glacial de sa sœur. Elle s'approcha de son aînée pour l'enlacer, mais Florie la repoussa sèchement.

— Laisse-moi tranquille !

— Florie, je t'aime tellement ! Tu me fais trop rire avec tes inquiétudes invraisemblables ! D'abord, tu as l'air de tout, sauf d'une truite et ensuite... des milliers de personnes, vraiment ?

Adèle pencha sa tête et sourit affectueusement alors que sa sœur réalisait enfin le ridicule de ses paroles. Florie éclata de rire à son tour. Elle riait tellement qu'elle dut s'asseoir dans la berceuse près du poêle. Lorsque les deux hommes revinrent pour le déjeuner, la bonne humeur régnait dans la pièce. Pendant la journée, tous vaquèrent à leurs occupations et même l'aînée réussit à garder le contrôle de ses humeurs... jusqu'à six heures, moment auquel elle devait commencer à se préparer puisque tous les choristes étaient attendus à l'église pour une répétition générale vers sept heures trente.

— Adèle, viens m'aider, cria-t-elle, la voix paniquée.

Soupirant avec lassitude, la brune se dirigea rapidement vers la chambre de son aînée. La porte entrouverte l'invitait à pénétrer sans attendre. Elle pouffa d'un rire vite étouffé en voyant la face de Florie.

— Arrête de rire puis arrange-moi ça !

Florie était assise sur le petit tabouret de sa coiffeuse. Voulant paraître à son meilleur, elle avait décidé, pour la première fois de sa vie, de mettre un peu de maquillage afin de bonifier son teint. Mal lui en prit, car sa vue étant de plus en plus faible, elle ne voyait pas très bien lorsque était venu le moment d'apposer la poudre. Son visage avait l'allure d'un spectre tant le talc blanc était mal appliqué. Adèle avança sa main jusqu'aux joues de sa sœur et frotta délicatement pour atténuer la poudre.

— Tiens, ma belle Florie. Veux-tu que j'aille chercher mon rouge pour les lèvres ?

— Tu penses ? Je veux pas avoir l'air d'une poupée, moi là !

— Fais-moi confiance. Je reviens.

À la fin de la séance de maquillage, Florie remit ses lunettes et sourit avec satisfaction. Elle avait l'air dix ans plus jeune… au moins ! Sa cadette lui souffla doucement :

— Et si tu laissais tes cheveux sur tes épaules ? Il me semble que pour le soir de Noël, ça serait une bonne idée ?

Florie se tendit aussitôt. Depuis près de vingt ans, elle portait sa chevelure serrée en beigne sur sa nuque. Son rempart contre la coquetterie féminine. Adèle insista un peu et finalement, l'aînée abdiqua. Pourquoi pas ? Ce soir était son moment à elle de briller. Elle ne se marierait peut-être jamais, mais elle aurait aussi sa consécration à l'église.

Invités à prendre un petit verre chez le maire avant le spectacle, les conseillers et leur famille s'y rendirent avec bonne humeur. Adèle, Laurent et Marie-Camille accompagnaient Édouard qui avait quitté la beurrerie vers six heures, pour aller chercher sa fille et les cadeaux pour sa famille. La fillette, toute vêtue de bleu, courait partout dans la maison, tentant désespérément de souhaiter Joyeux Noël à son chat Barbouille qui ne désirait rien d'autre que la paix !

— Mimi, allez on s'en va !

— Mais papa…

— J'ai dit on s'en va. Pas question qu'on arrive en retard chez le maire.

Boudeuse, l'enfant agrippa sa Doudoune, mit son chapeau et son manteau seule, enfila ses grosses bottes doublées et sortit dans le froid. Son entrain revint lorsque son père la suivit, un gros sac rempli de cadeaux dans les bras.

— C'est pour qui les cadeaux ?

— Je sais pas... Le père Noël les a laissés ici cette nuit.

— Youpi ! Pour moi, c'est sûr !

Édouard sourit affectueusement en voyant le minois de sa fille s'éclairer de joie. Dans de tels moments, sa femme lui manquait tellement qu'il aurait voulu hurler. Mais il ne fit que tendre la main à Marie-Camille et ils partirent dans le soir vers le village voisin. En cette période de réjouissances, les villageois se faisaient un grand plaisir de sortir le p'tit gin, le caribou et le vin de cerise. Certains arrivaient d'ailleurs bien réchauffés à la messe de minuit ! Cette habitude, loin de plaire au curé Latraverse, permettait à certains hommes de survivre à son sermon ! Pour la première fois, les habitants du village se dépêchèrent vers l'église plus tôt dans la soirée. Tous voulaient assister au grand concert de la chorale, annoncé depuis des semaines. Le curé Latraverse, satisfait de voir autant d'ouailles sous son toit, accueillait les gens à la porte. Lorsqu'il aperçut Florie, il fit un geste de recul.

— Mon doux, qu'est-ce qui vous est arrivé, mademoiselle Gélinas ? On ne vous reconnaît pas !

Rougissante, Florie ne sut jamais si la question était un reproche ou un compliment. Elle n'osa pas le demander, préférant s'avancer vers la tribune où quelques membres de la chorale discutaient avec nervosité. Le long regard de Jeremiah l'émut profondément et pour une rare fois, elle le lui retourna avec affection. Le couple échangea un sourire honnête alors que madame Marois s'informait auprès des deux anglophones du déroulement de leur propre Noël.

— C'est pas tellement différent, commença James. Nous

sommes juste allés à l'église cet après-midi.

— Vous avez aussi installé un sapin de Noël ?

— Non... mais pas parce que je suis protestant, plutôt parce que je suis seul et paresseux !

Le Noir éclata d'un rire franc qui résonna dans l'église et fit froncer les sourcils du gros curé, installé à l'arrière pour suivre la répétition. Il hésitait encore sur la conduite à suivre devant les étrangers dans son antre sacré. Mais comme tous ses paroissiens semblaient accueillir James et Jeremiah dans leur vie, il hésitait à leur défendre le lieu de culte. Par contre, il surveillait étroitement les faits et gestes des deux hommes, surtout du Jamaïcain. Arrivé sans famille, cet homme l'intriguait au plus haut point. Florie, pas du tout dupe de l'intérêt du curé pour leur chorale, fit un geste à Louisette pour qu'elle comprenne qu'il leur fallait commencer la pratique pour calmer les inquiétudes du prêtre.

— Bon, alors maintenant que tout le monde est là, il nous reste plus qu'à répéter une dernière fois avant la tenue du plus grand concert que la région des Hautes-Laurentides ait jamais connu !

Endimanchée dans sa robe de soie verte, la rousse ressemblait à un énorme sapin de Noël difforme. Mais sa fierté était telle, son rayonnement faisait tellement plaisir à voir qu'on en oubliait les bourrelets, pour ne voir que le bonheur sur son visage. Quant à Florie, le regard d'appréciation de Jeremiah fut assez pour lui donner la confiance dont elle avait besoin pour prendre sa place devant le groupe de chanteurs. Place à la musique !

CHAPITRE 12

Rapprochements

De souvenirs de villageois, la soirée du 24 décembre 1938 à l'église fut ce qu'il y eut de plus féérique de tous les temps. Peu importe le sermon en latin, peu importe les enfants dissipés, tous s'extasièrent devant la pureté de la voix de James, la complicité entre Jeremiah et sa fiancée lors du duo – finalement concédé par Florie – et le talent des deux instigatrices du projet. Lorsque vint la fin, Florie s'avança sur le devant de la tribune, les joues si rouges, les yeux si brillants, le torse si fier que sa famille entière eut les larmes aux yeux. Marie-Camille, qui avait gardé le silence pendant l'heure et demie du spectacle, s'écria sous les regards attendris des villageois :

— Tante Florie, tu es la meilleure !

La femme rougit encore plus, et sa voix tremblait lorsqu'elle prit la parole.

— Avant de terminer ce concert, j'aimerais dédier notre dernière chanson à ma sœur. Ma sœur Adèle dont la force ne cesse de me surprendre. En ce 24 décembre, nous fêtons Adèle de Pfalzel, fondatrice du monastère de la ville du même nom en Allemagne. J'ai fait mes recherches !

Florie fixa affectueusement sa cadette assise dans les premières rangées. Un regard lui disant tout l'amour qu'elle lui portait. Les trémolos dans la gorge, la femme en rouge et noir se tourna vers la chorale pour le début de la chanson hom-mage. Monsieur Beaulieu, l'organiste, sursauta lorsqu'elle souffla entre ses lèvres :

— Musique… Musique… Musique, mautadine !

Fatigué à cette heure avancée de la soirée, l'homme distrait posa ses mains tremblantes sur son clavier pour commencer l'accompagnement. Il l'avait échappé belle ! Surprise, la cadette des Gélinas mit ses mains sur sa bouche. Elle jeta un regard en coin autour, alors que tous les villageois la regardaient avec un sourire avenant. Adèle n'était guère habituée à recevoir la complaisance des gens du village qui l'avaient souvent isolée à cause de ses convictions et de son travail au journal. Elle reporta son attention sur l'avant de l'église où James s'avan-çait en la fixant de ses yeux foncés. Sa voix profonde et envoû-tante s'éleva dans le temple catholique pour entonner l'hymne qu'il avait tant pratiqué. Ces paroles en latin, chantées par un homme qui ne priait pas la vierge Marie :

Ave Maria Gratia plena
Maria Gratia plena
Maria Gratia plena
Ave, ave dominus
Dominus tecum
Benedicta tu in mulieribus
Et benedictus
Et benedictus fructus ventris
Ventris tui Jesus

Lorsque le chœur de la chorale s'avança à son tour pour accompagner le voisin des Gélinas, pas un œil ne resta sec dans l'église. La voix divine de l'homme réussit à unifier tous les villageois autour de sa couleur. James Jackson était Cécilois. Si Alcide Constantin s'était donné la peine de se présenter ce soir-là, il aurait peut-être, lui aussi, compris l'affection qu'avaient les villageois pour cet homme noir, différent à l'extérieur bien sûr, mais si intensément bienveillant, qu'à partir de ce jour, tous eurent l'impression qu'il faisait partie des leurs depuis toujours. Le fermier malcommode n'avait pas décoléré depuis l'affront fait par le conseil. Il eut beau chercher de l'appui des autres gens du village, la réponse était partout la même :

— Bien voyons, Alcide, je ne suis pas pour aller à l'encontre du maire et des conseillers ! C'est passé au vote cette affaire-là !

Alors en cette soirée de fête, l'homme et ses fils ne se présentèrent pas à l'église. Il refusait de côtoyer des sans-cœur qui préféraient un étranger à un des leurs. À la sortie de l'église, même si la neige s'était mise de la partie, les femmes, les hommes et même les enfants entourèrent les membres de la chorale pour les féliciter de cette grande réussite. Louisette et Florie se pavanaient comme des reines alors que James, à qui on venait serrer la main, se dandinait inconfortablement et n'avait qu'une hâte, retourner chez lui. Mais à sa grande surprise, Florie s'avança vers lui et Jeremiah en disant d'une voix assurée :

— Venez donc partager notre repas de fêtes. Il y en a pour tous !

— Hum…

Déstabilisé, James lança un regard estomaqué à Adèle qui lui sourit gentiment. Laurent, lui aussi troublé par la nouvelle Florie, approuva de la tête. Depuis que Léo était reparti chez sa mère pour le temps des fêtes, les soirées lui semblaient bien longues, entre ses deux sœurs. Au moins, ce soir, il pourrait penser à autre chose qu'à sa déviance qu'il n'avait pas encore confessée. Comment pourrait-il avouer au curé Latraverse que lui, Laurent Gélinas, désirait un autre homme plus que tout ? Comme il ne dirait jamais la vérité, mais qu'il n'avait guère le choix et devait confesser ses péchés chaque semaine, le jeune homme nommait la bonne chère, la boisson occasionnelle comme seuls outrages à sa foi.

De retour à la maison, Adèle, encore émue par le témoignage d'amour de sa grande sœur, s'approcha doucement de celle-ci alors qu'elle quittait le salon et se dirigeait vers la cuisine.

— Florie...

— Oui.

— Merci. Merci de m'aimer malgré mes écarts.

Les larmes qu'elle retenait depuis la fin du concert roulèrent sur ses joues. La grosse femme s'approcha doucement et la prit contre son cœur. Une longue étreinte sans mot, au milieu du corridor où elles couraient enfants ; où les années avaient patiné le plancher et les murs tant de fois martelés. La soirée se termina dans la joie. Pour James et Jeremiah, la famille Gélinas deviendrait comme la leur pour les années à venir. À travers les peines et les joies, tous étaient unis pour toujours. Vers une heure du matin, au moment de quitter la ferme, les deux hommes prirent la peine de serrer la main des deux frères et de faire la bise aux deux sœurs. En fait, si Jeremiah le fit de bon aloi, ce fut Florie qui s'approcha de James et lui dit, d'un ton allégé par les quelques verres de vin de cerise pris dans la soirée :

— Bien voyons, James, donnez-moi deux becs ! On est amis ou pas ?

— Euh… oui, oui.

Les yeux grands ouverts, l'homme retint un léger sourire et acquiesça à la demande de la femme. Il se fit plaisir ensuite en répétant le geste pour Adèle qui n'attendait que ce moment. Toute la soirée, la tension sexuelle entre les deux l'avait émoustillée au point où elle aurait tout donné pour avoir un instant seul avec James. Pendant le souper, alors que le couple était assis l'un près de l'autre, à quelques reprises, Adèle avait laissé sa jambe se déposer subrepticement sur celle de son voisin. D'abord surpris, James s'était pris au jeu et avait permis à la femme de poser sa main sur sa cuisse. Seul Édouard semblait observer le manège entre sa cadette et son employé et s'il ne le voyait pas d'un bon œil, c'était surtout parce qu'il craignait de voir Adèle souffrir de nouveau. Une relation avec un autre homme, si différent, ne pouvait que la précipiter dans le malheur. Florie, quant à elle, avait bu un peu plus que de coutume pour oublier que jamais elle ne formerait un couple avec le charmant ferblantier. Sa fiancée, incommodée par une vilaine grippe depuis quelques jours, avait quitté l'église tout de suite après le récital. L'aînée des Gélinas avait retenu un petit soupir satisfait lorsque Béatrice avait refusé leur invitation. Même si elle avait finalement accepté son destin et souhaitait maintenant le bonheur de Jeremiah, elle redoutait les marques d'affection que les fiancés pourraient s'échanger en sa présence. Quoique… elle avait l'impression que la froideur dont faisait parfois part la jeune femme à l'égard de Jeremiah se teintait d'exaspération. Béatrice Dupuis ne semblait pas toujours être la fiancée fort amoureuse qu'elle était au début de la relation. Mais Florie se faisait probablement des idées, elle qui aurait vénéré le sol où marchait le jeune Anglais si, et seulement si, elle s'était donné le droit d'aimer. La porte grande ouverte malgré le froid de cette nuit de Noël, elle félicita de nouveau les deux hommes à la porte en criant :

— Ce fut un concert mémorable, mes amis. Mémorable !

Les deux hommes riaient encore lorsqu'ils embarquèrent respectivement dans leur carriole. Jamais ils n'auraient pensé un jour voir Florie un peu soûle. Le lendemain matin, au réveil, l'aînée regretta d'ailleurs de s'être laissé aller à la fête.

— Oh… ma tête ! pensa-t-elle avant de rougir, seule dans sa chambre.

Avait-elle vraiment embrassé James et Jeremiah devant toute sa famille ? « Mon Dieu, qu'est-ce qui m'a pris ! J'ai pas fini de faire rire de moi ici… mais que j'en voie pas un m'en reparler parce que je lui donne pas de cadeaux. »

Lorsque le 2 janvier arriva, la neige avait recouvert toute la vallée entre le lac Mauve et le lac Désert. C'est donc avec une grande fierté que James inaugura l'autoneige pour accompagner une villageoise à l'hôpital de Saint-Jovite, où elle devait donner naissance à des jumeaux. Pour l'accompagner, sa mère prit place dans le véhicule, en serrant fort contre son cœur son manchon de fourrure. La femme n'avait guère confiance dans ces machines du futur et craignait de rester en panne sur le côté du chemin, obligée d'accoucher sa fille dans trois pieds de neige. Pour ce premier voyage officiel, Ludovic Marquis prit place aux côtés de James. Ses parents avaient réussi, après de multiples tentatives, à lui faire accepter le travail offert par la municipalité. C'est Gérald Marquis qui avait eu le mot pour le convaincre :

— Si c'est ton visage qui te dérange, mon fils, en plein hiver, il n'y a personne qui va contester le fait que tu portes un foulard jusqu'au nez.

Hésitant encore, Ludovic prit sa décision lors de la messe

de minuit. Troublé par les chants, ému par le sermon, il se décida à tourner la page pour tenter de se reconstruire une vie au village. Il aimait bien James Jackson, un homme de peu de mots, mais qui attirait la confiance. Côte à côte, les deux hommes se sourirent avant de quitter le hangar. Prêts pour la grande aventure. Heureusement, ils ne remarquèrent pas Alcide Constantin dans l'escalier devant le magasin général. Sa rancœur face à l'injustice commise par rapport à son fils gonflait son cœur de haine. La haine de l'étranger qui prenait la place des vrais villageois.

— Si on les laisse faire, les Gélinas et compagnie vont nous envahir de tous leurs maudits immigrés. Il va falloir qu'ils me passent sur le corps avant que je cautionne leurs décisions. Puis s'ils pensent que je vais abandonner le conseil du village, bien j'ai des nouvelles pour eux autres ! M'en vais y retourner puis donner mon avis contraire sur toutes les décisions.

Alors que le maire espérait la démission de ce conseiller malveillant, quelle ne fut donc pas sa surprise de le voir apparaître sur le seuil de la salle du conseil le soir du 5 janvier comme si de rien n'était. Dépité, Paul-Émile Fréchette fit contre mauvaise fortune bon cœur.

— J'espère que vous avez tous passé de belles fêtes. Avec la neige qui nous tombe dessus depuis le dernier conseil, on peut dire que l'hiver est bien installé ! La première sortie officielle de l'autoneige a eu lieu il y a trois jours et le tout s'est déroulé parfaitement. Madame Vadeboncœur est arrivée à l'hôpital de Saint-Jovite bien à temps pour mettre au monde ses petits bonshommes en santé. Ses neuvième et dixième enfants si je ne me trompe pas ?

Il lança un regard vers Philippe-Joe Lalonde, voisin des Vadeboncœur, pour valider son information. Ce dernier hocha la tête, pressé de changer de sujet pour éviter la colère de Constantin. Mais étonnamment, le fermier semblait avoir repris ses sens et attendait sagement que l'ordre du jour commence. Paul-Émile Fréchette laissa échapper un soupir de soulagement, alors qu'Édouard n'était pas dupe. Il connaissait trop bien le mauvais caractère de l'homme du chemin du lac à la Truite et savait que ce n'était que partie remise avant qu'il n'éclate à nouveau.

⚜

Laurent avait hâte au retour de Léo. Depuis Noël, sans parler des vacances, disons que la ferme fonctionnait au ralenti comme partout au village. Avant la venue de leur engagé, le jeune Gélinas se morfondait souvent entre les mois de janvier et avril. Mais depuis que Léo vivait chez eux, les mois d'hiver étaient synonymes d'heureuse paresse pour Laurent. S'ils utilisaient ces journées froides pour confectionner, réparer les meubles et les outils de la ferme, rien ne pressait, car ils avaient tout leur temps. Les deux hommes passaient donc beaucoup de temps à la pose de collets et s'étaient même initiés au patinage l'hiver précédent. C'est le jeune Villemarie qui avait eu cette idée après avoir trouvé une boîte avec des vieux patins dans la petite grange de James, anciennement celle du père Claveau. Le grand Noir, à qui ils donnaient un coup de main pour faire le ménage des affaires de l'ancien propriétaire, avait bien ri en leur disant que jamais il ne se mettrait les pieds dans une telle bottine.

— Wow... Tu... tu... te... rends... com..compte... Laur..rent ?... On va pouvoir pa..patiner puis... sauver... six piastres cha..chaque !

Incertain de leur chance, son ami avait acquiescé. Mais finalement, Laurent s'était laissé prendre au jeu et après de multiples chutes accompagnées de bosses et d'ecchymoses, les deux jeunes gens avaient passé de longs moments sur la patinoire en compagnie d'autres garçons et filles du village. Des équipes de hockey s'étaient formées et même Adèle, à l'occasion, était allée tournoyer sur la glace à la grande stupeur de sa sœur qui n'oserait jamais poser le pied sur de l'eau glacée. Ce qui fait qu'en ce matin glacial de janvier, Laurent attendait avec excitation son ami pour profiter avec lui des joies de l'hiver. Édouard l'avait bien accompagné une fois ou deux pendant les vacances, mais sa complicité avec Léo était difficilement comparable. Depuis l'aube, il s'échinait dans le salon à sabler le bord de la fenêtre tout en gardant un œil constant sur la côte Boisée. Enfin, vers dix heures, il aperçut la carriole de monsieur Marois qui déposait Léo sur le bord de la route.

— Il était temps, mosus!

Se dépêchant dans la cuisine, il déposa son torchon sur le bord de l'évier et se hâta de monter à sa chambre. Il n'était pas pour montrer à Léo son empressement à le voir. Depuis son départ, Laurent avait réfléchi. Si son ami avait réussi à mettre derrière eux son écart de conduite, il s'était fait la promesse de ne plus jamais recommencer. Pendant la journée, il y pensait peu, occupé à toutes sortes de tâches dans la grange et la maison. Mais le soir venu, dans son lit, c'était une autre histoire. Laurent repensait à leur unique baiser; à l'odeur brute de Léo, à ses cuisses, ses hanches contre les siennes… Sa main prenait alors le chemin de son désir et c'est le cœur rempli de honte qu'il enfouissait son visage dans son oreiller pour plonger dans un sommeil agité.

— Tiens, Léo, c'est Laurent qui va être content! dit Florie

en arrivant dans la cuisine où leur engagé déposait son manteau et ses bottes. Il n'arrête pas de tourner en rond depuis que tu es chez ta mère ! On dirait que sans toi ici, il ne sait pas quoi faire de ses deux mains !

Sans réaliser à quel point ses paroles pénétraient profondément le cœur et l'âme du jeune homme, Florie continua à déblatérer sur l'ennui de son frère. Après une dizaine de minutes pendant lesquelles Léo n'avait rien dit, elle cria de toutes ses forces :

— Laurent, Laurent !

— Quoi ?

— Viens donc voir ta belle visite !

Le cœur battant, le cadet lança un regard anxieux dans le miroir de son bureau. Léo verrait-il dans ses yeux fiévreux le désir qu'il ressentait ? S'apercevrait-il que le baiser échangé ne serait que le premier d'une longue série s'il n'en tenait qu'à lui ? Se secouant vivement, Laurent frotta sa chevelure blonde hirsute et prit un air marabout. Ainsi, personne ne passerait de commentaires sur sa joie de revoir leur engagé.

— Ah tiens, salut Léo.

— Lau..Laurent.

Un silence suivit ces quelques paroles. Le malaise évident entre les deux n'était heureusement pas capté par Florie, occupée à rouler sa pâte à tarte.

— Bon… bon… Je… je… vais… d..dans… ma chambre.

— Dépêche-toi, mon Léo, Laurent attend depuis deux semaines pour aller patiner avec toi. Vous avez le temps avant le dîner, on mangera pas avant une heure parce qu'Adèle est partie donner un coup de main à Édouard.

— Bien… si ça te tente ? dit Laurent en lançant un regard de reproche à sa sœur caporale.

— Peu..peut-être… apr..après le dîner.

Sans un autre mot, Léo prit son mince bagage et monta dans sa chambre sous le regard curieux de Florie.

— Mon doux, il a pas de façon ce matin, lui là ! Pour moi, les vacances ont été dures.

Elle éclata d'un rire bref en se retournant pour continuer sa tâche. Elle ne vit pas le visage affaissé de son frère, son regard alarmé fixant l'escalier. Laurent savait maintenant que l'incident de la grange n'était pas oublié. Pour Léo, les moments à venir seraient les plus pénibles de sa jeune vie. Il voulait attendre le bon moment pour annoncer sa nouvelle, tout en sachant que rien ne pourrait en atténuer l'effet. Pendant le dîner, il sentit l'attention fébrile de son ami sur son visage. Les deux femmes lui racontaient en détail la soirée du 24 décembre, Florie bombant fièrement le torse en mentionnant les nombreux compliments que la chorale avait suscités.

— Même le maire est venu nous voir après le récital. Il m'a dit que de mémoire de villageois, un tel événement ne s'était jamais vu !

— Bra..bravo !

Adèle, trouvant que le pauvre garçon en avait eu assez, lui fit un signe de la main avant de dire :

— Bon, si vous voulez aller patiner, partez maintenant. Il fera très froid à partir de demain.

— Euh… On… on… a… du… du… travail… je…

— Non, non, laissez faire le reste. Vous méritez bien une dernière petite journée de plaisir.

En disant ces paroles, Adèle ne se doutait pas que Léo revivait encore et encore la scène de la grange. L'émotion, le gémissement de Laurent lui crispait le cœur et lui donnait envie de s'enfuir. Pendant son séjour à Saint-Damien, il avait pris son courage à deux mains et écrit à Bérangère Barnabé. Il attendait maintenant une réponse en espérant de tout cœur qu'elle accepterait de le fréquenter. Dépité de ne pouvoir rester à la ferme pour travailler, il se résigna à enfiler son gros parka et sa tuque de laine. Patins sur l'épaule, les jeunes hommes filèrent jusqu'au village sous un ciel clair et un soleil éclatant. Sous leurs pas, la neige tombée dans les dernières semaines craquait en se lamentant. Déjà sur la patinoire, quelques jeunes gens tournoyaient en tentant d'impressionner deux jeunes filles qui patinaient main dans la main.

— Zut, il y a donc bien du monde ! D'habitude, c'est le soir que c'est plein !

Déçu, Laurent s'assit sur une butte de neige pour mettre ses patins. Il tentait d'agir le plus normalement possible afin que le malaise entre les deux se dissipe. Il jeta un regard par en dessous à son ami silencieux.

— Ça va, Léo ?

— Oui.

— Je veux dire… Est-ce que tu… m'en…

Incapable de continuer sa question, Laurent s'empourpra et plongea son nez sur ses lacets. Comment savoir si son ami lui avait pardonné ? Comment faire pour avouer que ce moment d'égarement ne voulait rien dire même s'il savait que c'était faux ? Le visage fermé de Léo n'invitait pas à la discussion et il décida de se taire. Sur la patinoire, les jeunes Constantin, Anasthase et Conrad, faisaient la course en hurlant. Lorsque les deux nouveaux patineurs mirent pied sur la glace, ce ne fut pas long avant que l'aîné arrive près d'eux :

— Tie..t..iens… Si… si… c'est… p..pas… le… le… bé..bé.. ga..gayeur ! hurla le costaud en poussant son frère mort de rire.

Les deux frères, même s'ils étaient âgés de vingt-deux et vingt-trois ans, ne faisaient rien de bon de leur vie, si ce n'était que se moquer des autres, boire un bon coup et paresser sous les menaces de leur père. Au moins, Conrad s'était déniché une fiancée et devait se marier à la fin de l'année. Il quitterait pour de bon la ferme de son père pour prendre en charge celle de ses beaux-parents âgés. Il répéta les niaiseries de son frère en mettant encore plus de puissance dans sa voix pour s'assurer qu'un attroupement se forme autour d'eux. Laurent s'avança pour défendre Léo, mais celui-ci le tira par la manche. Le regard suppliant dissuada Laurent de faire un coup d'éclat. Son ami glissait déjà sur la glace sans s'occuper des Constantin. Il était tellement habitué de faire rire de lui que cela ne lui faisait ni chaud ni froid. Le contact avec l'air vif lui fit le plus grand bien et pendant une bonne heure, les deux hommes se défoulèrent sur la patinoire sans se préoccuper des autres sportifs amateurs. Lorsque Anasthase s'avança près d'eux au bout de ce temps, ils voulurent l'éviter, mais l'homme massif de plus de six pieds les en empêcha.

— Arrêtez donc de vous sauver. On veut juste savoir si vous voulez faire une partie de hockey. Mon frère va aller chercher des bâtons puis on pourrait voir avec les petits culs là-bas si ça leur tente. Qu'est-ce que vous en pensez ?

Hésitant, Laurent regarda son ami pour lui laisser le choix. Léo acquiesça et au même moment, son œil fut attiré par une nouvelle venue sur la glace. Bérangère Barnabé regardait le trio avec intérêt. Écarlate sous sa tuque bleue, le jeune engagé partit en sens inverse pour éviter d'entendre un refus de sa part. Après tout, si la jeune châtaine n'avait pas répondu à sa lettre, il était fort probable qu'elle n'avait aucun intérêt pour lui. Gêné de se trouver à proximité d'elle, Léo ne pouvait s'empêcher de la suivre des yeux. N'ayant pas les moyens d'acheter le manteau de ses rêves dans le catalogue qu'elle feuilletait toujours avec envie, Bérangère avait tout de même réussi à confectionner une copie fort appréciable d'un manteau de laine vert forêt doublé de flanalette à carreaux. Elle avait cousu chaque soir de novembre pour terminer son vêtement, fermé sur le devant par cinq gros boutons de cuir noir, à temps pour les fêtes. La sœur de Rosaire Barnabé savait bien qu'elle avait fière allure. Glissant avec élégance sur la glace, elle dépassa les autres patineurs pour arriver à la hauteur de Léo.

— Bonjour, monsieur Villemarie, dit-elle d'un ton moqueur.

— Bon..jour.

L'engagé, ne sachant que dire d'autre, accéléra la cadence. Mais sa voisine fit de même pour rester à sa hauteur.

— J'ai bien reçu votre lettre. Je vous en remercie.

— ...

— Vous dites rien ? Pourtant votre message était clair ! Ne voulez-vous pas savoir ma réponse ?

Comme il allait répliquer, Laurent arriva à la hauteur du duo. Un sentiment de jalousie l'envahit en voyant le regard échangé entre les deux autres. Un regard où transparaissait l'agacement d'être dérangé. Comme un coup de poignard au cœur, le cadet des Gélinas comprit que jamais Léo ne serait à lui. Que son amour impossible le resterait pour toujours. Son ami vibrait pour quelqu'un d'autre. Son ami était normal, lui. Il les dépassa donc avec rage et se mit à patiner de toutes ses forces en retenant les sanglots qui montaient à sa gorge. En le regardant s'éloigner avec puissance, Léo revécut l'étreinte non désirée de la grange et prit sa décision.

— Oui… votre… ré..réponse.

— Ah. Alors c'est d'accord ! Vous pouvez venir veiller à la maison le samedi soir. Mon frère dit que vous êtes un bon garçon et il a donné sa permission.

Aussitôt les mots prononcés, Bérangère enfouit son chapeau marron profondément sur ses oreilles avant de partir à toute vitesse, poursuivie par Léo, complètement charmé. Lorsque l'après-midi prit fin, les deux hommes retournèrent à la ferme où ils s'enfermèrent dans leur chambre respective, envahis par des pensées divergentes. Les larmes que Laurent retenait depuis des heures se mirent à couler alors qu'il donnait des coups de poing dans son oreiller. Une longue plainte se forma dans sa gorge, plainte qu'il étouffa dans ses mains. Dans la chambre adjacente, l'euphorie envahissait Léo qui étira sa longue silhouette mince devant la fenêtre. Il retenait ses cris de joie depuis que sa « prospecte » avait accepté de le recevoir le samedi suivant. En secret, il avait promis d'aller veiller tout de suite après le souper, avant que les frères Constantin ne les forcent presque à jouer une longue partie de hockey interminable.

— J'aurais préféré patiner tout l'après-midi avec Bérangère moi ! pensa Léo.

Mais il se promettait bien de l'inviter à la patinoire un soir prochain. La semaine qui suivit fut bien maussade dans la maison. Laurent répondait par monosyllabes à chaque fois qu'un membre de la maisonnée s'adressait à lui. Le vendredi matin, alors qu'il marmonnait son accord pour une tasse de café, Florie éclata :

— Veux-tu bien me dire qu'est-ce que tu as cette semaine toi ? Tu es pas parlable !

— J'ai rien.

— Bien non, une chance ! On dirait que tu t'es fait frapper par un tracteur tellement que ta face fait peur. Moi j'ai mon voyage de te...

— Tu as juste à me laisser tranquille puis tout va être correct ! cria Laurent avant de jeter un long regard de détresse vers Adèle et sortir dehors en claquant la porte de la maison.

— Coudonc ! On dirait qu'il a mangé de la vache enragée ! Je m'en vais lui dire ma façon...

— Florie, laisse-le tranquille, veux-tu ?

L'aînée cessa de manger sa toast pour lever son doigt vers sa sœur.

— Comment ça, laisse-le tranquille ! As-tu vu qu'est-ce qu'il a l'air ? Puis impoli à part ça. En plus, il est sorti sans chapeau, le manteau même pas attaché ! C'est qui qui va prendre soin de lui, tu penses, s'il tombe malade, hein ?

Adèle posa sa main fine sur celle de sa sœur en la priant du regard. Elle l'observa si longtemps sans parler que l'autre se tortilla, inconfortable.

— OK, OK. Si tu insistes. Mais je lui donne jusqu'à lundi, puis rendu là...

— On verra. Bon. Et si on parlait de notre petite cocotte qui va venir dormir ici pour deux nuits ? J'ai bien trop hâte !

Florie retrouva aussitôt son sourire. La pensée de gâter Marie-Camille pendant trois jours était assez pour faire passer sa mauvaise humeur. Édouard leur avait demandé de la garder puisqu'il devait aller à Montréal pour un cours de perfectionnement.

— Mon doux, tu vas devenir un grand savant ! s'était moquée Florie en évitant un coup de poing taquin de son frère.

— Oui, ma sœur, puis tu vas aimer ça, j'en suis sûr puisque

je vais revenir avec des idées pour faire un fromage encore meilleur !

— Tant que tu en inventes un nouveau avec un nom plus adéquat, ça fait mon affaire !

— Florie !

— Rien dit. J'ai rien dit !

Le frère et la sœur avaient longuement argumenté l'année précédente lorsque le maître-beurrier avait décidé de nommer son fromage le Saint-Clément. Offusquée, son aînée lui avait fait remarquer qu'utiliser un saint de l'église ça ne se faisait pas. Tout simplement. Surtout que le pauvre homme était mort en martyr, lancé à la mer avec une lourde ancre attachée au cou ! Un peu de respect quand même ! Mais Édouard n'était pas du genre à se plier aux demandes de sa sœur, elle l'avait compris le jour de son mariage. D'autant plus qu'il savait très bien que le fait d'utiliser le prénom masculin si semblable à celui de son épouse était ce qui choquait le plus sa sœur. D'ailleurs, Florie avait ragé une partie de cette semaine-là, en pensant que jamais ils ne seraient débarrassés de cette maudite Clémentine !

— Je vais aller chercher la petite demain matin à la beur-rerie. Comme ça, notre frère va pouvoir partir tout de suite après sa journée. Parce que le train jusqu'à Montréal, c'est quand même une bonne couple d'heures !

Ce qu'Adèle ne mentionnait pas, c'était le plaisir qu'elle aurait à revoir James, qu'elle n'avait pas rencontré de toutes les vacances. L'apprenti beurrier avait profité d'une petite pause entre Noël et le jour de l'an pour aller rendre visite à sa famille. Aussitôt arrivé au logement de sa mère, il n'avait eu qu'une envie : repartir aussitôt ! Après deux jours, il avait donc refait son maigre bagage.

— *My God, can't you stay a bit longer? Seems to me that you just arrived in Montreal, James*[31] *!*

— *Sorry, mom, but I have to work. And my neighbour is nice enough to take care of my animals but I don't want to exaggerate, you know*[32] *?*

— *Hum…*

Dans le petit appartement du sud-ouest de la ville, le grand homme étouffait, les grands espaces lui manquant. Sa famille avait été emballée de savoir que la mort de son employeur, *mister* Claveau, lui avait permis de mettre la main sur sa terre et sa maison. Au moment de son départ pour retourner au village, deux de ses frères et sa mère le convainquirent de les recevoir chez lui à la fin de l'hiver. Ils ne lui avaient jamais rendu visite, même si James était propriétaire depuis quelques années déjà.

— *I want to see where my baby lives before I die*[33] *!* avait rigolé sa grosse maman au visage de lune.

Soupirant derrière le comptoir de la beurrerie, James espérait que ce désir de sa mère disparaîtrait avec le beau temps. Les habitants commençaient à s'habituer à sa peau, s'il fallait que toute sa famille rapplique à Sainte-Cécile, il avait l'impression que tout le cheminement serait à refaire. Il en était là dans sa réflexion lorsque la porte s'ouvrit sur Marie-Camille qui avait couru dès la carriole de son père arrêtée devant l'atelier de Jeremiah.

— James… j'arrive !

---

31 Mon Dieu, tu ne peux pas rester un peu plus longtemps ? Il me semble que tu viens juste d'arriver à Montréal, James !

32 Désolé, maman, mais je dois travailler et en plus, mon voisin est bien sympathique de s'occuper de mes bêtes, mais je ne veux pas exagérer, tu comprends ?

33 Je veux voir où habite mon bébé avant de mourir !

— Eh bien oui, mademoiselle Mimi !

La fillette éclata de rire en sautant dans les bras de cet homme, devenu avec les années le confident et l'ami de son père. Les deux célibataires aimaient passer du temps ensemble, souper ou jouer aux cartes toute la soirée. Comme Jeremiah fréquentait maintenant l'institutrice, ce dernier se faisait plus rare dans leurs soirées masculines ! James prit les mains glacées de Marie-Camille et souffla dessus pour le plus grand plaisir de celle-ci. Il avait fini d'accrocher son manteau au mur lorsque Édouard fit son apparition.

— Mimi, je t'ai dit de m'attendre, je voulais que tu viennes dire bonjour à Jeremiah.

— Pfff !

— Comment, pfff ?

— Jeremiah n'est pas comique comme James.

Son père leva les yeux au ciel. Plus cette enfant vieillissait, plus elle avait un franc-parler ! Heureusement, Jeremiah était resté à l'atelier, mais il n'aurait de toute façon pas pris la remarque de la fillette de façon personnelle. À part James, peu d'hommes trouvaient grâce aux yeux de Marie-Camille. Assise sur le comptoir, elle grimaça lorsque Édouard la fit descendre.

— Allez hop, va dessiner en attendant ta tante. J'ai du travail.

— James ?

— Oui, Marie-Camille ?

— Tu savais que j'allais dormir deux nuits à la ferme ?

— Non.

— Eh bien mon papa s'en va à *Montral* pour un cours.

— À Montréal ? Ah je savais pas.

Édouard, inconfortable, fit signe à James qu'il l'informerait plus tard. Il vida une première canisse de lait dans son écrémeuse sous le regard curieux du Noir. Sa fille ne saurait jamais garder un secret, il en était certain ! Un vrai moulin à paroles, comme Clémentine. Il réussissait parfois à sourire en pensant à sa femme décédée. De plus en plus en fait, lorsqu'il disputait sa fille par exemple et qu'elle faisait la moue ; ou quand elle lui parlait de son « p'tit jardin » qu'elle voulait planter avec des gros, gros arbres dedans. Oui, Henry avait eu raison, sa fille lui avait permis de survivre à sa perte. Vers neuf heures, la porte s'ouvrit sur Adèle, les joues écarlates.

— Brrr... On gèle, mautadine ! Salut, ma cocotte !

— Ma tante Adèle, regarde : j'ai fait une famille de poules !

Marie-Camille agita sa feuille couverte de lignes colorées devant le visage de la brune qui sourit avec indulgence. Sa nièce la charmait toujours un peu plus. Elle lança un regard dans la direction de James, qui l'avait saluée puis s'était retourné pour continuer à parcheminer les boîtes à beurre. La femme s'avança vers lui en contournant le comptoir où s'était écrasée la fillette pour terminer son œuvre d'art.

— Bonjour, James.

— Adèle.

La sœur d'Édouard colla son corps sur celui de l'aide-beurrier sous prétexte d'observer la tâche accomplie. Mais il n'était pas dupe et le souffle coupé, il tenta de retenir le tremblement de ses mains.

— Il vaudrait mieux...

— Quoi ? chuchota Adèle effrontément.

Incapable de répondre, James savait qu'il devait faire diversion, car il ne pourrait résister longtemps au charme de la femme.

— Édouard, Édouard ? *Your sister is here !*

— *Yousisterishir!* répéta en riant Marie-Camille. *Yousisterishir!*

— Mimi, tiens-toi un peu, veux-tu bien! Tu es impolie maintenant! dit Édouard en secouant la tête, découragé.

Mais James et Adèle riaient aux éclats, ne l'aidant guère dans son désir d'éduquer sa fille.

— Arrêtez, vous deux! Vous l'encouragez dans ses niaiseries!

— Elle est trop drôle! rigola Adèle en prenant la petite fille contre elle.

La fillette enfouit ses boucles blondes dans le cou de sa tante en inspirant bien fort.

— Hum… Tu sens bon. Tu sens comme ma maman!

Les trois adultes se figèrent, puis Édouard sentit ses yeux se remplir de larmes.

Adèle recula légèrement pour observer sa filleule.

— Ah bon! Et tu sais ça comment, toi?

— Bien parce que ma maman Clémentine sentait bon. C'est papa qui me l'a dit. Il a dit: «Ta maman avait le parfum d'une fleur d'été.» Comme toi!

Le silence se prolongea quelques secondes avant qu'Édouard ne décroche le manteau de sa fille.

— Bon, alors hop, habille-toi, ma princesse en or!

Après un dernier long échange de regards, Adèle quitta la beurrerie alors que James tentait de se remettre à la tâche. Plus facile à dire qu'à faire. La petite Marie-Camille avait bien raison. Sa tante sentait l'été malgré la température glaciale de janvier…

CHAPITRE 13

Premières recherches

Lorsque Édouard revint à la ferme, le vendredi, pas un mot ne fut échangé concernant les apprentissages qu'il avait faits pendant la semaine à Montréal. Heureusement, car il n'aurait pas à mentir de nouveau n'étant pas allé dans la grande ville dans le but de peaufiner son art. Il sourit à Marie-Camille qui se pendait à son cou :

— Alors, mademoiselle, tu n'as pas trop tanné tes tantes et ton oncle ?

— Mon oncle Laurent il fait la baboune ! répliqua la fillette en plissant son nez rond pour montrer sa désapprobation.

— Marie-Camille !

— Bien quoi ?

— Elle a raison, ton frère a un air de bœuf depuis le début du mois. Je sais pas ce qu'il a, mais...

— ...mais on le laisse tranquille, hein Florie ?

Les deux sœurs échangèrent un regard plein de rancœur. Elles s'obstinaient continuellement sur l'attitude à avoir avec leur petit frère. Depuis que Léo allait veiller chez Bérangère les samedis soirs, le cadet avait l'impression que sa vie dérapait. Il avait beau ne pas rêver, il s'était pris à imaginer que leur relation redeviendrait comme avant. Mais Léo faisait bien attention de ne pas se retrouver trop près de lui et hésitait même à partir dans les champs couverts de neige pour chasser le petit gibier. La proximité imposée par la pose des collets le rendait mal à l'aise et il avait esquivé deux fois, cette semaine, la proposition de chasse de Laurent. Aujourd'hui, à la place, il accompagnait sa nouvelle amie à Labelle toute la matinée pour faire l'achat de la papeterie nécessaire au fonctionnement du bureau de poste. Florie avait froncé les sourcils devant cette sortie inusitée en pleine semaine :

— Fais-en pas une habitude, Léo, moi je te paye pour six jours de travail, pas cinq ou quatre.

— Vous… vous… m'enlè..ve..rez… une piastre, répondit presque insolemment l'engagé.

Hésitant sur le ton de l'homme, Florie chercha le regard de sa sœur qui haussa les épaules.

— Laisse-le donc aller, Florie. Après tout, ils ont fendu des rondins sans arrêt depuis lundi. Il peut bien prendre une journée de congé.

La grosse femme allait répliquer qu'avec leur terre non défrichée près du lac Mauve, il restait encore du travail à fournir. Mais elle se retint parce qu'elle était bien consciente de sa mauvaise foi, les arbres étant enfouis sous trois pieds de neige. Les deux hommes avaient passé plusieurs jours au début de décembre à bûcher sur la terre boisée. Outre les bûches de chauffage, ils avaient aussi accumulé du bois pour fabriquer le buffet désiré par Florie depuis longtemps. Ils avaient fait plusieurs allers-retours avec la traîne à bâtons sur laquelle étaient empilées des espèces et des longueurs variées. La sortie de Léo et Bérangère expliquait donc l'humeur maussade de Laurent qui répondait à sa nièce curieuse par monosyllabes. Édouard et Adèle échangèrent un regard inquisiteur. La jeune femme prit la décision de questionner son cadet pour deviner ce qui le tourmentait. S'il était amoureux, elle ferait tout pour qu'il déclare sa flamme en lui promettant de faire entendre raison à Florie. Lorsque Édouard repartit sans sa fille, Marie-Camille bouda quelques minutes dans le salon. Elle pensait bien s'en aller tout de suite avec son père.

— Moi je veux aller voir Barbouille!

— Papa doit d'abord passer à la beurrerie, Marie-Camille. Tu n'es pas un bébé, tu comprends, non?

— Oui, mais je m'ennuie de mon chat. Pourquoi tu n'as pas un chat, matante Florie?

Devant la grimace dédaigneuse de son aînée, Adèle éclata de rire. Elle étira les bras pour prendre sa nièce sur elle et dit en imitant sa grande sœur:

— Ça pue, ça perd du poil, ça chiale pour rien! Pas question!

— Bien Barbouille pue pas, lui!

Adèle chatouilla l'enfant avant de se laisser convaincre d'aller glisser en traîne sauvage sur la butte derrière la grange. Un peu d'air frais lui ferait le plus grand bien. Laurent les suivit à l'extérieur sans se préoccuper de sa nièce qui voulait l'intégrer à leur activité. Comme il continuait son chemin vers la grange sans répondre à l'enfant, elle lui tira la langue en cachette avant de courir sur ses petites jambes. À la beurrerie, Édouard fut très satisfait de constater que son employé n'avait guère chômé pendant son absence de deux jours. Les livres de beurre étaient emballées, deux énormes meules de Saint-Clément reposaient dans la chambre de maturation et il en était à l'écrémage des canisses qu'il était allé chercher à l'aube sur les rangs du village. Les fermiers, fort heureux de ne plus avoir à se déplacer par temps glacial, laissaient leurs bidons sur le bord du chemin, en général sur une tablette temporaire qu'ils avaient fabriquée avant la venue de la neige.

— Bien ma foi, mon James, je vais prendre des vacances plus souvent!

— Comme tu veux!

— Tout va bien?

— Parfait.

— Tu n'as pas eu de misère à te faire remplacer pour l'autoneige?

— Non, non, mercredi j'ai transporté le vieux Anatole à Labelle pour aller voir sa sœur malade et jeudi, comme je voulais baratter, c'est Ludovic qui s'est occupé du transport.

Depuis la première sortie de l'autoneige, des villageois de plus en plus confiants faisaient appel au service offert par le village. Mais le plus appréciateur du service était sans contredit le docteur Trudel. Par grosse tempête, même sa belle voiture luxueuse ne réussissait pas à affronter les congères. Avec l'autoneige, il pouvait se déplacer plus rapidement et en sécurité chez ses patients. James et Édouard restèrent quelques minutes en silence. Puis au bout d'un moment, le maître-beurrier n'y tint plus et il murmura:

— Tu veux pas savoir ce que j'ai trouvé?

— Oui, Édouard, mais je veux respecter ton... *how do I say...* ton enquête!

Édouard passa une main lasse sur ses joues avant de s'adosser à la plate-forme de livraison.

— Eh bien, j'ai rien trouvé! Voilà où j'en suis!

Le Noir leva son regard sombre vers son ami et cessa aussi de s'activer pour prendre place à ses côtés. Il attendit en l'encourageant du menton:

— Je suis allé à notre ancienne adresse à Terrebonne. Plus

personne ne connaissait ma mère dans le voisinage. Il y avait bien un vieux à moitié aveugle qui m'a dit: «Rose *Gingras...* Il me semble que ça me dit quelque chose!» Mais quand je lui ai précisé le nom de famille de ma mère, soit Gélinas, il a grimacé et m'a dit ignorer qui était cette dame.

— As-tu tenté l'hôtel de ville?

— Oui, aucun Antoine Gélinas. Je sais pas trop où poursuivre mes recherches, murmura encore Édouard, les yeux dans le vague.

Après le décès de Henry et la promesse faite sur son lit de mort de tout faire pour retrouver son père, Édouard avait d'abord mis cette démarche de côté. L'automne étant sa période la plus productive, il n'était pas question de quitter la beurrerie pour quelques jours. Ayant discuté à plusieurs reprises avec James de son projet, ce dernier l'avait encouragé à entreprendre ses recherches dans sa ville d'origine. Mais peine perdue. Antoine Gélinas, l'homme qui avait accompagné ses premières années de vie, semblait avoir disparu.

— Il est peut-être juste mort! Dans le fond, il doit avoir quelque chose comme... soixante ans.

— Oui, peut-être. Ou non.

Édouard lui lança un coup d'œil nerveux:

— Mais je fais comment pour la suite? J'ignore où je peux chercher. J'ignore comment chercher!

— Laisse-moi réfléchir, *my friend*. Lorsque j'irai à Montréal le mois prochain, je vais demander à ma famille comment on peut retrouver une personne disparue.

Désabusé, Édouard haussa les épaules avant de dire:

— Merci de tout ce que tu fais pour moi.

— J'ai rien fait, Édouard!

— Tu es présent, tu m'encourages. Tu sais, même si Henry

me manque énormément, je suis content que tu sois dans ma vie.

James, qui le dépassait de quelques pouces, mit ses mains sur les épaules d'Édouard avant de répondre.

— Moi aussi, mon ami.

⚯

— Veux-tu bien me dire ce que tu fais dans ta chambre depuis une heure, Adèle ? J'ai besoin d'aide moi pour le souper. Après, il faut que je me dépêche à finir la courtepointe que je veux donner à Louisette pour sa fête. C'est peut-être juste au mois de mars, mais tu sais comment on va être occupées quand la neige va se mettre à fondre. Ça fait que…

— Je suis ici, je suis ici, coupa Adèle. On fait les boulettes de jambon pour le souper ?

— Oui… J'hésite… Il me semble que c'est pas mal chic pour un repas de semaine.

— Oh allez, Florie, je pense que ça ferait plaisir à notre frère.

— Tu as raison, ça va peut-être lui redonner le sourire. Mais dis-moi donc, t'as pas répondu à ma question. Qu'est-ce que tu faisais dans ta chambre qui demandait autant de temps ?

— Rien. Un peu de ménage dans les tiroirs de ma coiffeuse.

En vérité, Adèle avait enfin pris la décision d'envoyer son manuscrit à un éditeur montréalais. Depuis presque un an que son livre était terminé, elle ne l'avait toujours pas soumis à quiconque, inquiète du contenu et des critiques que celui-ci pourrait générer. Même si son nom n'apparaissait nulle part, elle craignait malgré tout qu'un éditeur plus fouineur réussisse à la retrouver. Elle avait déjà imaginé la scène des dizaines de fois dans sa tête : on cogne à la porte, Florie l'ouvre et on lui annonce qu'Adèle, alias Virginie, aura la chance d'être publiée avant la fin de l'année. Sachant que cette vision cauchemardesque n'était pas réaliste n'enlevait aucunement la crainte de la jeune femme de se retrouver une fois de plus dans la mire de son aînée. Pourtant, depuis Noël, alors que sa relation avec James évoluait dans une étrange direction, Adèle retrouvait l'envie de voir ses écrits publiés. Dès le lendemain matin, elle irait à la poste pour acheminer son colis bien emballé à Montréal. Elle sortit de sa rêverie pour s'apercevoir que sa sœur la regardait, les deux mains sur les hanches.

— Puis ?

— Hein ?

— Je sais pas ce qui se passe avec toi, ma belle, mais *j'haïs* ça moi parler dans le vide !

— Je m'excuse, Florie, je suis juste un peu fatiguée. Vas-y, je suis tout ouïe !

Adèle s'efforça d'écouter attentivement le monologue de sa sœur sur les prochains travaux de couture qu'elle désirait entreprendre avant la Fête-Dieu du printemps. La cadette dut toutefois se faire violence pour ne pas se boucher les oreilles et sortir en courant lorsque Florie changea de sujet. Elle se mit à lui expliquer que Louisette Marquis avait en tête de créer un répertoire de chansons canadiennes-françaises et qu'elle-même n'était pas du même avis, croyant que le curé n'accepterait jamais un tel affront. Alors Florie ronchonnait sans reprendre son souffle au grand désespoir de l'autre !

— J'ai beau lui dire qu'on peut pas chanter n'importe quoi, elle est entêtée comme une mule ! Voir si on peut chanter *Le bal chez Boulé* en pleine église ! Bientôt, elle va nous proposer

Les filles de Saint-Constant si je l'empêche pas.

— Franchement, Florie, t'exagères pas un peu, là! rigola Adèle en tranchant ses oignons encore plus minces étant donné le regard sévère que sa sœur avait lancé sur ses morceaux.

Florie, toute sa rondeur retrouvée avec le temps des fêtes, secoua vivement la tête avant d'engloutir un bout de patate crue. Adèle grimaça puis reposa son couteau.

— Je suis certaine que vous pourrez vous entendre sur une liste jugée adéquate pour toutes les deux!

— C'est bien pour ça que je l'ai invitée ce soir à venir prendre une tasse de thé! On va toujours bien pas jaser de ça jusqu'à Pâques!

— Ce soir? demanda Adèle en cherchant aussitôt dans sa tête une idée pour fuir la maison.

— Oui, elle va arriver vers sept heures. Je veux pas me coucher trop tard. Tu vas pouvoir nous donner un coup de...

— Oh... c'est donc de valeur! J'avais prévu d'aller aider Béatrice Dupuis à finir ses nouveaux rideaux. Elle a décidé que la maison de Henry Stromph manquait un peu de sa touche personnelle!

Encore sensible lorsque le sujet du nouveau couple était discuté, Florie sentit sa gorge se nouer puis elle lissa sa coiffure avec une indifférence feinte. Jeremiah Holland, qu'elle n'avait pas vu depuis le concert du 24 décembre, resterait pour toujours l'unique homme qu'elle aurait pu aimer. Le sacrifice imposé par sa promesse lui semblait si lourd par moments qu'elle aurait presque souhaité retourner dans son lit et se rouler en boule jusqu'à ce que ce mariage soit passé. Mais elle n'en laissa rien paraître, même si sa sœur n'était pas dupe. Elle savait reconnaître les signes de la privation, du déni de l'amour chez Florie.

— Ah. Dommage. Bon, mets la nappe, je vais me rafraîchir avant de manger.

Adèle la regarda quitter la pièce de sa démarche alourdie par le poids des années et des... énormes repas que sa sœur avalait. Elle s'en voulait d'avoir parlé de l'institutrice. Toute à son égoïsme de ne pas avoir envie de se retrouver en compagnie de la grosse marchande, elle n'avait pas réfléchi avant de lancer sa réplique. Tant pis, elle devrait descendre au village après le repas et tenter d'offrir son aide à la maîtresse d'école qui ne l'attendait pas du tout! En plus, l'institutrice, arrivée au village trois ans auparavant en remplacement de Gabrielle Veilleux maintenant mariée, n'avait jamais vraiment fait d'efforts pour devenir amie avec Adèle, après leurs premières discussions.

— J'imagine sa face quand je vais arriver sur le pas de sa porte avec ma proposition! marmonna la brune en descendant l'escalier de la ferme.

Malgré le froid, Adèle était heureuse de se retrouver dehors en cette belle soirée d'hiver. Elle espérait qu'en passant devant chez James, ce dernier serait peut-être près d'une fenêtre et aurait le désir subit de la retrouver à l'extérieur ou encore mieux, l'inviterait à l'intérieur! Elle n'était pas amoureuse de cet homme, mais elle avait envie de son corps contre le sien. Ses sens éveillés n'attendaient que ses caresses sans égard pour les dangers qu'une telle relation amènerait si elle était découverte. C'est donc avec regret qu'elle dépassa la petite maison au fond de l'entrée sans signe de son voisin. À cette heure, peu de villageois se déplaçaient à l'extérieur et Adèle en profita pour chantonner de sa voix plus ou moins juste. Elle fredonnait encore lorsqu'elle arriva au coin du chemin Des Fondateurs. Les lumières de l'hôtel éclairaient un ciel étoilé et pour une rare fois, la jeune femme s'arrêta en face de l'édifice imposant. Elle inspira profondément pour se donner le courage de fixer longuement la large porte de bois et les fenêtres de la salle à manger où elle avait retrouvé son amant Jérôme à quelques reprises au début de leur relation. Si seulement elle s'était aperçue alors de la passion maladive de Marc-Joseph à son égard ! Peut-être aurait-elle pu mettre un frein à l'enchaînement funèbre qui s'était déroulé au printemps 1932. Sept années passées depuis ces semaines maudites. Se secouant en frissonnant, Adèle reprit son chemin, en silence cette fois. Elle vit que le feu brûlait encore dans la forge et fut tentée de s'y arrêter pour saluer Jeremiah et voir si son frère était déjà parti.

— Franchement, je suis pas pour arriver à l'école à neuf heures, Béatrice n'ouvrira même pas ! Elle va dormir à cette heure-là !

Un peu déçue tout de même, la jeune femme continua sa route en saluant Ludovic Marquis et son père qui dégageaient l'escalier du magasin. En passant à côté de la salle paroissiale, elle entendit les cris des jeunes garçons et filles du village qui patinaient avec plaisir. Regrettant de ne pas avoir songé à cette alternative lors de son mensonge, Adèle sourit en voyant la tuque rouge et bleu de son frère qui patinait à grande vitesse pour arriver le premier à la rondelle. Derrière lui, Léo avançait plus lentement en tournant la tête comme une girouette dans l'espoir de voir sa fréquentation arriver sur la glace. Enfin rendue devant l'école, elle grimpa les quelques marches en soufflant dans ses mains glacées.

Toc ! Toc ! Toc !

Toc ! Toc ! Toc !

Adèle attendit quelques secondes et allait frapper de nouveau lorsqu'elle entendit le cri de Béatrice :

— Oui, oui, une minute j'arrive. Veux-tu bien me dire… Adèle ?

— Euh… Bonsoir, Béatrice.

Ne sachant comment expliquer son arrivée impromptue sans trop dévoiler son aversion pour Louisette Marquis, la brune plissa son visage rougi par le froid.

— Je peux entrer ? Je suis gelée !

— Oh oui, oui, excuse-moi.

D'apparence modeste, la bâtisse avait tout de même un fenêtrage fort abondant comme la plupart des autres écoles de rang. Dans le tambour, les crochets vierges firent sourire Adèle. Comme les gens qui entraient cognaient généralement leurs bottes ou leurs souliers pour enlever la neige y étant accrochée, le bruit du geste – *Boum ! Boum !* – avait donné le nom au vestiaire des habitations rurales. Derrière le mur, elle devinait la salle de classe bien rangée qui accueillerait lundi des élèves de cinq à quatorze ans. Adèle s'avança et désigna le poêle en avant de la pièce.

— Tu es correcte pour l'hiver avec ton bois ? demanda-t-elle pour faire diversion et ne pas expliquer tout de suite la raison de sa visite.

— Oui. C'est grâce à ton article du temps de Gabrielle Veilleux. Depuis ce jour, les villageois ont compris que notre minable salaire ne pouvait servir à tout payer !

Béatrice lui sourit posément alors que les deux se remémoraient l'article sur la réalité difficile des institutrices en milieu rural, pondu par Adèle lorsqu'elle était journaliste au *Courrier*. Elle y faisait entre autres mention du fait que les maîtresses d'école des villages québécois devaient pour la plupart payer à même leur misérable salaire le bois qu'elles utilisaient afin de chauffer l'école tout l'hiver. Apès cela, les Cécilois avaient pris pitié de l'ancienne maîtresse d'école, qui n'avait plus jamais déboursé une cent pour une bûche.

— Mais... tu n'es pas venue ici pour me parler de ça, j'imagine ?

La jeune blonde plissa ses yeux noisette en refermant sa veste de laine ocre sur ses épaules rondes. Elle aurait bien aimé retourner à sa correction.

— Hum... En fait, je venais te proposer mon aide pour ton trousseau.

— Ah bon ?

Inconfortable, Adèle prit le temps d'enlever son chapeau et son manteau. Elle voulait paraître le plus honnête possible. Après tout, elle pouvait certainement aider l'institutrice dans sa couture.

— Bien tu sais comment l'hiver peut être long le soir au village ! Il vient un temps où jouer aux cartes ou tricoter, c'est lassant en mautadine !

Béatrice fit un air indiquant qu'elle devrait surveiller son langage. La blonde ne donnait pas sa place concernant la pratique de la religion et en riant, Adèle disait souvent à ses frères qu'entre elle et Florie, c'était difficile de trouver la plus dévote. Retenant un soupir, elle poursuivit :

— Alors j'ai pensé, vu que tu n'avais pas ta famille avec toi, que tu voudrais peut-être un coup de main ! Tu te maries vers le 30 juin si j'ai bien compris et j'imagine que tes soirées sont souvent occupées à la correction ou la préparation de tes cours.

— Mon doux, tu es bien gentille ! C'est vrai que ma mère peut pas vraiment m'aider, elle s'occupe encore des enfants de mes deux sœurs. De toute manière, je ne retournerai pas à Saint-Jérôme avant mon mariage, ça fait qu'on peut oublier leur apport à mon trousseau.

— Bon, c'est réglé alors!

Pour la première fois, Béatrice lui fit un sourire épanoui. C'était une gentille jeune femme, mais toujours frileuse en la présence de l'ancienne journaliste un peu trop émancipée à son goût. Par contre, depuis son retour au village, cinq ans auparavant, il est vrai qu'Adèle Gélinas n'avait pas fait beaucoup parler d'elle. Elle s'était fort heureusement assagie! Si la maîtresse d'école avait su que dès le lendemain matin, le manuscrit osé de sa vis-à-vis serait dans la poste vers un éditeur montréalais, aucun doute qu'elle eût changé d'idée!

Édouard attendait impatiemment le retour de James, parti visiter sa famille depuis le début de la semaine. Chaque soir, après son travail à la beurrerie, il s'occupait des bêtes de son ami alors que Laurent en prenait soin le matin. Quand James avait vérifié auprès du cadet des Gélinas la possibilité de le voir prendre cette responsabilité pendant quelques jours, il avait été surpris d'entendre Florie dire avant Laurent:

— Bien sûr, James. Cela va nous faire plaisir. C'est important la famille. Allez-y tranquille.

Adèle avait jeté un regard rieur vers le Noir, figé dans l'entrée de la cuisine alors que sa sœur ne s'apercevait même pas de la surprise que ses paroles avaient créée. Depuis l'ajout de leur voisin dans la chorale, la grosse femme avait complètement changé d'opinion sur l'étranger, allant même jusqu'à le défendre lorsque Constantin le dénigrait et le traitait de tous les noms. La dernière fois, au magasin général, elle ne s'était pas gênée pour répondre à Alcide lorsqu'il avait déblatéré contre lui:

— Moi, le… N..Noir, j'y fais pas confiance ! À la première chance qu'il va avoir, il va nous voler, je vous le dis, moi !

— Monsieur Constantin ! Si vous êtes pas capable de respecter les villageois de Sainte-Cécile, vous seriez peut-être mieux de vous en aller dans la grande ville ! Parce qu'ici, monsieur Jackson est un membre à part entière du village, que ça vous plaise ou non !

Offusqué, le fermier costaud avait voulu répliquer, mais le visage fermé de Florie et de Louisette Marquis l'en avait dissuadé.

— On sait bien…

— C'est pas parce qu'il sait chanter qu'il faut lui faire confiance, avait-il eu envie de répondre. Mais contenant sa rage, il avait salué d'un signe de tête avant de repartir avec ses achats. Chaque fois qu'il croisait le Jamaïcain, Alcide Constantin sentait sa colère gronder en lui, l'envahir au point d'avoir envie de briser quelque chose, de frapper quelqu'un. Dans ces moments, ses deux plus vieux, Anasthase et Conrad, savaient se tenir loin de lui. James, inconscient de cette haine envers lui, le saluait d'un sourire ou d'un signe sans jamais s'offusquer de l'ignorance intentionnelle qu'il recevait en réponse.

— Un jour, il va bien changer d'idée, avait-il dit à Édouard qui lui avait fait part de son incompréhension face à son geste amical.

Même si à Montréal la population ne réagissait pas toujours de cette manière inculte, ici, à Sainte-Cécile et dans les environs, James savait dès le premier jour que son arrivée allait bousculer les traditions. Il l'avait prévu et pensait que c'était à lui de tout faire pour s'intégrer à son village. Ce n'était pas toujours facile, mais en ce vendredi après-midi, alors qu'il reprenait le train en partance de la grande ville, il poussa un long soupir de soulagement. Enfin, sa visite obligée dans sa famille était terminée. Deux ou trois fois par année, depuis son installation permanente au village, il se contraignait à retourner chez sa mère, dans son minuscule appartement. Pendant quelques jours, il écoutait les remarques de sa fratrie, il encaissait le ton ironique de ses grands frères qui se faisaient un plaisir de lui rappeler qu'il ne serait jamais un vrai Cécilois.

— *You'll see, one day someone is going to remember that you're a stranger in this village*[34].

Pourtant, lorsqu'il descendit du train à Labelle, James ne prit que quelques minutes à trouver un fermier pour le ramener au village. Malgré les regards indiscrets des gens de Labelle, des questions fréquentes des enfants plus directs, le grand homme avait l'impression de mieux respirer dès qu'il mettait les pieds dans les Laurentides. Sachant que son ami Édouard serait encore à la beurrerie, James demanda au fermier de l'y déposer.

— Il est encore tôt, je pourrai bien travailler un peu.

Un regard appréciateur lui répondit. Le vieux Wilfred du rang Leclerc avait vu plusieurs de ses craintes s'évanouir depuis l'arrivée de James à Sainte-Cécile. Avant lui, son seul contact avec une personne de couleur avait été dans un film américain qu'il était allé voir au cinéma de Sainte-Agathe, quelques années plus tôt.

— Je vous remercie, monsieur Labonté, dit James en sautant dans la neige aussitôt la carriole arrêtée.

— Fait plaisir, fait plaisir, marmonna l'homme en repartant aussitôt.

---

34 Tu verras, un jour, quelqu'un se rappellera que tu es un étranger dans ce village.

Il lui tardait d'expliquer à sa vieille qu'il avait ramené l'aide-beurrier de Labelle. Ça restait toujours bien un événement hors de l'ordinaire! Puis qu'il parlait pas mal bien le français, ma foi du bon Dieu! Avant d'aller à la beurrerie, James se glissa par la porte de l'atelier sans faire de bruit. Il ne voulait pas déranger Jeremiah qui, au moment de prendre la relève de son père, avait décidé de créer une ligne de girouettes stylisées, inspirées de ce qu'il avait connu en Grande-Bretagne. À l'aide de cisailles aiguisées, le jeune ferblantier découpait ses feuilles de fer-blanc avec précision et pouvait prendre de quatre à sept jours pour fabriquer un seul de ces coqs qui indiquaient le sens des vents. Même si la plupart des villageois ne désiraient pas payer plus cher, l'Anglais se passionnait tant pour cet art que ça ne lui dérangeait pas de faire très peu d'argent sur chaque girouette vendue.

— Un jour, je pourrai peut-être les exporter vers de plus gros villages et à ce moment-là, je ferai peut-être un peu de profit, avait-il dit à Édouard qui l'interrogeait sur les coûts.

À l'approche du printemps, Jeremiah se verrait obligé de mettre de côté cette ligne spécialisée pour se concentrer sur les chaudières à érable qui remplaçaient celles en bois de plusieurs fermiers du coin. En plus, c'était à ce moment que les agriculteurs avaient souvent de mauvaises surprises. À la fonte des neiges, certains toits étaient endommagés et le ferblantier passait plusieurs semaines à sillonner les routes des environs pour accommoder ces habitants désemparés.

— Jeremiah, dit doucement l'aide-beurrier en le cherchant des yeux.

— Oui... Ici, James.

En s'avançant, James lança un coup d'œil affectueux vers Blacky qui, après quelques semaines à tourner en rond et à se lamenter après la mort de son maître, avait maintenant repris sa place près du feu de forge. Il fit signe à son ami :

— *Don't stop, I just wanted to say hi before going at the back*[35].

— *OK.*

Jeremiah lui tendit une main franche avant de reprendre son travail minutieux. Pendant quelques minutes, James l'observa avec admiration puis lui sourit avant de repartir. La différence de température entre la forge et l'extérieur le fit frissonner et il se dépêcha de se glisser à l'intérieur de la beurrerie.

— Ouf... Enfin !

Enlevant manteau, bottes, chapeau et foulard, il prit quelques secondes pour apprécier le calme du local avant de se diriger vers l'arrière.

— Édouard ?

— James !

Les deux hommes se regardèrent longuement avant que James ne secoue doucement la tête de droite à gauche.

— Rien.

— Rien ? Comment ça ?

Le Noir appuya son dos contre le mur et se mit à expliquer à son ami que, malgré les recherches qu'il avait faites, aucune indication ne ressortait sur l'endroit où habiterait actuellement Antoine Gélinas.

— *At city hall*[36], j'ai retrouvé le certificat de mariage de tes parents. C'est tout. Aucune adresse, *no trace of decease*[37]... ou de remariage, dit-il sur un ton d'excuse.

---

35 Ne t'arrête pas, je voulais seulement te saluer avant d'aller à l'arrière.

36 À l'hôtel de ville.

37 Pas de trace de décès.

L'autre plissa le front. Il n'avait jamais pensé que son père aurait pu se remarier après la mort de sa mère.

— Sais-tu, James, je commence vraiment à penser qu'il est peut-être mort. Sinon… quel homme digne de ce nom aurait ignoré ses enfants pendant des décennies?

À cette pensée, le cœur d'Édouard se serra. L'idée que son père puisse être disparu sans avoir tenté de les retrouver le peinait terriblement. Quel homme pouvait quitter ainsi sa famille et ne plus vouloir savoir ce qui arrivait à ses propres enfants? Depuis la naissance de Marie-Camille, le maître-beurrier se sentait une telle responsabilité face à celle-ci qu'il ne pouvait concevoir que son père n'aurait pas eu le moindre désir de les retracer.

— La mort de ta mère est au *register,* mais pour Antoine Gélinas, il n'y a rien. *You will have to try another way*[38]. Mon frère m'a parlé des annuaires Lovell, mais si j'ai bien compris, il faut payer pour l'acheter.

— Mais je vais le faire, qu'est-ce que c'est? s'exclama Édouard le regard soudain allumé.

James tenta de se souvenir de la description de son frère.

— C'est comme un gros cahier avec les adresses de tous les habitants de la région de Montréal.

— Parfait, c'est ça qu'il me faut! ajouta avec enthousiasme le maître-beurrier.

James hésita à poursuivre. Mais comme il voulait être franc et ne pas lui donner de faux espoirs, il lui dit:

— Par contre, il faut savoir la ville où il se trouve, car l'annuaire est pour Montréal seulement.

— Oh. Mais je sais pas dans quelle ville il habite. J'ai figuré

---

38 Il te faudra essayer d'une autre manière.

qu'il était resté à Terrebonne et comme tu vois, ce n'est pas le cas. Zut.

Déçu, Édouard remercia néanmoins son ami qui avait fait des pieds et des mains pour l'aider. Il lui faudrait relancer Florie pour lui soutirer des renseignements. Elle lui en voudrait, mais si elle savait quelque chose, il avait le droit de connaître l'information. À la fin de la journée, il repartit vers Saint-Damien en se disant que la tâche allait s'avérer plus difficile que prévu. Si seulement il pouvait en parler calmement avec une de ses sœurs ou son frère...

⁂

Si seulement...

Quelques années plus tôt, vers le début des années 1930, une lettre arrivant de Québec et adressée à Rose Gélinas avait été remise à son aînée lors de son passage au bureau de poste. Surprise, Florie avait avisé le maître de poste de l'époque :

— Mais, c'est pour ma mère et vous savez bien qu'elle est morte ça fait presque huit ans.

— Je sais bien, mais je me suis dit que vous pourriez peut-être avertir la personne qui lui écrit. Sinon...

— Oui, vous avez bien raison. Je vais faire ça. Quoique... je me demande bien qui peut lui écrire de cette ville-là ! On connaît personne ailleurs qu'ici et à Terrebonne.

Rendue à la ferme, Florie avait oublié la missive dans sa poche de manteau pendant quelques jours. Un soir, alors qu'elle sortait pour aller à la grange, elle plongea sa main dans la poche sans réfléchir et en ressortit la lettre adressée à sa mère. De retour dans sa chambre, elle prit quelques minutes avant de se décider. Au fur et à mesure qu'elle lisait, la rage avait envahi son visage rond. Chiffonnant le message, elle était ressortie en vitesse et s'était empressée de jeter la lettre de son père dans le poêle de la cuisine. Personne dans cette maison ne saurait jamais qu'Antoine Gélinas avait tenté de faire amende honorable auprès de sa famille. Personne.

Huit ans plus tard, Florie n'avait pas oublié la colère et l'humiliation que cette lecture lui avait fait ressentir. Ce n'était pas parce qu'il se disait malade qu'elle aurait pitié de son père ingrat.

≍

Le matin du 17 février 1939 rappela de mauvais souvenirs aux habitants du village de Sainte-Cécile. Ce jour-là, lendemain du premier anniversaire de l'incendie du magasin général Marquis, ils apprirent avec tristesse que la ville de Québec avait elle aussi été accablée par un drame semblable. Adèle augmenta le son de la radio, en faisant signe à sa sœur de se taire :

— Bien là…

— Écoute un peu, Florie.

La voix du journaliste emplit la cuisine, et dès les premières paroles de l'homme, Florie mit sa main devant sa bouche, horrifiée.

« *L'hôpital Saint-Michel-Archange de Québec a été la proie des flammes pendant la nuit. Dirigé par les Sœurs de la Charité, l'établissement abritait plus de deux mille malades ainsi que deux cents religieuses et autre personnel. Ce matin, quelques hangars et dépendances brûlaient encore, mais le reste a été entièrement détruit à l'exception d'une partie de*

*l'aile des hommes... La ville a donc hier vécu des heures tra-
giques. Une atmosphère remplie d'inquiétude a flotté à
Québec après cette nouvelle. Soucieux du sort des patients de
l'hôpital, plusieurs citoyens se sont rendus sur les lieux
pour constater les dommages à la suite de l'incendie et s'assurer que personne n'était décédé dans le sinistre*. »*

Dès la fin du reportage, les sœurs Gélinas se remémorèrent
avec tristesse le feu qui avait consumé le magasin des Marquis
et gâché la vie de leur fils aîné, l'hiver précédent. Florie se
dépêcha de s'habiller et demanda à son frère de la conduire
chez Louisette afin de la réconforter. Les deux femmes devi-
sèrent longuement et la commerçante profita de la présence de
son amie pour s'épancher sur sa peine et sa douleur quotidienne de voir Ludovic aussi malheureux.

— J'aimerais tellement ça retrouver mon garçon d'avant! se
lamenta Louisette. Celui qui était toujours heureux, serviable.

— ...

Florie ne répondit pas. Qu'aurait-elle pu répondre? Qu'elle
préférait le jeune homme qui avait survécu à l'incendie à celui
qui s'était couché ce soir-là? Que Ludovic, malgré son visage
ravagé, présentait maintenant un caractère plus taciturne, soit,
mais combien plus empathique et sensible? Elle ne dit rien, se
contentant de hocher la tête en tapotant la main rousselée de
Louisette. Après cette discussion, Florie était restée songeuse
quelques heures, se demandant si Dieu la punirait de préférer le
jeune homme issu de ce drame. Elle eut sa réponse deux jours
plus tard lorsque Édouard se mit en tête de la questionner...

Occupée à préparer la table pour le souper du samedi pendant qu'Adèle et Marie-Camille étaient parties nourrir les
cochons, Florie jasait tranquillement avec son frère lorsqu'il

en profita pour s'informer. Elle resta figée les mains dans les airs, la nappe pendant devant elle. Comme Léo et Laurent étaient déjà dans le salon à préparer la table de cartes, le duo se trouvait seul dans la cuisine.

— T'as jamais su, toi, ma sœur, où habitait notre père après qu'il soit parti ?

— Quoi ?

Le menton pointu se mit à trembler. Les yeux noirs de Florie s'étaient fixés sur la face de son frère qui avait tout de même trouvé le courage de continuer.

— Notre père…, il hab…

— Notre père, tu sauras, est mort pour moi le jour où il nous a tous laissés tomber comme des déchets. Je te dirai jamais rien.

— Florie…

Lentement, la femme se retourna sur ses jambes courtes avant de poser ses deux mains sur la table devant elle. Se penchant sur son frère, elle souffla à quelques pouces de son visage.

— Si tu veux savoir ce qui est arrivé à ce vaurien, compte pas sur moi pour te le dire. Bon, va rejoindre les gars au salon, moi j'ai ma vaisselle à faire puis j'aime mieux rester toute seule que de t'entendre dire d'autres niaiseries !

Malgré le ton perfide de sa sœur, Édouard avait décelé un léger tremblement dans son ton. Il eut dès ce moment l'impression que Florie leur cachait des affaires. Faisant taire son envie de continuer son interrogatoire, le jeune homme suivit le conseil de sa sœur et alla rejoindre les joueurs de cartes. Un jour prochain, il s'essaierait de nouveau. Le silence entre Léo et Laurent semblait lourd de non-dits. Fronçant les sourcils, Édouard tenta de faire diversion en blaguant un peu.

— Mon doux, vous deux, vous vous regardez en chiens de faïence! Une petite chicane d'amoureux!

Il éclata d'un rire sonore alors que Laurent se relevait en faisant basculer sa chaise par terre.

— Tu es donc bien innocent, Édouard Gélinas. Moi je m'en vais me coucher, j'ai plus le goût de jouer.

— Bien voyons, mon frère...

— Laisse faire, je te dis. Je suis fatigué!

S'écrasant dans sa chaise berçante près de la fenêtre, Édouard regarda avec surprise Léo Villemarie qui haussait les épaules en signe d'ignorance. Pourtant... Pourtant il savait bien que la moquerie d'Édouard avait piqué son ami en plein cœur. Depuis son retour des fêtes, Léo cherchait à éviter les tête-à-tête avec Laurent le plus possible. Ce dernier lui en voulait et ne cachait pas sa mauvaise humeur. Si au moins l'attitude de l'engagé avait fait disparaître son désir pour lui... Mais plus les semaines avançaient, plus Laurent avait envie de lui. Il ne pouvait plus se mentir sur son attirance envers la gent masculine. Ou était-ce seulement Léo qui lui faisait cet effet? De plus en plus, le cadet de la famille sentait qu'il s'enfonçait dans le péché. Il se coucha en se promettant de trouver une solution à son tourment.

Décidé à stopper sa descente en enfer, il sauta sur l'occasion à la fin de février lorsqu'il dut aller à Saint-Jérôme afin de remplacer deux vaches décédées au cours de l'hiver. Avant son passage chez le fermier pour la vente, Laurent fit un arrêt prévu depuis quelque temps. Son arrivée dans le gros village, sous un ciel nuageux, le soulagea déjà d'un poids. Comme si le fait de s'approcher de sa destination réglait une partie de son problème. La municipalité en bordure de la rivière du Nord était devenue le centre commercial de la région en 1863, après la construction du plus vaste marché public de la région. Ici, sur la rue Saint-Georges, les agriculteurs et les artisans pouvaient vendre leurs produits. Mais avant de s'y rendre, Laurent poursuivit sa route jusqu'à la rue Parent. Il gara sa carriole devant l'énorme cathédrale de la ville. Bâtie de 1897 à 1900, l'église de pierres était située face à un parc. Dotée de magnifiques vitraux créés par l'artisan Delphis-Adolphe Beaulieu*, l'édifice majestueux faisait la fierté des Jérômiens. En inspirant profondément, le jeune Gélinas s'avança vers la porte de côté. C'était journée de confession pour Laurent. Depuis l'automne, il s'enfonçait dans un tunnel de honte et voulait à tout prix se repentir. Confiant, il se disait qu'une fois son péché confessé, il pourrait reprendre le cours de sa vie. Seul un curé pouvait l'aider à faire la lumière sur cet attrait malsain, mais pas question pour lui d'avouer sa tare au curé Latraverse. Il savait que le gros homme en soutane ne verrait guère d'un bon œil l'impureté de son ouaille.

— Je le sais bien qu'il se mettrait à me surveiller, à m'épier. J'ai pas besoin d'un espion dans ma vie, j'ai bien assez de Florie !

Laurent entra donc dans la cathédrale pour se soulager une fois pour toutes. Une heure plus tard, il en ressortit avec la bénédiction du prêtre. Pour la première fois depuis longtemps, un poids avait quitté ses larges épaules. D'abord humilié d'avoir à admettre son attirance malsaine, le ton respectueux du curé de Saint-Jérôme avait permis au jeune homme de déballer son histoire sans omettre le moindre détail. Après quelques secondes de silence à la fin de son témoignage, la voix profonde de l'homme de foi de l'autre côté du confessionnal lui donna son absolution :

— Mais attention, mon cher monsieur, de ne pas retomber

dans vos mauvaises passions. Absolution ne veut pas dire acceptation des gestes posés.

Pourtant Laurent était soulagé. En confessant son grave péché à un prêtre, il s'était enfin réconcilié avec Dieu. Il lui avait montré son désir de purifier son âme et se sentait ainsi plus léger que jamais. Il fit abstraction des conseils du prêtre de se tenir loin de toute tentation, sachant fort bien qu'avec Léo à la ferme, cela s'avérerait très difficile. Toutefois, cette confession lui faisait croire qu'il était guéri, qu'enfin la vue de son ami, de son corps mince et nerveux, ne lui ferait plus aucun effet...

CHAPITRE 14

Départ inattendu

En retournant à Sainte-Cécile, à la fin de l'après-midi, Laurent avait l'impression d'être un nouvel homme. Il entra dans la maison en lançant un vigoureux :

— Bonjour, tout le monde !

Florie, endormie dans la berceuse au coin du poêle, sursauta, prise en défaut. Son air disait bien son étonnement devant ce cri de joie.

— Mon doux ! Tu es donc bien de bonne humeur !

— Oui, ma sœur, c'est une belle journée que j'ai eue aujourd'hui. Léo est dans la grange ?

— Euh... Ça doit. Je l'ai pas vu depuis le souper. Je t'ai gardé une assiette sur le poêle, assieds-toi.

Tout au long de son repas, Laurent jasa tant et si bien qu'à la fin, Florie posa sa main sur la sienne et marmonna :

— Un vrai moulin à paroles, ma foi ! Veux-tu bien me dire ce qui t'est arrivé à Saint-Jérôme, toi là ?

Son regard soupçonneux mit son frère mal à l'aise et il se leva rapidement. Depuis qu'il était enfant, il avait l'impression que Florie pouvait lire en lui comme dans un livre. Maintenant qu'il avait avoué sa faute, ce n'était pas le moment de devoir s'expliquer.

— Rien, rien. Bon, je vais rejoindre Léo. Déjà qu'il a fait la traite tout seul, je vais pas le laisser faire le nettoyage des stalles sans aide.

Estomaquée, sa sœur reçut son bec sur la joue et le regarda monter à sa chambre pour se changer.

— Veux-tu bien me dire..., se répéta-t-elle avant d'aller travailler à sa dernière courtepointe. Même si elle n'avait pas eu le temps de participer à la foire de Saint-Jovite à l'automne, elle se promettait bien d'en terminer quelques-unes que sa grande amie lui avait promis de placer bien en évidence dans son magasin.

Pendant toute la soirée et les journées suivantes, Florie observa son jeune frère d'un œil sévère.

— Il manquerait plus juste que le petit maudit ait rencontré quelqu'un qui lui fait cet effet-là ! Y'a pas à dire, si jamais il m'amène une fille ici, je l'étrangle sur-le-champ ! C'est pas vrai que je vais être la seule à respecter...

Elle réfléchissait tellement à la situation que sa sœur, à son tour, la questionna sur sa santé.

— Tu vas bien, Florie ? Tu sembles soucieuse depuis le matin.

— Hein... Non, non... C'est juste que... Tu trouves pas que Laurent est bizarre depuis qu'il est allé à Saint-Jérôme ? Il me semble que sa bonne humeur est trop... trop !

— Ma foi, maintenant que tu le dis, c'est vrai qu'il est jasant, mais...

— ...mais tu penses pas qu'il a rencontré quelqu'un, hein ?

Le ton inquiet de Florie fit réfléchir Adèle. Pourquoi, en effet, son cadet serait-il le seul de la fratrie à ne pas sentir l'attrait de l'amour ? Se pourrait-il que son frère s'émancipe de sa grande sœur et décide lui aussi de convoler ou à tout le moins de fréquenter une jeune fille ? Sans même s'en rendre compte, un léger sourire fit apparition sur le visage fin d'Adèle. Sa sœur lui donna une tape sur l'épaule.

— Veux-tu bien me répondre à la place de rire comme une idiote !

— Bien non, Florie, crains rien. Laurent doit juste être content que le printemps soit à nos portes. Pour lui, c'est la saison du bonheur avec les grands travaux qui vont reprendre. Il aime ça passer ses journées dehors. En dedans, notre frère est comme un lion en cage. Rappelle-toi quand il a eu le coup de hache dans la cuisse et qu'on a été pris avec dans la maison quelques semaines. On voulait le tuer toutes les deux tellement il était pas du monde ! Cette année, je les ai entendus dire, Léo et lui, qu'ils allaient entailler les érables au fond du champ de maïs. Laurent a même commandé des chaudières en fer-blanc à Jeremiah. Ça doit être ça qui le rend heureux de même !

— En fer-blanc ! cria Florie. Veux-tu bien me dire pourquoi il s'entête à changer des affaires qui allaient bien. Il me semble que nos chaudières de bois étaient bien en masse pour notre dizaine d'érables. Voir s'il fallait dépenser pour des nouvelles.

— Florie, coupa Adèle, je pense que tu peux laisser Laurent gérer ces affaires-là. Depuis le temps qu'il s'occupe de la terre seul, il nous a pas mis dans le trou à ce que je sache. C'est pas une tête en l'air notre frère, tu sais bien ! Puis pense au bon sirop qu'ils vont nous faire d'ici peu. On va se régaler, ma Florie, on va se régaler. C'est pas nécessaire de l'achaler sur une couple de piastres, hein ?

La brune avait appris la façon de calmer sa sœur avec les années. En mentionnant le délice récolté par son frère, elle s'assurait que Florie n'oppose pas un refus lorsque Laurent lui présenterait la somme due au ferblantier. Elle avait raison, sa sœur se mit aussitôt à changer de sujet, s'attardant surtout sur la liste de dévotions que le printemps et l'éveil de la nature inauguraient et qui culmineraient par la Fête-Dieu, célébrée soixante jours après Pâques.

— J'ai bien envie de commencer les décorations pour la procession, murmura Florie.

— Quoi ? Attends donc de savoir si la procession va passer devant chez nous, répondit Adèle qui n'avait pas le goût de tresser des branches de pin et d'autres verdures pendant des semaines pour rien.

— Arrête donc ! Le curé Latraverse s'arrange toujours pour que ça passe sur la côte Boisée, tu sais bien !

— Oui, mais avec le village qui s'agrandit, il faut t'attendre qu'un jour, peut-être...

— De quoi tu parles, Adèle Gélinas ? Que je le voie, lui, le curé, ignorer notre rang pour faire passer la procession ailleurs. Non, non... On va penser à notre affaire tout de suite. Déjà que James décore pas parce qu'il est pas catholique...

La femme replète leva la main avant que sa sœur ne réponde.

— Et c'est pas un reproche, tu le sais bien !

— Je le sais, ma Florie, sourit Adèle qui trouvait très étrange le nouvel engouement de sa sœur pour leur voisin depuis son entrée dans la chorale. En pensant à l'homme, une chaleur diffuse envahit son corps et elle tenta de se faire discrète pour détacher quelques boutons de sa blouse verte.

— Bon, en attendant, il faut toujours bien qu'on pense à nos patates pour le souper !

Lorsque les hommes revinrent de la grange quelques heures plus tard, une bonne odeur de pain aux épices les accueillit dans la cuisine. Laurent prit la chef de la famille contre lui en s'écriant :

— Mosus que ça sent bon, ma sœur !

— ...

Il souleva le couvercle du gros chaudron de fonte dans lequel cuisait la soupe aux pois et au jambon – plus du premier ingrédient que du second, pour s'assurer d'avoir de la viande encore jusqu'à l'automne – et balaya le fumet de la main. Il ferma les yeux de ravissement. Même s'il n'était pas gros comme sa sœur, Laurent avait quand même une silhouette costaude qui devait être entretenue. Léo le regarda faire avec envie, mais n'osa pas copier le geste de son ami. Il fila donc dans sa chambre pour se reposer un peu avant le souper. Il n'avait toujours pas trouvé comment annoncer sa nouvelle à la famille Gélinas et plus les jours passaient, moins il trouvait le courage...

Plus qu'un mois avant la fête de Pâques et Florie commençait déjà à planifier son menu. Comme toujours, les repas de réjouissance la faisaient saliver et en ce samedi après-midi, elle attendait avec impatience que sa sœur descende la rejoindre au salon pour commencer leur liste. Mais Adèle, qui rêvassait couchée sur son lit, n'avait pas du tout l'intention de rejoindre sa sœur. Son manuscrit était maintenant rendu entre les mains d'un éditeur. Elle attendait impatiemment de connaître le résultat de sa démarche. En même temps, une certaine inquiétude l'habitait à l'idée que quelqu'un de son entourage devine qu'elle était l'auteure d'un texte aussi impudique. Quand sa sœur cria son nom pour la deuxième fois, Adèle soupira en se relevant lentement.

— J'arrive, cria-t-elle à son tour. J'arrive. Mon doux qu'elle m'énerve! Pas moyen de relaxer trente secondes dans cette maison.

Les deux sœurs passèrent plusieurs minutes à s'obstiner sur la liste des invités au brunch de Pâques. Alors qu'Adèle aurait souhaité ne recevoir que son frère Édouard et sa nièce, Florie tenait tête et voulait absolument que Louisette Marquis, son mari et leurs trois garçons soient présents. Adèle finit par y consentir, mais en exigeant que James participe aussi au repas.

— Après tout, ça doit pas toujours être amusant de passer ses journées seul…

— Oui, je veux bien, Adèle, mais es-tu certaine que sa… religion… lui permet de se joindre à nous?

La cadette éclata de rire avant de dire à sa sœur que leur voisin était aussi chrétien, pas juif! Frustrée que l'autre se moque d'elle, Florie la zieuta de ses yeux noirs.

— Oui, oui… OK. Mais dans ce cas-là, devrait-on inviter aussi le ferblantier et sa… sa fiancée?

Adèle jeta un long regard à sa sœur qui mordillait sa lèvre inférieure. Malgré toute sa bonne volonté, elle savait qu'à chaque fois qu'elle se trouvait en présence de l'Anglais, Florie avait le cœur brisé. Même si elle s'était résignée, fière d'avoir respecté sa promesse, elle au moins!

Le printemps précoce de l'année 1939 fit plaisir à tous, sauf à Léo Villemarie qui déplorait en silence le fait de ne plus pouvoir aller à la patinoire déjà fondue. Ses soirées d'hiver à tournoyer sur la glace avec la belle Bérangère devraient faire place à de longues heures à accomplir les travaux de ferme en compagnie de Laurent. Même si l'inconfort entre les deux s'était atténué, Léo ne tenait pas particulièrement à se retrouver des heures seul à seul avec son ami. Il avait donc fait des démarches secrètes pendant les deux mois précédents. Vers le milieu de mars, le jeune homme arriva dans la cuisine après une absence de quelques heures. Mal à l'aise, se tortillant sans arrêt, il attendit que tous le regardent avant de dire :

— Je… Je… vou..voudrais vous an..annoncer que… je… v..vais partir.

— Ah ! Et tu reviens quand ? demanda distraitement Adèle, le nez dans sa tasse de thé bouillante.

Aux premières paroles de son ami, Laurent devint blême. Il savait que la situation de l'automne, quoique pardonnée, n'était pas oubliée. Il tentait d'accrocher le regard de Léo afin de le supplier silencieusement de ne pas dire un mot sur sa faiblesse dans la grange. Après tout, depuis sa visite à l'église de Saint-Jérôme, il était guéri de sa folie. Mais le jeune engagé faisait tout pour éviter de regarder en direction de son ami.

— Je… Je reviendrai pas ! dit Léo d'une voix plus ferme que d'ordinaire.

Florie et Adèle cessèrent de manger alors que Laurent n'avait toujours pas commencé. L'aînée plissa le front en tentant de comprendre la signification des paroles de Léo. Elle avait dû mal comprendre.

— Comment ça, tu reviendras pas ? Veux-tu bien me dire qu'est-ce que tu racontes, toi là ?

Comme toujours face à l'aînée de la famille, Léo rougit et tenta de surmonter sa gêne. Il inspira profondément avant de dire d'un trait sans bégayer.

— Je m'en vais à Saint-Jérôme chez mon oncle maternel. Il a besoin d'aide pour gérer sa ferme et ça va être bon pour moi. Ma mè..mère… va… venir avec moi. Depuis l'hiver, elle ne peut plus vraiment rester seule et... son frère a décidé de lui offrir le gîte.

Estomaqué autant par son discours continu que par ses propos, tout le monde resta bouche bée quelques minutes avant que Florie ne plaque ses deux mains sur la table et fasse sursauter les autres.

— Bien j'ai mon voyage ! On se plie en quatre pendant des années pour rendre service puis c'est de même qu'on est remercié ! Tu nous plantes là, à un mois des gros labours !

— Après les labours, aurait voulu rajouter Adèle, il faudra faire le hersage pour ameublir le sol labouré en émottant la terre, puis l'épandage de fumier de vache avec ses odeurs plus que désagréables.

Pensait-il vraiment que son frère y arriverait seul ? Pour une rare fois, la jeune femme sentit sa colère monter au même rythme que celle de sa sœur. Elle planta son regard noisette dans celui, fuyant, du bègue et dit :

— Franchement, Léo, tu aurais pu nous prévenir avant. Je sais pas si tu as réfléchi au tort que tu nous occasionnes ! Ça se fait pas nous laisser tomber comme ça ! Laurent va être obligé de travailler comme un fou !

— Bien dit, ma sœur ! renchérit Florie en croisant les bras sur sa forte poitrine.

Elle se retenait pour brasser le jeune comme une branche de pommier !

— Mon pauvre Laurent ! Dis quelque chose, mon frère, peut-être que tu vas réussir à le faire changer d'idée, cet énergumène !

Le visage fermé, le cadet releva sa lourde silhouette. Un poids énorme s'était emparé de son cœur qui battait de toutes ses forces dans sa poitrine. Lui qui croyait que Dieu lui avait pardonné ! Depuis sa confession, pas une semaine ne passait sans qu'il n'arrête à l'église aux deux jours pour prier. Ce rapprochement avec le Seigneur l'avait rempli de paix et Florie le félicitait souvent de cette foi retrouvée. Mais là, devant l'homme qu'il aimait plus que tout, il se sentait comme un enfant puni. Léo lui lança un regard défiant et l'autre baissa les yeux. Il savait que la bataille était perdue d'avance.

— S'il l'a décidé…

— Comment ça, s'il l'a décidé ? cria Florie. Voyons donc, mon frère, penses-y une minute, veux-tu bien ? Qu'est-ce que tu vas faire tout seul aux champs ? C'est toujours pas Adèle qui va t'aider à tenir la charrue ou la herse !

Adèle se tourna vers Léo, toujours adossé au mur près du corridor.

— Mais… si on t'augmentait un peu…

— Quoi ?

Le hoquet enragé de sa sœur coupa la suite. Pourtant Adèle la fit taire d'un geste de la main et reprit.

— Admettons qu'on te donne une piastre de plus par semaine, est-ce que tu penses que tu pourrais reconsidérer ta décision, Léo ? Partir au moins après l'été ? Parce que ça nous ferait bien de la peine de te perdre comme engagé !

Le jeune homme secoua sa tête bouclée. Sa décision était prise depuis longtemps, il attendait juste le bon moment pour l'annoncer. Moment qui ne serait jamais idéal tout bien considéré ! Depuis les fêtes, il savait que son départ créerait une onde de choc chez les Gélinas, mais la fréquentation de Bérangère lui avait permis de trouver la force qui lui manquait.

— Non… mer..merci. Mais… mon… oncle… es..est mal… pris… et… comme Bérangère et moi on… va… se marier…

Il ne put continuer, Laurent basculant sa chaise de bois qui cogna le mur, avant de sortir en vitesse de la cuisine. Il agrippa son manteau et mit ses bottes et mit le cap sur la grange où il pourrait, peut-être, trouver un peu de paix auprès de ses bêtes. Les seules qui ne le laisseraient jamais tomber. Antoine, son père; Édouard – même s'il était revenu –; et puis Léo. Un coup de poignard ne l'aurait pas plus blessé, il en était convaincu. Sans même s'en rendre compte, les larmes coulaient sur ses joues rousselées avant qu'il soit rendu dans le bâtiment octogonal. Dans la cuisine, Florie avait le visage fermé des mauvais jours alors qu'Adèle tentait d'arranger la situation.

— Bon, j'imagine que des félicitations sont de mise... mais alors est-ce que tu crois que tu pourrais au moins attendre après le temps des semences? Parce que si Laurent doit tout faire seul...

Encore une fois, Léo eut l'air gêné, mais cela ne l'empêcha pas de refuser.

— Mon... on..oncle m'attend le 1er avril.

— Mautadine, Léo, c'est dans deux semaines ça! Qu'est-ce qui t'est passé par la tête, veux-tu bien me le dire! On t'a traité comme un frère ici et tu nous laisses en plan de même.

— Je... Je... suis désolé.

Adèle secoua la tête avec découragement devant son air déterminé avant de marmonner:

— Tant pis. Si tu penses que c'est ce qu'il y a de mieux pour toi...

— Bien oui, c'est ça! Pense surtout juste à toi, grogna Florie avant de le dépasser avec un regard à tuer. Moi je vais dans ma chambre réfléchir, parce que ça a bien l'air qu'il faut qu'on trouve un nouvel employé avant... hier!

Elle souffla avec rage et fila droite comme un poteau jusqu'à sa chambre sous l'escalier. «Maudit sans-cœur», pensa-t-elle. Dans la grange, Laurent posa sa tête sur sa vache préférée, celle qui lui donnait l'impression d'écouter tous ses tourments depuis si longtemps. Sa grosse fourrure noir et blanc luisait sous la lumière de la lanterne allumée par le jeune homme. Continuant à ruminer sans s'occuper de son maître, Bécassine entendit la longue plainte émanant du corps de Laurent. Il flattait la bête, tentait de reprendre pied, mais l'annonce de Léo venait de détruire le peu de stabilité qu'il avait retrouvé depuis quelque temps. Il se mariait. Il partait. Il se mariait, il partait… Comme un leitmotiv, les mots sifflaient dans sa tête et il n'entendit pas la porte de la grange s'ouvrir et se refermer sur Adèle. Lorsque celle-ci s'approcha de lui, elle entendit les pleurs avant de le voir.

— Laurent ?

Un silence fit suite à son appel. Dans la pénombre, elle devinait la silhouette plus qu'elle ne la voyait. À tâtons, elle se glissa à ses côtés avant de lui mettre la main sur l'épaule.

— Ça va, Laurent ?

Un sanglot trop longtemps retenu répondit à la jeune femme et lorsque son frère leva son visage tourmenté vers elle, Adèle comprit. Elle sut alors que son cadet se mourait d'amour pour Léo. L'amour vrai, l'amour destructeur qui ne pouvait se réaliser sans briser des vies.

— Oh… mon pauvre frère !

Elle le laissa pleurer de longues minutes dans ses bras. Le grand homme qu'il était ressemblait beaucoup plus à l'enfant qu'elle avait maintes fois consolé lorsqu'il était petit. Laurent tenta de reprendre ses sens, mais à chaque fois qu'il tentait de parler, sa voix se brisait. Il ne réussit qu'à murmurer d'un ton étouffé :

— Je l'aime.

Adèle, après le premier mouvement de surprise, ne put que le plaindre.

— Je sais.

— Je suis désolé, Adèle, d'être aussi sale, aussi impur… mais… mais… c'est plus… fort que… tout.

Les sanglots reprirent de plus belle. Jamais sa sœur n'avait vu une telle détresse chez son cadet. Même au moment du départ d'Édouard, malgré la peine ressentie, Laurent avait fait passer sa colère avant tout. Mais Léo, avec cette annonce, le rejetait lui; rejetait son amour indécent, mais si vrai. Adèle ne savait comment le réconforter. Elle finit par s'asseoir à ses côtés sur une balle de foin et dans un long murmure presque inaudible, la brune se remémora ses mois d'amour impossible avec son rédacteur en chef quelques années auparavant. Sachant qu'elle ne pourrait jamais consoler la peine de son frère, elle voulait qu'à tout le moins il sache qu'elle aussi n'était pas pure comme il le croyait. À la fin de son monologue, elle plongea ses yeux noisette dans le bleu de ceux de son frère et lui sourit gentiment. Elle l'entoura de son bras fin et chuchota contre son oreille:

— Tu sais, mon frère, ça sera jamais facile, mais un jour je te le dis, un jour tu arriveras à oublier cette douleur.

— Jamais!

— Si… mais pour l'instant, il te faut accepter le départ de Léo. Il te faut accepter qu'il épouse Bérangère…

Une plainte monta de la gorge de Laurent et sa sœur amplifia sa poigne sur son épaule pour le consoler.

— Et moi, Adèle, moi qu'est-ce que je vais devenir?

— Toi, mon frère, tu vas continuer à être l'homme extraordinaire que tu as toujours été. Tu vas grandir de cette épreuve et un jour, peut-être que si tu le désires, tu pourras aimer à nouveau.

— Mais… je suis…

Il cacha de nouveau son visage contre le corps d'Adèle, incapable de prononcer le mot : homosexuel. Il l'avait appris cet hiver en écoutant les reportages radiophoniques sur ces hommes qui avaient été arrêtés, puis emprisonnés en Allemagne. Le discours du chef des SS, Heinrich Himmler, avait secoué l'Europe en entier : « *Si j'admets qu'il y a un à deux millions d'homosexuels, cela signifie que sept à huit pour cent ou dix pour cent des hommes sont homosexuels. Et si la situation ne change pas, cela signifie que notre peuple sera anéanti par cette maladie contagieuse. À long terme, aucun peuple ne pourrait résister à une telle perturbation de sa vie et de son équilibre sexuels*[*]… » Depuis, pas un mois ne passait sans qu'on n'entende de compte-rendu sur cette maladie, cette tare qu'il fallait exterminer avant qu'elle ne s'étende. Comment lui, Laurent Gélinas, avait-il pu être contaminé ainsi ? Que dirait sa sœur Florie si elle savait l'ampleur du désir que son cadet ressentait pour Léo ?

— Homosexuel ?

Laurent hocha la tête en tentant de retenir ses larmes. Adèle avait devant elle le petit garçon dont elle s'était occupée tant d'années ; qu'elle avait réconforté, disputé… Il la regardait de cet air perdu qu'il avait enfant chaque fois qu'un de leurs animaux mourait ou qu'un coyote mangeait l'une des poules plus téméraires. Adèle passa la main sur ses joues rondes et lui baisa le front.

— Tu es ce que tu dois être, mon frère. On choisit pas les épreuves que la vie nous envoie…

Adèle et Laurent restèrent longtemps enlacés, alors que

seul le son des animaux mâchouillant ou soufflant dans l'air frais fracturait le silence. Au bout d'un long moment, lorsque les mains du duo commencèrent à s'engourdir, ils se relevèrent lentement. Adèle prit le visage de son frère en coupe et approcha sa bouche de son oreille :

— N'aie jamais honte de cette réalité : Dieu l'a choisie pour toi, Laurent.

— …

— Pour Léo, je pense qu'il serait mieux que tu sois pas trop près de lui pour les prochains jours pour éviter les questions de Florie. Elle est perspicace, notre sœur, et pas toujours compréhensive…

Elle lui fit un clin d'œil pour alléger l'atmosphère, mais sentit malgré tout un pincement au cœur. Si Florie découvrait le secret de Laurent, elle en mourrait. Jamais il ne devrait faire montre de faiblesse en sa présence.

— Merci, Adèle. Merci pour tout.

— Je t'aime, Laurent.

Elle lui prit la main et repensa à ces longues soirées remplies de musique, de lecture et de conversations qu'elle avait partagées avec Jérôme. Tous les deux partaient pour Montréal et y rencontraient des artistes – certains homosexuels, tous avant-gardistes – qui avaient partagé avec elle leur vision du monde. Vision qu'elle souhaiterait un jour, peut-être, retrouver. D'ici quelques semaines, elle devrait recevoir une réponse de l'éditeur montréalais auquel elle avait envoyé son livre. Si ce dernier l'acceptait, Adèle ignorait encore comment elle pourrait cacher cette nouvelle à sa fratrie. De retour à la maison, les deux sursautèrent comme pris en défaut lorsqu'ils refermèrent la cuisine d'été.

— Où est-ce que vous étiez passés coudonc ? On jasait

puis là… pfff… vous disparaissez ! En tout cas, maintenant que l'autre nous laisse tomber, il va falloir…

— On va s'en occuper, Florie, mais demain. Pour l'instant, il est tard.

Les yeux de l'aînée lancèrent des éclairs. Elle détestait se faire couper ainsi par sa cadette. Elle respira très fort avant de s'avancer lentement. Levant son menton pointu, elle marmonna sèchement :

— On sait bien ! C'est pas toi qui vas être pognée pour trouver un autre homme engagé ! Parce que si tu penses qu'au mois de mars c'est faci…

— Je te dis qu'on va parler de ça demain. Bonne nuit. Tu viens, Laurent ?

Voyant son frère et sa sœur s'éloigner sans plus de considération, Florie ragea en repoussant les chaises de la cuisine l'une après l'autre contre la table de bois. Quand Adèle prenait le contrôle de la famille, ça la mettait dans une colère noire. C'est toujours bien elle qui les élevait depuis des lustres ! La nouvelle de Léo eut l'effet d'une bombe chez les Gélinas. Laurent le fuyait, Florie le boudait, Édouard se sentait coupable de ne pas être plus présent pour aider son frère… Quant à Adèle, elle comprenait. Elle comprenait que derrière la fuite du jeune homme, il y avait le poids de l'amour de Laurent. Ne voulant pas trahir le secret de ce dernier, elle haussa les épaules lorsque Édouard s'enquit de son état d'esprit face au départ de Léo :

— Il doit être déçu en mosus, parce que les deux s'entendaient tellement bien…

— Hum…

— Je me demande s'il savait que Léo et Bérangère en étaient rendus à l'étape du mariage…

— Hum…

— Bien voyons, Adèle, dis d'autres choses que hum !

Édouard fit une moue frustrée en la regardant longuement. La brune fit mine de ne pas avoir entendu…

— J'étais dans la lune ! En fait, j'ai eu une idée… Penses-tu que le jeune Marquis voudrait revenir travailler à la ferme ?

— Ludovic ?

— Oui. Il semblait préférer la vie aux champs à celle du magasin…

Édouard hocha la tête en portant toute son attention sur la meule de Saint-Clément qu'il s'apprêtait à retourner. Depuis la première production de son fromage, les villageois y avaient fait honneur et les ventes de sa pâte ferme allaient en augmentant sans arrêt. Certains vantaient le fromage comme un mets divin, faisant dire à Florie « qu'il fallait pas exagérer quand même ! » Heureusement que sa sœur était là pour l'aider avec ses commandes de beurre, James devant être au volant de l'autoneige tout l'après-midi pour permettre au docteur Trudel de faire ses visites même dans la tempête. Le maître-beurrier voulait repartir le plus tôt possible, car Marie-Camille faisait un peu de fièvre le matin lorsqu'il l'avait laissée avec Marguerite.

— C'est une bonne idée. En as-tu parlé à Florie ?

— Pas encore ! Elle était tellement fâchée hier que j'ai préféré aller me coucher de bonne heure. Mais en rentrant tantôt c'est la première chose que je vais faire. Léo a quand même le droit de vivre sa vie. Il n'est pas notre attaché, mais notre engagé ! À entendre Florie, il aurait tué sa mère que le drame n'aurait pas été pire. Tu veux combien de livres ? demanda-t-elle en empilant les douze déjà emballées.

— Vingt-cinq. Penses-tu y arriver avant de partir ?

— Oui, t'inquiète pas, mon Édouard.

Déçue de devoir s'en aller sans avoir vu James, qui devait passer seulement dans la soirée, Adèle entreprit de remonter la côte Boisée vers la fin de l'après-midi. La neige ne cessait pas, et tous ceux qui croyaient le printemps bien installé devaient déchanter. « Au Québec, avant le mois de mai, il n'y a rien de gagné ! » avait coutume de marmonner Rose Gélinas avant d'être malade.

— Bien oui ! Comment ça que j'y ai pas pensé toute seule ! commenta Florie avec un vrai sourire pour la première fois depuis que Léo leur avait fait part de son départ. Une chance que tu es là, ma sœur !

— Je pense que c'est une bonne idée moi aussi. Il était bien déçu de devoir quitter la ferme avant les fêtes. Si j'ai bien compris, ton amie te dit qu'il se plaît pas vraiment au magasin et qu'il reste enfermé dans la remise à faire des inventaires ou d'autres tâches sans importance.

— C'est ça ! Pas plus tard qu'hier, ma pauvre Louisette se lamentait sans savoir quoi faire pour lui rendre la vie plus agréable. Attends que je lui propose de revenir ici. On a pas besoin d'un sans-cœur comme Léo Villemarie. Si Ludovic peut commencer tout de suite, je m'en vais même lui dire qu'il peut sacrer son camp dès demain !

Alors qu'Adèle levait la main pour tempérer sa sœur, Laurent arriva dans la cuisine les yeux alourdis de sommeil. Il inspira longuement, appréciant l'odeur de la tarte au sucre qui trônait sur le comptoir.

— Je me suis rendormi ! C'est pas tous les jours que ça m'arrive. Mais je suis pas mal crevé de ces temps-ci, dit-il en guise de salut.

— Tu travailles comme un fou, c'est normal, mon Laurent.

Mais tu vas voir que j'ai une maudite bonne nouvelle pour toi !

— Ah, dis donc.

Laurent tira la main pour agripper un morceau de pâte bien tentant qui pendouillait de l'assiette de tarte. La cuisinière lui tapa les doigts avec des gros yeux. Penaud, le jeune homme se résigna à attendre le dessert pour se contenter. Il lança un coup d'œil vers Adèle qui ne disait pas un mot, occupée à repasser dans le coin de la pièce. Elle aurait voulu dire à sa sœur d'attendre avant d'annoncer l'arrivée de Ludovic. Depuis les aveux de son frère, tout s'expliquait : les sautes d'humeur de son cadet lorsque les deux autres se rapprochaient, son inconfort en présence du jeune brûlé dans leurs jeux de cartes. Elle savait que Laurent ne sauterait pas de joie à l'idée de l'arrivée du jeune Marquis et aurait préféré se charger de lui annoncer. Mais Florie ne lui laissa pas placer un mot et lança avec bonne humeur :

— Bien oui, toi, on va demander à Ludovic de revenir s'installer ici. Puis s'il veut commencer demain, bien l'autre là… il aura juste à s'en aller chez son oncle. Bon débarras !

Florie était ainsi. Entière, émotive, détestant les changements dans sa routine bien établie. Lorsqu'elle aimait, elle pouvait tout faire pour défendre l'autre, mais quand sa confiance était trahie, même si en réalité leur homme engagé n'avait rien fait de bien terrible, alors là, il valait mieux se tasser de sa route. Elle attendait une réaction de son frère, qui pâlit avant de s'asseoir. Il lança un regard de détresse à Adèle qui déposa son fer à repasser pour s'approcher de la table.

— Il me semble que c'est pas si pressé, Florie…, donn..

— Comment ça, pas pressé ? Je vois pas pourquoi on garderait quelqu'un qui veut plus être ici alors que Ludovic en rêve.

— En rêve… Exagère pas quand même, on lui a même pas demandé son avis.

Florie déposa son torchon et se planta sévèrement devant sa sœur.

— Coudonc, veux-tu bien me dire ce que tu as à vouloir garder Léo Villemarie plus longtemps que nécessaire ? T'aurais pas un œil dessus, toi là ?

Le ton sec et colérique ne surprit pas Adèle. Elle secoua sa tête brune en levant les yeux au ciel.

— Arrête donc de dire des niaiseries, Florie, je pense juste qu'il faudrait d'abord lui en parler et puis de toute façon, il faut que ton amie Louisette trouve quelqu'un pour le remplacer au magasin. Tu voudrais pas qu'elle t'en veuille parce que tu lui voles son employé, hein ?

La mine de Florie à ces paroles donna envie de rire à Adèle. Mais du même coup d'œil, elle accrocha le visage démonté de son frère et eut aussitôt envie de le protéger de sa douleur.

— Bon, si on passait à table… On pourra toujours aller voir Ludovic après le souper et lui proposer de revenir.

Adèle lança un regard d'excuse à Laurent. Après tout, c'était son idée, mais en même temps, il était clair qu'il ne pourrait s'occuper de la ferme sans aide. Aussi bien reprendre un jeune qui connaissait déjà l'environnement et qui aimait travailler avec eux. Tout au long du repas, Laurent ne dit pas un mot et Adèle tenta de faire diversion pour éviter l'interrogatoire de leur aînée.

— Je vous dis que ça brasse en Europe. L'Allemagne qui envahit la Tchécoslovaquie puis là, ça a l'air que les tensions montent avec la Pologne. Je sais pas ce qui va arriver là, mais ça sent la guerre en mautadine !

— Bien voyons, toi, tu es donc bien plate de dire des

affaires de même. Cesse de dire des âneries puis dépêche-toi de finir ton assiette que je serve la tarte. On va en profiter vu qu'on est juste trois. On va avoir de bien grosses parts !

Le rappel de Florie concernant l'absence de Léo, parti souper chez le maître de poste sur l'invitation de sa fiancée, ne fit rien pour l'humeur morose de son frère. Il repoussa son assiette et se leva de sa chaise.

— Où tu t'en vas de même ? demanda Florie la fourchette dans les airs. On a pas pris notre dessert, viens pas me dire que tu en veux pas, depuis que tu es arrivé que tu zieutes la tarte...

Laurent fixa son aînée d'un regard vide avant de marmonner :

— Je viens de me souvenir que j'ai pas nourri les cochons...

— Les cochons ? Bien ils sont bien capables d'attendre, tes porcs !

— Non, non... Je reviens dans pas long. Garde-moi un morceau.

Laurent s'habilla en vitesse et claqua la porte sous le regard estomaqué de Florie.

— Je te dis, lui, que j'ai de la misère à le suivre ! Pour moi, il se passe quelque chose dans sa vie... Oui, je m'en vais vérifier ça...

Adèle mit sa main sur celle de sa sœur et attendit qu'elle fixe son attention sur elle. Secouant légèrement sa tête, elle murmura :

— Florie, notre frère est juste déçu de perdre un bon homme engagé et un ami. C'est tout. Cherche pas des bibittes où il y en a pas, veux-tu ? Puis, laisse-le tranquille un peu...

— Bon sang ! J'ai rien fait moi !

— Non, mais il a vingt-cinq ans... alors je pense que s'il

veut manger sa tarte un peu plus tard… bien il doit savoir ce qu'il fait !

Croisant ses gros bras sur sa poitrine opulente, Florie prit une mine boudeuse. Quand ça ne marchait pas à sa façon, ce n'était pas long qu'elle reprenait son air de bœuf !

— C'est ça, c'est ça. Fais donc la vaisselle toute seule, moi je m'en vais finir ma courtepointe pour la foire de Nominingue. Tu dois bien être capable de t'arranger… tu as vingt-huit ans ! ironisa-t-elle.

Adèle la suivit des yeux alors qu'elle sortait en râlant de la cuisine, son assiette de tarte à la main. La brune eut envie de lui dire qu'elle défendait à tout le monde de manger dans le salon, mais elle préférait éviter la guerre. Ce qui lui fit tout de même penser à son inquiétude face à la situation conflictuelle en Europe. Elle devait en jaser avec Édouard la prochaine fois qu'elle le verrait. Il manquerait plus juste que le Canada se mêle du conflit !

CHAPITRE 15

Fuites et abandon

Lorsque Adèle laissa sa sœur au magasin général, celle-ci boudait encore même si une visite chez son amie signifiait toujours quelques petites gâteries à se mettre sous la dent. Mais Florie avait la rancœur facile et n'aimait pas se faire dire comment gérer son frère. Elle descendit lourdement du chariot en saluant sans dire un mot.

— Merci bien, marmonna Adèle en repartant vers la beurrerie.

Elle appréciait les rayons de ce soleil de printemps. Les enfants trottinaient sans entrain dans les rues du village. Le printemps signifiait pour plusieurs une double tâche. Lever à l'aurore pour aider à la ferme, journée de classe et retour à la maison pour d'autres travaux. Plusieurs traînaient donc les pattes sur le chemin de l'école. Adèle sourit en voyant la femme du maître de poste courir après sa plus jeune qui s'était échappée de sa poigne solide. La jeune femme blonde lui semblait bien patiente, plus qu'elle n'aurait pu l'être si la vie lui avait permis d'avoir des enfants. En pénétrant dans l'entrée de la forge, Adèle releva inconsciemment les épaules en voyant le chariot de James près de la porte. Son corps réagit aussitôt et des sensations fort agréables se diffusèrent de la tête aux pieds.

— Coucou, c'est moi, Édouard.

— Bonjour, Adèle.

— Oh James, mon frère est là ?

— Non. Il arrivera plus tard.

— Ah bon ?

— Marie-Camille avait une petite fièvre hier et il voulait s'assurer qu'elle allait bien avant de la laisser pour la journée.

— Il aurait dû nous l'amener, on en aurait pris soin, dit Adèle avec un reproche dans la voix.

James haussa les épaules. Il espérait que la jeune femme quitte la beurrerie, car lorsqu'il se trouvait dans la même pièce qu'elle, il devait tout faire pour éviter de la regarder et de la toucher. Il ne voulait pas trahir son ami et mentor Édouard. S'il allait trop loin avec Adèle, il s'en voudrait tant. Il retourna donc dans la chambre de maturation en espérant qu'elle décide de s'en aller au plus vite.

— Bon, alors je vais l'attendre un peu. Ça te dérange pas, James ? cria-t-elle le cœur battant dans la poitrine.

Elle prit le grognement qui suivit pour un assentiment et se faufila derrière le comptoir. Le lait à jeter était dans un coin et elle regretta de ne pas être plus forte : elle aurait pu donner un coup de main à son frère et à James. Mais impossible pour la jeune femme de soulever les bidons à moitié pleins. Hésitante, consciente que cette décision changerait leur relation, elle décida d'aller retrouver l'employé en soulevant la poitrine inconsciemment, à peine le pied dans la pièce. James ne lui jeta pas un regard, feignant une indifférence qu'il était loin d'éprouver. Depuis son adolescence, à Montréal, l'homme avait eu quelques fréquentations dont une sérieuse qui s'était terminée lorsque sa fiancée l'avait quitté pour un homme plus riche. Alors il s'était promis de ne plus jamais tomber amoureux et en ce sens, il comprenait presque la promesse que Rose

Gélinas avait soutirée à ses enfants. La souffrance due à l'amour était la plus puissante de toutes. Elle s'agrippait au cœur, le brisant en mille miettes. Sa reconstruction prenait de longues années et il n'était jamais complètement ressoudé. Mais ce n'était pas pour cela que ses sens ne réagissaient pas en présence d'une jolie femme. Il n'avait jamais embrassé une femme blanche auparavant ni ressenti le désir de le faire avant sa rencontre avec Adèle. Il savait toutefois que cette aventure ne mènerait à rien et il aurait souhaité que la jeune femme prenne un peu plus ses distances. Pourtant, c'est tout le contraire qui se produisit.

— Que fais-tu, James? chuchota Adèle, la voix rauque.

— Euh... Le nouveau fromage d'Édouard.

— ...

Adèle était incapable de se retenir de toucher le bras musclé qui sortait de la chemise de coton. Elle laissa glisser ses doigts fins sur la peau brune alors que l'homme frissonnait d'envie. Depuis le viol, la femme s'était empêché toute forme de désir, refusant d'écouter les signes d'une quelconque attirance. Mais cet homme différent la fascinait tant que ses appréhensions s'atténuaient. Avec Jérôme, Adèle avait appris à reconnaître les signes et elle se colla contre le corps tremblant.

— Adèle, non.

— Tu ne me désires pas, James? demanda-t-elle voluptueusement.

L'homme se retourna brusquement et la prit contre lui. Elle sentit aussitôt qu'il ne pouvait mentir, la manifestation de son attirance était trop évidente. Elle laissa descendre la main vers l'objet de sa convoitise avant de l'enlacer. Ne pouvant plus se contrôler, James l'embrassa avec ardeur. Un baiser qui s'éternisait, qui disait l'envie qu'ils avaient l'un de l'autre.

Sans pudeur, Adèle détacha le pantalon de l'homme avant de retirer sa petite culotte de coton qu'elle laissa glisser sur le sol. James secoua la tête, éberlué par cette audace. Les yeux accrochés l'un à l'autre, ils haletaient, pris dans l'attente du moment tant attendu. Il voulait lui dire la crainte qu'il avait de lui faire un enfant.

— Adèle, il ne faut pas… Si jamais tu tombes ence…

— Je connais mon corps, James… Il n'y a pas de danger. Pas aujourd'hui.

James n'arrivait plus à parler. Il ne put que soulever la jeune femme à moitié dévêtue pour la pénétrer sans plus attendre. Il savait que ce geste aurait des conséquences, mais ne pouvait revenir en arrière. Le plaisir sur le visage d'Adèle finit de le convaincre que cette relation n'avait que du bon…

⊱✶⊰

Pendant qu'Adèle et James défiaient le bon Dieu, Ludovic Marquis ne se tenait plus de joie à la pensée de retourner travailler à la ferme. En plus, ce qui faisait bien l'affaire de Florie, le jeune homme ne dormirait pas chez eux et elle pourrait donc économiser sur le salaire qu'elle lui remettait. L'aînée Gélinas avait bien remarqué la moue déçue sur le visage de son amie lorsqu'elle lui avait fait part de son offre, mais elle n'en avait guère tenu compte. Pas question de laisser passer la chance de mettre la main sur un employé à bas prix. Finalement, c'était presque une bénédiction toute cette histoire-là.

— Ça fait que Léo, si tu veux partir demain, tu es libre de le faire. On te retiendra pas, c'est sûr. Ludovic vient prendre ta place avec plaisir…, lui.

Le jeune bègue ne savait plus où se placer dans la cuisine sous le regard sévère de Florie. Laurent déjeunait sans appétit et ses nuits entrecoupées des dernières semaines commençaient à laisser une ombre grise sous ses yeux. Il ne leva pas sa tête blonde aux boucles trop longues, tentant de ne pas penser aux longs mois à venir, seul avec l'autre idiot du village. Parce qu'il n'avait jamais vraiment aimé les enfants Marquis, mais en plus, l'arrivée permanente de l'aîné dans SA maison, utilisant SES outils, parlant à SES bêtes... C'était un coup de massue en arrière du crâne. Lui qui croyait s'en être débarrassé pour toujours avant les fêtes. Tout allait mal. En plus, la saison médiocre du Canadien de Montréal s'était terminée avant même le début des séries. Sixième équipe sur sept. Leur pire performance depuis les débuts de l'équipe. Même s'il n'avait jamais été aussi captivé que son frère par le hockey, depuis qu'il jouait les soirs d'hiver avec Léo et d'autres jeunes, son intérêt s'était développé. Puis là, il ne pourrait même pas se cacher derrière la *game* à la radio pour éviter de jaser avec Ludovic.

— Maudit que ma vie va mal! pensa-t-il alors que sa sœur poussait son amour vers la sortie.

Il se releva pour sortir dans l'air frais. En cette fin d'hiver, les belles journées alternaient avec certaines plus glaciales qui donnaient envie aux agriculteurs de se cacher sous la couette. C'est donc le cœur bien lourd qu'il s'éloigna pour panser ses plaies auprès de ses animaux, qui eux ne le laissaient jamais tomber. En mettant les pieds dans la grange construite à l'arrivée de Rose au village, Laurent se laissa tomber à genoux près de sa grosse truie Chipie, occupée à nourrir ses six porcelets de quelques jours. Heureusement qu'elle n'avait pas plus de bébés, car vieillissante, les trayons de l'animal ne fournissaient plus autant de lait qu'avant. En bonne santé, une femelle pouvait donner naissance à au moins vingt porcelets par année.

— Alors, ma Chipie, ils sont beaux tes bébés...

L'animal grogna alors que le jeune étirait la main pour la flatter entre les yeux. Son regard porcin se voila et elle posa sa tête sur le sol. Avant la mise à bas, Laurent avait décrassé la case de la bête avec un mélange d'eau de Javel et rajouté une belle couche de foin. Puis, au lieu de quitter les lieux lors de l'arrivée de la portée, il s'était accroupi près de la mère pour lui parler à voix basse. Pourtant, la truie n'aimait pas la compagnie lors de ses accouchements, mais encore une fois, le jeune agriculteur avait su la calmer, même s'il s'agissait de sa cinquième portée. Laurent resta longtemps assis dans le foin à caresser l'animal. Lorsqu'il entendit s'ouvrir la porte de la grange, il se raidit aussitôt, sachant fort bien que Léo venait d'y pénétrer.

— Laur..Laurent ?

— Oui.

Le jeune Gélinas vit les bottes en premier, incapable qu'il était de relever la tête sans honte. Mais après quelques secondes, il n'eut guère le choix et dut se résigner à se redresser. Il tenta de cacher le tremblement de son corps en se mettant debout rapidement. Au moins ainsi, il dominait l'autre et peut-être que les insultes à venir seraient moins directes. Léo lui jeta un long regard sans dire un mot. Il hésitait entre la peine de partir et le soulagement de quitter cette relation malsaine.

— Je... Je vais... partir... après... le... dî..dîner.

— Très bien. C'est tout ?

Le jeune engagé sentit les larmes monter à ses yeux et il eut honte de sa faiblesse. Comment pouvait-il ressentir autre chose que de la haine pour cet homme qui s'était dit son ami pour arriver à ses fins... ses fins abjectes? Ils se fixèrent un long moment avant que Léo ne hausse ses épaules étroites.

— Je... s..suis déso..lé.

— Désolé? De quoi, Léo? D'être normal? De vouloir une femme et des enfants alors que même si je le pouvais, je n'en voudrais pas? Ne sois pas mal à l'aise, moi, je m'excuse de t'avoir placé dans cette situation. Tu étais mon seul ami et à cause de mes gestes choquants, tu t'en vas. On a eu du plaisir ensemble quand même non?

Une question posée avec des sanglots dans la voix, un déchirement dans le cœur. Les traits tendus de Laurent criaient sa souffrance face à ce départ imminent. Léo ne répondit rien, laissant les larmes couler sur ses joues rougies par la marche jusqu'à la grange. Même s'il aimait Bérangère et avait hâte à la vie avec elle, il aurait préféré demeurer l'engagé des Gélinas pour ramasser le plus d'argent possible. Mais chaque fois que les mains de son ancien ami s'approchaient de lui, il craignait qu'elles ne se posent sur son corps. Il n'en pouvait plus de cette tension entre eux et savait que la seule solution pour lui et pour Laurent était de quitter la ferme. Maladroit, il s'approcha pour serrer son ami contre lui et après quelques secondes, Laurent sentit la tension se relâcher dans son corps et il se permit à son tour de pleurer toutes les larmes qu'il retenait depuis le matin.

— Adieu, Léo, et pardon.

— Je... Je t'en veux pas, mê..mê..me si je comprends pas. Adieu, Laurent.

Le retour de Ludovic Marquis à la ferme avait créé une tension entre Florie et son amie Louisette qui lui en voulait secrètement de lui avoir ravi son fils. Même si elle était consciente que le jeune homme était plus heureux dans les champs des Gélinas, cela n'empêchait pas la commerçante de jalouser le temps qu'il passait avec son amie.

— C'est pas des farces, avait-elle dit à son mari, depuis l'accident, c'est à peine s'il m'a dit deux phrases! Penses-tu qu'il m'en veut? questionna-t-elle, le doute dans le regard.

Son mari soupesa la question avant de répondre le plus délicatement possible. Il avait senti, lui aussi, le désir de son fils de s'éloigner de l'environnement familial. Il était peiné certes, mais aussi soulagé. Il savait que son aîné ne prendrait jamais la relève du magasin et il concentrait maintenant tous ses efforts sur la formation du benjamin, Georges-Arthur, sans beaucoup d'espoir pour l'instant! À part faire enrager tous les adultes autour de lui, ce jeune-là travaillait en maugréant, accomplissant ses tâches sans soin, même s'il s'occupait maintenant des commandes. Décidément, Gérald Marquis préférait de loin la compagnie de Maximilien qui ne s'intéressait pourtant pas du tout à la bonne marche du magasin. Son intérêt pour la menuiserie prenait tout son temps et il ne passait qu'en coup de vent au magasin. Surtout depuis l'incendie. Comme si le sort réservé à son frère aîné lui avait enfin ouvert les yeux sur l'importance de s'accomplir dans ce qu'il aimait. Gérald posa une main déformée par la maladie sur celle de son épouse:

— Je pense qu'il en veut au monde entier, ma chère. Peut-on lui en tenir rigueur?

— Non, non bien sûr. Mais j'aimerais tellement ça le consoler et qu'il me parle comme avant.

— En même temps, il faut le laisser voler de ses propres ailes, Louisette.

La grosse rousse plissa le nez avec une moue maussade. Voilà que Gérald lui répétait presque mot pour mot les paroles de son amie Florie. Elle leva son grand corps enrobé avant de dire d'une voix tremblante :

— J'aimerais juste qu'il sache que j'aurais donné ma vie pour que ça ne lui arrive pas.

Le couple échangea un long regard attristé. Un long regard chargé de douleur, de regrets. Si en plus Louisette s'était doutée des soupçons qu'entretenait Gérald à l'égard de Georges-Arthur sur la cause de l'incendie, cela l'aurait tuée. C'était son cadet qui lui en avait parlé le premier, un mois après la tragédie.

— Hum… papa ?

Le commerçant avait accueilli l'aveu de son fils en secouant la tête avec dénégation. Selon Maximilien, son frère avait tenté d'allumer un mégot de cigarette en cette froide soirée d'hiver derrière leur abri contenant le bois, lorsqu'une bourrasque avait soufflé l'allumette de ses doigts. Inconscient, le jeune avait cru que la neige au sol suffirait à éteindre la flamme et ne s'en était pas préoccupé. Toujours selon son frère, le coupable était retourné calmement à sa chambre les doigts à moitié gelés et claquant des dents sans s'apercevoir du début d'incendie. C'est Gérald qui avait donné l'alerte, trop tard, quand il avait cru voir des flammes en allant à la cuisine prendre un verre d'eau. Depuis, pas un jour ne passait sans que le père ne regarde son fils avec l'envie de le secouer pour le faire passer aux aveux. Mais après tout, à quoi cela aurait-il servi ? Il espérait qu'au moins, son enfant avait au fond du cœur le regret d'avoir créé le malheur de son frère aîné. Le commerçant monta à sa chambre à la suite de sa femme en se tenant fermement à la rampe de bois nouvellement posée. Plus les mois avançaient, plus son corps s'affaiblissait. Certains matins déjà, l'homme devait attendre de longues minutes avant de pouvoir sortir du lit tant la douleur de ses articulations l'incommodait. Il tentait de cacher l'étendue des dégâts à Louisette déjà assez éprouvée, mais bientôt, il avait peur de ne plus pouvoir travailler à la caisse plus de quelques heures par semaine.

Le mois d'avril qui débutait annonçait aussi les soirées de répétition de la chorale qui devait se produire lors de la messe de Pâques. Bien que chaque dimanche le groupe de chanteurs accompagnât le curé Latraverse dans son eulogie, il y avait de grands événements – tel Pâques – qui donnaient lieu à une plus grande démonstration du talent des choristes. Mais Louisette Marquis n'avait pas le cœur à la fête. Elle peinait à cacher son animosité face à son amie et lorsque Florie se tanna du ton sec avec lequel elle lui répondait depuis quelques jours, la grosse rousse n'y tint plus :

— Ce que j'ai ? Je m'en vais te le dire moi, mon « amie », ce que j'ai ! J'ai que tu m'as volé mon fils alors qu'il commençait à être de nouveau bien à la maison avec nous. C'est ça que j'ai !

Croisant résolument ses bras rousselés sur ses lourds seins, la femme s'éloigna de Florie, bouche bée pour une rare fois.

— Hein ?

— Si t'étais pas venue lui offrir de travailler à la ferme, je pense que mon Ludovic aurait accepté de retourner à la caisse. Puis mon mari, pogné avec son arthrite, aurait pu enfin se reposer. Mais non, madame a décidé, sans m'en parler, de lui offrir de retourner faire le fermier au milieu des cochons. Pfff !

Le ton méprisant avec lequel elle lança les derniers mots enragea tellement Florie qu'elle prit son sac, mit son chapeau sur sa tête et sortit de la salle paroissiale où les chanteurs étaient déjà partis après leur répétition. Elle ne voyait plus clair et s'éloigna vers la côte Boisée d'une démarche si assurée que Jeremiah, qui avait eu le temps de reconduire sa fiancée à l'école, ne la reconnut que rendu à sa hauteur.

— Oh… Florie, vous embarquez ?

Hésitante, car elle tentait de ne jamais se retrouver seule avec lui, la grosse femme finit par acquiescer en regardant au loin la rue qui montait jusqu'à la ferme. L'Anglais fit mine de descendre pour l'aider à grimper dans le chariot, mais un froncement de sourcils l'arrêta.

— Je vous emmène à votre maison ?

— Oui. Merci.

Pendant quelques secondes, un silence inconfortable s'installa entre les deux jusqu'à ce que Jeremiah le brise.

— Vous allez bien ?

— Non.

— Ah. Je peux vous aider ?

Et là, sans même pouvoir se contrôler, Florie déballa toute l'histoire derrière sa colère. Elle parlait si vite que le ferblantier devait parfois la faire répéter pour bien saisir ses paroles.

— Mais vous avez demandé à Louisette avant de parler à Ludovic ?

— Hein ? Non, non, mais il a toujours bien vingt ans. C'est plus un enfant !

Jeremiah ne répondit rien afin d'éviter un esclandre, mais l'air songeur sur son visage fit réfléchir Florie.

— Vous pensez que j'aurais dû…

— Hum… oui. Je pense, mais je connais pas assez…

— Oh mon Dieu ! Je manque donc bien de cœur ! Je peux pas croire que j'ai pas pensé à ça avant !

Elle plongea son visage dans ses mains gantées avant d'éclater en larmes. Mal à l'aise, Jeremiah chercha maladroitement à la consoler en mettant une main sur son épaule. Florie se figea légèrement avant de se coller contre l'homme et cacher ses pleurs sur sa poitrine. Lorsque sa peine se tarit, elle n'osa pas regarder Jeremiah qui gardait les yeux fixés sur la route. Reniflant de manière peu délicate, elle le remercia d'un sourire mouillé lorsqu'il lui tendit un mouchoir de coton.

— Jeremiah ?

— Oui, Florie ?

— Je pense que je vais retourner au village.

— Ah bon ? Mais on est rendus à votre ferme !

Il fixa le visage de Florie en regrettant encore une fois de n'avoir pu percer sa carapace. Il aimait bien Béatrice Dupuis, mais chaque fois qu'il côtoyait l'aînée des Gélinas seul à seule, son cœur se serrait à la pensée de cet amour à côté duquel ils étaient passés. Malgré ses traits sévères, son corps empâté, son ton sec fréquent, il y avait quelque chose chez cette femme qui lui donnait envie de la protéger. Il la sentait fragile et seule sous la cuirasse qu'elle avait un jour enfilée. À cause d'une promesse. Une promesse idiote et irresponsable qui avait été demandée par la mère de sa passagère. Il se dit que tant qu'il n'était pas marié, il avait peut-être une chance de la faire changer d'idée…

— Florie, vous… Vous voulez venir prendre un thé chez moi ?

— Hein ? Un thé… Pourquoi donc, Jeremiah ?

— Pour… parler.

Le regard révélateur qu'il lui jeta mit la pauvre femme dans tous ses états. Elle repensa à la peine qu'elle avait eue à l'automne. À sa douleur de ne pouvoir aimer cet homme au grand jour. À sa faiblesse lorsqu'ils s'étaient retrouvés seuls et qu'ils avaient échangé un baiser. Le temps des regrets était passé. Secouant lentement la tête, elle posa la main sur le bras de l'homme. Il la prit contre son cœur et Florie ressentit une grande lassitude sans tenter de se dégager. Pourtant, sa détermination s'affirma au même rythme que les battements désordonnés dans sa poitrine. Elle aurait la force de ne pas succomber à cette tendresse offerte.

— Non, Jeremiah. Je ne veux pas. Mais si vous pouviez me ramener au magasin, je dois des excuses à mon amie. Grâce à vos bons conseils.

— D'accord, murmura l'homme déçu. J'aurais aimé…

— Je sais, Jeremiah. Moi aussi. N'en parlons plus. Jamais.

En silence, le duo refit la route inverse sous un ciel nuageux comme leur âme. À peine arrêtée devant le magasin général, Florie se dépêcha de fuir la présence trop tentante de cet homme. Elle posa toutefois sa main gantée sur son bras en chuchotant :

— Merci. Pour tout. Je savourerai tous les moments que nous avons passés ensemble jusqu'à la fin de ma vie, Jeremiah.

En vitesse, elle s'éloigna du chariot et monta les quelques marches jusqu'à la porte. Elle désirait plus que tout fuir le regard affectueux de l'Anglais, qui la suivit des yeux le plus longtemps possible. Quel dommage ! pensa-t-il avant de retourner son cheval vers la route.

Le mois de mai sonna la fin du repos pour tous les agriculteurs de la région. Après avoir sarclé, bêché de longues journées, il était maintenant temps de semer à tout vent. Comme
Florie avait insisté auprès du curé pour ériger le reposoir
devant la ferme, elle n'était pas parlable. Le stress occasionné
par son projet l'empêchait d'effectuer toute autre tâche sans se
plaindre du manque de temps pour décorer l'autel. Il ne lui
restait qu'un mois avant le 16 juin, date de la Fête-Dieu.

— Tu te rends compte de l'honneur, ma sœur! Il y en a
juste un dans tout le village. Puis il faut que le nôtre soit de
toute beauté. Plus beau que ceux des dernières années. Parce
que, entre nous deux, la vieille Lalonde l'année passée s'était
pas trop, trop forcée. Il y avait même pas de...

— Florie! l'arrêta Adèle, c'est pas nécessaire de comparer
avec les autres...

Devant le regard frustré de sa sœur, elle continua
doucement.

— ...parce que de toute façon, le tien sera le plus beau que
le village de Sainte-Cécile aura jamais vu!

Florie ferait un berceau de fleurs et de verdure, afin d'ex-
poser l'hostie quelque temps. Lorsque la messe se terminerait,
tous les paroissiens se rendraient au reposoir en procession
solennelle. Comme l'ordre de la procession était établi
à l'avance, les deux sœurs se retrouveraient encore une fois
avec les autres femmes célibataires du village, en avant de la
procession. Suivraient, en ordre, les femmes mariées, le curé
Latraverse, qui précéderait le saint sacrement porté sur une
litière par les marguilliers. Les hommes fermeraient la procession. En arrivant au reposoir devant la ferme, l'hostie serait
présentée au groupe agenouillé. Cette cérémonie serait la dernière étape avant le retour à l'église*.

— Il a besoin de faire beau, mautadine, parce que tu sais ce que ça veut dire sinon ! Puis moi je trouve qu'on a eu notre part de malchance avec le départ de Léo.

La croyance voulait que l'annulation de la procession annonçât de mauvaises récoltes. Adèle soupira discrètement en se disant que les derniers jours avant la Fête-Dieu seraient l'enfer aux côtés de sa sœur inquiète. Depuis sa relation avec James quelques semaines auparavant, pas une journée ne passait sans que le désir ne la reprenne d'aller le rejoindre à la beurrerie ou même chez lui. Mais les deux ne s'étaient pas retrouvés seuls depuis cet intense moment et la jeune femme commençait à réaliser qu'il ne s'agissait pas d'une coïncidence. Son amant faisait tout pour éviter de la regarder, d'être avec elle dans une pièce sans témoin… Adèle se morfondait, désirant encore se retrouver dans ses bras puissants. Même si jamais les sentiments profonds et intenses qui l'avaient unie à Jérôme ne pourraient être reproduits, elle savait à présent que son corps de femme avait des besoins que seul un amant pourrait combler. Dieu ait son âme si sa sœur apprenait un jour à quel point Adèle avait un tel désir de fusionner son corps à celui d'un homme. Elle tenta de reporter son attention sur sa sœur, qui décrivait maintenant son reposoir à Laurent et Ludovic revenus de leur journée aux champs. Florie n'en était qu'au début lorsque son frère l'arrêta sèchement :

— Tu m'excuseras, Florie, mais là tout ce que je veux c'est aller me décrasser. Peut-être que tu pourrais me jaser de ça au souper, je risque d'être plus intéressé.

Impatient, le jeune homme déguerpit de la cuisine sans attendre son reste. Depuis le départ de Léo, le cadet de la famille semblait attacher peu d'importance à la vie familiale. Il faisait son ouvrage, marmonnait bêtement les tâches à faire à leur jeune engagé. Souvent le soir, dès le souper terminé, il allait voir ses pièges ou s'assoyait au bout du quai à regarder l'horizon.

— On dirait qu'il a plus de vie! avait grogné Florie la semaine précédente. Je sais bien pas ce qu'il a depuis un bout, notre frère, mais il va bien falloir que tu y jases!

— Hein?

Florie l'avait regardée sévèrement. De ce regard noir sans appel lorsqu'elle considérait que les paroles échangées en étaient entre mère et enfant. Comme si sa sœur redevenait une petite fille qu'elle devait élever. Alors Adèle avait tenté de se rapprocher de Laurent, mais la complicité de la grange n'était jamais revenue. Ce moment d'abandon, son frère ne voulait plus jamais y penser. En effet, pour Laurent, l'instant de faiblesse qu'il avait eu en compagnie d'Adèle ne se repro-duirait jamais. Chaque fois qu'il pensait à cette soirée, la dou-leur, la peine ressenties après le départ de son amour refaisaient surface. Ce que voulait Laurent, c'était oublier. Oublier son immoralité; son amoralité; son anormalité. Depuis un mois, chaque soir avant de se coucher, il prenait quelques gorgées d'eau de vie, bien cachée au fond d'un tiroir de sa chambre. Son sommeil en était plus profond et sa douleur atténuée.

En arrivant au village, le mercredi avant la Fête-Dieu, Édouard soupira de fatigue. Sa fille ne dormait pas depuis quelques nuits à cause d'une otite qui ne lui laissait pas de répit. Épuisé par les pleurs de Marie-Camille, il avait abdiqué et accepté de la prendre avec lui dans son lit, même s'il s'en était empêché depuis son veuvage pour éviter de lui donner de mauvaises habitudes. Mais voilà, depuis le samedi précédent et malgré les gouttes fournies par le docteur Trudel, la fillette s'assoupissait d'un sommeil agité et la fièvre semblait revenir tous les soirs lorsqu'il se mettait au lit. Découragé, il espérait voir Adèle venir à la beurrerie pour l'aider à emballer son nouveau fromage, le Floridèle. Son aînée en avait parlé pendant trois jours lorsqu'il lui avait annoncé le nom de son fromage. Celui-ci faisait son affaire! «Peux-tu croire, Adèle, que je vais avoir un aliment nommé en mon honneur? Savais-tu, chère Louisette, que mon frère a décidé d'utiliser mon prénom pour son nouveau fromage? Hey, Laurent, imagine-toi donc que...» Au bout du compte, tout l'entourage d'Édouard lui en avait presque voulu! Si Adèle arrivait, le maître-beurrier allait en profiter pour lui demander conseil pour Marie-Camille. Il mit pied à terre devant le magasin général où il pénétra à la suite d'Alcide Constantin, qui ne le regardait plus depuis l'élection de James à la place de son fils pour conduire l'autoneige.

— Comme si c'était de ma faute, avait maugréé le maître-beurrier à sa sœur lorsqu'elle lui avait fait la remarque du malaise entre les deux.

— T'en fais pas avec ce malotru, avait répliqué Adèle. Si c'était pas ça, il aurait trouvé autre chose pour te nuire. Cet homme-là a toujours été jaloux des réussites des autres villageois. Je trouve que depuis la maladie de sa femme, il est encore plus mesquin. Tu as juste à te tenir loin...

C'est ce qu'Édouard tentait donc de faire, même si c'était contre nature pour lui d'être distant et froid avec les gens de sa connaissance. Mais il ne regrettait pas d'avoir proposé son ami pour le poste de conducteur ainsi que le vote qui avait permis à James d'avoir l'emploi. Les derniers conseils municipaux s'étaient déroulés en l'absence du gros fermier qui disait toujours avoir à faire à sa ferme. Lui qui avait affirmé qu'il serait présent à toutes les assemblées, au mois de janvier précédent, montrait encore une fois son peu d'intérêt lorsque les séances ne le concernaient pas. Il y reviendrait quand l'ordre du jour présenterait des points auxquels il tenait. Son absence remarquée de tous avait d'ailleurs fait l'objet d'un point à l'ordre du jour au dernier conseil.

— Devons-nous remplacer monsieur Alcide Constantin au sein du conseil municipal? avait demandé le maire un peu mal à l'aise. Il avait l'impression de parler dans le dos d'un de ses citoyens, même si le regard de ses conseillers l'approuvait.

— Il a manqué les trois derniers, avait ajouté Gaspard Marois, qui, comme les autres conseillers, n'aurait pas été déçu de se débarrasser du gros malcommode.

Étonnamment, c'est Édouard qui avait pris la défense du fermier, même s'il ne le tenait pas dans son cœur.

— Je pense qu'il est préférable que vous abordiez la question avec lui, monsieur le maire. S'il pense que nous désirons l'évincer du conseil sans son consentement, il sera furieux et...

— ...et tu as raison bien sûr! coupa Paul-Émile Fréchette, en passant une main usée dans sa chevelure poivre et sel.

Alors avant le conseil du jeudi 15 juin, lors duquel plusieurs points devaient être débattus avant la pause estivale, le pauvre maire eut le mandat d'aller discuter avec son concitoyen peu reposant. Si l'homme désirait laisser sa place au conseil, il aurait à annoncer les postes vacants à la messe du dimanche. En apercevant Alcide Constantin au magasin général, Édouard fit un effort: il toucha sa casquette pour saluer le fermier qui le fixa longuement de ses yeux porcins avant de faire un rictus pouvant faire mine d'un sourire. Le maître-beurrier détourna le regard du ventre énorme sur lequel la chemise tachée s'étirait à la hauteur du nombril. Le bouton manquait d'ailleurs de s'arracher à chaque pas et Édouard retint une moue de dégoût en sentant l'odeur aigre du fermier lorsque ce dernier passa devant lui sans retenue. Il se tint loin et écouta d'une oreille distraite l'échange entre Alcide et Gérald Marquis. Jusqu'à ce que son nom vienne à son oreille.

— Du beurre ? J'en tiens plus vraiment depuis qu'Édouard a ouvert sa beurrerie.

— Ouin, bien moi j'en voudrais une livre si vous pouvez m'en trouver.

Gérald Marquis lança un regard gêné vers le maître-beurrier qui haussa les épaules avec indifférence. Mais il avait bien remarqué que le bonhomme Constantin ne lui avait pas apporté son lait ou sa crème depuis quelques semaines. Il ne s'en était guère formalisé, trop occupé avec ses autres clients habituels. De toute manière, ce fermier à l'hygiène douteuse lui remettait toujours des bidons remplis de détritus qu'il lui fallait filtrer afin de s'assurer de la salubrité du liquide. Il empoigna une grosse poche de farine et une boîte de céréales Corn Flakes pour faire plaisir à Marie-Camille. Elle adorait ce déjeuner qui remplaçait le gruau qu'elle mangeait du bout des lèvres. Inventée par inadvertance par le docteur John Harvey Kellogg et son frère, cette céréale croquante coûtait trop cher pour qu'Édouard en fasse un achat régulier. Mais la fillette serait enchantée de voir que son père avait compris que sa douleur à l'oreille l'empêchait indéniablement d'avoir de l'appétit pour un aliment qu'elle n'aimait pas, c'est-à-dire les flocons d'avoine bouillis*. Comme Alcide Constantin lui jetait des regards narquois en payant son achat, Édouard fit mine de ne pas le voir et s'avança à son tour pour remettre l'argent au commerçant. L'effet de cette journée humide sur les articulations affectées par l'arthrite du pauvre homme paraissait dans son visage aux traits tirés. Lorsque Alcide Constantin referma bruyamment la porte, Gérald Marquis dit :

— Désolé, mon pauvre Édouard !

— Il y a pas de quoi, Gérald.

— Mais… il vous apporte plus son lait alors ?

Le regard curieux, le gros homme à la moustache fournie remit lentement son change au jeune homme. Pour une fois qu'il aurait un potin avant sa femme ! Édouard secoua sèchement la tête.

— Non. Pas depuis quelques semaines.

— Bien alors qu'est-ce qu'il fait avec ?

Édouard mit ses mains de part et d'autre de ses produits sur le comptoir de bois et répondit en souriant :

— Vous savez quoi, mon cher Gérald ? Je me préoccupe guère des résultats de la traite d'Alcide Constantin. Entre vous et moi, son lait est pas une grande perte pour la beurrerie !

Sur ces paroles ironiques, Édouard salua le vieil homme éberlué, prit ses achats et sortit en vitesse.

— Voilà qui devrait agrémenter le souper de la famille ce soir, pensa-t-il en éclatant de rire, seul sur le trottoir.

Arrivé à la beurrerie, il narra sa discussion à James qui à son tour éclata de rire avant de reprendre rapidement son sérieux.

— Mais… *Aren't you afraid* que Gérald Marquis répète tes paroles à monsieur Constantin ?

— Oui... mais j'y ai pensé trop tard, répondit Édouard avec une mine coupable.

Car il savait que si ses paroles venaient aux oreilles – sales probablement – du bonhomme, la guerre ne ferait que continuer ! Mais pour une rare fois, il n'avait pas réfléchi avant de parler. Il espérait que l'avenir ne le lui ferait pas regretter.

CHAPITRE 16

Conseil houleux

—Je te le dis, James, quelque chose marche pas. Depuis le début du mois de juin, j'ai une baisse de clientèle inexplicable. S'il faut que je lance un nouveau fromage et que je me retrouve pogné avec, c'est pas gagnant mon affaire !

James leva la tête de son ouvrage pour attendre la suite du discours de son patron. Lui aussi avait remarqué que certains fermiers ne lui remettaient plus leur lait lorsqu'il passait tôt le matin. Oh pas tellement, mais au moins trois sur les trente-cinq qui faisaient pourtant affaire avec eux depuis des années.

— Penses-tu que je devrais aller les voir pour savoir si quelque chose leur déplaît dans notre service ?

— Et... Et si c'était moi ?

— Comment toi ?

Édouard fronça les sourcils, incertain de bien comprendre.

— Bien, peut-être que l'histoire de ma *colour* dérange encore ?

Le maître-beurrier reprit sa manœuvre d'écrémage en secouant vigoureusement la tête.

— Non, ça je pense pas. Vraiment ! Ça fait quand même six ans que ces hommes-là viennent me porter leur lait et tu travailles pour moi depuis ce temps. Non, c'est autre chose ou peut-être que je m'en fais pour rien. Bon, changeons de sujet, j'ai pas envie de m'éterniser sur ça plus longtemps ! J'espère que ma sœur va venir faire un tour, j'ai vraiment besoin de lui parler. Elle est pas venue cette semaine. Il faut dire qu'avec le reposoir de Florie, elle doit pas avoir deux minutes à elle. Je la connais, ma grande sœur! Quand...

Édouard continua à monologuer sans s'apercevoir du trouble de James qui imaginait encore et encore la jeune femme dans ses bras. Il n'y avait pas eu de suite à leur première fois, non pas qu'il ne le voulait pas, mais il ne le pouvait pas. Parfois le soir, il regardait par la fenêtre de sa cuisine et restait longtemps dans ses pensées à fixer la maison de la jeune femme, espérant presque la voir apparaître à la fenêtre. Pourtant, il devrait plutôt se concentrer sur la visite annoncée de son frère, de sa belle-sœur et de leurs deux enfants pour le début du mois de juillet. Sans vouloir se l'avouer, James souhaitait conserver son village pour lui seul. Ne pas le partager avec sa famille qui, il le craignait, viendrait donner son avis sur la médiocrité de la vie en campagne. Mais il n'avait pas su refuser leur visite, d'autant plus que son frère apporterait une surprise de taille pour Édouard. Au moins, sa mère avait choisi d'attendre avant de venir. Elle disait vouloir s'assurer de la sécurité du village au préalable. James se dit qu'il avait bien fait de ne pas tenter de la persuader. Déjà qu'avec...

— Ça fait que je vais aller me jeter dans la rue devant la première voiture qui passera...

— Hein?

James jeta un regard éberlué vers son ami hilare. Ce dernier lui donna un coup sur l'épaule en disant:

— Tu dois être en amour, mon James, t'as rien écouté de ce que je te disais. C'est vrai qu'entendre mon compte-rendu du reposoir de ma sœur donne envie de s'évader dans ses pensées, tu as bien raison.

— Non, non…, bafouilla l'autre en rougissant.

Il remercia le ciel d'être noir, au moins, il gardait son trouble moins visible. La porte qui s'ouvrit dans un fracas limita l'interaction entre les deux. Alors que James s'avançait pour servir un client potentiel, la voix d'Adèle le figea sur place.

— Youhou, mon frère, tu es là ?

Elle passa derrière le comptoir et se dirigea vers la pièce dans laquelle les deux hommes se tenaient. Sans hésitation, elle alla donner la bise à Édouard avant de tendre la main à son employé, un air moqueur dans le regard. Le grand Noir la fixa sans pouvoir s'en empêcher en remarquant à quel point elle était jolie. Ses pommettes rosies par la marche de plusieurs minutes, ses longs cils noirs qui ouvraient grand ses yeux noisette et sa frange épaisse qui lui donnait l'air taquin. Elle portait une robe rouge juste au-dessus du genou et boutonnée jusqu'au cou. Mais la sagesse de sa tenue se démentait par les lueurs lubriques de son regard lorsqu'elle le posait sur l'aide-beurrier. Édouard fronça légèrement les sourcils devant le silence, mais sa sœur l'agrippa par le bras avant qu'il ne se questionne plus longuement sur la raison du malaise de son ami.

— Bon ! Alors, mon Édouard, que veux-tu que je fasse pour t'aider aujourd'hui ? J'ai réussi à fuir le dragon Florie en la menaçant de faire la grève du zèle si elle me demandait encore de découdre une fleur sur le reposoir pour la déplacer d'un pouce. Je te dis ! Elle est en train de virer folle avec cette affaire-là ! S'il faut qu'il pleuve, je vais vivre chez vous ou… je pourrais louer une chambre chez James, c'est plus près de mon potager.

Elle éclata de rire alors que James ne savait plus où aller dans la petite pièce. Comme son frère était préoccupé par sa fille, il ne rit que quelques secondes avant de dire :

— Tu penses que tu pourrais aller à Saint-Damien pour t'occuper de Marie-Camille quelques heures ? Je vais revenir tard ce soir et elle est malade depuis plusieurs jours. Je sais pas trop comment en venir à bout. Elle fait pitié, je te jure, quand elle se tient l'oreille en se lamentant et en me demandant de faire quelque chose pour que son mal arrête.

Adèle, qui connaissait l'amour et le sentiment de protection que sa fillette lui inspirait, sourit à son frère.

— Oui, je peux faire ça… Par contre, j'ai pas de chariot, je suis venue à pied.

— Oh, zut !

— Mais peut-être que James pourrait venir me reconduire…

— Non. Je suis… Je suis désolé, mais je dois terminer le brassage du…

Édouard secoua sa tête bouclée.

— Tu ferais ça, James ? Je vais m'occuper du fromage et je dois aussi aller voir avec Jeremiah où il en est avec la réparation de ma grosse cuve. Je préfère donc rester ici. Si ça te dérange pas, bien sûr ?

N'ayant aucune issue, James essuya ses mains sur un torchon accroché au mur et suivit Adèle sans entrain. Il savait qu'il pourrait difficilement résister à ses avances, si avances il y avait. Aussitôt qu'ils furent engagés sur le chemin Des Fondateurs, la jeune femme se tourna vers lui :

— Tu me fuis, James ?

— …

— Parce que je ne regrette pas du tout ce qui s'est produit entre nous deux si cela te fait peur.

— …

Elle attendit quelques secondes et mit sa main sur sa cuisse musclée. L'homme sursauta et la repoussa avec vigueur.

— Non, Adèle.

— Pourquoi ?

Ralentissant pour pouvoir discuter sans entrave, James dit :

— Pourquoi ? Parce que c'est mal. Parce que tu n'es pas mon épouse, que tu m'aimes pas…

— Mais voyons, je t'aime bien.

— Non, Adèle. Je veux une femme qui m'aime, pas qui m'aime bien. De toute manière, si tu n'as pas remarqué… *I am black !*

— Ah bon ! tenta de rire la jeune femme.

Mais le Noir n'entendait pas à rire. Il était même fâché de voir à quel point la jeune femme traitait la situation avec légèreté. Il se tassa sur le bord du chemin entre les deux villages, et se tourna carrément vers sa voisine. La sueur perlait sur son large front et ses lèvres tremblèrent lorsqu'il parla :

— Ce n'est pas drôle, Adèle. Pour toi, *everything is so simple ! You want something and you take it*[39] !

— Mais…

— *No, listen !* Si un villageois savait ce qui est arrivé entre nous, je serais accusé de viol, Adèle…

— Tu m'as pas forcée ! ragea la jeune femme peu désireuse de revivre une époque sombre de sa vie passée.

— Non, mais c'est ce qu'on dirait. Je suis noir, *I'm tolerated* dans ce village, pas encore totalement accepté. Peut-être que je le serai jamais. Tu peux pas comprendre *what it means to be judged by the colour of your skin*[40] et pas pour vos

---

39 Tout est si simple pour toi ! Tu veux quelque chose et tu le prends !
40 Tu ne peux pas comprendre ce que ça signifie d'être jugé en fonction de la couleur de sa peau.

qualités. Non, écoute-moi…, insista-t-il en levant la main alors qu'elle voulait renchérir. Chaque fois qu'un villageois me donne de l'argent à la beurrerie, il compte dans sa tête pour s'assurer que je le volerai pas en lui rendant son change. Quand je passe au magasin général, *some children look at me with fear, as if I would hurt them. But I love children, I want to have children one day*[41]. Alors je peux pas continuer *this insane relation*[42] entre nous deux.

Adèle ressentit une pointe de tristesse devant le ridicule de la situation. Voilà qu'à son tour elle vivait le rejet qu'elle avait fait subir à Jérôme sept ans auparavant. Elle comprenait les enjeux dans lesquels leur relation plongeait James, mais égoïstement, elle avait envie de lui dire que personne ne le saurait, qu'ils pouvaient être discrets… Pourtant, elle n'en fit rien, respectant la demande de son chauffeur. Elle posa sa main sur celle du Noir en lui souriant tristement.

— Je comprends, James. J'aurais aimé… mais je comprends. Je te promets de ne plus t'importuner.

Même si les paroles d'Adèle attristaient James, il sentit un soulagement l'envahir. Il aurait toujours un profond désir pour la jeune femme, mais il savait qu'elle ne ferait rien pour l'attiser.

Au conseil du 15 juin, tous les élus étaient présents, incluant Alcide Constantin qui s'adressait à tous, sauf à Édouard. Il était clair que les paroles échangées entre le jeune homme et le

---

41 Certains enfants me regardent avec crainte, comme si je voulais leur faire du mal. Mais j'aime les enfants, je veux avoir des enfants un jour.
42 Cette relation insensée.

commerçant Marquis étaient venues à ses oreilles. Son regard méchant qui s'attardait parfois sur le maître-beurrier n'augurait rien de bon. Deux prétendants au poste laissé vacant par la mort de Henry Stromph souhaitaient présenter leur candidature. Monsieur Horace Saint-Germain, qui habitait à la limite du village près de Saint-Damien, et le fils aîné d'Alcide Constantin, Anasthase. Celui-là même qui avait été outrepassé pour le poste de chauffeur de l'autoneige. Mais Édouard n'en avait cure. Il s'apprêtait à présenter un projet au conseil, un projet qui, il l'espérait, rendrait le village de Sainte-Cécile encore plus connu dans la région.

— Une foire agricole à Sainte-Cécile? Puis quoi encore, un grand restaurant chic! fut la première réplique d'Alcide lorsque Édouard annonça son idée.

Cette dernière lui trottait dans la tête depuis le printemps. À la fin de l'été, les villages des environs se prépareraient à accueillir plein de gens de partout qui feraient des achats judicieux dans les foires avoisinantes.

— Et pourquoi pas? Nous ne sommes pas plus idiots que les gens de Saint-Jovite ou de Labelle! Qu'est-ce qui nous empêche de tenir un tel événement?

— Une foire? Je ne suis pas certain, Édouard…, commença le maire, un air indécis sur le visage. Ça demande toute une organisation!

— Tu crois vraiment qu'on pourrait attirer des acheteurs ici dans notre petit village? s'informa curieusement Rosaire Barnabé.

Avant qu'Édouard ne puisse répondre, l'arrogant fermier Constantin prit la parole. Il se leva et vint se placer devant le maître-beurrier qui contrôlait mal son irritation.

— C'est donc bien sans dessein comme idée! Personne

veut venir à Sainte-Cécile quand ils peuvent acheter les mêmes produits plus près de chez eux !

Édouard respira profondément avant de se lever à son tour. Il dépassait le gros fermier d'une bonne tête et ne se gêna pas pour faire utilisation de sa prestance.

— Messieurs les conseillers, je pense que le but des réunions que nous avons est en premier de permettre à notre village de profiter et de s'épanouir...

— Bon, les grands mots astheure !

Un regard sévère du maire fit taire le déplaisant conseiller qui retourna s'asseoir en maugréant. Sa rage à l'égard d'Édouard Gélinas qui l'humiliait constamment ne cessait de grandir. Avec ses garçons, aussi médisants que lui, ils se moquaient du veuf lorsqu'ils avaient un coup dans le corps, en général tous les soirs.

— On pourrait commencer par quelque chose de petit. Quelques animaux sur la patinoire, ainsi les bandes limiteraient leur déplacement. Nos femmes pourraient s'occuper des confitures, des compotes et des légumes en conserve. Je sais que pour ma part, mes sœurs tissent, filent et font différents travaux de couture qui pourraient aussi être vendus.

À part le fermier Constantin, Édouard constatait que l'intérêt des autres conseillers s'était éveillé. Tous les hommes présents se demandaient comment leur parenté pourrait contribuer à la foire et permettre ainsi d'augmenter les revenus familiaux. Les deux nouveaux écoutaient sans dire mot. Avant qu'Édouard ne puisse continuer à débattre son point, le maire se leva derrière la table et prit une longue gorgée d'eau. La température humide de ce jeudi soir ne présageait rien de bon pour la procession de la Fête-Dieu du lendemain. Il leva la main et dit d'une voix forte :

— Je t'arrête, Édouard…

— Oui… arrêtez-le quelqu'un! marmonna Alcide Constantin.

— …parce que je pense que nous devrions d'abord passer au vote afin de combler le poste laissé vacant au conseil. Ces deux pauvres hommes attendent sans savoir et celui qui ne sera pas élu ne tient probablement pas à rester jusqu'à la fin. Quoique…, continua-t-il en fixant le vieux Saint-Germain et le jeune Constantin, il n'y aurait pas d'inconvénient à ce que celui qui ne sera pas élu assiste à la réunion évidemment.

Le visage renfrogné d'Anasthase laissait présager que sa présence ne serait pas de mise s'il s'avérait que les membres du conseil ne votent pas en sa faveur. Tous les hommes donnèrent raison au maire qui s'empressa d'offrir la parole aux deux candidats afin qu'ils se présentent au reste du groupe, même si tout le monde se connaissait au village de Sainte-Cécile.

— C'est la norme, répliqua Paul-Émile Fréchette à Anasthase lorsque ce dernier s'opposa mollement.

Après une brève présentation comique du vieux Saint-Germain, mentionnant que… «sa femme lui avait dit de venir, ça fait qu'il était là!», Anasthase dit en regardant son père:

— Bien moi, je veux changer les choses ici au village. Je veux que ça bouge puis que tout le monde entende parler de nous autres! Il me semble que je suis le gars parfait pour ça. Pas vrai, p'pa?

Alcide fit un sourire narquois en hochant la tête. Son aîné avait exactement le même parcours de vie que lui: lâcher l'école en deuxième année avant de savoir lire comme du monde, travailler sur la terre sans aimer ça, passer ses soirées à se tirailler avec son plus jeune frère, le seul qui n'était pas encore marié, puis boire comme un trou. Le samedi, il allait faire son tour au magasin général et ne se gênait pas pour passer des commentaires désobligeants sur les femmes qui passaient près de lui. Définitivement pas le genre de conseiller que désirait le maire.

— Bon, dit monsieur Fréchette presque à regret, comme il n'y a pas d'autre candidature – malheureusement aurait-il voulu rajouter –, nous pouvons passer au vote.

Dans la tête d'Édouard, il était évident que tous les autres membres auraient la même vision que lui : un Constantin au conseil, d'accord... mais deux, ce serait la pire bêtise qu'ils pourraient faire ! Et pourtant, à son grand désespoir, lorsque le maire reprit la parole, ce fut pour annoncer le résultat d'une voix qu'il tentait d'avoir neutre.

— Bon, alors il y a cinq conseillers pouvant voter, je n'avais pas à trancher. Donc monsieur Saint-Germain a recueilli deux votes, ce qui veut dire...

— C'est bien clair, mon Anasthase a gagné ! Bien bravo, mon gars, c'était évident, ça !

Importuné par le manque de savoir-vivre du fermier et éberlué par le résultat du vote, Édouard se releva pour marcher vers la fenêtre qu'il ouvrit plus grande. Il prit une longue inspiration avant de revenir tendre la main au jeune homme.

— Félicitations, Anasthase, dit-il bon joueur.

Le jeune homme, étonné du geste, tendit une main molle sous le regard goguenard de son père. Les soirées de conseil seraient pénibles, songeaient Édouard et Rosaire qui auraient tous les deux préféré voir le presque sénile monsieur Saint-Germain obtenir le siège au conseil. Mais ce dernier, aussitôt le résultat du vote dévoilé, se leva vivement en souriant. Il remit sa vieille casquette sur ses quelques cheveux épars et salua le groupe.

— Je m'en vais m'en aller d'abord ! Ma femme va m'attendre.

Et sans plus de décorum, il sortit en trottinant presque gaiement. Aucun doute que l'idée de participer au conseil du village ne faisait pas partie de ses plans de retraite. Une fois le calme revenu dans la pièce, le maire suggéra à Édouard de continuer à expliquer son projet de l'automne. Sous le regard ennuyé du nouveau conseiller, il poursuivit :

— On pourrait décerner des prix locaux et les gagnants seraient invités à la foire régionale. Par la suite, comme vous le savez tous, il y a la grande foire de Québec pour les gagnants de tous les comtés. Je pense que plusieurs produits nous distinguent des autres villages…

Encore une fois, Alcide Constantin tenta de l'interrompre. Mais son propre fils lui mit la main sur le bras pour l'arrêter. Le jeune homme était curieux, n'ayant jamais participé à rien d'aussi sérieux de sa vie. Le père et le fils, assis côte à côte, étaient des copies conformes. S'il y avait une seule différence, c'était que le plus jeune des deux serait assurément encore plus corpulent que son père. Mais ils avaient la même chevelure éparse blond roux, un gros visage rougeaud endommagé par les abus.

— Tout d'abord, nous avons un ferblantier qui travaille le fer-blanc comme personne dans les environs. Jeremiah Holland a commencé une ligne de girouettes qui devrait intéresser plusieurs habitants de la région. Ses cuves et ses autres objets utiles trouveront aussi preneur. Monsieur et madame Normandeau, près de la rivière Pot-au-Feu, ont entrepris le commerce de pierres tombales depuis l'année dernière. C'est plate à dire, mais c'est un achat que nous devrons tous faire…

Un silence inconfortable accueillit les paroles d'Édouard. Dans la pièce, trois des six hommes avaient perdu leur femme dans les dernières années. Prenant un moment pour se rappeler sa Clémentine, le maître-beurrier continua enfin :

— Vous savez que tous les villageois seraient heureux de voir venir les exposants à eux. Plus besoin d'aller à Labelle ou même à Saint-Jovite pour l'achat de machineries si on instaure une foire au village. Je pense que nos jeunes pourraient organiser des jeux et même une roue de loterie. Si les récoltes sont clémentes, les fermières pourraient vendre les surplus de leur potager : carottes, betteraves, pommes... Je vous le dis, ça ne peut qu'être bénéfique pour Sainte-Cécile.

Tous les conseillers commencèrent à s'apercevoir du bien-fondé d'une telle idée. Même Alcide Constantin se disait qu'il pourrait peut-être en profiter pour se débarrasser d'une ou deux bêtes inutiles. Pas nécessaire de donner le pedigree complet véridique de l'animal. Une fois celle-ci vendue, il serait toujours temps de dire à l'acheteur qu'il avait dû stresser sa bête, d'où la non-productivité de l'animal... Oui, le malcommode se redressa sur sa chaise en demandant le vote.

— N'oublions pas que le village possède la seule beurrerie des Hautes-Laurentides. Qu'Édouard et James produisent deux des meilleurs fromages qu'il m'ait été donné de goûter, compléta Rosaire Barnabé en souriant au maître-beurrier gêné d'être ainsi mis en évidence.

— Bien oui, ça peut être payant en maudit ça, une foire au village pour les commerçants d'ici, hein ? intervint méchamment Alcide en tournant sa tête vers son ennemi.

Sans répondre, Édouard attendit le verdict du maire. Ce dernier avait enlevé ses petites lunettes et se frottait les yeux, indécis. Une foire commerciale ne s'organisait pas en quelques jours et il craignait que les conseillers, bien disposés en cette belle soirée de juin, reviennent sur leur envie une fois les longues journées sous la chaleur arrivées. Mais comme il se devait de respecter leurs demandes, après plusieurs minutes de délibérations et de discussions, il fut entendu que le samedi 21 octobre 1939 aurait lieu la première foire agricole de l'histoire de Sainte-Cécile. Lorsque la séance se termina, vers neuf heures, tous étaient satisfaits des dernières décisions qui y avaient été prises. Prenant le temps de jaser encore un peu, Gaspard Marois et Édouard fumaient sur le petit perron devant la bâtisse en savourant cette belle soirée. Des murmures et des rires leur parvinrent du côté. Les voix se rapprochèrent et les paroles prononcées par Anasthase Constantin glacèrent le sang du maître-beurrier, qui devint blanc de rage :

— En tout cas, papa, si on peut se payer une femme à la foire, moi je dirais pas non à la fougueuse Adèle Gélinas. Je pense que ça lui prendrait un homme pour la dompter, cette belle jument-là !

Le rire gras d'Alcide retentit dans la nuit chaude. Croyant Édouard et Gaspard partis depuis plusieurs minutes, le duo figea en les apercevant sur le perron. Un air mauvais sur le visage, le père ignora les hommes et poussa son fils dans sa charrette stationnée devant la salle paroissiale. Monsieur Marois ne savait que dire et il ne put que mettre la main sur l'épaule de son ancien voisin pour éviter que celui-ci ne se rue sur les deux imbéciles qui s'éloignaient en riant à voix haute.

— Vous savez, Gaspard, je pense que j'ai jamais détesté des gens autant que ces deux-là. Jamais ! siffla Édouard entre ses lèvres pressées l'une contre l'autre.

L'homme hocha la tête en sentant une inquiétude monter en lui. La relation qui se détériorait entre les Gélinas et les Constantin n'augurait rien de bon…

Le lendemain matin, à l'aube, Florie avait le nez à la fenêtre pour s'assurer que la nature ne viendrait pas contrecarrer la procession de la Fête-Dieu. Il était à peine cinq heures trente lorsqu'elle grimpa à moitié l'escalier en criant:

— Debout, tout le monde. Debout, c'est le grand jour !

Sa voix excitée sortit son frère, sa sœur et Ludovic du sommeil dans lequel ils étaient plongés. Lorsqu'ils l'entendirent de nouveau, les trois enfouirent simultanément leur tête dans leur oreiller en maudissant l'idée du curé d'avoir permis à Florie de créer le reposoir de la procession. Déjà qu'installer l'autel la veille au soir n'avait pas été une sinécure. Il avait fallu attendre la tombée du jour afin de s'assurer que PERSONNE au village n'aurait envie d'espionner les Gélinas. Ensuite, une fois que Laurent et Ludovic eurent fini de le positionner sur le bord de la côte Boisée, la grosse femme était restée en silence quelques secondes avant de déclarer:

— Non… Non, ça ne va vraiment pas. Il faut le changer de côté !

— Pardon ? avait répliqué sèchement Laurent, pressé de retrouver sa chambre.

Florie avait dandiné jusqu'à lui et pointé le reposoir imposant, probablement le plus gros que le village ait jamais eu.

— Tu vois bien que la clôture cache le plus beau bord. Si vous le déplacez de quelques pieds, disons trois, bien le monde va avoir une bien meilleure vue de mon travail.

— Non.

— Quoi ? Veux-tu dire, Laurent Gélinas, que j'ai tout fait ça pour rien puis que tu vas me laisser me débrouiller pour le bouger, moi, avec mon dos fragile !

Laurent ne répondit pas, mais continua à retourner à la maison. Il en avait assez de ce maudit reposoir. Déjà que Florie lui avait occupé presque toutes ses soirées depuis un mois pour clouer, scier, marteler les planches servant de base à son autel. Les deux hommes avaient été pris pour concevoir le reposoir selon un plan facile… selon l'aînée, mais… dans sa tête. Alors quand était venu le temps de le fabriquer, elle avait modifié son idée, demandé des changements d'orientation des planches, trouvé finalement la longueur du dessus inadéquate… bref, pas un soir sans que Laurent et sa sœur n'en viennent aux mots. Adèle jouait la plupart du temps le rôle de médiateur, tempérant les cris de Florie et les râlements de son frère. Ludovic, lui, s'éclipsait dans le fond de la grange en attendant que la tempête passe. Autant Léo avait observé avec curiosité la dynamique familiale de la fratrie Gélinas, autant le jeune Marquis préférait fuir les confrontations.

— C'est un travail de menuisier que tu veux que je fasse, mosus ! Pourquoi tu demandes pas à quelqu'un de meilleur que moi !

— Bien tu sauras que j'avais prévu demander à Léo, mais aux dernières nouvelles, c'est pas comme s'il traînait dans le coin, hein, innocent !

Blessé par les paroles amères de sa sœur, Laurent avait tenté d'oublier la raison du départ de son ami. Une fois la structure enfin au goût de l'aînée, il avait cru que sa tâche était terminée. Mais non satisfaite de l'envergure de son projet, elle avait imposé à son frère et à l'engagé la confection d'une série de marches afin que tous les villageois puissent venir se recueillir au pied de l'autel.

— Bon sang, Florie, voudrais-tu qu'on fasse un toit un coup parti !

— Bien j'y ai pensé, si tu veux tout savoir…

Inspirant profondément pour éviter de se faire renier par sa sœur s'il disait le fond de sa pensée, Laurent avait donc commencé la fabrication des marches avec l'aide de Ludovic qui ne parlait presque jamais. Il sentait bien que sa présence à la ferme n'était que tolérée par le cadet de la famille qui aurait préféré que son autre homme engagé demeure à leur service, même une fois marié. Enfin, un samedi, la grosse femme avait mis ses mains sur ses hanches avant de s'exclamer :

— Je le savais bien que tu ferais une belle *job,* mon frère ! Je sais pas pourquoi tu t'énerves de même chaque fois que je te demande un petit service…

Empourpré par les termes employés par sa sœur, Laurent avait choisi de se taire. Au moins, il avait fini. Le reste du travail relevait des deux femmes de la maison. L'autel où serait déposé le saint sacrement pendant un arrêt de la procession devait être orné le plus richement possible. Alors les sœurs avaient cousu des banderoles, tissé des fleurs et ajouté d'autres décorations afin que le reposoir des Gélinas reste dans les annales de Sainte-Cécile comme étant le plus grandiose jamais créé ! Enfin, c'est ce qu'Adèle avait dit à son frère Édouard en ricanant, quelques jours plus tôt, pour lui expliquer son manque de temps pour venir l'aider à la beurrerie. Elle comprenait donc l'exaspération de son cadet face à la demande de sa sœur de changer le reposoir de place. L'ancien Laurent, celui qui craignait Florie, ne lui aurait jamais tenu tête ainsi. Mais depuis les événements de l'automne avec Léo qui lui avaient fait prendre connaissance de ses faiblesses, le jeune homme portait en lui une colère, une rage que les reproches fréquents de Florie ne faisaient qu'envenimer.

— Florie, je pense pas que ce soit si grave si un côté n'est pas complètement visible non ?

— On sait bien toi ! Tu prends toujours la défense de tes frères…

La voix douce de Ludovic chuchota derrière les deux femmes :

— Moi je peux le déplacer si vous voulez.

— Ah. Ah bon, tu serais bien fin, mon Ludovic. Au moins quelqu'un qui comprend l'importance de ma demande !

Et c'est avec satisfaction que Florie observa le jeune brûlé et sa sœur déplacer péniblement le lourd reposoir de quelques pieds afin de satisfaire au caprice de l'aînée. Mais alors que tous les deux croyaient enfin pouvoir retourner à la maison, Florie les avait arrêtés :

— Bon, maintenant il faudrait le cacher.

— Hein ?

La capricieuse s'était tournée vers sa sœur en secouant vivement la tête et en pointant la rue déserte.

— Tu veux quand même pas que tout le monde voie mon œuvre avant demain franchement !

— Mais Florie, il est huit heures et demie ! Tout le monde, comme tu dis, est enfermé pour la nuit. T'es pas sérieuse là ?

— Certainement. Allez, je vais vous aider quand même !

— Merci de ta générosité, aurait voulu répliquer Adèle, mais craignant la baboune de sa sœur pour les prochains jours, elle préféra se taire et étira les bras pour attraper le long drap que l'aînée lui lançait. Elle avait le goût de mordre !

Lorsque la procession quitta l'église sur l'heure de midi, après une longue messe pénible, Florie se tenait fièrement à l'avant de la marche, pour une fois pressée de prendre le départ. À croire que toute sa vitalité retrouvée tenait plutôt de sa volonté que d'autre chose. Comme Louisette était mariée, il ne lui était pas possible de marcher à ses côtés. Chaque groupe de paroissiens était séparé par un de ceux-ci tenant une bannière. Le curé Latraverse se retrouvait à l'arrière, tenant l'ostensoir à la hauteur des yeux. Tous avaient en mémoire sa mésaventure de l'année précédente alors qu'il avait perdu pied près du bureau de poste avant de manquer de perdre son précieux chargement. Mais malgré son corps peu agile, le gros homme avait réussi à se redresser avant le désastre total, sous le regard horrifié des paroissiens. Alors lorsque la marche débuta, tous ceux qui étaient autour du corpulent homme en soutane retinrent leur souffle.

— J'espère que le curé tombera pas cette année, murmura Florie, les yeux fixés sur la route.

Devant elle, les jeunes filles d'âge scolaire tenaient des paniers d'osier dans lesquels elles pigeaient des pétales de rose qu'elles avaient grand plaisir à lancer sur le sol.

— C'est bien de valeur que Louisette soit loin, je pourrai pas jaser, chuchota Florie à sa sœur, alors que la procession passait devant le magasin général.

— De toute manière, ma sœur, on est supposés chanter, pas jaser! répliqua sagement Adèle.

Le regard noir de Florie se posa sur elle alors que la plus jeune faisait mine de ne rien voir. Les cantiques s'élevèrent dans le ciel clair de ce mois de juin et Jeremiah se fit un plaisir d'assister à sa première procession depuis sa conversion au catholicisme. En effet, après sa demande en mariage, la seule condition de sa fiancée pour l'accepter fut que son futur époux embrasse sa religion. Ce que le jeune Anglais fit, non sans hésitation. Mais il désirait vivre dans ce village comme un vrai Canadien et cette étape dans sa vie signifiait un pas de plus vers l'acceptation totale de son village d'accueil. Heureuse, Florie releva inconsciemment les épaules, contente d'avoir mis sa plus belle robe d'été, celle avec les petites fleurs blanches qui lui donnaient l'air d'une vraie madame, pas d'une fermière. Elle avait déjà mal aux pieds dans ses nouvelles chaussures rouges, mais la douleur valait la peine. Pour une rare fois, Florie marchait presque avec grâce, anticipant avec grand plaisir les compliments des villageois et les bons mots du curé une fois rendus au reposoir.

✼✼

— À peine un: «C'est bien, mademoiselle Gélinas!...» Peux-tu croire ça, Édouard?

Les deux frères et les deux sœurs étaient réunis pour un souper de fête en ce vendredi 16 juin. Après la procession de la Fête-Dieu et la bénédiction qui suivit, Florie attendait avec impatience les compliments du curé qui n'avait que hoché la tête devant le reposoir grandiose des Gélinas. Mais lorsque les paroissiens avaient commencé à se disperser, Florie avait traîné sur le parvis de l'église, jasant avec Louisette qui, elle, s'était fait un plaisir de lui mentionner à quel point son reposoir était le plus beau que Sainte-Cécile ait jamais vu.

— En tout cas, j'ai travaillé fort, mon amie!

— Bien ça paraît. Bon, je vais rejoindre ma famille, tu marches avec moi jusqu'à la beurrerie?

Florie avait tourné sa tête au chignon bien serré pour voir si le curé était dans les environs. Déçue, elle avait marmonné à son amie:

— Euh... Je vais attendre encore quelques minutes. J'imagine que le curé veut me voir pour me féliciter.

Elle rosit un peu, consciente du péché d'orgueil que ses paroles dénotaient, mais impossible de ne pas le faire. Elle avait tellement travaillé pour réussir ce reposoir que le saint homme devait avoir hâte de lui en parler.

— Mais il est même pas venu me voir, c'est moi qui ai dû aller dans l'église pour le trouver.

— C'est donc bien ordinaire! s'écria Édouard qui, pour une fois, trouvait que sa sœur avait raison d'être choquée.

— Attention, je dis pas qu'il aurait dû me louanger, mais me semble que mon travail méritait plus que ces quelques mots.

L'air attristé sur le visage rond peina ses frères et sa sœur. Pour une rare fois, ils mangeaient en famille puisque Ludovic avait accepté de partager le repas de fête de sa famille, même s'il aurait préféré rester caché à la ferme. Il n'avait pas participé à la procession de la Fête-Dieu malgré les tentatives répétées de sa mère de le faire changer d'idée. Depuis le printemps, les cicatrices du jeune homme avaient pris une couleur marbrée. Les endroits sains de son visage bronzaient grâce à son travail aux champs, alors que les brûlures gardaient une teinte rosée. Il avait l'impression d'avoir encore plus l'air monstrueux et il ne quittait plus un large chapeau de paille qui appartenait à Édouard. Édouard se leva de sa place et alla enlacer sa grande sœur assise à la table de bois.

— Moi je t'assure que c'est le plus beau reposoir que j'ai vu.

Les yeux de Florie se remplirent de larmes alors qu'elle déposait sa tête contre son frère. Adèle avait envie d'aller à l'église dire sa façon de penser au curé ingrat. L'aînée posa sa main sur le bras de son frère en murmurant:

— Tu es bien gentil, mon Édouard, une chance que je vous ai ma famille.

Les quatre se regardèrent avec dans les yeux le même amour l'un pour l'autre. Seule Adèle fut consciente de la détresse qui passait dans celui de Laurent lorsqu'il posa ses yeux sur celle qui l'avait élevé. Il craignait tant que Florie ne découvre son secret qu'il n'osait plus la regarder dans les yeux. La soudaine vulnérabilité de leur aînée fit frissonner les trois autres qui voyaient pour une rare fois une fissure dans la coriace armure de celle qui leur tenait lieu de mère. Si un jour elle devait disparaître...

— Puis, je vais te dire quelque chose..., commença Édouard en hésitant. Mais, il faut que vous gardiez le secret encore quelques semaines.

Florie se redressa aussitôt, les yeux brillants de curiosité. Laurent releva la tête de sa soupe alors qu'Adèle cessa de mâchouiller son bout de pain. Seule Marie-Camille, inconsciente des tracas de sa tante, continua de faire des clôtures sur le bord de son assiette avec les légumes qu'elle n'aimait pas dans son bouilli. En fait, à part les carottes, l'enfant délaissait tous les autres végétaux malgré l'insistance de son père. Édouard n'avait plus le choix et il confia donc à sa famille la décision prise par le conseil de ville la veille au soir :

— Je vous annonce que le 21 octobre prochain se tiendra la première foire agricole du village de Sainte-Cécile. Le maire devrait en faire le dévoilement sous peu. Ma belle Florie, ce sera l'occasion de promouvoir tes courtepointes. Ne tarde donc pas trop pour en faire des nouvelles !

— Eh bien tu parles d'une bonne idée ! s'exclama Florie toute bonne humeur retrouvée. On va pouvoir faire la compétition à Saint-Jovite ! Parle-moi de ça une annonce de même !

Lorsque le soleil se leva, le matin du 2 juillet, Florie resta longtemps couchée dans son lit à fixer son plafond blanc. Elle revoyait comme un film les mois précédents, pendant lesquels elle avait senti sa promesse si lourde. Ses rencontres avec Jeremiah, le seul baiser qu'ils avaient échangé et qu'elle sentait parfois sur sa bouche fine. Elle pensait à tout ce qui aurait pu être et qui ne serait pas. Aujourd'hui, en cette journée d'été chaude et humide, l'homme qui avait fait vaciller son cœur allait épouser une autre femme. Florie mit la main sur son ventre proéminent pour inspirer et expirer profondément. Ses seins lourds retombaient sous sa jaquette en coton blanc qui lui donnait presque l'air d'une enfant. Elle tressait ses longs cheveux poivre et sel pour la nuit, mais ses frères la voyaient rarement ainsi. Vulnérable et fragile. Vers sept heures, lorsque Adèle cogna à sa porte, la grosse femme, qui était en train de refaire son chignon, sursauta :

— Florie, tu vas bien ? demanda la voix inquiète de sa cadette.

— Oui. Quelle heure est-il donc ?

— Passé sept heures.

— Seigneur ! Les hommes ont pas pu déjeuner !

Adèle leva les yeux au ciel. Les pauvres hommes ! Incapable de chauffer un peu de gruau ou de faire rôtir une toast !

— T'énerve donc pas, ma sœur ! J'étais là, t'en fais pas !

— Bon. J'arrive. J'ai trop dormi je pense bien, mentit Florie en glissant ses pieds dans ses grosses pantoufles brunes.

Lorsqu'elle sortit de sa chambre, le poids du monde était sur ses épaules. Elle inspira profondément afin de se donner le courage de passer au travers de cette journée. Arrivée dans la cuisine, elle fit semblant de ne pas remarquer le regard soutenu de sa sœur qui se tenait le dos appuyé à l'évier. Adèle tenait la miche de pain entre ses mains, hésitant à questionner sa sœur.

— Florie ? osa-t-elle pourtant.

— Hum…, répondit l'autre en ramassant les branches de pin que son frère avait accrochées aux poutres près du poêle pour les faire sécher.

— On est pas obligées d'y aller, tu sais…

— De quoi tu parles ?

Le cœur de Florie sauta un battement, mais pas un trait de son visage ne trahit son trouble intérieur. Elle égrena lentement les épines dans un bol afin d'en faire une poudre qu'elle mettrait ensuite dans une enveloppe de coton. Depuis quelques années, les sœurs remplissaient les tiroirs de ces sachets afin d'éliminer les odeurs d'humidité de leurs vêtements d'hiver ou d'été. Adèle contracta son petit visage fin sous l'effort qu'elle faisait pour trouver les meilleurs termes afin de ne pas brusquer ou offenser son aînée.

— Le mariage.

— Le mariage ?

— Florie, le mariage de Jeremiah et de Béatrice.

— Bien oui toi… C'est cet après-midi, ça ! s'exclama Florie en tentant de ne pas montrer son trouble.

Peu dupe, Adèle s'avança à la table et prit place en face de l'autre. Elle déposa le pain sur la planche et entreprit d'en trancher de larges tartines. Doucement, elle chuchota :

— Je te dis que tu peux rester ici si tu préfères, j'ai qu'à dire que tu es malade. C'est tout.

Florie cessa sa tâche et plongea son regard noir dans celui noisette de sa sœur. Il lui fallut bien du courage pour poursuivre sans un seul changement de ton dans sa voix :

— Voyons donc toi, pourquoi que je ferais ça ?

— Bien…

Hésitante, Adèle se mordillait les lèvres en se disant qu'après tout, l'amour qu'elle croyait que sa sœur éprouvait pour le jeune Anglais n'était peut-être qu'un petit béguin déjà disparu.

— Je me disais que si tu trouvais la situation trop difficile, ça pourrait être…

— Tu dis n'importe quoi, Adèle, occupe-toi donc plutôt de préparer les sandwichs pour les hommes. Ils vont descendre d'ici quelques minutes puis tu connais ton frère, il va vouloir se dépêcher d'aller aux champs tout de suite.

Encore indécise, la plus jeune attendit en silence, en lissant son tablier d'une main jusqu'à ce que sa sœur l'arrête en mettant sa main sur la sienne.

— Je te dis que tu as tort. Je suis bien heureuse pour ces deux êtres qui se sont trouvés. Puis ça va me faire plaisir d'assister à leur union puisqu'ils nous ont invités à leur noce. On a toujours bien pas acheté une théière pour rien. Au prix que tu as payé ça… Puis il y aura pas grand monde à la noce alors on manquera pas ça, franchement !

Évidemment, Jeremiah n'avait aucune famille à inviter. Et en plus, Béatrice venait d'une famille disséminée aux quatre coins du pays – ses trois frères habitaient l'ouest du Canada –, ses deux sœurs vivant à Saint-Jérôme étaient enceintes, et aucun d'eux ne pouvait se déplacer pour l'occasion. Elle n'aurait pour invités que son père et sa mère et quelques vieux oncles accompagnés de leurs épouses. Malgré leurs fiançailles à l'automne précédent, personne de la famille Dupuis n'avait encore rencontré le futur marié. Les parents de la jeune femme ne voyaient guère d'un bon œil l'alliance avec un étranger, mais Béatrice leur avait bien fait comprendre qu'elle ne désirait pas enseigner encore une année et que Jeremiah était un bon travailleur et ferait un excellent pourvoyeur pour elle et leurs futurs enfants. Avec l'aide d'Adèle, la maîtresse d'école avait tissé des couvertures, des linges à vaisselle, des tabliers, des nappes, des draps… Son trousseau complété, les deux femmes s'étaient aperçues qu'elles n'avaient guère en commun et les moments de rencontre s'étaient distancés sans peine de part et d'autre. Béatrice avait d'ailleurs mentionné à son fiancé :

— Je trouve qu'elle se prend un peu pour une autre, cette femme-là ! Elle discute de millions d'affaires que je comprends pas. Je suis assez contente d'avoir terminé mon trousseau.

— Elle était bien gentille de t'aider quand même, avait dit le ferblantier, un léger reproche dans la voix.

Il aimait beaucoup les Gélinas dans l'ensemble. Après les événements de l'automne et la mort de son père, l'Anglais ressentait pour Édouard une affection semblable à celle d'un frère. Il connaissait peu Laurent, mais ce qu'il en savait lui suffisait pour l'apprécier. Quant aux deux femmes, la plus jeune le faisait rire, alors que l'aînée… Il préférait ne pas penser à ce qu'il ressentait pour Florie puisque cette relation était sans issue. Béatrice avait grimacé avant de dire qu'elle faisait juste donner son avis et que si elle ne pouvait pas parler, aussi bien s'en aller chez elle. Mais le ferblantier l'avait retenue en haussant les épaules et en souriant doucement.

⁂

— As-tu vu la famille de Béatrice toi en allant au village hier soir ? demanda Florie.

— Non. Jeremiah allait les chercher à la gare vers huit heures et ils devaient dormir à l'école avec leur fille.

— Ah.

Comme d'habitude lorsque la parenté venait de loin, les futurs époux s'organisaient pour les héberger. Béatrice avait accepté de se marier à l'église du village même si ses parents auraient souhaité qu'elle revienne à Saint-Jérôme pour l'occasion. Mais quand elle avait avisé son père que Jeremiah débourserait tous les frais occasionnés pour l'occasion, celui-ci, ne possédant guère de fortune, accepta de se déplacer. Jeremiah ne pouvait laisser la forge fermée le temps des épousailles, il fut donc décidé que le tout se ferait à Sainte-Cécile, suscitant d'abord chez Florie une détresse inimaginable quand elle réalisa qu'elle ne pourrait passer outre. Tout le matin, sa sœur l'observa avec inquiétude, tentant de déceler une faille chez son aînée. Mais cette dernière ne laissait rien paraître, vaquant à ses occupations sans relâche, allant même travailler au potager, ce qu'elle n'avait pas fait depuis le début de l'été. Pourtant, si Adèle avait décelé l'émoi qui envahissait sa sœur de minute en minute, elle aurait mis son plan du matin en branle sans hésitation.

— Tu vas y arriver, Florie, tu vas être capable, marmonnait la grosse femme accroupie au-dessus des plants de tomates. Elle détachait délicatement les quelques fruits bien mûrs et les glissait dans son panier d'osier. Le soleil brûlant la faisait suer, mais plutôt que de retourner auprès de sa sœur, elle préférait continuer à sarcler et à récolter.

À midi, les deux femmes se débarrassèrent de la vaisselle de leur dîner frugal en quelques minutes puisque les deux hommes avaient décidé de manger aux champs. Laurent avait refusé l'invitation à la noce, prétextant une charge de travail au-delà de la normale. En fait, Laurent se retirait de plus en plus de la vie du village, comme si la découverte qu'il avait faite sur lui-même paraissait sur son visage et risquait de détruire sa réputation. Malgré l'insistance de Florie, il était resté sur ses positions.

— Pas de temps à perdre avec ces affaires-là, moi. Vous leur souhaiterez bonne chance. À mon avis, il va en avoir de besoin, avait-il ajouté sèchement.

— Laurent, franchement ! Un peu de charité chrétienne…, avait répliqué sa sœur aînée non sans lui donner un peu raison. De ce qu'elle connaissait de Béatrice Dupuis, elle lui semblait surtout chercher à quitter son travail pour se laisser vivre par un homme.

Florie prit quelques minutes pour s'asseoir sur son lit en regardant le mur de sa chambre. Elle priait pour que le Seigneur lui donne la force de passer au travers de cette épreuve sans flancher.

— Faites, mon Dieu, que personne ne sache jamais l'amour que je porte à cet homme. Après aujourd'hui, donnez-moi la sagesse de ne plus le voir comme un amour, mais bien comme un ami.

Elle enleva sa tenue de travail, prit quelques secondes avant de s'enrouler dans sa grosse robe de chambre de coton pour ensuite se décrasser dans sa bassine d'eau. Puis, Florie glissa sa lourde silhouette dans une robe défraîchie, mais encore portable. Elle avait passé la soirée précédente à la raccourcir sur les conseils d'Adèle et là, en ce moment, elle se disait qu'elle avait l'air fou avec une robe aux genoux.

— On dirait que j'ai mis une poche de patates, grommela-t-elle en tournant sur elle-même pour voir le dos de la robe beige foncé. Les petits boutons de bois fermaient le devant, du cou jusqu'à sa taille empruntée. Les yeux pleins d'eau, Florie ragea contre sa sœur avant de se reprendre. Après tout, elle n'était qu'une invitée parmi d'autres... pas la femme en vedette. Pour une rare fois, comme lui avait suggéré sa cadette, elle laissa sa chevelure sur ses épaules avant de placer son petit chapeau brun sur le dessus de sa tête.

— Au moins, j'ai pris un peu de couleur aujourd'hui, songea-t-elle en observant ses joues roses.

Elle glissa difficilement ses pieds enflés par la chaleur dans ses chaussures neuves achetées pour la procession de la Fête-Dieu. Florie ferma les yeux, resta longuement assise sur son lit les deux mains croisées sur les genoux. Adèle, qui s'affairait dans la cuisine en l'attendant, n'eut d'autre choix, lorsque Édouard et Marie-Camille firent leur apparition sur le balcon pour venir les chercher, d'aller cogner encore une fois à sa porte de chambre.

— Florie, tu es prête ?

— Oui. Prête. Je suis prête.

CHAPITRE 17

Une visite dérangeante

Tout au long du court chemin jusqu'à l'église, Adèle papota gaiement afin de masquer le silence inhabituel de sa sœur. Marie-Camille se tenait comme une jeune fille dans sa belle robe rouge et rose.

— Il faut pas que je fripe! avait-elle dit à ses tantes hilares.

— Tu as raison, ma Mimi, il ne faut pas friper avant un mariage!

Le quatuor rejoignit James dans l'église. Même si ce dernier n'avait pas posé le geste de conversion, le curé tolérait sa présence au sein de son église depuis son intégration dans la chorale. Florie tentait désespérément de ne pas regarder vers l'avant, pour ne pas voir Jeremiah. Après quelques minutes, c'est Édouard qui tourna le fer dans la plaie en se penchant vers sa sœur pour chuchoter à son oreille:

— Pfff, il est pas mal chic notre ferblantier!

N'ayant d'autre choix, Florie posa alors son regard foncé sur cet homme qui l'émouvait jusqu'au plus profond de son être. Encore une fois, elle chercha la force de ne pas s'effondrer de douleur, se rappelant les derniers moments de la vie de sa mère, sa promesse de ne jamais succomber à l'amour. De l'autre côté, Adèle lui serra la main de toutes ses forces pour lui donner l'énergie de passer au travers de cette noce.

— Tu as raison, mon frère, il est chic notre ami..., murmura Florie, les yeux droits devant.

Pour l'occasion, le futur époux portait des vêtements neufs achetés lors de sa dernière visite à Montréal au mois de février. Un habit gris foncé, une chemise bleu très pâle qui faisait ressortir la douceur de son regard qu'il posait sur les gens. Un regard s'attardant quelques instants lorsqu'il croisa celui de Florie. Tant de non-dits dans cet échange ; tant de souffrance de part et d'autre. Jeremiah secoua la tête presque imperceptiblement alors que la grosse femme fermait les yeux, donnant l'impression à tous de se recueillir.

— Je pense que la mariée arrive, chuchota la petite voix excitée de sa nièce, la sortant de sa rêverie.

Marie-Camille se mit sur la pointe des pieds pour voir la belle jeune femme. Lorsque la voiture tirée par des chevaux décorés de rubans fit son apparition, personne sur le parvis ne passa de commentaire sur le fait que le père du marié conduisait le chariot de son futur gendre. Tous savaient que les parents de Béatrice Dupuis ne s'étaient pas déplacés jusqu'à Sainte-Cécile avec leur propre charrette. Généreusement, Jeremiah avait offert à monsieur Dupuis d'utiliser son chariot neuf pour conduire sa fille à l'église, même si la jeune femme n'habitait qu'à dix minutes à pied de l'édifice. Il aurait l'occasion pour une rare fois dans sa vie de mener un vrai cheval racé puisque Jeremiah n'avait pas lésiné sur l'achat de son Nestor, un bel étalon brun baptisé ainsi par l'Anglais, friand de littérature mythologique. Au retour de Labelle avec l'animal au printemps, il avait discuté de sa passion avec Adèle.

— Dans la *greek mythology*[43], Nestor *was* le plus jeune des

---

43 Mythologie grecque.

fils du roi de Pylos au sud du pays. *He was* le seul *survivor* après le massacre par Héraclès de tous ses frères.

— Héraclès ? avait questionné Adèle fort intéressée.

— Oui, Héraclès… C'est un des héros les plus… hum… *how do I say… adulated*[44] dans la Grèce antique. Il a…

— Oh, l'avait interrompu sa fiancée en bâillant… Je pense qu'Adèle en sait assez sur ta passion pour les vieilles histoires grecques.

Rougissant, le ferblantier s'était excusé malgré les efforts de la jeune Gélinas pour lui faire comprendre son intérêt. Elle trouverait une autre occasion pour discuter de sa passion avec l'Anglais, s'était-elle promis en retournant à la beurrerie. Béatrice apparut enfin aux portes de l'église, tenant fièrement le bras de son père, engoncé dans un habit emprunté à la garde-robe d'un de ses gendres. Elle le dépassait de quelques pouces avec ses talons hauts.

— On y va, papa…, marmonna-t-elle avec une note d'impatience dans la voix.

Comme Béatrice n'avait pas les moyens de se payer une robe neuve, elle avait emprunté celle de sa sœur Sara – portée quelques années auparavant – agencée avec un chapeau neuf, de gants de dentelle ocre et de souliers en cuir verni. D'abord déçue que son père ne puisse contribuer à l'achat d'une toilette neuve, la jeune femme avait apprécié le talent d'Adèle qui avait ajouté des perles blanches et de la dentelle au col de sa tenue. Il avait aussi fallu défaire les coutures de côté puisque Béatrice avait la taille plus lourde que sa sœur lors de son mariage. Même si la jeune femme n'était pas la plus grande beauté, elle resplendissait en ce jour, surtout heureuse d'en

---

44 Comment puis-je dire… adulé.

avoir fini avec les élèves turbulents de Sainte-Cécile.

— Regarde, sa mère pleure, chuchota Adèle à sa sœur pour la distraire.

— Je comprends pas pourquoi, ronchonna celle-ci. C'est pas comme si elle voyait sa fille toutes les semaines puis que là elle la perdait pour toujours ! Ça fait plus de trois ans que Béatrice vit ici et c'est la première fois qu'ils mettent les pieds au village.

Édouard jeta un regard de biais à son aînée dont le ton était plein de ressentiment. Il observait un inconfort dans le comportement de sa sœur, sans mettre le doigt sur l'origine. Son œil aguerri de père consciencieux avertit Marie-Camille d'arrêter de jouer avec le manteau de la dame devant eux. Enfin, après une cérémonie empreinte de rigidité de part et d'autre des mariés, ceux-ci s'avancèrent vers la sortie de l'église sous les applaudissements enthousiastes des villageois, heureux de ce divertissement.

— Vive la maîtresse d'école, cria un jeune garçon assis sur le trottoir devant le parvis avec ses amis.

Béatrice Dupuis fit mine de ne pas voir ses anciens élèves la saluer et le cortège se transporta dans la petite maison de Jeremiah où quelques invités se partageaient un repas préparé par la jeune femme. Adèle tenta de ne pas laisser sa sœur de la soirée, sauf lorsqu'elle croisa James sur le côté de la maisonnette. Sans dire un mot, elle lui fit signe de la suivre, ce que l'homme fit en hésitant. Lorsqu'ils arrivèrent derrière le petit hangar de Jeremiah, la brune se hissa sur la pointe des pieds sans parler pour approcher sa bouche avide de celle du Noir.

— Adèle…

— Juste un baiser, James, je t'en prie.

— *You make me crazy*[45] ! chuchota-t-il avant de s'emparer de sa bouche offerte avec passion.

S'assurant que personne ne pouvait les voir ni de la maison, ni de la rue, le duo s'embrasa au contact l'un de l'autre, incapable de résister. Ils s'éloignèrent en courant dans le champ où ils s'écroulèrent haletants. En quelques instants, la scène de la beurrerie se répéta, à la différence près que le danger d'être surpris en flagrant délit était encore plus grand. Mais les deux avaient perdu le sens de la réalité, et ils unirent leurs deux corps dans un long gémissement commun. Épuisée par la passion, Adèle, qui avait déposé sa tête sur la large poitrine musclée de son amant, sursauta en entendant la voix de Florie.

— Zut ! c'est ma sœur.

— Va. Je reste ici.

Adèle le fixa dans ses grands yeux noirs bordés de longs cils. Elle posa un bec délicat sur sa joue avant de le remercier du regard. Cet homme lui faisait du bien, il lui permettait de se réapproprier son corps de femme après les tensions des années passées. Édouard ne dit pas un mot lorsque Adèle s'approcha de lui tôt après le souper pour lui demander de venir les reconduire à la ferme.

— Je me sens fatiguée, murmura-t-elle. Ça doit être mes affaires de femme qui m'épuisent de même.

Rougissante en songeant au moment passé derrière la maison, elle prit le bras de sa sœur pour la guider jusqu'à la charrette de son frère. James les suivit avec Marie-Camille qui avait insisté pour rester avec son ami-chocolat jusqu'au retour de son père. Édouard avait renoncé à la réprimander

---

45 Tu me rends fou !

chaque fois qu'elle nommait son employé ainsi puisque ce dernier trouvait cela charmant et adorable.

— Enfin chez nous…, dit Florie en enlevant ses souliers et en frottant ses pieds douloureux.

— Déjà arrivées ? marmonna son frère qui descendait l'escalier en titubant légèrement.

Adèle fronça les sourcils en lui faisant signe de remonter. Si sa sœur s'apercevait de l'état d'ébriété de son cadet, elle ne donnait pas cher de sa peau ! Qu'est-ce qui lui avait pris ? Laurent tenta de se retourner dignement, mais manqua une marche et finit sur les fesses jusqu'en bas de l'escalier. D'abord étonnée, Florie éclata de rire en voyant son frère s'esclaffer.

— Tu es certain que tu t'es pas fait mal, mon Laurent, c'est toute une débarque ça !

— Non… non ! Laurent continuait à rigoler, sa tête blonde hoquetant au rythme de son fou rire.

Adèle s'avança en vitesse, cachant ainsi la vue à sa sœur assise près du poêle. Elle aida Laurent à se relever et lui chuchota avec colère :

— Va dans ta chambre, innocent.

— Bien là… ma so…

Adèle pinça le bras de son frère entre ses doigts pour bien lui faire comprendre son sérieux. Il cessa de rire et redevint comme un petit garçon. Il agrippa la rampe de sa large poigne et remonta péniblement vers son antre, où il pourrait se soûler à sa guise. Adèle le suivit des yeux avec inquiétude, bien déterminée à lui faire la leçon le lendemain matin. Florie, prise dans ses pensées, n'avait rien saisi de la situation, et pour une rare fois, sa sœur louangea sa relation avec Jeremiah qui accaparait actuellement tout son esprit. Ce qui ne serait pas toujours le cas…

Depuis deux longues semaines, le soleil qui se levait à six heures plombait sur la tête des agriculteurs sans relâche jusqu'à huit heures du soir. Les hommes dans les champs travaillaient sans chemise, le corps de la couleur du cuir tanné. Certains prenaient des pauses afin de boire de longues gorgées d'eau dans leur bouteille en fer blanc, mais d'autres, comme Laurent et Ludovic, œuvraient sans relâche, perdus dans leurs pensées. Souvent, le midi, Adèle marchait pour les rejoindre afin de leur apporter quelques denrées qui les sustenteraient jusqu'au souper. Elle obligeait alors les deux hommes à faire un arrêt afin de se réhydrater. Depuis la chute dans l'escalier et la discussion du lendemain, son frère ne la regardait plus dans les yeux et fuyait toute conversation susceptible de mener à un sermon.

— Arrête de me harceler, j'étais fatigué, j'ai bu un peu trop de gros gin puis vous étiez pas supposées revenir de si bonne heure! On va en revenir, bonyenne! C'est pas comme si je passais ma vie soûl!

Mais Adèle savait que son frère s'enfonçait. S'enfonçait dans une rage qu'elle connaissait trop bien. Dans une spirale de destruction contre laquelle personne ne pourrait rien faire. Le samedi 22 juillet, les Cécilois furent réveillés par le tonnerre grondant sur les terres. Pendant trois jours, il plut sans relâche, et tous ceux qui avaient espéré de la pluie désespéraient maintenant de ces averses ininterrompues qui risquaient de faire pourrir les plantations. Seul James, qui attendait avec anxiété l'arrivée de son frère aîné, de sa belle-sœur et de leurs trois enfants, saluait le mauvais temps qui obligerait sa famille à demeurer à l'intérieur. Lorsqu'il arriva à la beurrerie pour travailler quelques heures avant d'aller les chercher à la gare, il marmonna à son ami:

— Je sais pas trop comment les villageois vont trouver leur arrivée…

— Les villageois ? Pourquoi ça, mon James ?

Édouard tentait désespérément de faire coller sa nouvelle étiquette fraîchement arrivée de Montréal sur l'emballage de son nouveau fromage. Il avait choisi de faire imprimer de gros timbres brun et ocre sur lesquels le nom de sa beurrerie était écrit en grosses lettres noires : Beurrerie Sainte-Cécile. Il se disait pour lui-même que s'il désirait exporter ses fromages hors de la région des Laurentides, il valait certainement mieux avoir un emballage digne de professionnels !

— Bien… *you know, one black, OK… But a whole bunch of them ! Not sure at all*[46] !

Édouard jura tout bas en décollant l'étiquette de ses doigts avant de s'adosser à son comptoir de bois. Il secoua la tête avec embarras. Il savait que son ami avait probablement raison. Plusieurs villageois acceptaient la présence du Noir dans le village, mais le craignaient encore un peu. Voir tout d'un coup cinq membres supplémentaires se rajouter au portrait risquait fort de faire jaser dans les chaumières.

— Oh… Laisse-les parler ! Après tout, tu as le droit de voir ta famille comme tout le monde, non ?

— Oui… mais je voulais pas qu'ils viennent ici. Je vais en ville une fois par trois mois et *seriously,* c'est bien assez ! Mon frère est… disons, très différent de moi.

— Différent ?

— Tu verras ! Marie-Camille et toi venez toujours souper demain soir ?

— Bien sûr !

---

46 Tu sais, un Noir, ça va… Mais tout un groupe de Noirs ! Pas certain du tout !

— Alors *you'll see,* répéta l'homme en retirant ses longs gants de caoutchouc.

Édouard comprit ce que son employé voulait dire dès qu'il mit le pied dans la maison de James. Sur le balcon de l'ancienne demeure du père Claveau, il entendit un grand cri énergique et la voix basse de son ami qui murmurait. Hésitant, il cogna une première fois, mais les hurlements et les discussions à voix haute étouffèrent son coup. Marie-Camille mit ses deux petits poings près de ses épaules avant d'en asséner un bon coup de toutes ses forces à son tour.

— JAMES... ON EST LÀ ! cria-t-elle avant que son père ne puisse l'en empêcher.

Édouard la regarda sévèrement alors que la porte de la maison s'ouvrait avec fracas. Un petit bonhomme d'environ huit ans, noir comme un four, les toisait de la tête aux pieds de ses deux billes d'ébène.

— *Yes ?*

— Euh... James ? demanda Édouard en retenant un rire.

— *Uncle James, there's someone for you ! A tall white man and a little baby*[47] *!*

Le maître-beurrier lança un coup d'œil à sa fille en se disant que c'était une chance qu'elle ne comprenne pas l'anglais. James arriva aussitôt et réprimanda doucement son neveu :

— *Colin, please let my friends in*[48].

— *Your friends*[49] *?*

Toujours hésitant, le garçonnet observa le duo au travers du moustiquaire avant d'accéder à la demande de son oncle.

— Édouard, Marie-Camille, je m'excuse, veuillez entrer.

---

47 Oncle James, il y a quelqu'un pour toi ! Un grand monsieur blanc et un petit bébé !
48 Colin, s'il te plaît, laisse mes amis entrer.
49 Tes amis ?

En mettant le pied dans la cuisine, Marie-Camille s'exclama, malgré la mise en garde préalable de son père :

— Wow ! Toute une famille en chocolat !

Sous le regard choqué d'Édouard, la petite fille avança son index pour toucher au petit bébé d'un an, qui dormait sur l'épaule de sa maman. Le maître-beurrier lui tapota sévèrement la main alors que James éclatait de rire. Son frère, un homme encore plus grand et costaud que son ami, l'observa d'un œil curieux. Hésitant un peu, James n'eut d'autre choix que de traduire ce qui le faisait rire :

— Marie-Camille, *here, likes to think that black people are made of chocolate*[50] !

Sa belle-sœur, une femme courtaude bien en chair, jeta un regard choqué vers l'enfant en voulant l'interpeller pour son irrespect. Mais James, connaissant le caractère impétueux d'Isadora, la femme de son frère Carl, se dépêcha de faire les présentations.

— *Carl, Isadora, Colin, Julia, let me introduce my best friend and his daughter, Édouard and Marie-Camille*[51]. Édouard, Marie-Camille, voici mon frère aîné Carl, son épouse Isadora, leur fille Julia, leur fils Colin *and...*

Avant qu'il n'ait pu continuer, le rire sonore et puissant de Marie-Camille retentit dans la pièce.

— Il s'appelle Câline, papa, le garçon ! Câline, ha, ha, ha !

Le groupe regarda la petite fille de cinq ans rire sans trop savoir la raison. Cette fois-ci, James s'agenouilla devant elle sous le regard découragé d'Édouard. Que ferait-il de cette enfant qui disait tout ce qui lui passait par la tête ? pensait-il

---

50 Marie-Camille aime penser que les gens noirs sont faits en chocolat !
51 Laissez-moi vous présenter mon meilleur ami et sa fille, Édouard et Marie-Camille.

souvent, mais jamais plus qu'en cet instant.

— C'est vrai que le nom de mon neveu ressemble à *câline*, ma belle Marie-Camille, mais je pense pas qu'il aimerait que tu te moques de lui, qu'en penses-tu ?

Aussitôt, malgré son jeune âge, la fillette cessa son rire et reprit sa position bien droite à côté de son père. Le neveu de James, conscient que la discussion le concernait, tenta de s'immiscer entre les deux, mais son oncle lui fit signe de ne pas s'en faire. Julia, qui devait avoir une dizaine d'années, posa un regard dédaigneux sur la petite robe bleu et blanc de l'autre avant de replonger son nez dans un petit livre. James finit de présenter sa famille, avec le poupon du nom de Gabriella. Le visage de la femme n'augurait rien de bon pour la suite et c'est avec un grand malaise qu'Édouard tenta de questionner la famille sur leur vie à Montréal.

— Pourquoi vous parlez juste en anglais, papa ? Moi je comprends rien, c'est plate !

— Marie-Camille, mon frère et sa famille comprennent pas très bien le français.

Les grands yeux bleus de l'enfant s'ouvrirent grand. Elle allait poser une autre question lorsque la mine de son père l'arrêta. Alors, la petite fille retourna se placer derrière Isadora afin d'avoir une vision parfaite du bébé joufflu qui dormait sur l'épaule de sa mère.

— *Will she stare at us like that all night long*[52] ? marmonna la nièce de James en soupirant.

James rit avant de poursuivre la discussion. Finalement, après un verre de cidre apporté par son frère de la grande ville de Montréal, les adultes réussirent à communiquer sans trop

---

52 Va-t-elle nous regarder ainsi toute la soirée ?

de crispation. Le souper se déroula sans anicroche et l'aide-beurrier se permit enfin de relaxer un peu. Aussitôt la dernière bouchée avalée, les enfants en visite acceptèrent d'aller voir les animaux dans la grange avec Marie-Camille.

— Je pense pas que ça les intéresse, Mimi, hésita son père en regardant par la fenêtre. En plus, il pleut des cordes.

— Oh… papa, tu me dis tout le temps que je suis pas faite en chocolat !

— Toi non peut-être, mais eux par exemple, s'exclama sérieusement James sous le regard incertain de la petite blonde.

Incapables de garder leur sérieux, Édouard et son ami éclatèrent de rire avant de donner leur accord.

— Mais pas de niaiseries, ma fille, tu as compris ? demanda le père qui connaissait bien le caractère téméraire de son enfant.

— Oui, oui. Mais on pourrait nourrir les cochons, James ?

— Bien sûr. Regarde sur le comptoir, j'ai un gros plat avec des restes de table. Apporte-le à la grange. Je suis certain que Julia et Colin sont curieux de voir mes animaux de proche.

Les deux enfants, qui comprenaient mieux le français que leurs parents, hochèrent la tête. Le trio partit donc sous la pluie, les deux plus grands tentant de ne pas montrer leur fébrilité à l'idée de voir de près des vaches, des cochons et des poules. Dans la petite maison, James attendit que la porte se referme sur les jeunes avant de débarrasser la table avec l'aide de sa belle-sœur. Le bébé dormait sur le lit de son oncle et les parents profitèrent de l'absence des deux plus vieux pour relaxer en compagnie des deux hommes.

— *So you're the reason my brother will never come back*[53] ? demanda Carl d'un ton légèrement accusateur.

---

53 Alors vous êtes la raison pour laquelle mon frère ne reviendra jamais à Montréal ?

— Euh... non. Enfin... Je ne crois pas.

Édouard haussa ses sourcils en direction de son ami, attendant que celui-ci vienne à son secours. James répliqua sèchement.

— *Carl, I told you I want to stay here because I like it. Don't try to find any reason or anyone to blame*[54].

— *But mom and...*

— *I'm thirty-seven years old, I think she can survive without me in her house. Plus, you all live nearby*[55].

Isadora ne disait rien, mais son petit air pincé montrait ce qu'elle pensait. Un Noir dans un village de Blancs n'était pas à sa place. Elle devait reconnaître qu'Édouard et sa fille étaient gentils, mais qu'en était-il du reste des villageois ? Au bout d'un court moment, lorsque les sujets de discussion se tarirent, Carl se leva en se frappant le front.

— *I almost forgot! You asked me to bring something for your friend. I have it here in my bag*[56].

James lança un regard coupable vers Édouard à qui il n'avait pas fait part de sa demande. Il voulut dire à son frère d'attendre un peu, mais celui-ci, trop heureux de bouger un peu, avait déjà la main dans son gros sac de jute brun. James capta le regard curieux d'Édouard et chuchota d'un air embarrassé...

— L'annuaire *Lovell*.

L'incompréhension sur le visage du grand brun l'obligea à lui rappeler leur discussion lors de son dernier retour de

---

54 Carl, je t'ai déjà dit que je reste ici parce que ça me plaît. N'essaie pas de trouver une raison ou une personne à blâmer.

55 J'ai trente-sept ans, je pense qu'elle peut vivre sans moi dans sa maison. En plus, vous restez tous près d'elle.

56 J'ai presque oublié ! Tu m'as demandé d'apporter quelque chose à ton ami. Je l'ai ici dans mon sac.

Montréal au printemps. L'annuaire, dans lequel il pourrait trouver l'adresse de son père, si celui-ci demeurait dans la région de Montréal.

— Oh…

Édouard jeta un regard incrédule vers le gros livre d'environ deux pouces d'épais que Carl venait de déposer devant lui. Il n'osa pas le prendre et sentit sa gorge s'assécher à la simple pensée de le feuilleter. James le dévisagea avec gêne :

— Je m'excuse, Édouard… Je pensais…

— Non, non. C'est juste que… ça devient presque réel. Et…

— Tu préfères attendre. Je comprends. Je le mets dans ma chambre et lorsque tu le veux, si tu le veux, il sera ici.

Le maître-beurrier hocha la tête lentement et suivit son ami des yeux jusqu'à ce qu'il disparaisse au bout du couloir. Le silence se fit dans la cuisine, le couple de visiteurs, épuisés par la longue route de la journée, désireux d'aller se coucher. Au moment où Édouard se levait pour aller chercher sa fille à la grange, les trois enfants firent leur apparition à la fenêtre de la porte. Les adultes ne purent s'empêcher de sourire en voyant l'air épanoui des trois gamins et Marie-Camille qui gesticulait en balayant l'air de ses petites mains pour être certaine de bien se faire comprendre. En mettant les pieds dans la cuisine, elle s'écria :

— Papa, mes amis vont venir chez nous demain. Je les ai invités ! Maintenant, je parle presque anglais !

Édouard éclata de rire avant que le père et sa fille ne quittent la maisonnette sous la promesse de se revoir avant le départ des Jackson pour retourner à Montréal. Même si Marie-Camille ne disait pas un mot en anglais, sauf *yes* et *thank you*, elle se débrouillait parfaitement pour se faire comprendre.

Quelques moues, des signes de la main et ses demandes étaient saisies par ses deux nouveaux amis.

Malheureusement pour la fillette, la réception que connut la petite famille au magasin général le lendemain matin devança leur retour en ville avec l'engagement de ne plus jamais remettre les pieds dans ce village de retardés ! Il faut dire que, désireux d'apporter un petit cadeau avant d'aller visiter Édouard et sa fille, Carl et Isadora demandèrent à James d'arrêter chez les Marquis pour faire l'achat d'un petit paquet de pâtisseries. Mal leur en pris, le gros Constantin et ses fils étant justement sur place à discuter du mauvais temps des derniers jours. Lorsque la cloche de la porte d'entrée annonça des clients, les trois hommes au comptoir se retournèrent et les grimaces de dédain sur leurs visages n'échappèrent pas aux nouveaux venus.

— Tiens, encore des nègres..., marmonna Alcide Constantin en se raclant irrespectueusement la gorge.

Le couple formé de Carl et Isadora se sentit aussitôt mal à l'aise et désireux de bien paraître, l'homme s'avança vers le comptoir derrière lequel Gérald Marquis les regardait avec curiosité. Lorsqu'il fut à quelques pas des Constantin, le gros Alcide renifla avec dégoût et se recula comme si le Noir avait la lèpre. Ses fils l'imitèrent en ricanant et quand Isadora s'approcha à son tour, l'aîné passa un commentaire sur son derrière rebondi avec un regard qui en disait long. Aussitôt, Carl, conscient du caractère sexuel des paroles, ôta sa casquette, détacha les deux boutons de son manteau de toile et s'approcha des jeunes hommes.

— *Something's wrong, sir*[57] ? demanda-t-il à cinq pouces du gros visage rougeaud de l'aîné.

---

57 Quelque chose vous dérange, monsieur ?

— *Somethingwrong...*, imita méchamment Anasthase. Non, mais ça dit même pas un mot de français puis il pense qu'il va se faire servir !

Isadora, mal à l'aise devant les regards insistants des hommes, tendit la main pour tirer le manteau de son mari.

— *Come, let's go, Carl*[58].

— *Comeletsgo...*, se moqua à son tour le cadet sous le regard d'encouragement de son père.

Embarrassé par la scène dans son magasin, le commerçant sortit péniblement de derrière son comptoir pour approcher de ses clients. Il tendit une main apaisante vers les villageois.

— Bon, bon, les garçons, c'est assez.

— Dis-moi pas que tu vas les défendre toi aussi, Gérald ? Il y a bien assez du Gélinas qui engage des étrangers puis qui s'acoquine avec, j'espère que...

Il ne put finir sa phrase, la porte s'ouvrant avec fracas sur James, qui commençait à trouver le temps long avec les enfants dans la charrette. Il ne lui fallut qu'un coup d'œil à la scène pour qu'un air dur apparaisse sur son visage fermé.

— Vous avez un problème avec mon frère ?

— Bon, tiens, voilà l'autre ! Me semblait bien qu'il serait dans le coin lui aussi !

— Monsieur Constantin ? Je peux vous aider ?

Le gros fermier s'approcha de James, désireux de faire preuve de courage devant ses fils et le commerçant. Il pointa le doigt vers Carl et son épouse en sifflant entre ses dents :

— Si les gens que tu fais venir dans mon village sont même pas capables de parler comme du monde, moi je peux te dire qu'ils sont pas bienvenus chez nous ! C'est clair ça ?

---

58 Viens, allons-y, Carl.

Les poings de James se refermèrent, alors qu'il haussait les épaules pour toiser l'homme qu'il dépassait de plusieurs pouces. Il pointa le menton vers son frère et lui dit de retourner avec ses enfants. Il s'occupait de l'achat.

— Puis c'est qui eux autres à part ça ?

— Mon frère et sa femme.

Anasthase et son cadet ricanaient derrière leur père. Le trio d'idiots considérait les étrangers comme du bétail négligeable et James sentait la rage déformer ses traits. Il souffla près du visage de son opposant qui tentait de ne pas montrer sa frayeur :

— Si vous vous avisez *once again* de dire quelque chose sur ma famille et moi... je vous promets...

— Quoi ? Es-tu en train de me menacer de quelque chose toi, l'étranger ?

Fermant les yeux devant la bêtise de l'homme, James choisit le repli. Il avait appris très tôt dans sa vie que les injures envers lui et les gens de sa couleur n'étaient souvent que la peur de l'inconnu. Mais alors que la plupart du temps, il réussissait sans problème à ignorer les imbéciles, ceux-ci, avec leurs attaques répétitives, leurs visages méprisants, le rendaient dans un état près de la rage. Il salua Gérald Marquis d'un hochement de tête avant de quitter le magasin sans répondre. Dès qu'il eut grimpé dans sa charrette, les visages fermés de son frère et de sa belle-sœur, les pleurs des deux enfants lui confirmèrent ses craintes.

— *Tell Édouard that we are sorry, but please bring us to the train station now*[59].

---

59 Dis à Édouard que nous sommes désolés, mais viens nous conduire à la gare maintenant s'il te plaît.

— *Come on, Carl... Don't*[60]*...*

Son frère tourna son regard dur vers lui en mettant sa main sur celle de son épouse encore tremblante.

— *I've never in my life been so humiliated, James. How in the world can you live with such ignorants*[61] *?*

— *...*

Incapable de défendre l'indéfendable, James fixa la route. Comment faire comprendre à sa famille que l'entêtement des Constantin à son égard lui donnait encore plus envie de se battre pour militer pour les droits des Noirs ? Il voulait, par son intégration au village de Sainte-Cécile, faire mentir les trois hommes qui s'acharnaient sur lui. Mais son grand frère ne comprendrait jamais ; de douze ans son aîné, ce dernier avait passé sa vie à ne pas sortir de sa communauté, à rester enfermé dans une espèce de ghetto que les Noirs anglophones de Montréal s'étaient créé. Comment lui expliquer que lui étouffait dans cette enclave à la vision presque aussi obtuse que celle des Constantin ? Il choisit donc le silence et reprit la route vers Labelle plutôt que Saint-Damien, soupirant en pensant au désappointement de Marie-Camille.

---

60 Allons, Carl... Ne...
61 Je n'ai jamais été aussi humilié de ma vie, James. Comment peux-tu vivre avec de tels ignorants ?

CHAPITRE 18

Guerre en Europe

En se relevant péniblement de son lit en ce matin de septembre, Florie se dit qu'elle devrait définitivement commencer à surveiller sa ligne à la fin du mois. Pas maintenant, car la crème et le sirop d'érable sur ses petits fruits la faisaient saliver, et elle se connaissait assez pour savoir qu'elle ne pourrait éviter d'en consommer.

— Je pense qu'en octobre ça va être mieux. Je vais avoir deux mois pour être toute mince à Noël. Oui. En plus, comme on va sûrement présenter un concert le soir du 24 décembre, je serai à mon meilleur.

Maintenant que la chorale était bien établie dans le village de Sainte-Cécile, quelques villageois et villageoises s'étaient découvert un intérêt pour la chanson. Il n'était pas rare que des demandes soient acheminées à Louisette ou à Florie afin de pouvoir intégrer le groupe de chanteurs.

— Mais là, on est pas pour se mettre à accepter n'importe qui, hein, Louisette ?

— Non. Moi je pense qu'on devrait faire des auditions deux fois par année. Comme ça, on pourrait découvrir d'autres talents rares comme James.

Les deux femmes s'étaient donc entendues. Après les fêtes, puisqu'il n'y aurait pas de concert spécial avant Pâques, elles

accepteraient de faire des auditions pour de nouveaux prétendants à la gloire.

— Puis en plus, avait marmonné Florie contre l'oreille de
son amie, on pourrait peut-être trouver un homme qui sache
jouer de l'orgue sans sauter une note sur deux !

Satisfaite de ses réalisations personnelles en cette année
1939, Florie sourit en regardant par la fenêtre et en pensant à
la joie de sa nièce, lorsqu'elle avait déballé son petit cadeau de
début des classes la veille au soir. Même si la fillette n'avait
que cinq ans et huit mois, la nouvelle maîtresse avait accepté
de l'accueillir dans sa classe. La jeune femme, une timide
labelloise de tout juste vingt ans, n'avait pu se résoudre à
peiner l'enfant venue avec Édouard faire la demande.

— En principe…, avait-elle dit, je ne devrais pas l'accepter
avant ses six ans, mais…

— Mais moi, je sais déjà lire…

— Un peu, coupa son père avec un air strict. Si cela devait
vous causer du trouble, mademoiselle, Marie-Camille peut
attendre une autre année. Par contre, je crois vraiment qu'elle
est prête à apprendre.

— Oh que oui ! cria l'enfant avant de mettre sa petite main
devant sa bouche boudeuse.

Aglaé Robichaud sourit à la mignonne petite blonde en
donnant son accord. Mais, ajouta-t-elle, elle devrait tout de
même aviser le conseil scolaire qui pourrait choisir de refuser.

— Alors si c'est le cas, avait dit Édouard, elle comprendra,
n'est-ce pas ?

Tourné vers sa fille qui levait les yeux au ciel pour prier
comme sa tante Florie le lui avait montré, l'homme se demandait encore une fois comment il viendrait à bout seul des exigences de cette enfant vive et éveillée. En sortant de la petite

école, Marie-Camille avait insisté pour aller annoncer la nouvelle à ses tantes.

— Et à ton oncle ! avait ajouté Édouard d'un ton sévère.

La fillette avait haussé ses épaules avant de répondre à son père :

— Oh, lui, je pense pas qu'il aime beaucoup ça les affaires d'école !

Encore une fois étonné de la perspicacité de sa fille, Édouard avait souri. Florie avait une nouvelle fois gâté sa nièce en lui remettant un beau sac de cuir tout neuf. Le regard ébloui, la petite fille avait sauté dans les bras de la grosse femme en enfouissant son visage dans le cou de cette dernière pour lui planter un gros bec.

— Wow... Oh wow ! n'arrêtait pas de répéter l'enfant en passant les courroies du sac sur ses épaules.

Elle s'était promenée toute la journée et une partie de la soirée avec ce bagage sur le dos. La tante aurait été encore plus émue de savoir que Marie-Camille avait placé son nouveau sac d'école dans son lit, à la place réservée habituellement à sa Doudoune bleue. Assise sur son épaisse couette beige, Florie sourit en se remémorant son plaisir. Adèle et elle s'étaient fait une joie d'acheter le sac à dos dans lequel l'enfant pourrait glisser son ardoise.

— Une chance que la maîtresse d'école a voulu l'accepter dès maintenant, parce que je pense que Marie-Camille aurait fait la baboune jusqu'en septembre prochain ! pensa la costaude en se levant en soufflant. M'en vais faire une surprise à Laurent moi aujourd'hui puis lui laver ses draps, aérer sa couette puis son oreiller. Il a quasiment même pas le temps de se laver, tellement il travaille fort.

En glissant ses pieds dans ses souliers, Florie remarqua que l'attache ne fermait pas du côté gauche. Elle tenta de se pencher pour solidifier la courroie, mais elle fut incapable de se pencher assez près pour l'agripper.

— Bien voyons donc! J'étais capable avant! On dirait que mes bras ont raccourci.

Choisissant d'ignorer la réalité – soit un ventre rebondissant –, la noire s'assit sur son lit et tenta de relever son pied en tirant sur son mollet. Impossible d'avancer l'objet de son attention plus près. De plus en plus enragée, Florie se pencha tellement que son autre pied glissa sur le sol et bang! elle se retrouva le derrière sur le sol. Assise dos à son lit, elle prit quelques secondes avant de se replacer les idées, juste le temps qu'il fallut à sa sœur pour accourir de la cuisine.

— Florie, demanda-t-elle en ouvrant la porte à toute volée… Bien qu'est-ce que tu fais là, ma sœur?

Estomaquée, Adèle ne put retenir son fou rire devant les grosses cuisses dénudées de Florie avant de s'avancer en vitesse.

— Arrête de rire, niaiseuse, puis aide-moi à me relever.

— Oui, oui. C'est juste que…

— Bien oui, c'est comique, j'imagine, de voir une vieille femme les quatre fers en l'air!

— Vieille, vieille, exagère pas, Florie. C'est plutôt que…

Comment lui dire que la vue de ses jambes blanches et nues lui avait rappelé les fesses d'un bébé? Elle préféra se taire et changer de sujet.

— Mais qu'est-ce qui t'est donc arrivé?

— C'est mon mosus de soulier qui veut pas s'attacher!

Florie pointa sa chaussure de cuir noir avant que sa sœur ne se penche pour boucler la courroie.

— Merci bien, Adèle!

De retour dans la cuisine, les deux sœurs se dépêchèrent de préparer les légumes pour la tourte que l'aînée comptait cuisiner pour le dîner. Édouard lui avait promis de revenir à la maison aujourd'hui pour la première fois depuis quelques semaines.

— Je suis pas pour te faire des sandwichs tous les jours de l'année! avait martelé Florie.

— Ça me dérange pas, tu le sais!

— Bien toi peut-être, mais moi, oui! On passe à travers une miche de pain par jour juste pour vos dîners. Ça fait que demain, vous revenez ici à midi pile puis je m'en vais vous cuisiner quelque chose à ton goût!

Dès que les tartes furent au four, Florie se dépêcha vers l'escalier sous le regard interrogateur de sa sœur.

— Je veux faire une surprise à Laurent. Je m'en vais lui faire tout un ménage dans sa chambre, tu vas voir ça, il la reconnaîtra pas!

— Hum...

Le mot sorti de la bouche d'Adèle fit retourner l'aînée déjà sur la deuxième marche.

— Quoi, hum?

La cadette s'avança en essuyant ses mains pour se donner une contenance. Elle ne voulait pas remémorer de mauvais souvenirs à sa sœur, mais elle se devait de la mettre en garde.

— Florie, je suis pas certaine que c'est une bonne idée.

— Comment ça? Ça doit puer comme le diable dans sa chambre, je suis même pas sûre qu'il aère de temps en temps! Il doit dormir la fenêtre fermée. Tu sais comment il haït ça être réveillé par le son des oiseaux!

Adèle fit un petit sourire à cette pensée, car son cadet, qui adorait les animaux, détestait en effet entendre les chants des oiseaux au petit matin. Mais elle mit sa main sur la rampe de bois et grimpa sur la marche sous sa sœur.

— Je pense pas qu'il va aimer ça, Laurent, si tu vas fouiller dans…

— Fouiller ? Qu'est-ce que tu dis là, Adèle Gélinas ! Comme si je m'en allais l'espionner ! Non, mais t'es pas…

Comme un éclair, le souvenir de la découverte du journal intime dans la chambre de sa sœur, des années auparavant, jaillit dans la tête de Florie, qui rougit en bafouillant. Cette découverte avait généré la plus grande chicane que les deux aient jamais eue. Avec cette trouvaille, l'aînée avait compris que sa sœur avait un amant et risquait de quitter la famille Gélinas pour toujours.

— En tout cas, je l'ai fait souvent sa chambre, puis notre frère est d'accord, sinon il me l'aurait dit !

— C'est toi qui le sais, ma sœur !

— C'est ça ! C'est moi qui le sais…, marmonna Florie en reprenant péniblement sa montée.

Elle hésita quelques secondes devant la porte fermée de Laurent, puis elle se choqua contre elle-même.

— Il y a toujours bien des limites ! Je suis chez nous franchement ! pesta la femme en tournant la poignée de fer.

Elle ouvrit vitement la porte avant de changer d'idée et la laissa ouverte en ayant le goût de crier à Adèle :

— Comme ça tu vas pouvoir t'assurer que je fouille pas partout !!

Mais elle résista à la tentation en plissant le nez dans la pièce sombre. Secouant la tête avec mécontentement, elle s'avança un peu loin.

— On respire pas, ici !

Le lourd rideau brun fermé cachait effectivement une

fenêtre hermétiquement close, qu'elle s'empressa d'ouvrir.

— Regarde-moi ça! Même pas capable de déposer son linge sur sa chaise.

Florie se pencha péniblement pour prendre les bas et les bretelles qui traînaient au pied du lit. À genoux pour agripper une chaussette récalcitrante, Florie ouvrit grand les yeux en voyant un sac brun au fond, sous le lit près du mur. Elle mit les vêtements sur la chaise droite avant de tirer les couvertures vers elle. De temps en temps, elle se penchait pour regarder le sac, puis elle tournait la tête vers la porte, craignant que sa sœur n'arrive au moment où elle regardait à l'intérieur.

— Oh et puis, ça doit être un déchet. Je suis toujours bien pas pour laisser ça là! marmonna la femme pour elle-même en étirant le bras. Il a peut-être laissé traîner un vieux morceau de pain puis la prochaine affaire, on va se retrouver avec des mulots qui vont courir partout!

Aussitôt qu'elle eut le sac au bout des doigts, Florie sut qu'il n'était pas vide et qu'elle n'aimerait pas son contenu. Elle déposa la bouteille de gros gin à moitié vide sur la table de chevet en érable et s'assit sur le bout des fesses sur la chaise près de la porte. Pendant quelques instants, elle chercha toutes les raisons pour lesquelles son frère cacherait une bouteille d'alcool dans sa chambre. Puis, elle le revit quelques mois auparavant à leur retour du mariage de Jeremiah alors qu'il avait de la misère à tenir debout. Adèle croyait qu'elle n'avait pas remarqué, car cette soirée-là, elle avait bien d'autres chats à fouetter. Elle avait alors mis sur le compte de la fatigue le comportement inhabituel de son frère.

— Ah bien mautadine! Dis-moi pas qu'il est tombé dans le vice!

Hésitante sur la conduite à avoir, la femme se redressa, tira sur sa blouse bleue et lissa sa jupe noire. Elle continua de changer le lit de son frère sans quitter des yeux la bouteille comme si celle-ci risquait de lui donner une réponse à son questionnement. Après une longue hésitation, elle remit l'objet en place sous le lit et descendit avec la couette dans ses mains. Elle observerait son frère sérieusement pour les prochains jours et au premier soupçon de péché, elle le traînerait chez le curé Latraverse.

Depuis quelques semaines, Adèle lisait les journaux avec attention et écoutait les nouvelles à la radio chaque soir avant de se coucher. Elle n'en parlait guère à la maison, car tout ce qui touchait le vieux continent n'intéressait pas sa sœur ni son frère. Le 1er septembre, l'Allemagne avait envahi la Pologne et depuis, les mauvaises nouvelles s'empilaient. En arrivant au village, le matin du 10 septembre 1939, Adèle s'aperçut aussitôt que la plupart des villageois s'étaient regroupés devant l'église et gesticulaient à voix haute. Elle entra dans la beurrerie pour en ressortir avec Édouard quelques minutes plus tard afin d'aller aux nouvelles. Ils croisèrent Jeremiah et sa nouvelle épouse qui avaient eux aussi laissé la curiosité les envahir. En même temps, quelque chose se tramait sûrement, la seule autre fois que la jeune femme avait vu un tel rassemblement au village, outre la nuit de l'incendie, c'était à la mort de Marc-Joseph Caron. Sans même s'en rendre compte, Adèle prit craintivement la main de son frère dans la sienne. Il la regarda d'un air surpris avant de voir la peur inscrite sur son visage fin.

— Ne t'en fais pas... Je suis sûre que c'est juste du potinage, rien de grave.

Adèle repoussa sa frange trop longue devant ses yeux avant de hocher la tête en inspirant profondément. Sur le parvis, les mots qui revenaient le plus souvent étaient : Canada, guerre, armée…

— Qu'est-ce qui se passe donc ? s'informa aussitôt Édouard.

— Vous n'avez pas entendu ? cria Louisette Marquis. Le Canada vient de déclarer la guerre à l'Allemagne !

Pendant quelques instants, le quatuor resta silencieux et la foule continua de s'agglutiner près du lieu saint. Les femmes pleuraient en se tordant les mains, surtout les plus âgées qui avaient perdu des frères, des pères, des oncles lors de la Première Guerre mondiale. Le conseiller municipal Philippe-Joe Lalonde se tenait loin derrière la foule, lui qui avait participé au premier conflit et en était revenu blessé dans son corps et dans son âme.

— Dieu ait notre salut, songea-t-il en soupirant.

Décidés à rentrer à la ferme annoncer la nouvelle à Florie avant qu'elle ne l'entende à la radio, le frère et la sœur grimpèrent dans la charrette d'Édouard. Ils ne dirent mot tout au long de la montée de la côte Boisée, soucieux de ne pas perdre le peu de contenance qui leur restait. C'est Édouard qui, le premier, pénétra dans la cuisine où Florie sirotait une tasse de café bien fort.

— Eh bien, tu parles d'une belle visite ! Mais dis-moi pas que Mimi est malade, toi là ! Parce que c'est certain que ça me ferait plaisir de la garder. Elle est pas pour se rendre à l'école si… Adèle ? Qu'est-ce que tu fais là toi aussi ?

— On vient d'apprendre une nouvelle, Florie…

La noire plissa les yeux et mit ses lunettes sur son nez comme pour se donner un but. Elle voulut se relever, mais sa sœur l'en empêcha en se plaçant face à elle sur une chaise de bois.

— Non, non, reste assise.

— Arrête ça, tu me fais peur...

Florie tourna ses yeux pleins de larmes vers son frère toujours à la porte puis posa une main sur son cœur.

— Il est pas arrivé quelque chose à Marie-Camille quand même, hein ? Dites-moi pas que...

— Non, non, se dépêcha de répliquer Édouard en s'avança pour s'agenouiller près de son aînée.

— C'est juste que...

— Le Canada vient de déclarer la guerre à l'Allemagne ! dit Édouard d'un ton défaitiste.

Mille pensées effleurèrent l'esprit de Florie qui sourit d'abord, heureuse que la mauvaise nouvelle ne concerne pas sa famille. Mais en voyant l'air dévasté de son frère et de sa sœur, elle posa les mains sur sa bouche avant de s'écrier :

— Oh mon Dieu, Adèle, penses-tu que nos frères vont être obligés de s'enrôler ? Oh mon Doux, non, non... moi je vais les cacher. Hein, Adèle, on va les protéger, dis-moi qu'on va les protéger. T'inquiète pas, mon Édouard, il y a personne qui va te séparer de ta Marie-Camille ! Toujours bien qu'elle ait plus de maman...

Florie éclata en sanglots en serrant les poings de manière incontrôlable. Aussitôt, sa cadette sauta sur ses pieds pour l'entourer de ses bras. Elle lança un regard douloureux à son frère qui avait au fond de lui la même crainte que sa sœur. Comment ferait-il pour être séparé de son enfant si jamais le Canada l'obligeait à aller se battre ? Il ferma les yeux quelques secondes, étourdi à l'idée de faire de sa fille une orpheline de mère et de père.

— Chut, chut, ma Florie, susurra Adèle. J'ai entendu le premier ministre dire qu'il y aurait pas de conscription au Canada.

En effet, le dirigeant canadien Mackenzie King, conscient

de l'opposition du Québec francophone à la conscription au cours de la Première Guerre mondiale, avait promis à tous les citoyens qu'il n'y aurait pas de conscription pour le service outre-mer*.

— Comment ça se fait qu'on en ait pas entendu parler avant ? cria Florie en évitant le regard choqué de sa cadette.

Car même si Adèle comprenait les inquiétudes de sa grande sœur, elle avait une certaine rancœur à l'idée que si celle-ci avait voulu l'écouter chaque fois qu'elle tentait de parler des événements en Europe, la surprise ne serait peut-être pas aussi grande ! Dans la dernière année, les frappes allemandes s'étaient intensifiées sur plusieurs régions du vieux continent. La cadette des Gélinas avait tenté d'expliquer à sa sœur que l'Allemagne, frustrée depuis la signature du traité de Versailles en 1919, avait maintenant à sa tête un chancelier décidé à annuler les conditions de ce traité qui avait défini les frontières de l'Allemagne*.

— Je comprends rien de ce que tu racontes, avait coupé Florie. Tu me dis que ça va mal en Europe à cause d'une vieille affaire qui date de vingt ans. Pas certaine que même toi tu comprends, ma fille ! Je pense que tu serais mieux de laisser la politique aux hommes.

Tenace, Adèle avait réessayé d'en parler en avril, lorsque l'Italie, grande alliée de l'Allemagne, avait envahi et annexé l'Albanie, petit pays d'Europe de l'Est. Mais son emportement n'avait réussi qu'à obtenir un long soupir d'exaspération de la part de sa sœur. Alors lorsque l'Allemagne avait envahi la Pologne le 1er septembre, l'ancienne journaliste n'avait pas dit un mot à la ferme, se contentant de discuter de la situation avec Édouard et James, lors de ses après-midi passés à la beurrerie.

— Je te le dis, mon frère, ça sent mauvais. Les journalistes commencent à parler de plus en plus de la possibilité d'une nouvelle guerre en Europe !

— Je le sais bien, avait approuvé Édouard, trop occupé avec son commerce pour songer aux conséquences d'un tel conflit.

James par contre avait tressailli et échangé un regard inquiet avec son amie-amante. Il savait bien que si jamais le Canada décidait d'embarquer dans le conflit mondial, il serait un des premiers à être appelé en renfort. Pas de femme, pas d'enfants, pas de condition médicale justifiant un désistement. Non… James n'aurait d'autre choix que d'aller au front si le pays déclarait obligatoire l'enrôlement. Lorsque Laurent et Ludovic furent de retour de leur journée harassante à moissonner, Florie sauta sur ses pieds avant même que les deux autres ne puissent rien faire.

— On est en guerre !

— Pardon ? marmonna Ludovic éreinté et le regard épuisé.

Édouard s'avança aux côtés de Florie près de la porte de la cuisine et répéta les paroles de sa sœur avec plus de précision :

— Le Canada vient de déclarer la guerre à l'Allemagne.

Laurent ne fit que hausser ses sourcils presque blancs en raison du soleil, alors que Ludovic restait figé. Il accepta le verre d'eau que lui tendait Adèle avant de dire :

— Ah. Ah bon. Ça veut dire qu'il va falloir qu'on aille se battre, nous les hommes ?

Une légère excitation faisait vibrer sa voix généralement monotone. Laurent lui jeta un coup d'œil surpris, puisqu'il s'agissait de la première fois qu'il démontrait un tant soit peu d'intérêt pour quelque chose. Florie secoua vigoureusement la tête pour le rassurer.

— Non, non, inquiète-toi pas. Adèle a dit que le premier ministre a annoncé que la conscription...

— Florie, attendons un peu, veux-tu? coupa sa cadette, ennuyée.

— Bien quoi? C'est ça que tu as dit...

Adèle prit sa sœur par les épaules pour la diriger vers la table de cuisine. Les adultes s'installèrent autour pour discuter à voix basse des conséquences de cette mauvaise nouvelle. Lorsque la jeune brune voulut ouvrir le poste de radio, Florie refusa d'abord, peu disposée à entendre des informations épeurantes.

— Bien au contraire, Florie, je pense qu'il faut qu'on se tienne au courant des dernières informations. Tu voudrais pas être encore prise par surprise n'est-ce pas? insista Adèle.

— Encore, comment ça encore?

Le ton dans la voix de sa sœur annonçait le début d'une chicane et Laurent se leva pour s'en aller. Il en avait assez entendu de toute façon. S'il devait aller à la guerre, bien il irait. Au moins, il ferait quelque chose d'autre que de passer ses journées à regretter des gestes, des paroles. Florie l'agrippa par le bras :

— Où tu t'en vas toi? En ces moments tragiques, il faut qu'on reste ensemble, Laurent.

— Reviens-en un peu, Florie, on est toujours bien dans le fin fond des Laurentides, puis il y a pas grand risque que le gouvernement vienne me chercher aujourd'hui. Ça fait qu'en attendant le souper... parce qu'on va manger quand même? Bien moi je vais me reposer un peu.

Les autres adultes le regardèrent s'éclipser dans le corridor pour monter à sa chambre. Il ne daigna même pas saluer la fille d'Édouard qui jouait dans le salon pendant que les grandes personnes discutaient de choses sérieuses. Laurent s'embourbait de plus en plus dans la douleur et avait hâte de l'engourdir avec une longue rasade d'alcool. En mettant les pieds dans sa chambre, il sursauta en voyant son lit refait à neuf, ses vêtements pliés sur la chaise dans le coin et sa fenêtre grande ouverte. Il vit rouge et ressortit pour descendre l'escalier à toute vitesse. Les autres se turent lorsqu'il surgit dans la cuisine et fonça vers Florie :

— Ma chambre, c'est ma chambre, Florie ! Je veux plus que tu y mettes les pieds, puis que tu fouilles mes affaires, c'est clair ?

Le doigt levé sur sa grande sœur, le jeune homme avait la chemise à moitié déboutonnée, les bretelles descendues sur ses jambes et les joues rosies par la colère. Florie recula dans sa chaise, n'ayant jamais vu une telle lueur dans les yeux de son préféré. Mais avant qu'elle ne puisse répondre, Édouard interpella son cadet d'une voix sévère :

— Voyons, Laurent, parle pas comme ça à Florie ! Sois respectueux.

— Je serai respectueux lorsqu'elle le sera avec nous. Pas touche à ma chambre !

La bouche fine de Florie se mit à trembler et, incapable de se défendre, elle se leva pour s'en aller pleurer seule sur son lit. Cette journée s'avérait la pire qu'elle ait vécu depuis la nuit de l'incendie.

— Je reconnais plus mon frère, mautadine !

Depuis quelques jours, Édouard ne s'endormait pas le soir. Il n'avait toujours pas demandé à James de lui remettre l'annuaire *Lovell* et tentait de trouver les pour et les contre de la recherche de son père, Antoine Gélinas. Le soir était tombé tôt en ce 21 septembre, le dernier jour de l'été. Sa fillette endormie près de lui, il remerciait le ciel d'avoir une enfant aussi vivante, enjouée et intelligente. Et dans la colonne des plus, Marie-Camille venait en premier.

— N'a-t-elle pas le droit de connaître son grand-père ? se demandait le jeune homme.

Que lui dirait-il si un jour elle s'informait sur les parents de son père ? À part lui dire que sa grand-mère Rose était morte aigrie par l'amour, il devrait lui mentir en inventant un lieu inconnu pour Antoine Gélinas. Il connaissait assez sa fille pour savoir qu'elle demanderait bientôt à ses sœurs et à son frère pourquoi ils n'avaient pas d'épouse et d'époux ; elle leur dirait qu'elle aimerait ça avoir des cousins ou des cousines pour jouer. La fillette gigota dans son sommeil avant de baragouiner des paroles incompréhensibles. Ses boucles blondes collaient à son front et elle avait le pouce près de la bouche, même si elle avait cessé de le sucer au cours de l'été lorsque son père lui avait dit qu'une grande fille qui allait à l'école devrait pouvoir s'endormir sans sucer son pouce.

— J'arrête demain ! lui avait-elle alors dit le regard déterminé.

Et en effet, Marie-Camille l'avait fait, trop heureuse de montrer à son père qu'elle était prête pour aller en classe avec les grands. Sachant que ses sœurs et son frère ne lui pardonneraient peut-être jamais la recherche qu'il s'apprêtait à faire, Édouard soupira avant de prendre sa fille dans ses bras pour la conduire à sa chambre. Il ne la laissait plus dormir avec lui, mais permettait à l'enfant de tomber dans le sommeil le soir à ses côtés pendant qu'il lisait les nouvelles du jour dans sa chaise près de la fenêtre. De retour dans son lit, Édouard avait pris sa décision. Dès le lendemain matin, il demanderait à James de lui apporter l'annuaire à la beurrerie afin qu'il puisse commencer les premières démarches pour découvrir où était son paternel.

— Advienne que pourra! Je suis toujours bien le seul qui a un enfant à qui penser. Si j'explique aux autres les raisons derrière mon geste, ils devraient m'appuyer ou, en tous les cas, accepter ma décision.

Mais c'est d'un sommeil agité que l'homme s'endormit, incertain des conséquences de la décision qu'il avait prise. Le rejet vécu lors de son mariage avec Clémentine avait pesé bien lourd dans son choix. Pourtant, depuis plusieurs années, Édouard sentait venir à intervalles réguliers ce besoin de savoir si son père vivait encore.

Une fois la nouvelle de la déclaration de guerre avalée, Florie avait décidé de voir l'avenir avec optimisme. Elle avait fait part de ses convictions à Adèle qui avait fait une moue dubitative, incertaine d'arriver aux mêmes conclusions que sa sœur.

— Dans le fond, même si l'État obligeait les hommes à s'enrôler, Édouard est père et veuf donc il ne ferait pas partie des élus; quant à Laurent…

Sa voix s'était brisée un peu. Depuis la colère de son frère, elle avait compris que ce dernier n'était plus l'enfant qu'elle voyait encore et même s'il s'était excusé le lendemain matin, Florie croyait que ce dernier avait des secrets qu'il ne désirait pas partager avec elle. La bouteille sous son lit revenait souvent la hanter, mais elle avait choisi de se taire, espérant que cet alcool ne servait qu'aux soirées bien arrosées que son frère et Léo organisaient parfois dans le bon vieux temps. Adèle posa sa main sur la sienne et elle sortit de sa rêverie.

— Hein ?

— Tu disais pour Laurent ?

— Oh… Laurent est responsable de la terre de la famille. Quant à Ludovic…

Florie chuchota même si les deux femmes étaient seules dans la cuisine. Il ne restait qu'une heure avant le retour des deux travailleurs. Un moment béni pour les sœurs qui avaient terminé leurs tâches et pouvaient se reposer un peu avant le souper.

— Tu penses que ses brûlures seront considérées comme une maladie ?

— Sais-tu, ma sœur, que j'en ai aucune idée ! J'espère presque pour lui. En plus, il faut dire que le nombre de volontaires est assez grand pour espérer que l'État n'ait pas à en chercher d'autres.

En effet, les journalistes faisaient grand état du fait qu'au cours du seul mois de septembre, plus de cinquante-huit mille hommes et femmes s'étaient enrôlés librement.

— C'est quand même nono d'aller donner son nom pour faire la guerre, tu trouves pas toi ? demanda Florie ragaillardie.

Elle jeta un regard gourmand vers les galettes d'avoine et raisin qu'Adèle venait de sortir du four. L'aînée avait confié à sa sœur qu'elle commençait à faire attention à sa ligne « pour ne pas devenir grosse comme Louisette ». Sans même s'en rendre compte, Florie avait pourtant depuis longtemps un poids égal à celui de son amie qu'elle considérait comme vraiment trop corpulente. Sans être obèses, les deux femmes portaient des livres en trop, qu'elles tentaient de dissimuler sous des tenues peu discrètes dans le cas de Louisette et difformes dans celui de Florie.

— Alors tu veux plus que je fasse de desserts ? s'était informée Adèle la veille au soir.

— Bien oui que tu vas en faire. Je suis capable de me contrôler, voyons donc ! Puis ton frère et Ludovic ont bien le droit à une petite gâterie quand ils reviennent du champ.

Mais pour l'instant, la tentation qui passait devant ses yeux la faisait loucher d'envie. Elle toucha son ventre rebondi pour se donner le courage de résister et Adèle, consciente de l'effort surhumain que faisait sa sœur, fit chauffer de l'eau pour deux thés à la menthe.

— Viens-t-en, ma sœur, on va boire un bon thé sur la galerie.

— C'est une bonne idée. Mais j'y pense, c'est pas engraissant du thé, hein ?

Adèle éclata de rire en tirant sa grosse sœur avec affection. Depuis près de six mois maintenant qu'elle espérait recevoir une réponse de l'éditeur montréalais auquel elle avait envoyé son manuscrit. Après quelques semaines, elle s'était mise à passer tous les deux jours à la poste pour demander si une lettre était arrivée pour elle.

— Non, lui répétait gentiment Rosaire Barnabé. À la fin du mois d'avril, soit deux mois après son envoi, il lui avait proposé de garder tout courrier qui lui serait adressé spécialement.

— En effet, je préférerais que vous me la remettiez en main propre si jamais une lettre arrivait adressée à mon nom, avait rougi Adèle avant de le remercier.

Depuis, chaque fois qu'elle voyait le jeune maître de poste, à l'église ou ailleurs dans le village, elle espérait un petit signe lui indiquant qu'il avait quelque chose à lui remettre. Malheureusement, à chaque rencontre, il secouait la tête presque imperceptiblement. Alors Adèle s'était résignée, se disant que son histoire ne valait probablement pas la peine d'être publiée. Elle n'y pensait guère plus, satisfaite de la paix retrouvée dans la dernière année. Sa relation sporadique avec James suffisait à son bonheur, ses journées étaient comblées entre la ferme et la beurrerie. Oui, la vie était belle. Assises depuis peu dans leur chaise berçante, les sœurs appréciaient la douceur de cette fin d'après-midi lorsque la charrette d'Édouard tourna dans l'entrée.

— Oh bien, tu parles d'une belle visite, s'écria Florie en se relevant vivement en voyant sa nièce s'élancer vers elle.

La femme se pencha le plus possible pour prendre l'enfant contre son cœur. Florie se dit qu'une chance qu'elle n'avait pas mangé de biscuits, son ventre aurait été encore plus dans le chemin. Quand elle se releva, son frère était arrivé près d'elles et elle lui fit signe de s'asseoir dans l'escalier.

— Veux-tu un thé ou un café, mon frère ? L'eau doit être encore chaude, dit Adèle.

Elle se raidit un peu en voyant son hochement de tête sérieux. Elle n'aimait pas son air coupable, et sentait venir la tempête. Quelque chose sur le visage tendu d'Édouard laissait présager une mauvaise nouvelle.

— Puis, tu as eu une bonne journée ? Je te trouve une petite mine, dit Florie en berçant sa nièce avec affection.

Les moments ainsi partagés avec l'enfant lorsqu'elle se laissait cajoler par sa tante faisaient partie des grands moments de plaisir, de sérénité dans la vie de l'aînée des Gélinas qui aurait tant voulu être mère. Même si elle avait depuis longtemps pardonné à Édouard l'audace de trahir la promesse faite à leur mère, jamais elle n'aurait pu à son tour en faire autant. Malgré l'envie que son amour pour Jeremiah Holland avait générée en elle, Florie était satisfaite d'avoir su résister et comblait de tendresse la petite fille de son frère.

— Oui... bon, euh... Marie-Camille, tu irais jouer dans le salon ma chérie ?

— Oh j'ai pas le goût, papa. Je veux rester ici.

— Mimi, s'il te plaît.

Quelque chose dans le ton de son frère alarma de nouveau Adèle qui respira plus vite.

— Laisse-la donc tranquille, elle est bien là avec nous ! dit-elle d'une voix plus sèche qu'elle ne l'aurait voulu.

Florie haussa ses sourcils foncés avant de souffler dans la nuque de sa nièce. Édouard fit un geste de la tête pour indiquer à sa fille de quitter la galerie. À regret, la blondinette se laissa glisser sur le sol et après un gros bec mouillé sur la joue de sa tante, elle fila dans la cuisine. Les trois adultes gardèrent le silence quelques instants à observer les couleurs sur leurs terres. Édouard cherchait ses mots lorsque la petite voix fluette de sa fille surgit de la cuisine :

— Matante Florie, je peux prendre une galette ?

— Bien oui, ma chouette ! répondit Florie en pensant à regret que ça lui en faisait une de moins... même si elle était déterminée à ne pas y goûter.

Comme Adèle se levait pour aller rejoindre sa nièce et fuir la conversation à venir, Édouard l'arrêta en tirant sa jupe.

— Reste ici, Adèle, je veux vous parler.

— ...

Les grands yeux noisette se remplirent de larmes. Elle connaissait assez Édouard pour savoir que la nouvelle serait dévastatrice. Le regard de Florie passait de l'un à l'autre et son petit menton se mit à trembler.

— J'ai besoin que vous gardiez Marie-Camille, quelques

jours si c'est correct avec vous. Je vais à Montréal.

— Ouf ! Bien sûr que c'est correct ! Je pensais que tu nous annoncerais une mauvaise...

Florie arrêta de parler avant de plonger ses yeux sur le visage fermé d'Édouard.

— Je pense à ça, pourquoi tu vas à Montréal ?

— Oui... pourquoi donc, Édouard ? insista Adèle.

Le grand brun regarda par-dessus les têtes de ses sœurs. Il inspira profondément avant de reporter ses yeux sur leurs visages crispés. Sachant que la nouvelle serait un choc pour toutes les deux, il se dit qu'il n'y avait aucun moyen de l'atténuer. Posant sa main sur la rampe, il se releva et dit en les fixant :

— J'ai décidé de tout faire pour retrouver notre père Antoine qui, je pense, se trouve dans la grande ville.

À suivre...

DANS LE PROCHAIN TOME INTITULÉ

Laurent

Chers lecteurs et lectrices,

Laurent saura-t-il accepter sa différence par rapport aux autres hommes du village ? Que fera-t-il de ce désir qui l'envahit et nuit à son bonheur ?

Son penchant pour la boisson commencera-t-il à endommager ses relations avec sa famille et les autres membres de sa communauté ? Les démons qui le hantent l'amèneront-ils à poser des gestes dangereux qui mettront peut-être sa vie en péril ? Lorsqu'il ira dans la grande ville de Montréal, saura-t-il résister à ses envies, loin de tous ? Pourra-t-il s'en sortir sans aide ?

Adèle reçoit enfin des nouvelles d'un éditeur montréalais. Acceptera-t-elle le défi proposé tout en sachant le drame que cela risque de causer dans sa fratrie ? Continuera-t-elle à tenter le diable avec James Jackson ou s'assagira-t-elle maintenant qu'elle se pense guérie de sa blessure du printemps 1932 ?

Édouard et Marie-Camille viendront-ils rejoindre la famille au village ? Le jeune veuf trouvera-t-il une mère pour sa fille au risque de réveiller la colère de sa sœur Florie ? Qu'arrivera-t-il lorsqu'une grosse coopérative s'intéressera à sa beurrerie-fromagerie... Arrivera-t-il à la conserver ?

Florie, qui a fait son deuil de l'amour, résistera-t-elle à l'appel de la chair en continuant de côtoyer Jeremiah Holland ? Son amitié avec Louisette pourra-t-elle survivre à un drame qui les touche toutes les deux ?

Finalement, Édouard réussira-t-il à retrouver leur père malgré les réticences des deux sœurs de la famille ? Auront-ils enfin des réponses aux questions qui les hantent depuis leur enfance, depuis la mort de leur mère Rose en 1922 ?

NOTES DE L'AUTEURE

P. 37 L'autoneige *B7* de Bombardier est l'ancêtre de la motoneige que nous connaissons.

P. 68 Les étapes de la fabrication du fromage sont inspirées du livre *Nos beurreries et fromageries d'autrefois* par Daniel Thibault, Éditions du Bien Public, 1974.

P. 96 Les bulletins de nouvelles complets débutèrent en fait en septembre 1939 lorsque l'Allemagne déclara la guerre. Au début de la Deuxième Guerre mondiale, le jeune réseau francophone ne dispose pas encore de moyens considérables. *Radio-Canada* n'a pas de service d'information proprement dit. À ce moment, l'information repose essentiellement sur les dépêches de l'agence de nouvelles *Canadian Press*. De plus, le réseau français reçoit les nouvelles de la très respectée radio britannique *BBC*. http://www.bulletinhistoirepolitique.org/le-bulletin/numeros-precedents/volume-16-numero-2/les-correspondants-de-guerre-canadiens-francais-de-1939-1945/

P. 96 Marcel Ouimet a fait ses débuts à la radio de CKCH à Hull en 1939. Il est entré au service de *Radio-Canada* en 1941, devenant ainsi le premier directeur de l'information.

Histoire de la radio au Québec, information, éducation, culture, par Pierre Pagé, Éditions Fides, 2007.

P. 96 *Les jeunes talents Catelli* permettaient à de jeunes chanteurs et chanteuses de faire preuve de leur talent dans un concours diffusé d'abord à *CKAC*.

P. 99 Émile Berliner était un ingénieur allemand ayant immigré aux États-Unis en 1870. Le 8 novembre 1888, Berliner fait breveter son invention : le gramophone.

En 1924, la Victor Talking Machine achète la compagnie Berliner et fusionnera en 1929 avec RCA pour devenir la RCA Victor.

P. 118 Le quatuor Alouette était un ensemble vocal qui chantait à capella exclusivement des chansons folkloriques canadiennes-françaises ; il était constitué de Roger Filiatrault, de Jules Jacob, d'Émile Lamarre et d'André Trottier.

P. 127 Inspiré de *Nos beurreries et fromageries d'autrefois* par Daniel Thibault, Éditions du Bien Public, 1974.

P. 150 Le 27 septembre 1938, la reine Elizabeth d'Angleterre inaugure à Glasgow le plus grand paquebot du monde. Long de 314 mètres et large de 36 mètres, le navire pouvait atteindre une vitesse moyenne de 50 nœuds.

P. 164 Ce projet radiophonique est basé sur *Le Déserteur et autres récits de la terre,* Montréal, Éditions du Vieux Chêne, 1934, par Claude-Henri Grignon.

P. 175 Le *Yooker* est un jeu de cartes qui se joue en équipes, deux contre deux, pour lequel on utilise 24 cartes, allant du 9 à l'as, sans les jokers. Il s'écrit de différentes façons : *Youcœur, Euchre...*

P. 216 Armand-Frappier (1904 – 1991) était un médecin, microbiologiste, chercheur et professeur québécois. Il a fondé l'Institut de microbiologie et d'hygiène de l'Université de Montréal en 1938.

P. 235 Inspiré de *Nos beurreries et fromageries d'autrefois* par Daniel Thibault, Éditions du Bien Public, 1974.

P. 313 Les informations sur la tragédie de l'hôpital Saint-Michel Archange de Québec sont tirées de la source suivante : http://grandquebec.com/400-anniversaire/archives-de-quebec-2008/episodes-historiques/hopital-detruit/

P. 316 Delphis-Adolphe Beaulieu est né en 1849. Il fut le concepteur de vitraux dans plusieurs lieux de culte du Québec (l'église Sainte-Brigide-de-Kildare, Montréal, la chapelle Notre-Dame-de-Bon-Secours, Montréal, l'église Saint-Enfant-Jésus du Mile-End, Montréal, etc.). Il est décédé en 1928.

P. 331 Extrait du discours du chef des SS, Heinrich Himmler, sur l'homosexualité prononcé le 18 février 1937.

P. 354 Les détails de la Procession de la Fête-Dieu sont inspirés du livre de Horace Miner, *Saint-Denis: un village québécois* (1939).

P. 360 Appelés un jour à d'autres tâches, John Harvey Kellog et son frère Will Keith laissèrent de côté un bol de bouillie de blé. Lorsqu'ils revinrent, la bouillie avait fermenté et durci. Ils décidèrent d'allonger cette pâte au rouleau, dans l'espoir d'en faire une sorte de pain. Mais les grains de blé explosèrent, se transformant en flocons, qu'ils firent cuire. Les flocons de maïs étaient nés ! C'était en 1884.

P. 419 Inspiré par des informations trouvées sur le site Internet du Musée canadien de la guerre.

P. 419 Le traité de Versailles de 1919 mit fin à la Première Guerre mondiale. Il fut signé par les Alliés et par l'Allemagne, imposant entre autres à celle-ci des changements territoriaux importants.

LISTE DES PERSONNAGES

L'âge des personnages ci-dessous représente l'âge
au début de l'histoire du tome 3. Les noms en caractères gras
représentent les nouveaux personnages du tome 3.

Barnabé, Bérangère : *20 ans,* sœur du maître de poste.

Barnabé, Rosaire : maître de poste au village de
Sainte-Cécile.

Beaulieu, Lucien : *70 ans,* organiste ; mari de (nom à venir)
et père de Viviane.

Beaulieu, Philomène : mère de Viviane et choriste.

Beaulieu, Viviane : choriste.

Constantin, Alcide : agriculteur du village de Sainte-Cécile.

Constantin, Anasthase : *23 ans,* fils d'Alcide.

Constantin, Conrad : *22 ans,* fils d'Alcide.

Dupuis, Béatrice : *24 ans,* institutrice du village.

Dupuis, Sara : sœur de Béatrice Dupuis.

Fréchette, Paul-Émile: *60 ans,* maire du village.

Gélinas, Adèle: *27 ans,* fille cadette de Rose et Antoine Gélinas.

Gélinas, Antoine: mari de Rose Gélinas et père de Florie, Édouard, Adèle et Laurent.

Gélinas, Édouard: *30 ans,* fils aîné de Rose et Antoine Gélinas.

Gélinas, Florie: *34 ans,* fille aînée de Rose et Antoine Gélinas.

Gélinas, Laurent: *24 ans,* fils cadet de Rose et Antoine Gélinas.

Gélinas, Marie-Camille: *4 ans,* fille de Clémentine et Édouard.

Gélinas, Rose (1885-1922), mère de Florie, Édouard, Adèle et Laurent.

Gervais, Jeanne-D'Arc: choriste.

Guérard, madame: choriste.

Jackson, Carl: *49 ans,* frère de James Jackson.

Jackson, Colin: *8 ans,* neveu de James Jackson.

Jackson, Gabrielle: bébé et nièce de James Jackson.

Jackson, Isadora: belle-sœur de James Jackson.

Jackson, James: *36 ans,* aide-beurrier d'Édouard.

Jackson, Julia: nièce de James Jackson.

Jasper-Holland, Jeremiah: *34 ans,* fils de Henry Stromph.

Labonté, Wilfred: fermier, habite sur le rang Leclerc.

Lalonde, Philippe-Joe: *50 ans,* conseiller municipal.

Latraverse, curé: curé du village de Sainte-Cécile.

Lortie, Clémentine (1910-1934), amie d'Adèle Gélinas, journaliste au journal *Le Courrier* de Saint-Jovite et femme d'Édouard Gélinas.

Mailloux, Télesphore: *16 ans,* adolescent du village responsable de la patinoire.

Marguerite: adolescente, gardienne de Marie-Camille.

Marois, Gaspard: voisin des Gélinas.

Marquis, Georges-Arthur: *17 ans,* fils cadet de Louisette et Gérald Marquis.

Marquis, Gérald: *54 ans,* propriétaire-marchand du magasin

général Marquis. Père de trois garçons et mari de Louisette Marquis.

Marquis, Louisette: *48 ans,* femme de Gérald Marquis, marchande et mère de trois garçons.

Marquis, Ludovic: *20 ans,* fils aîné de Louisette et Gérald Marquis.

Marquis, Maximilien: *19 ans,* fils de Louisette et Gérald Marquis.

Robichaud, Aglaé: *20 ans,* nouvelle maîtresse d'école.

Stromph, Henry: *56 ans,* ferblantier-forgeron de Sainte-Cécile, originaire du Royaume-Uni.

Trudel, Georgine: femme de Julien Trudel, médecin du village.

Trudel, Julien: médecin du village de Sainte-Cécile et époux de Georgine.

Villemarie, Léo: *28 ans,* homme engagé chez les Gélinas, habite le village de Saint-Damien.

Villemarie, Rosalie: mère de Léo Villemarie et sage-femme de Sainte-Cécile et des environs.

Mention spéciale:
Doudoune: poupée de chiffon de Marie-Camille.

ANIMAUX

Aramis: nouveau cheval des Gélinas.

Barbouille: chaton de Marie-Camille.

Bécassine: vache préférée de Laurent.

Blacky: chien de Henry Stromph.

Chipie: truie de Laurent.

Fameuse: vache des Gélinas.

Mystic: vieille jument des Gélinas.

Nestor: cheval racé de Jeremiah Holland.

REMERCIEMENTS

Correction, vérification, révision… des tâches qui ne seraient pas faciles sans l'aide d'Isabelle Longpré, une éditrice passionnée. Merci !

Un gros merci à l'équipe de Guy Saint-Jean pour les encouragements.

Merci à ma famille et ma belle-famille (un merci spécial à deux supers grands-mamans, Ginette et Liliane).

Ma gang du Soleil-Levant, merci de me soutenir dans cette aventure.

De la même auteure chez le même éditeur:

La promesse des Gélinas. *Tome 1 – Adèle*, 2015
La promesse des Gélinas. *Tome 2 – Édouard*, 2015

De la même auteure pour la jeunesse:

La démone Angélique, Bayard Canada, 2015
L'heure de lecture, 4e année, Caractère, 2014
Mon père Marco – Ma fille Flavie, Bayard Canada, 2013
Ma grand-mère Gaby – Ma petite-fille Flavie, Bayard Canada, 2011
Mon papa-poule, ERPI, 2011
Edwin le fabuleux, Caractère, 2010
Le secret d'Elliot, Caractère, 2010
Les aventures de Jules Cousteau, Caractère, 2010
Une fin de semaine mouvementée, Caractère, 2010
Angèle et ses amis, Caractère, 2009
Échange de soccer, Caractère, 2009
Léo-Bobos, ERPI, 2009
Mademoiselle Insectarium, Caractère, 2009
Mon prof Marcel – Mon élève Théo, Bayard Canada, 2009
Roméo et Romy, Caractère, 2009
Mon frère Théo – Ma sœur Flavie, Bayard Canada, 2007

Pour en savoir plus, visitez la page de l'auteure sur Facebook®.